永無境

莫莉安與
幻奇師的天命

I

潔西卡·唐森
Jessica Townsend

謹以愛與感謝，將此書獻給

那些幫助我撐過這一切的女子：

最勞苦功高的潔瑪與海倫，

以及瀧野文惠率領日本阿嬤組成的啦啦隊。

目錄

第一章　天使伊斯拉斐爾

首年之冬，冬暮

莫莉安·黑鴉自傘鐵一躍而下，牙齒打顫，緊握油布雨傘的雙手已然凍僵，狂風將她的頭髮吹得奇亂無比，她盡力將之梳順，一面快步追趕她的贊助人。那個人早已邁開好幾碼遠，迅速穿梭在波希米亞吵嚷、稠密的大街上。

「等等我！」她叫道，奮力擠過一群身穿緞布長裙與厚實天鵝絨披風的女人。

「朱比特，走慢一點！」

朱比特·諾斯轉過頭來，腳下絲毫不停：「慢不了，莫兒，我天生慢不下來。快跟上來。」

說完，他繼續往前走，直接穿過往來如織的行人、人力車、馬車及汽車。

莫莉安連忙追過去，不料迎面撞進一團寶藍色煙霧，味道甜膩，衝著她噴這團藍煙的女人手持金色細雪茄，指尖已被染藍。

「呃，好難聞。」莫莉安咳了一陣，揮掉煙霧。在這團迷霧中，有那麼一瞬間，她似乎跟丟了朱比特，但沒過多久，她便瞥見那顆鮮亮的紅棕色頭頂在人潮中載浮載沉，當即直奔過去。

「小孩！」藍指尖的女人在她背後喊道：「寶貝，你看，竟然有個小孩在波希米亞！好嚇人！」

「噢，也是。好新鮮！」

「那是行為藝術表演啦，寶貝。」

莫莉安暗自希望可以停下來四處轉轉，她從沒來過永無境的這一帶，要不是她很怕在人群中跟丟朱比特，她鐵定會無比興奮地東張西望，看看寬敞街道兩旁的劇場、戲院、音樂廳，欣賞眩目繽紛的明亮燈光與霓虹招牌。在各個街角，身著華服的人步下馬車，由工作人員引進豪華劇院；路旁攤商有的吆喝，有的吟唱，也有店員負責招攬行人走進喧鬧的小酒吧；有些餐廳擠滿用餐人潮，甚至將餐桌擺上了人行道，儘管天寒地凍（畢竟今天正是冬暮，也就是冬季最後一日），這些餐廳依然座無虛席。

莫莉安總算追上朱比特，他正站在一棟建築外頭等莫莉安。這棟建築是整條路上最擁擠的地方，卻也最富麗堂皇，由白色大理石與黃金構成，閃耀動人，莫莉安覺得這幢樓宇既像大教堂，又像個婚禮蛋糕。建築頂部，一個閃亮的招牌寫道：

新德爾斐音樂廳隆重鉅獻

琪琪・葛蘭德

與

陰溝五人組

「我們要……進去嗎？」莫莉安喘著氣說，肋骨之間有些抽痛。

「什麼，妳說這地方？」朱比特仰望新德爾斐，臉帶輕蔑。「老天啊，不是，我死也不要進去。」

他鬼鬼祟祟回頭瞄了一眼，領著莫莉安拐進新德爾斐後方的小巷，遠離人潮。

巷子很窄，他們只能一前一後，踏過無法辨認的垃圾堆與從牆壁剝落的碎磚。路上沒有燈光，飄著強烈的惡臭，越往前臭味越濃，像是有蛋餿掉了，也像是有動物屍體腐爛發臭，或是兩者混合在一起的味道。

莫莉安掩住口鼻，這陣味道實在太衝，令她有點想吐。她只想折返原路，可是在她身後的朱比特持續向前，一路輕推著她前進。

「停，」就快走到巷底時，朱比特開口。「這個是……？不，等等，這是不二致。他以指尖輕壓磚塊之間的泥漿，湊上去嗅了嗅，然後略帶猶疑地舔了一下牆壁。

「是……？」

她回過身，只見朱比特正在察看牆上某個區塊，但那裡看起來跟其他地方毫無二致。

莫莉安面露驚恐：「噁，**不要這樣**，你在幹麼？」

剛開始，朱比特沒說什麼。他注視牆壁好一陣子，皺起眉，接著抬頭，凝望夾在兩側建築中間的狹窄星空。「嗯，我就知道。妳感覺到了嗎？」

「感覺到什麼？」

他牽起莫莉安的手，按住牆面。「閉上眼睛。」

莫莉安依言照做，心裡覺得有點蠢。有時候，她很難分辨朱比特到底是認真的，或者純粹是逗著她玩，她懷疑這次八成是朱比特要對她開什麼白痴的玩笑，畢竟今天是她生日。雖然朱比特保證過不會給她驚喜，但要是他設計了一連串複雜又尷尬的噱頭，最終帶莫莉安走進一個擠滿了人的房間，大家一起對她唱生日快樂歌，這種事的確很符合朱比特的作風。就在她正想說出內心的懷疑之際──

「噢！」她的指尖傳來非常幽微的麻癢感，耳邊也傳來隱隱約約的嗡鳴聲。

「噢。」

朱比特抓住她的手腕往後帶，稍微和牆壁拉開一段距離。莫莉安的手感覺到一陣抵抗力，彷彿那些磚塊具有磁性，不願意放她走。

「這是什麼？」她問。

「一個小小的機關。」朱比特喃喃說，「跟我來。」他略略往後仰，一腳踩上磚牆，再來是另一隻腳，然後──他輕鬆寫意地違反地心引力法則，繼續沿著牆壁往上走，特意縮肩拱背，以免自己的頭撞到巷子另一側的牆。

莫莉安盯著他，驚愕無言，過了一會才甩甩頭，逼自己清醒。她如今也是永無境的市民了，是杜卡利翁飯店的永久住客，更是幻奇學會的一員，她真的不能一遇到有點出人意表的事情就這麼驚訝。

她深吸一口氣（不料吸進惡臭，差點又一陣反胃），接著模擬朱比特的動作，分毫不差。就在雙腳踩上牆壁的剎那，整個世界猛然傾斜，隨即回正，讓她站在上面

十分輕鬆自在，可怕的臭味也隨之消失，變成清新乾爽的空氣。忽然之間，迎著眼前那一方延展的星空，走在巷子的牆壁上，似乎是再自然不過的事情，莫莉安笑出聲來。

走到這條垂直巷子的盡頭時，整個世界再度傾斜，回復正常。

莫莉安原以為他們會走上屋頂，沒想到他們卻全身在另一條巷子，這條路喧囂熱鬧，浸淫在詭譎的綠光之中。她和朱比特走向一條長長的人龍，排隊的人群被擋在一條絨繩後方，顯得很是興奮，激動的情緒散播開來，莫莉安也沾染上一絲期待，踮起腳尖，想看看他們在排什麼。最前面有一扇磨損的淺藍門扉，貼著一張潦草的手寫公告：

舊德爾斐音樂廳
舞臺後門
今日演出：天使伊斯拉斐爾

「誰是天使伊斯拉斐爾？」莫莉安問。

朱比特沒有回答，只是將頭一偏，示意莫莉安跟著他，然後大搖大擺地走到排隊人龍最前方。有位一臉無聊的女子站在那裡，確認清單上的姓名，她穿著一身黑，從腳上厚重的靴子，到掛在頸間的羊毛耳罩，全是黑色。（莫莉安覺得很棒。）

「請排隊。」她頭也不抬就說：「不能拍照，演出結束前別想找他簽名。」

「我恐怕等不了那麼久，」朱比特說：「方便讓我現在進去嗎？」

女子嘆了口氣，敷衍地瞄了他一眼，面無表情，嘴巴半張，嚼著口香糖。「什麼名字？」

「朱比特‧諾斯。」

「你不在名單上。」

「不。我是說，對，我知道，希望妳可以替我安排一下。」他從那把紅鬍子底下露出笑容，含蓄地輕點領子上的金色「W」字小別針。

莫莉安不禁一抖。她明白，幻奇學會成員身為菁英，在永無境備受景仰，經常享有一般市民作夢也得不到的特殊待遇；可是，她從沒見朱比特這麼明目張膽運用「別針特權」。她暗忖，難道朱比特常常這麼做？

女子絲毫不顯動搖（莫莉安覺得這也是情有可原）。她蹙眉瞪視那枚金色小別針，再用畫著濃重金蔥眼線的雙眼，瞥向朱比特滿懷希望的臉龐。「但你不在名單上啊。」

「他會見我。」朱比特說。

她勾起上脣，露出一嘴鑲鑽牙齒：「證明給我看啊。」

朱比特微微偏頭，揚起一邊眉毛，女子模仿他的表情，滿臉不耐。最終，朱比特嘆了口氣，從大衣內掏出一根帶有金色斑點的黑羽毛，在指間來回轉動，一次，兩次。

女子的雙眼略為睜大，張口結舌，莫莉安看見她齒間的鮮藍色泡泡糖。她有些緊張，看了看朱比特背後越排越長的人龍，推開褪色的藍門，頭一歪，示意他們進去。「那就快點，演出五分鐘之後就開始了。」

舊德爾斐的後臺很暗，黑衣工作人員安靜而有效率地來回奔走，四周寂靜無聲，瀰漫著期待的氛圍。

「那根羽毛是什麼？」莫莉安小聲問道。

「顯然比針更有說服力的東西。」朱比特喃喃回應，聽起來有些喪氣。他從一個標示「員工專用」的箱子中拿出兩副耳罩，將其中一個交給莫莉安。「來，把這戴上，他等一下就要唱了。」

「誰？你說那個伊斯……什麼的天使？」她問。

「伊斯拉斐爾，對。」他用手梳過紅棕色頭髮，莫莉安看出那是他緊張時的小動作。

「可是我想聽。」

「喔不，妳不會想聽的，相信我。」朱比特透過布幕間隙，從他們所站的位置觀望外頭的觀眾席，莫莉安跟著飛快偷窺了一眼。「莫兒，妳絕對不會想聽他們這一族唱歌。」

「為什麼？」

「因為，那會是妳這輩子聽過最美妙的聲音。」他說：「那個聲音會觸發妳腦內的某個東西，帶給妳無可破壞的全然寧靜，那是妳一輩子體驗到最美好的寧靜。它讓妳明白，妳是一個完整的人，妳的人生完美而圓滿，妳擁有了渴望的一切，需要的一切。寂寞與悲傷都會變成遙遠的記憶，妳的心會感到滿足，讓妳覺得這個世界絕

不會再令妳失望。」

「好恐怖喔。」莫莉安說，語氣毫無起伏。

「確實恐怖。」朱比特堅持道，神色凝重。「因為那稍縱即逝。因為伊斯拉斐爾不可能永遠歌唱。當他停止唱歌，那種完美的幸福感終究會消逝，妳會回到真實世界，必須面對現實中的困難、瑕疵跟髒汙，令人難以負荷。妳會感到極度空虛，就好像妳的生命停止了，好像妳被困在一個泡泡中，周遭的世界卻仍然不完美地轉動著。看到外面那些人了沒？」他稍微拉開布幕，兩人再度望向觀眾。

空曠的樂隊池設有燈光，照亮底下那許多張臉孔，人人臉上都是相同的神情──萬分急切，但卻莫名空洞，充滿匱乏，飽含渴求。朱比特繼續說：「他們不是為了欣賞藝術饗宴而來，不是因為喜愛大師級演出而來。」他低頭看著莫莉安，悄聲說道：「他們是毒蟲，莫兒，他們每一個都是。他們來，是為了再次享受快感。」

一名女性的說話聲劃破空氣，觀眾迅即靜默下來。

「各位先生，各位女士！在今夜的舊德爾斐，為您獻上他第一百場榮耀超凡的演出……這位舉世無雙，絕塵拔俗，出神入化的演唱家……」經過擴音的聲音驟然降為戲劇化的低語：「讓我們熱烈歡迎，天使伊斯拉斐爾。」

寂靜瞬間被打破，音樂廳歡聲雷動，觀眾紛紛鼓掌、歡呼、吹口哨。朱比特用手肘猛力推了莫莉安一下，她急忙緊緊戴好耳罩，隔絕了所有聲音，只聽得見耳邊隆隆的血液奔流聲。莫莉安明白，他們來這裡不是為了觀賞演出，而是為了一件更重要的任務，可是就算如此……這樣還是有點討厭。

純淨的金色光芒點亮幽暗的音樂廳，莫莉安迎著亮光眨眼。在整個華麗空間的

中央，從人群上方接近天花板之處，射下一道聚光燈，照亮一名男子。他美得如此奇異、脫俗，莫莉安不禁倒抽了一口氣。

天使伊斯拉斐爾飄在半空中，支撐他的是一雙精實而強力的翅膀，羽毛漆黑如夜，點綴著閃爍流光的金線。這對羽翼自他的肩胛骨中間延伸而出，以緩慢的節奏拍動，翼展少說有三公尺。他的身軀同樣擁有強壯的肌肉，卻顯得輕盈健美，皮膚是冷冽的黑色，勾勒著細緻的金色流線，彷彿他曾經像花瓶一樣遭到擊碎，事後以珍貴的金屬黏合修復。

他垂眸注視觀眾，眼神既有幾分慈愛，又摻雜幾分冷淡的好奇。全場抬頭凝望伊斯拉斐爾，一面流淚顫抖，一面緊緊交握雙手，以求鎮定；有的人竟當場暈厥，倒在音樂廳的地板上。莫莉安忍不住心想，這未免太過頭了，他連唱都還沒開口唱呢。

然後，他開了口。

所有觀眾瞬間凍結。

有如再也不會動彈。

一陣悠長、凝滯的平靜氣氛，如雪一般飄落。

莫莉安很想整夜留在這裡，躲在舞臺側邊，旁觀這幕沉默詭譎的奇景，可是沒過幾分鐘，朱比特就無聊了。（**果然是朱比特**，莫莉安想。）

朱比特在煙霧繚繞的幽暗後臺，找到了伊斯拉斐爾的化妝室，兩人開門進去等

伊斯拉斐爾。沉重的金屬門嚴密關上之後，朱比特才示意說可以拿下耳罩了。

莫莉安環顧化妝室，皺起鼻子。房裡垃圾成山，隨處擺著空罐空瓶、幾盒吃到一半的巧克力，另外還有十幾個仍插著花的花瓶，有的花早已枯萎凋謝，有的則是半死不活。地板、沙發、梳妝臺、椅子全堆著衣服，屋裡飄著衣物久未清洗的味道。天使伊斯拉斐爾居然是個邋遢鬼。

莫莉安困惑地哼笑一聲：「你確定是這間？」

「很不幸，就是這裡。」

朱比特在沙發上清出一個空間，好讓莫莉安坐。他小心翼翼拿起各式各樣的垃圾，放進垃圾桶⋯⋯之後他就停不下來了，足足花上四十分鐘動手清掃、擦拭桌面，盡可能將這個房間恢復成適合人住的樣子。他沒問莫莉安要不要幫忙，莫莉安也沒主動插手。就算給她一根十來呎長的竿子，她也寧死不碰這個有害健康與人身安全的鬼地方。

「我問妳，莫兒。」朱比特一面打掃，一面說：「妳現在怎麼樣？妳感覺還好嗎？妳高興嗎？妳⋯⋯冷靜嗎？」

莫莉安蹙起眉頭。她本來沉著得不得了，朱比特這下一問，她反倒開始覺得不對勁。要不是有什麼不該冷靜的理由，誰會沒事問別人冷不冷靜？「為什麼這樣問？」她瞇起眼，「怎麼了？」

「沒有怎麼了！」他回答，音調卻有點高，隱約帶著防備：「完全沒有，只是⋯⋯要見伊斯拉斐爾這樣的人，保持好心情很重要。」

「為什麼？」

「因為伊斯拉斐爾這樣的人……會吸收其他人的情緒。要是你在特別難過或生氣的時候去見他們，這是……呃，很沒禮貌的，因為你會害他們心情變差，毀了他們的一天。而且，坦白說，萬一伊斯拉斐爾心情很差，我們就糟了，事關重大。所以，呃……妳覺得怎麼樣？」

莫莉安裝出燦爛無比的笑容，豎起兩根大拇指。

「好……」他慢慢地說，略顯不安：「也行，總比沒有好。」

後臺的廣播系統宣布中場休息二十分鐘，幾分鐘後，化妝室的門便被猛力推開。

今晚的演出主角大步走進來，他渾身是汗，翅膀收攏在背後，一進房間便直奔小推車，那車上擺滿許多深淺不一的黃褐色酒瓶，不住叮噹作響。他倒了一小杯琥珀色的酒，喝完又倒一杯，第二杯喝到一半，他總算注意到房裡有外人。

他瞪著朱比特看，把剩餘的酒一飲而盡。

「撿了隻流浪動物回家啊，親愛的？」他終於問道，頭往莫莉安一點。他說話的聲音同樣低沉悅耳，在莫莉安心中微微勾起一股奇異的感受，像是懷舊、鄉愁或渴望，卡在她的喉頭。她用力一嚥口水。

朱比特彎起一邊嘴角。「這是莫莉安‧黑鴉。莫莉安，這位是天使伊斯拉斐爾，他的歌聲無人能出其右（註1）。」

<hr>

註1　「他的歌聲無人能出其右」一句出自愛倫坡的詩作〈伊斯拉斐爾〉（Israfel），全句為：「天使伊斯拉斐爾／歌聲無人能出其右，／傳說，連活潑的星辰／也停下吟唱，默然聆聽／他以歌聲施下的魔咒。」

「很高——」莫莉安正要說。

「很高興認識妳。」伊斯拉斐爾打斷她，籠統地朝整個化妝室偏偏揮了揮手。「我沒想到今天會有客人，恐怕沒什麼能招待，不過……」他往小推車比劃，「請自便。」

「我們不是來吃吃喝喝的，老朋友，」朱比特說：「我想拜託你一個人情，事情有點急。」

伊斯拉斐爾一屁股癱進一張扶手椅，雙腿懸在扶手邊，盯著手中的酒杯，顯得鬱鬱不樂。他那雙翅膀不住抽動，自動重新排列整理，鋪掛在椅背上，有如一件蓬鬆的羽毛斗篷，滑順優雅，有幾處從底下冒出幾根絨毛。莫莉安好不容易克制住伸手撫摸的衝動，暗忖：可能會被當成怪人。

「我早該知道你不是單純來看我。」伊斯拉斐爾說：「畢竟，你現在都不來找我了，老朋友。從十一年之夏開始，你就沒來找過我了。你錯過了我那場盛大的啟幕夜，你知不知道？」

「我很抱歉，你有收到我送的花嗎？」

「沒有。我不知道。大概吧。」他鬧脾氣地聳聳肩，「我三天兩頭收到花。」

莫莉安敢說，伊斯拉斐爾就是故意要讓朱比特內疚，偏偏她自己也不禁內疚起來。她原本根本不認識伊斯拉斐爾，但一想到伊斯拉斐爾不開心，她就難以忍受，內心湧起一種奇特的衝動，很想給他一些餅乾、送他一隻小狗，總之要給他點什麼。

朱比特自大衣口袋抽出一捲破爛的紙、一枝筆，一言不發遞了過去。伊斯拉斐爾不加理會，朱比特說：「我知道你收到了我的信。」

伊斯拉斐爾不吭聲，搖晃手中的酒杯。

「你願意嗎？」朱比特依然沒收回手，簡單地問：「拜託？」

伊斯拉斐爾聳肩。「我為什麼要幫你？」

「我想不出什麼好理由，」朱比特承認，「但我還是希望你點頭。」

此時，天使轉而注視莫莉安，臉上不露情緒，態度戒備。「能讓偉大的朱比特·諾斯願意當贊助人，我能想到的理由只有一個。」他啜了一口酒，目光移回朱比特身上，「歡迎告訴我我猜錯了。」

莫莉安也望向她的贊助人。三人就這樣坐著，凍結在難熬的沉默中，伊斯拉斐爾似乎將此視為默認。

「幻奇師。」他壓低嗓音怒道。接著，他長嘆一聲，疲憊地一手抹了抹臉，一把搶過朱比特手中的紙捲，不理會他遞出的筆。「你是我最好的朋友，也是我所認識最蠢的傻子。對，好啦，我當然會幫你簽你的白痴防護契約，雖然這一點意義也沒有，我說真的。幻奇師。簡直荒謬。」

莫莉安在座位上動了動，覺得有些尷尬，又有些忿忿不平。這人的化妝室簡直就是個豬圈，他還好意思說莫莉安**荒謬**，實在令人火大。她吸吸鼻子，擺出一副高傲、毫不在乎的模樣。

朱比特皺眉。「小伊，我說不出我多感激你，不過你要知道，這件事是最高機密，只有你跟——」

「我守得住祕密。」伊斯拉斐爾屬聲說，一手往後探，從翅膀上拔下一根黑羽，吃痛地一縮。他將羽毛往梳妝臺上的一瓶墨水沾了沾，在紙捲底部簽了個鬼畫符，隨手就把羽毛一扔。那根黑羽飄落地面，金斑反射光澤，看來沉著臉交給朱比特。他將羽毛往梳妝臺上的一瓶墨水沾了沾

十分美麗，莫莉安很想將之拾起，帶回家當成寶貝收藏，不過她覺得這種行為有可能有一點類似偷人家的衣服。「說實在，我本來以為你會更早來來找我，你應該聽說卡西爾的事了吧？」

朱比特正往紙上的墨水吹氣，好讓它快點乾，頭也不抬地說：「他怎麼了？」

朱比特停下動作。他對上伊斯拉斐爾的雙眼，愣愣反問：「不見了？」

「憑空消失了。」

「他不見了。」

朱比特搖頭，「不可能。」

「我也這麼說。但就是發生了。」

「可是他……」朱比特開口，「他不可能就這樣……」

伊斯拉斐爾神情肅穆，看在莫莉安眼中，他彷彿有些懼怕。「就是發生了。」他又說了一遍。

沉默半晌，朱比特站起身，拎起大衣，示意莫莉安也準備離開。「我會打聽看看。」

「真的？」伊斯拉斐爾面露懷疑。

「我保證。」

他們走下巷子牆壁，走進燈火通明得宛如白晝、繽紛燦爛的波希米亞大街，穿越人群，前往傘鐵月臺，腳步比來時和緩自在得多。朱比特一手牢牢按在莫莉安肩

上，似乎總算想到他們正身處人潮洶湧的陌生地區，而他很該顧好莫莉安。

「卡西爾是誰？」在傘鐵月臺上等候時，莫莉安問。

「伊斯拉斐爾的族人。」

「以前廚娘說了好多關於天使的事，」莫莉安說，想起她的老家黑鴉宅邸。「死亡天使、慈悲天使、失敗晚餐天使……」

「那不一樣。」朱比特說。

莫莉安滿腹困惑，「他們不是天使的化身嗎？」

「那大概是把想像給誇大了，不過某方面來說，他們確實是神仙。」

「神仙……指的是什麼？」

「喔，妳知道的，就是那些天居者，那些有翅膀、會用翅膀的傢伙。在神仙的圈子裡，卡西爾是個重要人物，萬一他真的失蹤……嗯，反正，八成是伊斯拉斐爾哪裡搞錯了。要不就是他誇張了點，小伊總是喜歡添油加醋。車來了，準備好了嗎？」

傘鐵呼嘯而過，莫莉安與朱比特把握恰到好處的時機，以雨傘勾住傘鐵架上的鋼圈，死命抓緊，一路飆過永無境迷宮般的村鎮。傘鐵的纜線遍布全市，勾勒出了不可思議的路徑，有時低空穿過大街小巷，縱橫交錯，有時又懸在高空，橫越屋頂和樹梢。像這樣到處飛馳，假如不想從高處墜落摔成肉泥，唯有用手牢牢抓住雨傘，在莫莉安看來，這種交通方式實在是危險得近乎愚蠢；可是，儘管傘鐵如此嚇人，當她看著底下的行人與建築飛逝，強風吹打臉頰，卻也十分刺激過癮。打從她開始住在永無境，這是她最喜歡的一件事。

「那個，有件事我得先告訴妳。」他們拉下操縱桿，讓奔馳的傘鐵鬆開雨傘，一躍而下，在自家附近降落，這時朱比特說：「關於……妳的生日，法蘭克聽說今天就是妳的生日，妳也知道他的個性，一有藉口他就想辦法派對。」

莫莉安瞇起眼，冷冷地說：「喔？」

「不要發飆。」他咬住臉頰一邊內側，滿臉罪惡感。「只是……呃，法蘭克說今

「朱比特……」

「而且……而且杜卡利翁的大家都愛妳！」他的聲調比平時高了幾個音，明顯想哄她高興，用力的程度前所未見。「我總不能剝奪大家替妳慶生的權利，妳可是他們**最最喜歡**的莫莉安‧黑鴉，對吧？」

「朱比特！」

「我知道，我知道，」他投降般地舉起雙手：「妳說過妳不想太張揚。不用擔心，好不好？法蘭克答應過要低調，只有飯店員工、傑克、妳跟我，妳吹個蠟燭，他們唱個生日快樂歌——」莫莉安哀號一聲，光是想像那個場景，她就糗得要臉紅，灼熱感一路從脖子往上爬，直達雙耳。「——大家吃個蛋糕，收工，一切就結束了，接下來一整年都不會再發生。」

莫莉安瞪著他。「低調？你保證？」

「我在此發誓。」朱比特一手按住胸口，神色莊重。「我告訴法蘭克，務必收斂，然後再收斂一些，然後繼續收斂，直到他覺得實在是低調得慘不忍睹，然後再收斂個十倍。」

「是喔，可是他會聽嗎？」

她的贊助人嗤之以鼻，一副深受冒犯狀。「聽好，我知道我這人就是隨和好脾氣，什麼事都不在意，悠悠哉哉的──」莫莉安揚起一邊眉毛，適度表達她的不可置信。「但妳會發現，我的員工確實敬重我。莫兒，法蘭克很清楚誰才是老大，他很清楚是誰核發他的薪水。相信我，我叫他低調，他就會──」

朱比特打住話頭，嘴巴大開。他們正轉進人才大道，眼前是杜卡利翁飯店壯麗宏偉的正門入口，這裡就是莫莉安跟她贊助人所住的地方……而法蘭克這位非凡的活動策劃人，顯然為了今天的場合，特意大肆裝飾了一番。

杜卡利翁飯店掛滿顏色嬌豔如火鶴的彩燈，照亮整個黑夜。莫莉安想，這八成連外太空也看得見。

「──弄得超過火？」她替朱比特講完剛才的句子，朱比特已啞口無言。

一群人聚在杜卡利翁飯店的前門階梯，除了員工之外，在飯店中下榻的每一位住客似乎都被找來了，另外還有幾個生面孔。他們臉上滿溢興奮，圍在一個蛋糕旁，那蛋糕極盡奢華，共計九層，點綴著粉紅糖霜，莫莉安覺得這個蛋糕與其用來慶祝十二歲生日派對，還不如拿去慶祝皇室婚禮。一支銅管樂隊在噴泉旁待命，就在莫莉安和朱比特抵達之際，法蘭克下達指令，樂隊隨即奏起充滿歡慶氣氛的激昂進行曲。最驚人的是一面巨大霓虹看板，寬度橫越整個屋頂，上面用閃耀的大字寫著：

莫莉安十二歲了

「生日快樂！」員工和賓客組成的人潮大喊。

法蘭克往朱比特的外甥傑克一指，傑克點燃一串煙火，煙火嗖地呼嘯升空，將眼前景色綴上點點星塵。

著名女高音兼森林溝通師協會會長香妲・凱麗女爵張口，唱起一個版本非常花俏的生日快樂歌（立刻引來三隻知更鳥、一隻獾、一家子松鼠，圍在她腳邊仰慕地凝望）。

杜卡利翁的交通經理兼司機查理牽著一匹梳過毛、裝上馬鞍的小馬，預備載壽星進飯店。

禮賓經理米范跟客房服務員瑪莎抱著滿懷禮物，笑容燦爛。

擔任房務總監、身形龐大的魁貓芬涅絲特拉，則趁亂用巨掌偷抹了一把粉紅糖霜。

朱比特緊張地偷瞄莫莉安。「我是不是該……呃……我是不是該跟我們的炒熱氣氛負責人私下談談？」

莫莉安搖搖頭，努力壓抑抽動的嘴角，最終還是壓不住笑容。胸口中央升起一股熱騰騰、陽光燦爛的暖意，彷彿有隻貓窩在那裡，滿足地打著呼嚕。她從來沒體驗過生日派對。

法蘭克還行啦，真的。

那晚，莫莉安盡情大吃充滿糖分的生日蛋糕，樂得暈頭轉向，又接受了上百位

派對賓客彷彿永不停歇的生日祝福，整個人精疲力竭。她的床顯然深知她度過了極其漫長的一天，今晚變出許多羊毛毯，她爬進像繭一般裹住自己的被窩，幾乎一沾枕便陷入夢鄉。

接著，感覺只過了半秒鐘，她醒了。

她醒了，卻不在床上。

她醒了，非但不在床上，也不是獨自一人。

第二章　兄弟姊妹

次年之春

無雲的星空之下，幻奇學會的九名新生肩並著肩，站在學會大門前，睡眼惺忪，感到些許涼意。

半夜醒來，卻發現自己身上只穿著睡衣，站在永無境冷颼颼的街上，本來該讓莫莉安大為驚恐，好在兩件事讓她按捺住內心的擔憂：

第一，幻學的大門化成了由花草組成的巨大歡迎標語──玫瑰、牡丹、雛菊、繡球花、彎曲的綠藤，全數組成一面七彩的簾幕，上頭寫道：

來吧
加入我們

第二，站在她右側的男孩身材瘦削，一頭捲髮，一邊嘴角殘留著睡前喝的可可漬，這是她在世界上最要好的朋友：霍桑・史威夫特。霍桑揉揉眼睛，對她露齒微笑，眼神迷濛。

「哦。」他說，一如往常臨危不亂。他伸長脖子，環顧四周，看看身邊另外七位新生。其他人同樣只穿了睡衣，微微哆嗦，帶著程度不一的惱怒或驚懼。「這又是什麼奇怪的幻學活動了，是吧？」

「一定是。」

「我本來正在作超棒的夢，」他沙啞地說：「我騎著龍，飛過一座叢林，結果從龍

身上跌下來，摔進樹林裡……然後一群猴子收養我，讓我當牠們的國王。」

莫莉安從鼻子哼了一聲，「我想也是。」

我的朋友也在，她高興地想。一切都會沒事的。

「我們要做什麼？」莫莉安左側的女孩問。她身材結實，抬頭挺胸，雙頰粉嫩，比莫莉安高出至少一個頭，說話有濃濃的高地腔，一頭紅色亂髮順著背脊直瀉而下。莫莉安記得她是薩迪亞‧麥高樂，在去年的展現考驗時，她單槍匹馬打贏了一隻成年山怪。

莫莉安開不了口回答她。一方面是因為她不知道答案，另一方面是她內心正重演當初在考驗中的一幕：薩迪亞一把抄起翁長老屁股底下的椅子，擊中山怪的膝蓋，發出令人毛骨悚然的「喀啦」聲。嚇死人了，莫莉安暗忖──不過，平心而論，也很厲害。

「我猜啦，」霍桑嘴巴張得大大地打了個呵欠：「我猜是要走進去，加入他們。」

話甫出口，大門便緩緩開啟，發出響亮的聲音。在花草組成的歡迎標語及高聳的磚牆後方，幻學的土地形成緩坡，直達傲步院，那棟建築的每扇窗戶都亮著，宛若燈塔，招呼他們前行。

從數百名滿懷企盼的孩子當中，這九名備選生脫穎而出，順利獲選為幻奇學會第九一九梯的新生。他們走過大門，空氣頓時改變。

頭一次，莫莉安沒對這種奇特的「幻學天氣」現象感到措手不及。在學會大門外的舊城街上，還是天氣涼冷的夜晚，有些起風；不過，在幻學的環境中，天氣中的一切會更加突顯，草地覆上一層厚厚的霜，空氣乾燥、清新、寒意逼人，將他們

吐出的氣息化為白霧，有雪的味道。莫莉安等人發起抖來，不住揉搓雙臂，原地跳了幾下，想讓身子暖和。大門在身後吱呀關上，陷入寂靜。

當然，他們去年都來過幻學。第一場考驗「書之考驗」就在傲步院舉行，莫莉安記得寬敞的考場擺起排排桌椅，她跟幾百個孩子一同坐在那裡，面前放了一本空白的試題冊，裡頭自動浮現問題，她必須誠實作答，否則冊子就會開始燃燒。考場中，將近一半備選生眼睜睜看著自己寫的答案燒成灰燼，當場失去資格。

如今的幻學看起來跟那時不一樣了，不只是因為此時正值黑夜。綠蔭大道兩旁依然立著焦黑的枯樹，那是已絕種的火華樹殘枝；然而，今晚在火華樹的枝枒上，是數百名幻奇學會成員，年紀有少有老，還有更老，甚至稱得上極其蒼老，他們有如沉默的大鳥，垂頭凝視這些新生。如同萬鬼節的黑色遊行，他們身穿正式的黑色斗篷，唯有手中的蠟燭照亮臉龐。

這個情景的視覺效果理應頗為駭人，可是不知為何，莫莉安卻毫不畏懼。畢竟，她已經加入學會了，最艱難的部分已經熬過去了。

見到這些身著黑斗篷的陌生人盤踞樹梢，低頭俯視她，她甚至覺得有些安心。那些人看起來並無惡意，只是……動也不動。

九一九梯遵從直覺，沿著大道走上緩坡，邁向以紅磚建成、巍然聳立的傲步院。此時，一眾渾身漆黑的學會成員開始輕聲吟誦，莫莉安認出了他們所念的句子。前幾天，一個象牙白的信封送來了杜卡利翁飯店，信上以小字端正寫下這段話，指示她熟記在心，並燒掉這封信。

兄弟姊妹，一生忠誠，
永世相繫，堅如刀刃。
超越親緣，超越他人，
赴湯蹈火，羈絆永恆。
兄弟姊妹，忠實真摯，
獨特少有，相伴終生。

這是誓言，是每個學會成員都必須向同梯許下的承諾，向他們這八位新兄弟姊妹做出保證。莫莉安明白，從加入學會起，她不僅會得到最頂尖的教育、無數的機會，也會得到她最渴望的事物：真正的家人。

九一九梯伴著吟誦聲，走過漫長的綠蔭大道，所有學會成員跟著新生移動，自樹梢躍下，圍在新生後方，宛如一支儀隊，一遍又一遍反覆吟誦幻學誓言。

隨著九一九梯往前走，這場幻學新生歡迎會愈加盛大。右邊，一群樂手從樹上跳下，奏起一段勝利的旋律；道路兩旁各站了一位青少年，聯手變出一道彩虹，有如一座霧氣氤氳的空靈拱門，讓他們從底下走過。最終，在他們抵達傲步院前方之際，一隻大象發出長鳴，宣告他們來到，宛如鎮上的公告員。

寬闊的大理石階上佇立著九名男女（其中一人擁有鮮亮的紅髮），臉上洋溢驕傲與喜悅，注視自己的備選生走上前來。

莫莉安奔上臺階迎向朱比特，只見他的表情如太陽般燦爛。他張口想說話，隨即閉上，眼中微微閃現淚光。看他出乎意料地真情流露，莫莉安有些驚訝，也不自

禁頗為感動，伸手輕捶他的手臂一下，表示理解。

「糗死了啦。」她悄聲說。朱比特笑起來，抹抹眼睛。

朱比特身邊是霍桑的贊助人——年輕的南希·道森。她低頭看向自己的備選生，露齒而笑，臉頰擠出兩個酒窩。「感覺還好吧，闖禍鬼？」

「好得很，阿南。」霍桑笑著回答。

在阿南另一側，一位年紀較長的贊助人嘘了一聲，示意他們安靜，不滿地皺起眉頭。

「好啦，嘘什麼，海絲特。」阿南說，語氣和善，轉頭對霍桑跟莫莉安做了個鬼臉。

在排成一列的贊助人當中，不遠處就是莫莉安再也不想見到的人：巴茲·查爾頓。去年，巴茲花了整整一年的時間，處心積慮阻撓莫莉安通過考驗，千方百計想要將她趕出永無境，還偷偷協助自己那票備選生作弊。

巴茲的備選生是催眠師詩律·布雷克本，她站在一旁，雙手環胸，甩頭將編成長辮的黑髮甩到肩後。在這個奇特的場合，她顯得輕鬆自在，甚至看似覺得有些無聊。莫莉安一方面嘖嘖稱奇，另一方面也有些惱怒。

朱比特傾身向前，在莫莉安耳邊低語：「看看妳身邊，莫兒。這是妳努力的成果，好好享受吧。」

在他們身後，眾多幻學成員一同走近。他們已經停止吟誦，轉而高興地聊天、交談，笑著注視學會新生，享受這場歡迎會。

驀然間，一聲奇異的呼嘯劃破空氣。眾人抬頭仰望，只見一對巨龍載著龍騎士

在傲步院上空盤旋，用火與煙在天空寫出九個名字：

雅查安

埃娜

詩律

法蘭西斯

霍桑

蘭貝斯

馬希爾

莫莉安

薩迪亞

莫莉安在整整一年前，逃脫她背負的所謂詛咒，來到永無境這個祕密城市；這段期間，莫莉安也見識了不少怪事，見到巨龍噴火寫出自己的名字，只不過是諸多新鮮怪事的其中一項，不過她得承認，感覺真的很棒，排得上前幾名了。九一九梯新生紛紛發出驚喜的抽氣聲，莫莉安心知自己不是唯一受到震撼的人。其實，看起來不為所動的人唯有霍桑（畢竟，他一學會走路就開始騎龍了）。

最後一個名字在空中化為輕煙，兩名龍騎士引導雙龍飛離。贊助人帶領新生進入傲步院，身後的幻學成員爆出歡呼聲與掌聲，揮手歡送他們走進大樓，彷彿他們是什麼貨真價實的名人。霍桑向眾人揮手答禮，揮得太熱情忘我，最終被阿南拖進

傲步院，令一旁的莫莉安忍俊不禁。厚重的前門隨即關上，徹底隔絕外界的聲音。

傲步院寬敞明亮的大廳頓時陷入靜寂。此時，一道微弱的說話聲自大廳後方傳來。

「九一九梯的諸位，恭喜揭開不凡人生的新頁。」

那裡站著極具聲望的三名幻學長老理事會成員。首先是格果利雅‧坤寧長老，莫莉安深知，她絕沒有外表這麼弱不禁風；再來是翁螺旋長老，他是一名面色嚴肅的灰鬍男人，全身布滿刺青；最後是阿留斯‧薩加長老，是隻身形龐大、會說話的公牛。

儘管剛才在傲步院外的歡迎場面如此盛大，入學儀式本身其實十分簡短，毫不刺激。長老說了幾句歡迎致詞，每位贊助人各拿起一件斗篷，為自己的備選生披上，再替他們在領子別上「W」字金色小別針。

九一九梯新生說出已經記熟的誓詞，誓言一生忠於彼此。他們朗聲宣誓，口齒清晰，沒人說錯一個字。莫莉安曉得，這是整場儀式最關鍵的環節。

宣誓完成，儀式結束。就這樣。

除了一件事。

「各位贊助人。」儀式告終後，坤寧長老開口：「還請留步，耽誤各位幾分鐘，有要事與各位相商。新進學者請離開傲步院，在外面靜候。」

莫莉安暗自疑惑，這是儀式的慣例嗎？幾位贊助人好奇地互望一眼，看來這應該不是常態。她跟隨同梯新生走出傲步院，途中試著對上朱比特的眼，偏偏朱比特沒有看她，臉色顯得有些僵。

傲步院外空氣寒冷，靜默空曠，不僅一個人也沒有，而且什麼也沒留下，彷彿他們稍早經歷的盛大歡迎只是一場集體幻象。

大家啞然無語，沉默逐漸拉長，除了莫莉安跟霍桑之外，新生都互不相識，他們不好意思地互看幾眼。埃娜・卡蘿尷尬地呵呵笑了幾聲，她是個體態微豐的漂亮女孩，一頭金色捲髮。莫莉安對她的本領依然印象鮮明，在展現考驗上，她劃開了贊助人的腹部，取出闌尾，然後再縫合⋯⋯全程蒙住眼睛。

不令人意外的是，頭一個說話的人是霍桑。

「話說，你在展現考驗上秀的那招，」他以探詢的目光看著雅查安・泰特：「你跑去，扒走大家的東西，但大家都以為你只是在拉小提琴。」

「呃�⋯⋯對？」雅查安一臉純良，看起來萬分無辜，宛如天使，任誰也想不到他是個天賦異稟的小偷。他看著霍桑，略顯遲疑：「真對不起，我偷了你的東西？後來還給你了嗎？我盡量全部物歸原主。那時候我的贊助人覺得⋯⋯」

「太厲害了，」霍桑打斷他，睜得大大的雙眼流露崇敬。「實在是超厲害的！我們都看呆了，對不對，莫莉安？」

莫莉安咧嘴一笑，想起在展現考驗時，霍桑發現雅查安神不知鬼不覺摸走他口袋裡的龍騎士手套，整個人興高采烈的。雅查安的本領也令她非常驚異，但霍桑簡直興奮得快飛上天了。

「真的很強。」莫莉安贊同道：「你是怎麼學的？」

雅查安整張臉紅到了耳根，害羞地對莫莉安微笑。「噢，嗯，謝謝。我大概就是⋯⋯不知不覺學會了。」他謙虛地聳聳肩。

「好棒喔，」霍桑說：「搞不好你可以教我幾招。你叫雅查安，對不對？」

「叫我雅查就好。」他回握霍桑伸出的手，「只有我奶奶會叫我⋯⋯」

就在這個關頭，傲步院的大門被用力推開，發出響亮的「砰」一聲。巴茲・查爾頓戲劇性地大步邁出傲步院，來到大理石階，向他的備選生招手。

「妳——什麼名字——布林維爾！跟我來，我們走。」

詩律・布雷克本一臉驚恐。「咦？為什麼？」

「我叫妳問東問西了嗎？」他鄙夷地說，講話有些含混：「我告訴妳，我們走。」然而詩律站著不動。其他贊助人從傲步院中跟出來，有的看似害怕，有的驚怒，人人盯著莫莉安。

一波波疑懼漫過莫莉安的全身，彷彿她的身體化作一個池塘，有人往水中投下一塊重得要命的巨石。這個瞬間，她恍然想通長老為何在儀式後留住贊助人，想通他們討論的是什麼事，或者該說——什麼人。

稍早要阿南安靜的年長女人海絲特徑直走向莫莉安，蒼白的臉孔端起強硬嚴正的神色，已然灰白的褐髮緊密地向後梳起。她瞪視莫莉安好幾秒，看起來既氣憤又困惑。

「你怎麼知道？」她厲聲朝背後的朱比特說：「誰告訴你的？」

「沒人告訴我。」朱比特跟在眾人後頭，不疾不徐走出傲步院，狀似隨意地靠在一根柱子旁，往莫莉安比畫了一下。「我看得見，看得清清楚楚。」

「什麼叫**看得見**？我什麼也沒看到。」海絲特用力抓住莫莉安的下巴，將她的臉左右轉動，盯著她的眼睛猛瞧。

朱比特的臉色登時大變，衝過來喝斥道：「喂！」但用不著他插手，莫莉安便不

假思索打掉海絲特的手。海絲特倒吸一口氣，燙到般向後一縮，冷著臉，向她點了點頭。

一眼，心想自己是否做得太過火了，不過朱比特看似滿意，她是埃娜的贊助人。「海絲特，

一名年輕女子蘇馬緹・密敘拉疲憊地嘆了口氣，她是埃娜的贊助人。「海絲特，

妳明明知道諾斯的本領是什麼。他可是見證者，自然看得見我們看不到的東西。」

「說不定他騙了我們啊。」海絲特說。

面對這句指控，朱比特反應平淡，莫莉安卻不由得為他冒起一股火來。

南希・道森同樣憤慨，「說什麼傻話，海絲特，諾斯隊長絕不是欺瞞之人。既然

他說莫莉安是幻奇師──」

阿南吐出這個詞的剎那，彷彿眾人周遭的氧氣頓時被抽乾。**幻奇師**──宛如有

人敲下了一聲響鑼，這個詞反覆迴盪，自這棟紅磚大樓向外彈射。

「──那她就是……幻奇師。」阿南把話說完。

幻奇師。幻奇師。幻奇師。

幾位贊助人不約而同打了個冷顫，其他新生倏地轉頭看莫莉安，雙眼圓睜，如

遭雷殛。莫莉安心中浮現一股熟悉的惆悵感，就好像自己正站在岸邊，凝望最珍愛

的夢想在海中越漂越遠，卻無法將它們撈回來。

他們本該是她的兄弟姊妹，一生忠於彼此。可是，就因為一個詞，他們似乎把

莫莉安當成了敵人。

「我，我……」莫莉安喉嚨一緊。她想說些什麼，想解釋或安撫他們，但坦白

說……她做不到。好幾週前，她才得知自己是幻奇師。除了她，當今世上的幻奇師

只有一位，名叫埃茲拉・史奎爾，他也是有史以來最邪惡的人，是他向莫莉安揭露了她的真實身分，令她大受衝擊。儘管朱比特事後盡力挽救，努力向她解釋，可是莫莉安依然不懂身為幻奇師代表了什麼，這讓她很害怕。

朱比特堅稱「幻奇師」不是什麼糟糕的詞，也不一定是邪惡的人。他告訴莫莉安，從前，幻奇師受人敬重，為人稱頌，運用自身的神祕力量保護人民，甚至是實現他人的願望。

然而，在永無境，有其他人抱持跟朱比特相同的看法嗎？莫莉安不曉得。何況，她見過恐怖的埃茲拉・史奎爾本人，令她更難相信幻奇師中也有好人。

史奎爾能夠號令煙影獵手，那是一批由騎士和獵犬組成的怪物大軍，擁有如火般的眼睛。史奎爾為了把莫莉安帶去他身邊，冷酷無情地派煙影獵手追捕莫莉安。她親眼見到史奎爾單是揮動手腕便使鐵桿彎曲，開口低喃便燒起火焰，手指一彈便摧毀她兒時的家，隨後又瞬間將其復原；她親眼見到在那溫和平凡的表相之下，隱藏的真正面貌──空洞漆黑的雙眼、黑黢黢的嘴、外露的尖牙。

最糟的是，埃茲拉・史奎爾想要收莫莉安為徒，但他也是永無境最大的敵人。他曾建立妖魔大軍企圖征服永無境，大肆屠殺起而反抗他的勇士，最終逃離自由邦，流亡至今。即使朱比特費盡口舌，也抹滅不了事實：這名幻奇師在莫莉安的身上，看見了自己的影子。

她連自己的恐懼都無法消弭，又該如何撫平同梯的畏懼？

又一次，唯有霍桑看似毫不介意。他早就知道莫莉安是個幻奇師，當莫莉安告訴他這件事時，他只擔心莫莉安會被趕出自由邦，像埃茲拉・史奎爾一樣。霍桑

壓根不信他最要好的朋友是個危險人物，莫莉安暗自盼望霍桑能分點信心給她。此刻，強烈的擔憂害她的胃都絞了起來，但她仍感到有些慶幸，還好這名個性古怪、沉著鎮定的男孩願意跟她做朋友（她不是第一次這樣想了）。

「而且，既然朱比特說她不危險，那她就不危險。」阿南打破沉重的靜寂。她對莫莉安微微一笑，表示鼓勵，即便莫莉安擠不出回應的笑意，依然稍微增加了些勇氣。

坤寧長老走出傲步院，翁長老與薩加長老跟在兩側，注視眼前的狀況，一語不發，神色有些無奈。

馬希爾·易卜拉欣身邊是一名極為年輕的贊助人，她戴著厚重的眼鏡，頭髮繫著藍色蝴蝶結，雙手顫抖地按住馬希爾的肩膀，將他拉近（雖然她看來也沒辦法保護馬希爾或任何人），清清喉嚨。「不好意思，坤寧長老，可是這個小女孩怎麼會是幻奇師呢？幻奇師已經不存在了。應該說，世界上只有一個幻奇師，就是已經被放逐的埃茲拉·史奎爾，這是大家都知道的。」

「這已經不是事實了，穆萊恩小姐。」坤寧長老答道：「過去，世界上只有一個幻奇師。現在，世界上有兩個幻奇師。」

「沒人擔心這會招來什麼後果嗎？」海絲特質問，「諾斯，我們都知道幻奇師幹得出什麼好事，埃茲拉·史奎爾就幹過。」

朱比特抿起嘴唇，捏住鼻梁，莫莉安看得出來他在強迫自己保持耐心。「海絲特，史奎爾做那些事，不是因為他是幻奇師，而是因為他是個瘋子，只不過他剛好也是幻奇師而已。這是很不幸的組合，但……事實就是這樣。」

「你怎麼知道？」巴茲・查爾頓試著說服長老，「我們都曉得幻奇師的能力是什麼，他們能操控幻奇之力。看看這個黑眼睛的小雜種——大家都看得出來，她就是個壞胚！誰能阻止她用幻奇之力操控我們？」他怒瞪莫莉安，毫不掩飾自己的厭恨。

莫莉安咬緊牙關，她也對這個人有相同的感覺。

「或是更慘的，」海絲特補上一句：「萬一她想殺了我們呢？」

「老天啊，」朱比特受不了地猛抓住那頭鮮亮的紅色亂髮，「她只是個孩子！」

海絲特冷哼一聲：「以後就不是了。」

「她為什麼非得進學會不可呢？」穆萊恩小姐用膽小的聲音，顫抖著問，一張臉比牛奶還要白上三分，細瘦的手指掐住馬希爾的肩膀，活像是擔心莫莉安會用什麼下三濫的幻奇師招數，把她的備選生奪走。馬希爾臉色嚴肅，眉頭深鎖，兩道眉毛快擠成一條了。他幾乎跟贊助人一樣高，莫莉安看著兩人站在一起，總覺得好像小老鼠護著大野狼。「為什麼要冒險讓她……讓她跟其他孩子待在一起？」

莫莉安臉上一陣發燙。他們這副態度，根本是把她當成瘟神。

這一切都太熟悉了。在她人生中的頭十一年，莫莉安堅信自己身負詛咒。莫莉安堅信，每當任何壞事降臨在她的家人身上，降臨在他們居住的鎮上，甚至只要是發生在整個冬海共和國（也就是她從小長大的故鄉）絕對全是她害的。直到去年年底，她才明白這不是事實。可是，受到詛咒的感覺仍令她印象深刻，她不想再經歷一回了。她冒出一股衝動，想奔過漫長的綠蔭大道，逃出花草覆蓋的大門，不過朱比特溫暖的手隨即按住她的肩膀，穩住了她。

「喔，所以妳寧可放她在外面亂跑嗎？」薩加長老跺著牛蹄，直白地問：「妳寧

可她自己一個人在外面，沒人曉得她搞什麼鬼？」

「對，」海絲特毫不退讓：「我相信所有贊助人跟備選生都會贊成。」

「那麼，他們可以離開。」坤寧長老冷然說道，語調平緩。海絲特與其他贊助人顯得吃了一驚，坤寧長老微微頷首。「只要各位願意，便可以離開，畢竟這並非一般狀況。我明白茲事體大，也明白各位的考量，然而，諸位長老與我已詳加商討，我們決議，不會要求黑鴉小姐退出九一九梯。」

巴茲·查爾頓搖著頭，怒氣沖沖，低聲說：「不可置信！」

「你最好相信。」坤寧長老斥道，巴茲不禁將頭往斗篷領子裡一縮。

海絲特顯然認定坤寧長老不過是在虛張聲勢，咬牙切齒地說：「恕我直言，我強烈懷疑學會不惜失去八位才華超群的新生，也要留住一個危險分子。等你們看到這八個不可多得的孩子走出大門，我敢說你們就會回心轉意了。走吧，法蘭西斯。」她走下臺階，邁向兩旁樹木排列的大道。

「海絲特姑姑，」法蘭西斯低聲懇求：「我想留在學會，拜託，我爸會希望我——」

「我弟絕對不希望你冒生命危險！」海絲特猛然旋過身，面對眾人：「他絕不會希望你靠近一個——一個**幻奇師**！」

坤寧長老清清喉嚨。「各位贊助人，這不是你們能代替學員做的決定。孩子們，如果有任何人希望退出九一九梯，退出幻奇學會——請到這裡交回別針。沒有人會對你有任何意見，你也無須承受任何後果，我們在此祝你安好順遂。」

她站在原地，伸出手來。一陣死寂，只有遠處傳來早起鳥兒的歌唱。空氣宛若

凍結，贊助人與備選生呼出凝結的白霧，唯獨少了莫莉安的，她連一口大氣也不敢吸。

埃娜將哆嗦的手指伸向別針，又咬住嘴唇。法蘭西斯一臉內疚地看他姑姑。詩律看也不看巴茲，甚至連眼都沒眨。沒有人交出別針。這也是當然的，要他們交回別針根本就是瘋了。他們去年經歷過重重關卡，現在卻要他們放棄這個金色W字小別針，以及這個別針所代表的未來？簡直無法想像。

「那麼，」坤寧長老放下手。「假如各位已下定決心，就這麼定案了。但我要言明在先，各位新進學者——以及贊助人。」她犀利的目光掃向海絲特與巴茲，兩人都一臉深惡痛絕。「黑鴉小姐這個特殊的……」她稍稍一頓，似乎是在說出「本領」兩個字前打住。「……**狀況**，長老理事會將會決定合適的時機向學會公布，在此之前，這是絕對的機密。我們不能冒險讓此事流出學會，一旦外界知曉真相，必定會造成大眾恐慌。所以，除了少數必要的例外對象，例如學務主任和九一九梯的引導員，學會中有幻奇師的事，務必只有此時在場的人知道。我們將要求各科教師不得多問或討論黑鴉小姐的本領，倘若有學者好奇心過盛，兩位學務主任也會視情況處理。」

她轉向九個孩子。原本的勝利之夜被沉重的消息給毀了，幾位新生彷彿縮小了幾個尺寸。

長老的聲音冷硬如鋼。「從現在起，你們就是同梯。你們必須為彼此負責，為彼此承擔。因此，假如任何一個人——但凡有一個人，辜負了我們的信賴……」坤寧長老一個停頓，神色嚴峻，逐一凝視新生，最終視線落在莫莉安身上。「……那麼，你們九個人都會被勒令退出學會，一生不得回歸。」

第三章　不是刺青的刺青，不是門的門

隔天早晨醒來時，莫莉安差點認定，昨天那場午夜幻學之旅不過是場奇異、美妙又糟透了的夢，可是她卻多了個金色刺青。

「那不是刺青。」朱比特重申，倒了兩杯果汁。莫莉安在一盤烤成褐色的小圓烤餅上大肆淋蜂蜜、撒肉桂粉，弄得亂糟糟的（小圓烤餅有點焦掉，因為她拿去火邊烤時，不小心離火太近，不過還是能吃）。經過昨夜的事件，他們兩個都睡到日上三竿，來不及在餐廳吃早餐，朱比特於是叫人送一盤早餐來書房。他們分別坐在書桌的兩端，中間擺了琳琅滿目的食物，有些確實是普通的早餐（例如燻鱒魚跟炒蛋），有些則是絕對不會讓她在早上吃的（例如番茄湯跟薊心，這些是朱比特嘴饞想吃）。「妳真的以為我會讓他們給妳刺青？」

莫莉安大口咬下小圓烤餅，迴避這個問題。坦白說，她一向不太確定朱比特會做哪些事，不會做哪些事。

朱比特意會到她的沉默意有所指，一臉震驚：「莫兒！別傻了。刺青是會痛的，妳手上那個會痛嗎？」

莫莉安吞下嘴裡的食物，搖搖頭。「不會，」她說，舔掉右手食指上的蜂蜜，檢視她指紋上多出來的東西。那是一個金色的W，風格與她的幻學小別針相同，只是尺寸小得多，在指尖微微凸起，映在燈光下有些閃爍。「完全不痛，只是有種……就是……有個東西在那的感覺。」

她不知道該怎麼形容這個印記。自從她早上醒來，手上就多了這個，不燙、不痛、不癢，沒有任何她能夠明確描述的感覺。它不是藉由外力印在手指上的，既不是傷疤，也不是傷口。要說的話，它比較像是由內而外，從體內印在皮膚的裡層。在莫莉安親眼見到之前，甚至在她徹底清醒之前，她就明白這個印記出現了。「好怪喔，對不對？」

朱比特微帶詫異地檢視自己的食指。他方才告訴莫莉安，就像她的印記一樣，朱比特的印記也在入學儀式之後的早晨突然出現，那已經是好多好多年前的事了，他好像有很長一段時間沒去想印記的存在。「嗯，大概吧，不過很實用。」

「這是做什麼用的？」

「各種事情。」他聳聳肩，把注意力轉回桌上的各式早餐，審慎選擇下一道餐點。

「比如說？」

「讓你進入各種地方。讓其他學會成員認出你。」

「我們已經有別針啦。」

「不，」他終於選定一片半焦吐司，伸手拿果醬。「那不一樣。」

莫莉安瞇起眼。「怎麼個不一樣？」

朱比特又犯了他那個討人厭的老毛病，擠牙膏似的把資訊一點一滴餵給她，猶如一種特殊的酷刑。他這麼做的原因，有可能是他不太想告訴莫莉安，也有可能是他腦中同時轉了太多思緒，當下的對話反倒是最無關緊要的，究竟是哪種可能性總是很難判別。

「別針是給非幻學人看的。」

「非幻學人？」

「嗯。」他咀嚼吐司，嚥下，拍掉落在前襟的麵包屑。「妳懂的，就是其他人，那些不屬於學會的人。幻學之外的人用別針來辨識我們，印記則不一樣。」他伸出手指扭動，W反射著火爐的光，幾乎閃耀起來。「印記是給我們自己人看的。」

莫莉安想到一件事，忽然有些慍怒。「你之前怎麼不給我看？」

「沒有，莫兒。除非妳也有印記，否則妳看不到別人的印記。就像我剛剛說的，印記是給我們看，這個詞令莫莉安心中一動。她重視W字別針遠勝其他物品（大概僅次於家徽，這個詞令莫莉安心中一動。她重視W字別針遠勝其他物品（大概僅次於家徽），不過別針依然只是……單純的物品，可能輕易毀壞或丟失。印記給她的感覺又不同了，這是她的一部分，也證明她屬於一個重要的團體；她不再是孤身一人，而是屬於一個家庭。

兄弟姊妹，一生忠誠。

但是，她真的擁有這些嗎？她本來是這麼以為的，直到「幻奇師」這個詞被宣

之於口，幻象就此硬生生遭到打破，化為百萬個碎片。

「嘿，」朱比特用果醬刀輕敲裝奶油的小碟子，吸引她的注意力，她抬起頭。「莫兒，妳跟別人一樣有權利進入學會。」他說，彷彿看透了莫莉安的心思。他湊過來，壓低聲音：「說實在的，妳比他們更有權利，別忘了是誰在展現考驗登上排行榜第一。」他頓住，加上一句：「是妳。免得妳還真忘了。」

莫莉安沒有忘。可是，他們的排名如今又算什麼？假如她的同梯不信任她，甚至是懼怕她，那去年的一切又算什麼？

「給他們一點時間。」再一次，朱比特宛如讀出她的想法。身為見證者，他占盡不公平的優勢，他眼中的世界是莫莉安完全無法想像的。莫莉安隱藏的情緒、不告人的祕密，朱比特全都可以任意取用，就跟她臉上在皺眉頭一樣清晰可見。這令人安心，卻又非常、非常惱人。「他們以後就會改變想法了。」他們只是還不了解妳而已，等過了一段時間，他們就會認識我眼中迷人的莫莉安‧黑鴉。

莫莉安正想問這個迷人的莫莉安‧黑鴉是誰，願不願意跟她交換身分，便傳來敲門聲。是年長但精神矍鑠的米范‧焦，他將白髮蒼蒼的頭探進書房。「先生，收到一個給您的訊息，是神……」

「謝了，米范。」朱比特打斷他，跳起身接過信。禮賓經理對莫莉安眨了個眼，接著轉身離開，將門帶上，鞋跟敲出清脆的聲響。

信上封了封銀色的封蠟，朱比特穿過房間，靠在壁爐旁，藉著火光讀信。幾分鐘靜靜流逝，莫莉安盯著爐火出神。

他說得對，她想。她從頭到腳都是幻奇學會的正式成員了，她跟同梯的每個人

一樣，拚盡全力通過了考驗。

除了最後一個考驗，腦中有個小聲音說。第四場考驗稱為展現考驗，也是最後一關，每位備選生必須上場展示自己的特殊「本領」。確實，莫莉安在展現考驗中什麼也沒做，只是搞不清楚狀況地站在山怪武鬥館中央，旁觀朱比特把自己的獨特視力分給長老，讓長老也「看見」他一整年來心知肚明的事實，在那之前，他不僅向長老隱瞞了真相，甚至瞞住了莫莉安自己。當時，莫莉安還不知道自己是幻奇師，所謂的「幻奇之力」正持續匯集到她身邊，有如飛蛾追隨火焰，耐心等待她掌握自身的力量（儘管這份力量至今死都不肯湧現）。幻奇之力是一種神祕的魔法能量，以各種莫莉安無法想像的方式，推動著這個世界。

長老當場把入學名額給了莫莉安，此舉令眾多贊助人和備選生勃然大怒，深感不齒。畢竟他們在展現考驗上付出這麼多努力，莫莉安卻只是傻站在山怪武鬥館中，任憑長老愕然無言地盯著她。

莫莉安清清喉嚨，坐直身子。「那，」至少她的嗓音夠堅定，「什麼時候開始？」

「嗯？」

「幻學？我什麼時候回去？什麼時候開始上課？」

「噢，」朱比特說，依然皺眉凝視手裡的信。「不太確定。應該快了吧。」

莫莉安的興奮之情一陣動搖。他真的不知道嗎？她不禁暗忖，這到底是典型的「幻奇學會愛搞神祕」，還是典型的「朱比特故意不講清楚」？她的內心滲入一絲憂慮。

「星期一嗎？」她問。

「嗯，對，可能吧。」

「你可以⋯⋯問到嗎。」

「嗯？」莫莉安問，努力抑制嗓音中的不耐。

她嘆了口氣。「我說，你可不可以——」

「我得走了，莫兒。」朱比特驀地說。他從火爐前轉過身，將信塞進褲子口袋，一把抄起本來放在扶手椅背上的大衣。「抱歉，有重要的事，晚點見。吃完妳的早餐。」

朱比特大步離開，關上門。莫莉安朝門扔了一片吐司。

一夜之間憑空冒出來的東西，不只是印記而已。

「這連門把都沒有。」那天下午，服務員瑪莎和莫莉安一同坐在她的床尾，盯著眼前那道閃爍光澤、雕飾華麗的嶄新黑色木門。它就這麼出現在牆上。「所以這其實不算是門吧，是不是？」

「大概吧。」莫莉安說。

她的房間自動產生變化、擴大又縮小，其實不是什麼新鮮事。它會自己在某一夜添加一個新特徵，隔夜又將之消除，可說是一間非常情緒化的臥室。但是，它從來沒新增一道門過。

本來，莫莉安並不會介意多了一扇門，只是有兩個地方不對勁。第一，這扇門出現在火爐旁邊，使整個房間的格局失去了對稱感（這只是個小細節，卻出人意

表地令她焦躁困惑）。第二，她打不開這扇門，所以這扇門完全沒用。莫莉安的性格太務實，絕對不會希望臥室裡多出一扇純裝飾的門。突然變出一個她不喜歡的東西……這實在不太像臥室會做的事。

她擰緊眉頭。難道她的臥室基於某種原因生她的氣？還是她的臥室生病了？說不定它得了一種建築才會得的感冒，說不定這扇門就是臥室打了個大噴嚏的產物。

「話說回來，」瑪莎聳肩，說：「這也算不上這個房間做過最詭異的事，對吧？」

瑪莎斜眼一瞥位在角落的章魚型扶手椅，只見那扶手椅邪佞地擺動一下觸手，她不禁打了個冷顫。「真希望妳弄走那東西，替它清灰塵實在是個惡夢。」

—

莫莉安上床睡覺時，朱比特還沒有回來。週日早晨，探險者聯盟捎來訊息，告知杜卡利翁飯店的工作人員，他「在一樁界際任務途中耽擱了，無法脫身」。一如往常，這個消息既簡短，又缺乏必要的細節，根本毫無幫助。不過莫莉安強烈懷疑，這次的事件跟失蹤的神仙有關。朱比特回不來讓她很失望，但她毫不意外。自己的贊助人太有名、太受歡迎，缺點就是必須把他分給探險者聯盟、幻奇學會、永無境飯店業協會、永無境交通部，以及任何想要搶走他的時間和注意力的人或組織。

起碼，在探險者聯盟送來訊息之後，朱比特也捎來一封親筆信，指名給莫莉安。

莫兒，

我沒辦法趕在妳開學前回去了，真的很對不起。

之前忘了一件重要的事：無論在何種情況下，妳絕對不能單獨前往幻學以外的地方。我是認真的，我相信妳會做到。祝妳好運！妳會很棒的。

記住，妳屬於這裡。

　　　　　　　　　　　　　　　——J・N

她猜大概沒有。

於是，莫莉安只好向她所能想到的最後一個人求助。

「親愛的——啦啦啦～啦！——妳怎麼這麼煩惱。」香妲・凱麗女爵晚上要在音樂沙龍辦場私人演唱會，她正在為此做準備，一面練習發聲，一面尋找最適合的衣著。她的更衣間極其寬敞，足足有舞廳那麼大，四處散落著珠寶色澤的絲質禮服、綢緞禮服、亮片禮服，全都是她試穿後又隨手扔掉的。這位女高音一心多用，輕率地在更衣間製造了慘重災情。「莫莉安小姐，如果是我，可不會擔心這些，一點也不。妳也知道，幻奇學會就是這副德行。」她伸出食指，神祕兮兮地對莫莉安晃了晃，她的W字印記在燈光下閃爍。居住在杜卡利翁的人之中，除了朱比特，只有香妲女爵也隸屬幻奇學會。傑克跟朱比特一樣擁有見證者的天賦，但他從來沒考過幻學，反

到了那天下午，莫莉安愈發坐立難安、煩躁不已，滿腦子想著她的課到底何時開始，她該去哪裡上課？她可不想錯過開學日，偏偏霍桑把字條原封不動送回來，只在背面寫了三個字當作回覆：「不知欸。」她翻了個白眼，心下忖度，霍桑究竟有沒有想到要問阿南？

請米范差人帶信去霍桑家，偏偏霍桑把字條原封不動送回來，只在背面寫了三個字

倒去了一間非常高級的寄宿學校，叫作格雷史馬克穎異少年學校。他在校內的管弦樂團擔任大提琴手，天天戴禮帽，打領結去上課，即使放假也甚少回來。

「我不知道。」莫莉安說，滿心的氣惱欲蓋彌彰，她哪知道學會是什麼樣子。莫莉安不像永無境的所有居民，她是成長於自由邦之外的世界，一年前，她根本沒聽過名聞遐邇、勢力廣大的幻奇學會。

「妳當然知道～瑞～米～發～搜～啦～西～」香姐女爵唱道，側著身左右轉來轉去，檢視金框鏡子中的倒影。她的美聲在挑高天花板內迴盪，莫莉安聽得心曠神怡，兩隻手臂起了一陣雞皮疙瘩。一隻小老鼠從地板縫隙探出頭來，一副神魂顛倒的模樣，香姐女爵溫柔地趕牠離開。「學會的要求很高，會強硬介入我們的生活，毫不考慮任何人的時間或隱私。」她轉過頭來，定定注視莫莉安。「小天使，他們需要妳的時候，妳一定會知道的。他們會直接去找妳。**米～米～米～米～米！**」

「謎？」

香姐女爵一時露出困惑之色，接著笑了。「不是，莫莉安小姐，不是什麼謎。他們要找妳，就會來找妳。親愛的孩子，不用怕，在不知不覺中，妳就會深陷於幻學那七彎八拐的迷宮裡頭，到時妳反而想走也走不了了。相信我，像我就盡量只參加非去不可的活動跟特殊場合。」

「為什麼？」

「噢，妳知道的。」她輕鬆地說，抱起滿懷的禮服，一股腦丟在躺椅上。「要是我太常在名人堂出現，大家就會以為可以拗我去參加他們的荒唐活動，好像我沒事情

忙似的。」就莫莉安所知，香妲女爵起碼有七件事情要忙：每週日晚間，她會在杜卡利翁飯店的音樂沙龍舉辦著名的演唱會，參加者非常踴躍；至於其他日子，每逢夜晚，她會分別與六位俊迷人的追求者共度。週五老兄（這是朱比特偷偷取的綽號）也參加了莫莉安的生日派對，送她一大把粉色、紫色相間的玫瑰花束，想當然是為了討好這位歌劇女高音，不過莫莉安還是領了他這份好意。「再說，我實在不想遇到默嘉卓。」

「誰是默嘉卓？」

「默嘉卓，另一個是迪兒本，她們兩個是學務主任。」香妲女爵打了個冷顫。「她倆半斤八兩，嚇死人不償命。好啦，這樣說是有些不公平……迪兒本還不算太糟糕。要是可以，就離默嘉卓遠遠的。」她往莫莉安在鏡中的倒影投去同情的眼神。

「可惜，我得很遺憾地告訴妳，妳八成躲不掉。」

香妲女爵所言不錯。他們需要莫莉安的時候，莫莉安就會知道。

週一的大清早，在一個對莫莉安而言實在太早的時間，她被三道敲門聲給吵醒。

不是從臥室門傳來的。

是從那扇新的門。那扇不是門的門。那扇謎樣的門。

那扇無法開啟的門。

第四章　家庭列車

莫莉安從床上坐起，盯著那扇門，心臟在一片寂靜中撲通狂跳。一、二分鐘過去了，她差點就要說服自己那只是她想像出來的，這時——

叩叩叩。

莫莉安屏住氣息。她想要無視這陣敲門聲，想要藏進棉被裡，把頭埋進枕頭底下，等待對面的人——或東西離開。

幻奇學會的成員不該這樣逃避，她堅決地告訴自己。

下定決心之後，她掀開棉被，踩著重重的步伐來到門前，暗自期望門後的那個人（或東西）聽見她製造的轟然巨響，會以為她比實際上還要高大、嚇人。她止住呼吸，靠過去，想把耳朵壓在門上傾聽……隨即停下動作。湊到門前，她才注意到門上有個她從來沒留意的東西。那是個小小的金色圓圈，位在黑色木門的正中央。一個約莫指尖大小的圓圈。

圓圈開始發光，從金屬本身發出一道金色光暈，剛開始很細微，接著逐漸轉亮，蔓延至中央，照亮一個極為細小的金屬字：W。

這樣啊，莫莉安想。她伸出右手食指，將W字印記按在發亮的圓圈上，指尖傳來溫暖的觸感。

那扇門倏地旋開，顯得如此輕易自然，嚇得莫莉安倒抽一口氣往後跳，以為會有人衝過來。

門後全無人影。

她眨眨眼。眼前是個明亮的小空間，乍看像走廊，又像雜物間或更衣室。牆面覆上深色壁板，設置了衣物吊掛架、鑲上玻璃層板的展示收納櫃，不過全是空的。

莫莉安暗忖，這個空間一直都在這裡嗎？這個新房間究竟是杜卡利翁飯店的一部分，抑或是那扇門把她傳送到了另一個所在？

穿越那扇門之後，對面又有另一道門，外觀和第一道完全相同。莫莉安奔上前，指尖按上金色圓圈，卻什麼也沒發生。她大失所望，隨後留意到第二扇門冰冰冷冷，並沒有發光。

「再來要幹麼？」她悄聲自言自語，轉過身去，環視空蕩蕩的房間。

她的目光恰恰落在答案上。原來這房間並非空無一物，第一扇門的門板背面掛了一套衣服：靴、襪、褲子、腰帶、上衣、毛衣、外套，全是清一色的黑，只有上衣是灰色。整套衣物都是嶄新的，剪裁俐落，熨得筆挺……而且正合莫莉安的尺寸。

「啊哈。」

不到一分鐘，她將睡衣扔在地上，換好新衣，扣好上衣釦子，綁好靴子鞋帶。

第二扇門隨即亮起，莫莉安咧嘴一笑，伸手按住圓圈。

門開啟，通往一個小巧的幻鐵月臺，裡頭乾淨整潔，只是仍有殘留的煙，而且微帶霉味。月臺中毫無裝飾、陳設，唯獨從天花板垂下一個閃爍光澤的黃銅時鐘，而月臺尾端立著一張木頭長椅。莫莉安跨過門檻，耳朵傳來短暫的耳鳴，空氣在瞬間徹底改變──這裡寒意十足，飄著些許機油的味道。

這解答了她的疑問：由此可見，她已經不在杜卡利翁飯店了。不管杜卡利翁再怎麼善變，不管它能變出多少章魚扶手椅、晃來晃去的吊床、鳥爪浴缸，它絕對不是在地底下，而且在莫莉安位於四樓的臥室旁，也絕對不存在一個空曠無人的月臺。

嗯⋯⋯**幾乎**無人。

一名綁著厚重長辮的女孩獨自坐在月臺上，雙肩微微縮攏，兩腿掛在月臺邊緣晃盪。莫莉安的門在背後關閉，發出響亮的聲音，那女孩聞聲回頭。

「哈囉。」莫莉安有些僵地說。

「總算來了。」詩律‧布雷克本一臉怒氣，但莫莉安看得分明：就在一秒之前，詩律的臉色從憂慮條地轉為放鬆。或許是因為她察覺自己不是孤單一人，終於有另一位同梯現身了。

「詩律，妳來這裡多久了？」

見到莫莉安還記得她，詩律再次露出詫異的神情。在展現考驗過後，詩律曾告訴莫莉安，除了莫莉安以外，沒有人能夠記住她，那是身為催眠師的副作用。

可是，莫莉安從來不曾忘記詩律，反倒覺得詩律令人印象深刻得要命。在萬鬼夜，競逐考驗中，詩律令人印象深刻地從莫莉安手中搶走參加長老晚宴的資格；；在萬鬼夜，

詩律令人印象深刻地把莫莉安推進池塘；最後，詩律還令人印象深刻地解救莫莉安，讓莫莉安不至於被趕出永無境，此舉讓莫莉安既驚奇又困惑萬分。可以想見，莫莉安對詩律充滿了難以言喻的情緒。

「有一陣子了，」詩律說：「我一進來，門就關上了。」

莫莉安回過身，只見她那扇門上的金色圓圈已經停止閃耀。這代表她回不去了嗎？這念頭讓她有些不安，她嘗試再將指尖按在圓圈上。

什麼也沒發生，門板依舊冰冷黯淡。

「我的是那個。」詩律，指著一扇森林綠的門，是莫莉安那扇門旁邊數來第三個。在莫莉安的門兩側共有八扇門，每一扇的設計、顏色各異，莫莉安猜想是分別通往八個不同的家。「它一夜之間出現在我們家客廳，我媽不太高興，還想打電話叫臭架子，被我阻止了。」

「我的就在我房間裡。」

詩律一副不感興趣的樣子，嗯了一聲。寂靜在兩人之間綿延。

整個月臺的空間極小，完全無法供正常的幻鐵火車停靠。然而，月臺上方卻掛著一個標誌牌，上頭寫著：**九一九站**。

「這是……等等，不會吧。這是我們專屬的車站嗎？」莫莉安不敢置信地問，嘴巴簡直合不攏。「我們專屬的私人幻鐵車站？」

「好像是吧。」詩律的語氣通常充滿了不耐煩，但就連她也掩飾不了那一絲驚嘆。朱比特開過玩笑，說幻奇學會成員在幻鐵有保留席，可是再怎麼說，專屬車站都比保留席酷多了（就算是個小得不行的車站）。詩律站起身，拍拍黑褲，定睛凝視

莫莉安，眼神流露探詢。「所以……那是真的囉？妳真的是幻奇師？」

莫莉安點點頭。

詩律看似不太相信。「妳怎麼曉得？」

「就是曉得。」她不想把實情告訴詩律。她不想告訴詩律，她曾經跟永無境全民痛恨的人面對面交談。「朱比特看得到。」

親口說的，不想告訴詩律，她曾經跟永無境全民痛恨的人面對面交談。

肯定，詩律的預設表情就是「微帶慍怒、三緘其口」。莫莉安倒也可以理解這種心情。

詩律揚起一邊眉毛，莫莉安戒備地回看著她。詩律彷彿有些欲言又止，看來有些慍怒，像是即將說出什麼刻薄的話。不過詩律這個人實在很難說，莫莉安越來越情。

「這樣的話，我們兩個就都屬於危險人物了。同一梯收了兩個，他們還真有種。」

詩律笑起來，語調有些尖酸。「他們是不是也叫妳立防護契約？」

「對啊。」莫莉安說。學會答應收她的條件，是她必須立下防護契約，這個條件不容妥協。這份防護契約需要九名在永無境德高望重的有力人士簽署，為莫莉安背書，保證她是值得信任的對象，然後……呃，其實她不知道背書的人還得做什麼。這是個奇特的幻奇學會傳統，莫莉安也不是完全明白，但她很清楚，要不是朱比特趕在入學儀式之前，說服天使伊斯拉斐爾在防護契約簽上最後一個名字，如今的她不可能待在九一九梯。

「我也是。」詩律說，「三個簽名。妳呢？」

「九個。」

詩律低低吹了聲長口哨。

她倆一時安靜下來。不久，沉默便陡然遭到打破，另外三道門同時甩開，現身的是埃娜‧卡蘿、法蘭西斯‧蜚滋威廉、馬希爾‧易卜拉欣，三人一面調整身上陌生的制服，一面露出驚異、好奇的神色。又過幾分鐘，薩迪亞、雅查安、蘭貝斯也來了。

最後是——

「這雙靴子太棒了！」霍桑誇張地用力踏步，走上月臺，對莫莉安露齒一笑，雙手扠腰，挺起胸膛。「這套衣服太讚了！難怪妳喜歡穿黑色，我覺得自己好像**超級英雄**！妳有沒有覺得很像超級英雄？」

「還好。」莫莉安老實說。

「他們應該再發一件披風！妳不覺得嗎？我們去問他們可不可以給披風，好不好？」

「不要吧。」

「這是幻鐵車站嗎？看起來是。」他的注意力立刻轉向周遭，在不同的東西間迅速切換，猶如一隻在公園發現松鼠的狗。「好像不太乾淨，對不對？不過我不介意，媽說灰塵對免疫系統好。這是哪裡？九一九站？從來沒聽過——喔！**喔！**不會吧，

莫莉安，我猜這裡是——」

「沒錯，」她插嘴，「我們專屬的——」

「我們專屬的**車站**？」

「沒錯！」

「**不會吧！**」

莫莉安咧嘴笑了起來。霍桑對這個世界的熱情簡直沒有極限，見到他，莫莉安比平時還要高興，這讓她有個能夠轉移注意力的焦點，不必去管其他新生默默投來的疑懼目光，盡可能在這個狹小的空間離莫莉安越遠越好。

想當初，在她們頭一次見面時，莫莉安看到埃娜被欺負還替她出頭，不禁覺得埃娜現在的舉動有些侮辱人。然而，她仍盡量保持正常的表情，免得埃娜以為她要施妖法之類的。

霍桑一躍而起，伸手去碰懸在半空的月臺標誌牌，牌子來回晃動，發出響亮的嘰嘰呀呀聲。「妳覺得火車什麼時候會——」

「現在。」月臺角落傳來一個嗓音，用陳述事實的語氣說。眾人轉過身去，只見蘭貝斯盤腿坐在地上，背脊挺直，直盯著幽暗的隧道深處。她身材嬌小，神色嚴肅，膚色帶黃，一頭黑色長髮有如絲緞般滑順。

其他人互望彼此，等著蘭貝斯進一步解釋。

莫莉安清了清喉嚨，「不好意思，妳是說……」

蘭貝斯回過頭，看著同梯新生，豎起一根手指，像是要他們靜觀其變。幾秒後，腳下的地面開始震動，隧道內傳出汽笛聲，霍桑那個問題的答案就此駛入眾人眼簾。

「好毛喔。」霍桑說。

「是『嚇死人了』才對吧。」薩迪亞說，斜眼瞅著蘭貝斯。蘭貝斯依舊端坐於月臺地面，姿態尊貴，宛如坐在王位上的女王。

確切說來，那並不是火車，不過是一節車廂。像這樣跟其他車廂拆開，它顯得

有些詭異，好比一顆少了軀體的頭顱。車廂本身有些凹痕，看似飽經風霜，卻是潔淨光亮，一如黃銅製的半克雷硬幣，停靠在月臺旁，吐出些許歡快的白煙。車廂側面以黑字寫著巨大的W，底下則是數字「919」，都是剛漆上不久。

汽笛再度響起，車門打開，一名年輕女子步上月臺，手裡拿著一張滿是皺摺的紙片。她看起來十分活潑，身材高䠷，雙腿修長，但並不像有些高個子那樣，為了不令旁人退卻而聳肩駝背。她的站姿令莫莉安聯想到芭蕾舞者，雙肩挺直，雙腳微微向外開。

「小範圍預言師，蘭貝斯·阿瑪菈。」女子看著紙條，朗聲說道：「催眠師，詩律·布雷克本。幻奇師，莫莉安·黑鴉。料理家，法蘭西斯·蜚滋威廉。語言家，馬希爾·易卜拉欣。治療師，埃娜·卡蘿。戰士，薩迪亞·麥高樂。龍騎士，霍桑·史威夫特。扒手，雅查安·泰特。」她環顧九張盯著她看的面孔，滿臉欣喜。在她說出「幻奇師」這三個字時，既沒有發抖，也沒有露出嫌惡之色，連眼睛也不眨一下，莫莉安立刻喜歡上她。「多有意思的組合。都到齊了嗎？」

九一九梯新生彼此互看，含糊地點點頭。

「那就通通上車吧。」她笑容燦爛地招呼大家上前，身影消失在車門後。霍桑急切地追上去，莫莉安與其他人跟在後頭。

「哇。」一踏進去，霍桑就說。

「酷。」馬希爾吐出一個字。

「厲害。」薩迪亞說。

真的厲害，莫莉安心想。

就像是有人取來幻鐵的一節舊車廂，把內裡掏個乾淨，變成一間舒適的起居室——車廂內精心陳設了鼓起的大坐墊、鬆軟的扶手椅、幾張不同款式的茶几跟立燈，還有一張磨損的舊沙發；角落有個燒木材的小火爐，上頭擺著一個銅製茶壺，旁邊是一箱裝得滿滿的柴火；有一整堆針織毛毯，七彩繽紛；車廂最前方立著一張木桌，漆成紅色，貼滿了貼紙；四面牆上到處是寫著勵志小語的海報，比如「**活出最好的自己**」跟「**人人為團隊，團隊為人人**」；還有一張軟木製成的留言板，釘著五顏六色的標誌跟卡片。空間略擠了些，卻很舒服自在；亂了些，卻整潔乾淨。實在太美妙了。

「我親手布置的，大家覺得怎麼樣？」年輕女子屏氣凝神地注視他們，幾乎興奮得站不住，猶如正向心愛之人奉上精挑細選的聖誕禮物。「你們真該看看之前的樣子，根本什麼也沒有，我真替上一梯用這節車廂的同學感到難過。只有九張無聊的桌子，九張硬邦邦的椅子，沒有沙發！沒有懶骨頭坐墊！沒有火——相信我，到了冬天，這裡絕對凍得要命。而且甚至沒有餅乾罐！你們信不信？」她指向紅桌上的大陶瓷餅乾罐，是北極熊的形狀。「我在此宣布，那個罐子永遠都會裝滿餅乾，而且並不是什麼不像樣的餅乾！我說的是紮實的巧克力餅乾、粉紅糖霜圓圈餅乾、卡士達奶油餅乾，還有更多更多。你們要記住：我對餅乾的要求可是非常高的。」

她拿起罐子傳下去，微笑看著大家靜靜啃餅乾，似乎對於自己能夠滿足眾人最基本的需求感到不勝喜悅。

「坐下，坐下。」新生全部靠著大雜燴似的家具坐下，莫莉安挑了一個地板上的

龐大坐墊，霍桑坐在她旁邊。女子坐進一張滑軟的天鵝絨扶手椅，她穿著過大的粉紅毛衣、綠色格紋內搭褲、黃色休閒鞋，猶如一盒融化的蠟筆，和九一九梯形成鮮明對比，他們人人一身黑，要說是送葬隊伍也有人信。她將一頭黑色捲髮綁成燈泡似的髻，用金黃色絲巾挽到臉頰後。

「我是雀喜小姐，全名是瑪莉娜・雀喜，是你們的引導員。」莫莉安偷瞄其他人，暗自心想：她是不是該知道引導員是什麼意思？霍桑對上她的目光，聳聳肩膀。「雀喜這個姓聽起來是有點傻，不過我保證，我會盡力像這個名字一樣高高興興。本來，你們應該要叫我雀喜引導員，但我覺得那聽起來更傻了，所以叫我雀喜小姐就行，好嗎？」

嘴裡塞滿餅乾的九一九梯新生點點頭。

雀喜小姐凝視大家，神色驕傲，充滿熱情，好像他們是這世上最重要的九個人。她雙目明亮，眼神親切，皮膚是溫暖的深褐色，臉上的微笑大概是莫莉安這輩子見過最和善的笑容。

「歡迎來到家庭列車。」她一面說，一面張開雙臂：「在你們身為初階學者的這五年，這個舒適的小車廂會是你們的交通工具、你們的庇護所、你們的基地。每個上課日，我們大家會一起從這裡開始，也在這裡結束。週一到週五，每天早上，我會在九一九站接你們，等上完課，就把你們送回這裡。所以這才叫家庭列車，懂了嗎？這班車會載你們回家。不過，我也希望你們把這班車當成像家一樣的地方，」她嚴肅地看著大家：「當成你們的第二個家。在這裡，你們可以覺得很安全、很快樂，大家互相扶持，不管要問什麼問題都可以，沒有人會評斷你。那，說到這裡——有

什麼問題嗎？」

法蘭西斯倏地舉手：「妳的本領是什麼？」

「問得好，法蘭西斯。」她笑著說，「我是走鋼絲專家，畢業於世俗之藝學院，也以此為榮。」

賓果，莫莉安想。雖然不是舞者，但也很接近了，難怪她的姿勢這麼好。

「世俗之藝學院是什麼？」馬希爾問。

「啊！很棒的問題。」雀喜小姐從扶手椅跳起來，穿越車廂，走到一張黑白海報前。海報上是三個同心圓，就像一個靶，最外圈是灰色，接著是白色，中心是黑色。「幻奇學會分為兩大專業，其一是世俗之藝，其二是玄奧之術。」雀喜小姐指著最外層的灰色同心圓，「這個大圓代表世俗之藝學院，這些人也包括小女子我。這是幻奇學會最大的部門，研究與普羅大眾相關的技藝、行為與服務，牽涉到醫學、運動、表演、創意、工程、政治領域的各種本領，是幻奇學會的第一線攻勢，幫助幻奇學會爭取至關緊要的輿論跟財務支持，以便讓幻奇學會繼續進行重要任務。」

這些話讓莫莉安皺起眉頭。幻奇學會的重要任務究竟是什麼？從來沒有人告訴她……而且，她有些羞赧地恍然醒悟，她也從沒想到要問。

雀喜小姐繼續說了下去，彷彿為了應付考試，把整篇文章都背下來了。「大體上，我們世俗之藝學院負責討大眾喜歡，拉進財源。想想你們最喜歡的音樂家、最喜歡的體育健將、見過最屬害的馬戲團、新聞上最機敏的政治人物、整個城市中最聰明的建築師和工程師──他們八成都是來自幻奇學會，這也代表他們應該都是世俗之藝學院的畢業生。我們在全世界發揮長才，讓社會輿論堅定支持幻奇學會。」她

露齒而笑，「在幻學裡，我們的標語是『少了我們，你試試看能活幾天』。」

她指向中間的圓。「這部分代表玄奧之術學院，人數不到世俗之藝的三分之一，可是重要性毫不遜色，有些人更認為，他們的力量是世俗之藝的兩倍。玄奧之術學院研究隱祕的技藝、行為與服務，牽涉到的本領主要是法術、超自然、奧妙難解的領域，例如女巫、預言師、通靈人、法師等等。他們通常扮演第一道防線，守護幻奇學會、永無境和整個自由邦不受外力侵擾。他們的標語是⋯『要不是有我們，你們現在都只是會講話的殭屍。』」

「那個黑色圓圈是什麼？」詩律指著圖表的中心問。

「噢⋯⋯」雀喜小姐盯了海報半晌，聳了聳肩，像是從來沒想過這件事。「就是代表整個幻奇學會。」

「我們什麼時候會知道自己屬於哪個學院？」窩在懶骨頭沙發裡的薩迪亞盡可能坐挺，折起指關節，似乎急於**守護自由邦不受外力侵擾**。

「解開外套的釦子，」雀喜小姐指示：「看看你們的衣袖。」

他們依言照做。莫莉安頭一次注意到，多數人跟她一樣穿灰衣，只有兩個人穿著白衣。

「啊，就是這個，」雀喜小姐說：「跟我一樣灰袖的人是埃娜、雅查、馬希爾、霍桑、莫莉安、薩迪亞跟法蘭西斯。隸屬於玄奧學院的白袖是蘭貝斯跟⋯⋯呃⋯⋯嗯⋯⋯」她低頭看看手上的紙條，手指一路順著名單往下滑，「詩律！對。很合理。詩律是催眠師，然後⋯⋯」

「詩律是誰？」法蘭西斯問。

雀喜小姐朝詩律的位置點了點頭，詩律正怒目狠瞪眾人。除了莫莉安之外，全梯都一臉訝然地轉頭看詩律，似乎現在才注意到她坐在那裡（他們大概真的是現在才注意到）。

「嗯，」雀喜小姐說，做了個筆記。「對，這部分我們得想想辦法。總之，詩律是催眠師，蘭貝斯則是雷達——這是個很特殊的預言師類型，不是長程的預言，而是短期的預測。就算是在玄奧之術當中，這兩種本領都很稀有，有妳們在同梯是我們的幸運。」

聽了這些話，詩律看來消氣了些。蘭貝斯正在讀牆上的海報，低聲喃喃自語，似乎對他們的談話內容完全不感興趣。她倏然露出一抹淺笑，彷彿有人在她耳邊說了什麼俏皮話，接著皺起眉頭，然後臉色又恢復愉悅。莫莉安仔細觀察她，假如蘭貝斯是一種雷達，那她想必是轉到了跟旁人完全接不上的頻道。

剩下的人要不是往莫莉安偷瞥幾眼，就是堂而皇之盯著她看。她知道大家在想什麼，因為她自己恰恰在想同一件事。

既然詩律跟蘭貝斯被分到玄奧學院，為什麼她被分到世俗學院？幻奇師到底哪裡世俗了？

「雀喜小姐，妳屬害嗎？」薩迪亞一面舔掉手指上的巧克力一面問，換了一個毫不相干的話題。「走鋼絲的技巧？」

莫莉安思忖，這個問題很沒禮貌……也有點傻，畢竟雀喜小姐顯然屬害到進了幻奇學會。她懷疑，薩迪亞之所以這麼問，其實是因為她沒被分到玄奧之術學院，讓她不太開心。莫莉安想，她應該挺喜歡那句話：**重要性毫不遜色，力量卻是雙倍。**

「是挺好的，」雀喜小姐聳聳肩說：「但我從來沒當過引導員，所以大概會當得有點脫線，至少在一開始的時候。我需要一點時間摸索，這段期間不要太苛責我，好嗎？」

說這幾句話時，她對著莫莉安微笑，莫莉安不禁報以笑容。她已經開始喜歡雀喜小姐了。她的膽子稍稍壯了點，於是舉起手：「雀喜小姐，引導員到底是什麼？」

「喔對，」她輕拍一下自己的額頭，笑了起來：「我怎麼反倒忘了最重要的事？在幻奇學會，每梯新生都會被分派一名引導員，陪伴大家度過初階學者的那幾年。我的任務是把你們送到對的位置，當然，我指的是非常實際、天天都會遇到的層面——我是這班家庭列車的引導員，會親自送你們前往幻學，再接你們回家。

「不過，就更廣泛的層面而言，我的任務也包括在你們身為初階學者的這幾年，協助你們**抵達對的位置**，我想有點類似嚮導，為你們這趟幻學教育之旅進行導航。如果你們在課堂上需要什麼，比如說任何特殊器材或工具組，我一定會確保你們拿到。我這星期已經列了一長串清單，請裝備管理處採購。」她扳著指頭，細數那份假想清單：「拳擊手套、防火裝、一整套廚房用的刀具、感覺剝奪槽……你們還真是個奇妙的組合，是吧？」

新生之間響起輕笑聲，莫莉安看著霍桑，露出笑容。這一切都是真的，這一切真的正在發生，他們揭開了不凡人生的新頁，她等不及要展開旅程了。

「我會配合你們每一個人，」雀喜小姐繼續說：「並且跟你們的贊助人、學務主任合作，確保你們的課表能夠讓你們發揮最大潛力，當個優秀的幻奇學會成員，成為一個各方面均衡發展的人，以及自由邦的好公民。我會幫助你們鍛鍊自己的本領，

但也要精進你們生來就有的諸多其他天賦，包含──不對，應該說特別是一顆善良的心，還有勇敢的靈魂。我最大的希望，就是能跟大家當好朋友，這應該也是最合理的決定，畢竟接下來五年，你們都得跟我相處。」她帶著燦爛笑容說完這些話。

要是換作別人說什麼「善良的心」、「勇敢的靈魂」，還露出這麼喜孜孜的讚賞神情，莫莉安搞不好會發出快吐了的聲音。可是雀喜小姐有種特質，讓莫莉安只想好好坐著，專心靜靜傾聽她所說的每個字。

「好了，」她將手拍了兩下……「該送你們去你們要去的地方了。接下來是導覽時間，還可以跟帕西默．杏韻見面呢，你們這群幸運兒！」

霍桑整張臉亮了起來，今天彷彿榮登他這輩子最棒的一天。「帕西默．杏韻？真的？真的？」

「那個真正的帕西默．杏韻本尊？那個阿帕？」馬希爾追問：「那個著名的幻術大師，兼暗地惡作劇大師，兼街頭藝術大師？」

莫莉安完全不知道帕西默．杏韻是哪位。她想，八成是永無境的名人。

「真的。」雀喜小姐咧嘴笑著說。

「騙人！」

馬希爾與霍桑互望，笑得喜不自勝。

「就是那一位。」

「可是，我以為他的真實身分是祕密？」詩律說。

「是啊，其實呢，他對這件事沒有大家想的那麼大驚小怪。」雀喜小姐說：「至少在幻學裡面啦。阿帕每年都會替新生導覽，已經好幾十年了。」她從座椅躍起，快步走到車廂前方，接連拉動好幾個操縱桿、按下數個按鈕，引擎發出響亮的呻吟，開

始轟隆隆運轉。「等著看吧，他總是會為新生準備一手史詩級入學演出。去年，他變出一群毛茸茸的猛獁象，從傲步院前門衝出去，像鬼魂一樣消失在森林中。當然，那只是幻術，不過——還是很酷。」

「哇。」雅查驚嘆。

「好，我們出發吧，不然你們就趕不上一生中最棒的日子了。」雀喜小姐回過頭，揚聲說：「還有什麼問題嗎？」

霍桑立刻高高舉起手。

「雀喜小姐，我們會有披風嗎？」

第五章　迪兒本與默嘉卓

「即將抵達傲步院院站，這也是永無境最古老的幻鐵車站。」雀喜小姐宣告：「大部分的人都不知道，這一站就坐落於幻學校園，在哭哭林之中。」

九一九家庭列車駛出幻鐵隧道，進入活潑明亮、生氣勃勃的車站。這是莫莉安見過最漂亮的一站，總共六個月臺，以美不勝收的紅磚人行橋相連，橋面跟傲步院的牆上一樣爬滿藤蔓；隨處有著光潔的木頭長椅，以及四面都是玻璃的小等候室；車站周遭環繞著蓊鬱森林，那些樹木略帶彎曲，保護似地遮蔽住車站上空，形成天然的樹冠圓頂。時間尚早，天色是清淺的拂曉藍，熹微的天光穿透樹葉，在地面打下斑點。月臺上的燈光還亮著，正一盞一盞熄滅。

儘管是一大清早，但其他月臺已停著另外三班家庭列車（車廂側面分別漆著九一八梯、九一七梯、九一六梯）、一整班蒸汽火車，還有幾個小巧的黃銅車廂。

雀喜小姐停靠在一號月臺，打開車門讓九一九梯下車。月臺上已經擠滿老老少少

少的幻學成員，牆壁貼滿各種社團、小組、樂團、小型研究會的報名表。莫莉安不太喜歡「極度上進青年共同設立目標完成計畫社」，他們每週一到四晚上跟週日整天都要聚會；不過她覺得或許可以報名「說什麼都要匿名的內向者社」，這個社團保證無論何時，都不會舉辦任何形式的聚會。

車站洋溢著躁動激昂的氣氛，大家三三兩兩聚在一起，竊竊私語，莫莉安聽見一些零星的對話：

「……沒人知道，長老也不肯透露……」

「……大概是他的新把戲？」

「……沒做過這種事啊……」

雀喜小姐皺起眉頭，眼前的景象似乎令她有些不安。

「雀喜小姐，怎麼了嗎？」莫莉安問。

「沒什麼，可是放完假的開學第一天，氣氛通常比較歡樂。而且，帕西默·杏韻通常會在這裡等——」

「哈囉，瑪莉娜，」一名年輕男子從九一七梯家庭列車探出頭，對雀喜小姐喊道，跳下車小跑過來。「聽說妳當上了引導員，恭喜。」

「謝謝，托比。」她心不在焉地說，「這是怎麼了？阿帕人呢？」

「阿帕？」莫莉安腦中猛然閃過不久前的記憶，就在冬暮那天，朱比特也跟他朋友伊斯拉斐爾有過一段雷同的對話，只不過他們討論的是失蹤的天使卡西爾。「阿帕絕對不會在新生導覽前一天搞失蹤，他每場導覽都會參

「托比面色凝重。」沒人知道。他一夜之間消失了。」

雀喜小姐臉色一變。「怎麼可能？」莫莉安

與，二十五年來從沒缺席過。」

又一樁失蹤案。

莫莉安內心冒出一股模模糊糊、無以名狀的恐懼，有如一條蛇，捲住了她的胃。

這是她很熟悉的感覺，彷彿某個地方發生了某件天大的錯事，說不定全要怪她。

不准這樣想，莫莉安用力告訴自己，搖搖頭，像是要把那個可怕的念頭甩出腦袋。**這跟妳一點關係也沒有，妳・沒・受・到・詛・咒。**

真希望她可以聯繫上朱比特。

雀喜小姐登時垂頭喪氣，束手無策地環顧車站，「那誰來帶新生導覽？」

「呃……」看托比的表情，他似乎即將宣告一件不得了的壞消息。

雀喜小姐帶領九一九梯走出車站，指著一條樹木遮蔭、筆直寬廣的道路，這條路遠處的盡頭矗立著威嚴的傲步院。「不要離開這條路，懂嗎？還有，無論如何，都不要跑進哭哭林。」

「雀喜小姐，是因為哭哭林很危險嗎？」法蘭西斯緊張地從林下樹叢的縫隙間窺看。

「不是，只是會很煩。」雀喜小姐湊過來，彷彿不想讓樹林聽見，「它們一開始唉唉叫就沒完沒了，所以絕對不要表現出同情的樣子。現在，你們聽好，帶新生導覽的人換成了學務主任，不是迪兒本女士，就是默嘉卓夫人，她會在傲步院的樓梯上等你們，所以……」她打住話頭，長嘆一聲。「總之……總之要乖乖聽話，不要惹麻

煩，敷衍過去就行，好嗎？」

說完這段激勵人心的話，引導員便揮手送他們離開車站，九一九梯就此踏上看

似短暫卻有些嚇人的路途，前往傲步院。

莫莉安隱約聽見左手邊的林間傳來忿恨的低聲碎念（「……大清早就慢吞吞地

走這裡，還踩得這麼大聲，真是沒分寸……」），但她聽從雀喜小姐的建議，加以無

視。她跟霍桑走在隊伍最後面，輕聲交談。

「真不敢相信，」霍桑咕噥，「我們差點就見到帕西默‧杏韻了，結果他卻搞失

蹤！真是有夠幸運的。除非……喔！」他露出頓悟的表情，「喔──等等，妳覺得這

會不會是他的惡作劇？」

「可能吧。」莫莉安存疑，「可是這個惡作劇有點爛。」

「阿南說了好多學務主任的事，」霍桑繼續說：「她說默嘉卓是個大惡夢。」

（右手邊傳來樹葉沙沙聲、一聲楚楚可憐的哀吟，樹林發出一個模糊而尖細的嗓

音：「哎喲，我這身老樹枝今兒可真痠疼……」）

「香妲女爵也這樣說，」莫莉安稍微提高音量，想要蓋過哭哭林。「差不多的意

思。」

「阿南說如果我闖禍──」

莫莉安嗤之以鼻：「如果？」

「──那我最好祈禱是迪兒本發現，不是默嘉卓。她還說，遇到默嘉卓，最好裝

得越不引人注意越好。我說：阿南，第一，妳認定我會闖禍，未免太侮辱人了。」他

偏過頭對莫莉安露齒一笑，莫莉安又嗤了一聲。「第二，我當然會確保她們兩個都不

會發現啊，對不對？」

幻奇學會的新生走出這條林間道路。天色逐漸轉亮，他們爬上傲步院前森林覆蓋的小丘，地平線盡頭的淡淡金線轉為粉紅，有如一朵巨大的花在天際綻開，照亮紅磚砌成的院牆。

傲步院的階梯佇立著一名女子，等著歡迎新生。或者說，等著**不歡迎新生**。隨著大家越走越近，莫莉安看得越發清楚，與其說是歡迎，不如說她正在⋯⋯**沉默而冰冷地瞪著他們**。

她文風不動，宛若雕像，一身典型的幻奇學院黑色服裝，斗篷底下露出灰色前襟。她擁有一頭金髮，不過因為太金了，看起來反倒有點泛銀，而且梳成老派的頂髻，莫莉安覺得這讓她顯老許多。其實她的臉孔十分年輕，毫無一絲皺紋，皮膚光潔無瑕，宛若明月，唯有私下花了不少時間精心照料自己的人，才會擁有這等好膚質。她的雙眼是冰藍色，顴骨銳利得像兩把刀。將這些特徵組合起來，她本來可能是個美人，可惜實際效果讓她宛如一道徒具人形的冰河⋯⋯冷硬萬分，無從攻克。她高站在傲步院的階梯上俯視新生，好似他們不過是蟲子，而她正考慮用那雙優雅的黑鞋踩爛他們。

她一定是默嘉卓，莫莉安思忖，接著想起阿南給霍桑的忠告，於是縮肩駝背，努力讓自己不引人注目。

「九一九梯，早安。」女子說，嗓音令莫莉安想到一片玻璃⋯⋯乍看平滑無比，邊

緣卻十分鋒利。「我是達辛妮亞（註2）‧迪兒本。」

莫莉安嚇下一聲驚呼。

「我是世俗之藝學院的學務主任。」她接著說：「多虧某個不負責任的蠢才在這種時機鬧失蹤，儘管身為學務主任的責任艱鉅、業務繁多，長老依然憑藉他們的智慧，指定我為你們進行入學導覽。不過，你們想必會覺得比我更難熬，這點令我備感安慰。

「你們可以稱呼我迪兒本女士，或是學務主任。你們不可以稱呼我迪兒本夫人，或是迪兒本小姐、迪兒本教授、媽媽、媽咪，以及所有媽媽的衍生詞。我不是你們的媽媽，不是你們的保母，沒有時間應付你們幼稚的問題。如果你們有任何問題，就去找你們那梯的引導員處理，要不然就把它塞進靈魂最深處，這樣你們就不會繼續煩惱了。聽清楚了嗎？」

九一九梯不約而同默默點頭。經歷過雀喜小姐溫暖而快樂的歡迎、舒適的家庭列車，此時碰到迪兒本女士，猶如當頭澆下一盆冰水。莫莉安忍不住好奇，到底是哪個一時糊塗的可憐學者，竟然有辦法對這個極地冰架似的女人脫口叫出「媽咪」。

「各位學者，你們必須謹記一件事，並且奉為圭臬：你、並、不、重、要。每年都是這樣，年年都有新一批學者正式進入學會，成為幻奇學會漫長、不間斷傳統的最新繼承人，躋身自由邦最卓然超群的菁英。這樣的你們，一生背負著『異於常人』

註2　達辛妮亞（Dulcinea）一名出自西班牙作家塞萬提斯的文學作品《唐吉訶德》，是男主角心目中的完美女子，但在《唐吉訶德》中從未真正出場。

的包袱，無論在你們的平凡家庭、學校、社區之中，你們總是那個最有才華、最聰明、最受喜愛與推崇的人。」

莫莉安努力忍住一聲冷哼。對於迪兒本的斷言，她深深、全心全意、激烈地不予苟同（不過當然是以沉默表達）。

「當你們來到幻奇學會的門前，」迪兒本繼續說下去：「你們也期待受到相同的待遇。你們期待別人的悉心照料、噓寒問暖、讚美疼愛，你們期待所有事務繁忙、身居要職的大人在幻學遇到你們的時候，都要停下腳步，欣賞你們，大聲驚嘆：『噢！這豈不是我們的小幻學新生！他們是不是都棒得不得了呀？』」她停住話頭，逐一與他們對視，露出病態的甜美微笑，逐漸轉為蔑視。「嗯，把這些給我忘了。

記住：**你、並、不、重、要**。在這個地方，你根本不重要。沒有人會牽起你們的小手，給你們的小臉擦鼻涕。在幻學，每個人都有自己的任務，包括每一個初階學者，每一個進階學者，每一個畢業生，每一個老師，每一位長老，每一位贊助人，每每一位大師。這也包括你們。你們的任務，就是尊敬比你們優秀的人，乖乖聽別人的話，不斷進步，為未來的某一天做好準備——要是你們幸運的話，說不定你們會有派上用場的一天。懂了嗎？」

莫莉安不懂。她不太確定迪兒本女士所謂「派上用場」是什麼意思，不過在這個當下，她寧願把手伸進裝滿食人魚的水槽，也不敢問問題，於是她跟其他人一同小聲說：「懂了，學務主任。」

「裝得很像。」迪兒本女士轉過身，走向傲步院的宏偉大門，顯然預期他們跟上。「我們的學年行事曆是根據日曆年來安排，分為兩個學期，上學期從春天開始，

下學期從秋天開始。在暑假，你們應該要⋯⋯」

新生尾隨她走上臺階，聆聽迪兒本女士沒完沒了的教訓。霍桑湊近莫莉安，「好動人的演講，」他悄悄在莫莉安耳邊說：「人家心頭暖暖的，都快融化了。」

他們學到的第一堂課，是在傲步院明亮優雅的五層樓之下，埋藏著幻奇學會的真正廳堂，極為幽暗，宛如迷宮，彷彿走不到盡頭。

「地下共計九層。」迪兒本女士說，引領他們從入口大廳走進一條充滿回聲的長廊。她的語氣冷淡、公事公辦，一雙閃亮的黑色高跟鞋踩在木地板上，十分響亮，莫莉安、霍桑等人必須用平常的兩倍速度快走，才跟得上她。

「地下一樓包含用餐、住宿、娛樂設施，主要是供教師和來訪的成年學會成員使用，你們不許進入。地下二樓是初階和進階學者的餐廳，此外，進階學者可以自由選擇是否住在學校，因此地下二樓也附有進階學者的裝備管理處與住宿設施。」

他們飛也似走遍地下二樓，莫莉安初步認識了幻學的一天。學者餐廳是個人來人往的圓形空間，氛圍自在、充滿生氣，各處擺設許多桌椅，其中一端擺滿了小咖啡廳風格的鐵桌，挨著邊緣磨損、油漆斑駁的木椅跟不成套的凳子，另一端則有個巨大火爐，四周散落老舊的扶手椅。

在幾張桌子旁，有進階學者正在吃早餐、讀早報、喝同一壺茶閒聊。霍桑聞到培根的味道，莫莉安連忙把他拽住。

「我還沒吃早餐耶！妳能想像我多餓嗎？」他不可置信地說：「我根本沒想到要

吃早餐，就直接走進那扇門了！」

「嗯。」莫莉安心不在焉。她聽著進階學者壓低聲音交談，總覺得他們的口氣顯得有些迫切，不知道是不是在談論帕西默‧杏韻的失蹤事件。迪兒本女士帶著他們穿過餐廳，只見餐廳之外，有許多黃銅製成的巨大球體吊掛在金屬架上。迪兒本女士倏地旋過身來，看著他們。

「幻學內部的吊艙系統四通八達，跨越每一層樓，」她用一副了無生趣、幾乎可說是機械式的語調說：「這些吊艙能送你們到幻學的任何地方，條件是你們需要擁有進入那裡的權限。吊艙也能送你們離開幻學，前往一部分幻鐵車站。初階學者如果要離開校園，必須取得學務主任或贊助人的明確許可，使用印記就能驗證你們可以去的地方。一個吊艙有嚴格的負載上限，最多承載十二人。

「地下三、四、五樓是世俗之藝學院的教育設施，六、七、八樓屬於玄奧之術學院，九樓禁止任何學者進入。

「你們七個隸屬世俗學院的人歸我管轄，當然了，你們沒必要去五樓以下的地方，所以你們的通行許可只到五樓。至於布雷克本小姐跟阿瑪菈小姐，你們會在玄奧之術學院上課，學務主任默嘉卓夫人稍後會帶你們過去。」

新生登上一個球型吊艙，迪兒本女士將指尖按住牆壁上發亮的 W，隨後拉動一連串操縱桿，動作十分複雜，莫莉安試著默記，可惜失敗了。吊艙以令人膽顫心驚、頭暈目眩的高速連降數層樓，然後出乎所有人的意料（除了迪兒本女士），猛然向前一拉，再急轉向右、向後、又向左……接著呈鋸齒形顛簸向上、向上、向上，整個過程中，艙門上方的燈號始終不斷亂閃。

終於，吊艙猝然停止，九一九梯的九名新生全數撞上牆壁。迪兒本女士身材夠高，自己抓住了從天花板垂下的皮製拉環，穩住身體，卻根本不管新生撞不撞得著。

「地下三樓，世俗之藝學院。」吊艙門開啟，她帶著大家走進一條空蕩蕩的長廊，木地板光亮平滑。莫莉安整個人頭暈眼花，努力跟上。

「這層樓專供我們所謂的『實務學門』之用。」迪兒本女士繼續說：「醫學、地圖學、氣象學、料理學、工程學、奇獸畜牧學……等等，也就是對於維持這個世界運轉而言，最要緊的日常實用知識。這層樓也包含實驗室、天文臺、地圖室、一到九號講堂、動物相關設施、實驗廚房，當然還有醫院。」

學務主任帶他們走進一間昏暗的講堂，一位叫做刺藤博士的人正在向來自七大領域的學會成員演講，主題是「現代奇獸學家的倫理責任」。講臺上，刺藤博士旁邊有個籃子，裡面的東西乍看很像超大一堆白色髒抹布，但細看就發現那是——

「魁貓！」莫莉安說，輕推霍桑一下。迪兒本女士馬上轉頭瞪她，莫莉安抵緊嘴唇，專心致志盯著下方的講臺，直到迪兒本女士挪開視線。

「光是為一整個種族考量最佳利益，還稱不上足夠，」刺藤博士對觀眾說，憐愛地伸手搔那隻魁貓的下巴，「我們也必須考慮到每個個體。」

「沒有芬那麼大隻。」霍桑用嘴角悄聲說。

「我猜是小貓，」莫莉安說，那隻貓咧嘴對聽眾露出牙齒，「可惜威嚇效果不太好，還挺可愛的。」「噢，你看！」

可惜迪兒本女士很快又帶著他們離開，來到下一層樓。

「人文學門，」抵達地下四樓時，迪兒本女士宣告：「包括哲學、外交、語言學、

歷史、文學、音樂、藝術與劇場。」

她引領新生走過地下四樓的十幾間教室、工作室、藝廊、音樂室、劇場，再來又前往地下五樓，供所謂的「極限學門」使用，這也是世俗之藝學院的最後一個分支。

前兩層樓的氛圍就像博物館或大學一樣，頗為平和、嚴謹，有著寬闊的走廊、高聳的天花板、光亮的木地板；相形之下，地下五樓的氣氛卻詭譎變幻、稍嫌混亂，彷彿任何事情都有可能發生。

迪兒本女士帶他們參觀其中一側的廂房，專門用來教學諜報技巧（他們在一個叫「如何假死」的工作室停留了五分鐘）；一個喧鬧的武術道場（開學第一天，就有好幾個學者摔斷了骨頭）；還有洞窟狀的巨大龍舍、廣大的騎龍賽場，霍桑開心得不得了，往後他會有很多時間待在這裡。

莫莉安正想著地下五樓有點像杜卡利翁飯店，這時，一個年紀稍長的男孩從走廊另一端狂奔過來。

「學務主任！」男孩一面放聲尖叫，一面追上迪兒本女士跟新生，一頭長辮在腦後甩來甩去，雙眼明亮而狂亂。「學務主任，求求妳，可不可以跟妳談談？」

「沒空，惠特克。」

「求求妳，迪兒本女士，」男孩傾身向前，雙手扠著腰，大口喘氣。「求求妳，請妳跟默嘉卓談談，她說我們梯沒有通過公民責任考試，所以要把我的頭剃光，可是那又不是我害的，她——」

「那是你自己的問題。」

「可是她說——」男孩哀號，「她說她今天晚上就要磨剃刀。」

「想必是會。」

「求求妳，妳能不能跟她談，或是——」

「說什麼傻話，我當然沒辦法跟她談。」迪兒本女士屬聲說，閉上眼，脖子歪向一側，發出清脆的一響。聽見那個聲音，莫莉安打了個顫，男孩往後縮，急吸了口氣。「惠特克，你是白袖，屬於玄奧之術學院，我不是你的學務主任，需要我再提醒你嗎？默嘉卓夫人有權給予學生適當的訓誡。好了，快去上課，不要把狀況弄得更糟，她隨時都會過來。」

男孩面如土色，倒退幾步，轉身沿著他過來的方向跑了回去。莫莉安目送他遠去，忍不住嚥口水。那個惡名昭彰的默嘉卓夫人當真要剃光他的頭？這樣真的可以嗎？她偷瞄四周，九一九梯的其他人同樣看起來很不安。

除了不安，也很疲累。莫莉安清晨就起床，又穿越迷宮般的地下校園，彷彿走了好幾百哩，整天只吃了兩片餅乾，簡直快要當場倒在地上，再也爬不起來了。正當她下定決心，想要詢問導覽何時結束（或至少，什麼時候可以吃點東西），迪兒本女士便將他們帶回吊艙停靠區。

「布雷克本跟阿瑪菈，」迪兒本女士說。詩律對上迪兒本女士目不轉睛的視線，偏偏蘭貝斯正抬頭仰望天花板，皺起眉，天曉得她究竟有沒有聽到自己的名字。「玄奧之術學院的學務主任默嘉卓夫人很快就會抵達，帶妳們繼續參觀地下六樓至八樓。」

她無法前往的幻學區域，詩律跟蘭貝斯卻得以一見，這讓莫莉安內心有些嫉

羨……不過，她內心也有另一個不斷響起的小聲音，祈禱他們這幾個灰袖的導覽進入尾聲。

「等默嘉卓夫人一抵達，」迪兒本女士接著說：「其他人就自行返回原路，前往傲步院外面的樓梯，引導員會在那裡等候，送你們回家。我相信，你們自己有辦法回到一樓。」

怎麼可能，莫莉安暗想。她轉頭看霍桑，只見他露出一樣驚恐的神情。難不成他們應該記住迪兒本女士拉了哪幾個操縱桿？

「為什麼他們可以先回家，我們卻要留下來？」詩律問。

「喔，好可憐唷，」薩迪亞怒聲道，受不了地翻了個白眼。「妳一定覺得人生好艱難，都是因為妳有那麼寶貝的本領，才要去我們不准進入的那三層樓，我同情得快昏倒了──」

「天呀。」蘭貝斯輕輕地說，她仍凝望著天花板，像在車站時那樣，豎起了一根手指，看不出來她是要大家安靜，還是要測試風向。「她來了。」

「可不可以叫她不要再這樣了？」馬希爾嘟噥：「我真的覺得很毛。」

「安靜。」學務主任的語氣依然嚴厲，可是莫莉安總覺得，她好像忽然變得很緊張。她不時扯動左邊袖子，顯得緊繃又焦躁，莫莉安不禁好奇，她是不是也怕惡名昭彰的默嘉卓夫人。

「在等待的這段時間，不如來談談該怎麼管理自己的用品吧。」迪兒本女士說道：「你們有責任確認每堂課該穿什麼服裝、該帶什麼用具，」說到這裡，她頓了一下，暫時閉上眼，脖子喀啦一聲往旁歪。莫莉安忍不住瑟縮。「凡是你們需要的物

品，無論是樂器要用的松香、一組刷手的工具，還是一把彎刀——」她輪流盯著雅查安、埃娜跟薩迪亞，「務必請引導員安排，或是自行提交正式申請，申請表可以在裝……裝備管理處取得。」

迪兒本女士再次停住，接著，奇怪的事發生了。她彷彿要阻絕明亮的強光，用力閉緊雙眼，高高聳起肩膀，雙肩緩慢地向後轉動，像條水中的鰻魚般扭動脖子。

莫莉安聽見她的脊椎不斷發出喀喀聲，那串清脆的聲響接連不停，她抖了一下，那種聲音讓她渾身發毛。

她瞥了其他人一眼，大家的臉色就跟她一樣，越來越驚懼。學務主任到底怎麼了？

「假如你沒有做到這一點……導致……你被排除在課程之外，」迪兒本女士繼續說，仍然閉著眼睛，下巴以不自然的詭譎角度往前突出，「那麼，這完全是——」她發出一個奇異的聲音，像是從喉嚨深處發出的咯咯聲，聽起來實在太駭人，莫莉安嚇得往後退一跳。「——你自己的責任，你會發現……在校園中，沒有一個人會……同情你的……悽慘處境。」如玻璃般平滑的嗓音已然消失殆盡。現在，她的聲調變得沙啞、充滿喉音、令人不寒而慄，儘管如歌般的抑揚頓挫，卻十分可怕，就是……不對勁。「沒錯吧，默嘉卓夫人？」

迪兒本睜開雙眼。

莫莉安倒抽一口氣。同梯的其他人全疑惑地轉頭往背後瞧，以為玄奧學院的學務主任默嘉卓夫人會從那裡走過來，唯有莫莉安注意到大家都沒發現的事。

迪兒本……變了。分開來看，那些變化都很細微……雙肩往下斜，臉頰更顯凹

陷，冰藍色的眼眸變淡，轉為了無生氣的汙濁淺灰，眼窩也陷得更深。她頭頂上的髮髻已經不是閃亮的銀金色，而是徹底的純白，毫無一絲顏色摻雜其中；雙脣泛紫，有些乾裂，嘴角彎成令人不快的睥睨弧度，露出一口尖銳的黃牙。

莫莉安雙眼圓睜，死死瞪著這張全新的臉孔，見證了這個毛骨悚然的轉變過程。

剛開始，她又是不解，又是驚怖，慢慢地，她恍然想通了。

「正是，迪兒本女士。」那女人開口，回答了自己口中吐出的問題。

所以，她就是默嘉卓。

世俗學院的學生慢慢後退。已經不是今天第一次，莫莉安非常高興她是個灰袖。

第六章　錯判、謬誤、胡鬧、暴行、毀滅

「騎龍一整個早上！」隔天，霍桑一面大喊，一面把拳頭揮向空中：「太棒了！」他們正駛入傲步院站，雀喜小姐等前面兩班車的學者下車，離開月臺，這才停靠在月臺旁，開啟九一九家庭列車的車門。

「看你這麼開心，我很高興。」雀喜小姐對霍桑說。在前往幻學的路上，九一九梯互相交換課表，興奮地比較這週彼此要參加哪些有趣的工作坊、講座與課程。莫莉安特別期待週四早上的課，課名是神祕的「與亡者對話」。「不過，可別把自己搞得太累了，你午餐後還有一堂三小時的龍語課，看到沒？」她用手指輕點霍桑的課表，「上這堂課可要清醒一點才好，這種語言不容易學。」

霍桑的手自半空落下，垂頭看著課表，皺起鼻子。「我幹麼要學龍語？」

雀喜小姐睜大眼睛看著他。「我懂！你是永無境最有潛力的少年龍騎士，一條命掌握在那些古老野獸的爪子裡，何必去學怎麼跟牠們溝通呢？真是瘋了。」她從鼻孔

哼了一聲，「霍桑，你不覺得學會跟龍講話說不定很有用嗎？」

「可是……我會跟龍講話啊。」霍桑說：「我三歲就開始騎龍了，要是妳不相信我

有辦法讓龍接受指令，就過來看我騎──」

「喔，我知道你可以，」雀喜小姐說。「我看了你的展現龍了。但是，一直以來，

你只是單方面讓龍了解你的指令，那你有沒有試著去了解龍呢？」

霍桑看她的神情，就像是見到她活生生長出犄角。

「龍語是很美妙的語言，」她繼續說下去：「我還是初階學者的時候，自己也學了

一點。而且你看，馬希爾也會跟你一起上課，一定會很好玩的！」

霍桑湊到馬希爾的肩膀旁邊瞧。

「可是他只要上一個小時！」霍桑抗議。

「嗯……我只是想說，讓你早點開始學比較好，畢竟我們這位易卜拉欣先生已經

會一點龍語了，對不對呀，馬希爾？」

「鶴查施・許卡─勒維。」馬希爾說，嚴肅點頭。

雀喜小姐一臉驚豔。「馬查・羅克・達取瓦─勒維。」她回答，同樣點頭回禮。

「什麼意思？」霍桑嘟囔，滿臉狐疑盯著他們兩人，莫莉安猜想，那眼神也混雜

了一絲妒羨。

「是龍族語的寒暄語，」雀喜小姐說，見霍桑的臉色愈發困惑，補充道：「龍族語

就是龍語的另一個稱呼。**鶴查施・許卡─勒維**這句話的意思是**祝福你長燒不盡。**」

霍桑做了個怪表情，莫莉安也是。「祝福你長燒不盡」聽起來不像問候，倒像是

威脅。

「客氣的回答是馬查・羅克・達取瓦─勒維，意思是**與君相識，使我越燒越明**。」

雀喜小姐繼續往下說：「對龍來說，大概就像……祝福對方身體健康，然後對方再感謝你的情誼。」

薩迪亞迅速掃過自己的課表，看似越來越惱怒。「雀喜小姐，為什麼我的課表都沒有跟龍有關的酷東西？不公平，我最喜歡龍了。」

引導員在薩迪亞身邊的沙發坐下，傾身越過她的肩膀看課表。「喔，可是妳有其他很酷的課呀。」

「像是什麼？」

「妳看，星期五有直排輪飆速競賽課，那可是琳達教的。」

薩迪亞一臉懷疑。「琳達哪裡酷？」

「比如說，她會直排輪飆速競賽啊，還會彈貝斯。而且她是人馬，這夠酷了吧。喔還有，妳看──妳跟莫莉安星期二有一堂工作坊，是刺藤博士開的魁貓照護課──噢，等等。」她皺起眉頭，拿出一枝筆，劃掉那堂課。「抱歉，我來不及更新。刺藤博士的幼魁貓不見了，真是可憐，她好擔心。」

「不見了？」莫莉安從課表抬起頭。

「嗯，她信誓旦旦地說是被偷的，但我覺得，牠應該是自己溜走了……畢竟，魁貓這個種族出了名的熱愛自由，可憐的小東西八成受夠關在那個小地方了。」看薩迪亞滿臉陰鬱，雀喜小姐輕拍薩迪亞：「別擔心，我會替妳找個一樣有趣的課，我保證。」

莫莉安皺起眉頭。這已經是她這週聽到的第三宗失蹤案了，先是卡西爾、帕西

默・杏韻，現在又輪到幼魁貓。

「雀喜小姐，」法蘭西斯開口問：「這堂課是什麼？『辨識催眠術』？」

「我也有這堂，」埃娜說：「星期三早上。」

莫莉安看了看自己的課表，她也有。

「我也是。」薩迪亞說。

「還有我，」馬希爾跟著說：「八點的課。」

「啊，」引導員說：「沒錯，長老覺得讓你們修這堂課會很有用，畢竟你們這梯有個催眠師。」

詩律猛然抬頭，面露慍色，忿忿不平地輕哼一聲。然而雀喜小姐毫不理會，表情依然平靜，沒有什麼特別的情緒。

霍桑看起來很疑惑，「我們這一梯有什麼？」

「催眠師。」

「是喔。」他擰起眉頭，「真的？」

「真的，」雀喜小姐仍舊充滿耐心，隱隱流露些許嘆息。「詩律・布雷克本是催眠師，她就坐在你旁邊。」

霍桑轉頭看詩律，嚇得微微一彈：「哇，我的媽。」

「沒錯，這就是原因。」雀喜小姐說：「你們都需要上辨識催眠術的課，才能記住你們這位新朋友，以及分辨詩律什麼時候用了她這套厲害的本領。」

「可是雀喜小姐，」詩律神色驚嚇，「這樣我要怎麼催眠他們——」

「重點就在這裡，詩律。」雀喜小姐語氣溫柔，「妳不應該對妳的同梯使用妳的本

「**兄弟姊妹，一生忠誠**，記得嗎？」

「我說我會忠誠，又沒說我再也不催眠別人！為什麼別人都可以自由運用本領，就我不行？」

「沒有這回事，雅查不能偷你們的東西，法蘭西斯也不能讓你們喝會害你們哭的湯，大家都要遵守同樣的誓言。」

詩律看著她，露出算計的樣子。「反正我都發誓了，幹麼還要教他們辨識催眠？既然妳相信雅查不會偷別人的東西，妳為什麼不相信我不會催眠別人？」

雀喜小姐垂下目光思考，似乎覺得詩律說得有理。她抿住嘴脣，想了半晌。「詩律，我知道妳為什麼不高興。不，我是認真的，我懂。但是，催眠術跟扒竊這兩種本領差非常多，會引發的後果也天差地遠，有些贊助人認為——」

「我不值得信任，」詩律搶過她的話頭，目光灼灼。「就因為我是催眠師，所以我會做壞事。大家都這樣想。」

莫莉安回想展現考驗，當時播放了一支影片，拍下詩律濫用催眠術的所作所為，不僅破壞公物，還讓一名警察用自己的手銬把自己銬起來。她朝霍桑抬起一邊眉毛，但沒說什麼。

「沒人覺得妳會做壞事，詩律，我保證。他們只是特別小心罷了。」

然而，詩律看起來並沒有消氣。莫莉安覺得她整個早上都不太對勁，稍早在九一九站時，所有的灰袖都很想知道地下六樓到八樓究竟有什麼，可是莫莉安問了之後，詩律根本懶得理睬她的問題。話說回來，薩迪亞跑去問蘭貝斯時，蘭貝斯也是相同的反應，說不定是她們被下了封口令。

家庭列車的車門一開，詩律便怒氣沖沖下車，跑過人行橋，衝出車站。其他學者留在月臺上，似乎再度忘了詩律，輕鬆地聊著天，繼續比較課表。

「妳早上是什麼課？」霍桑問莫莉安。

「『專注與冥想』。」莫莉安念道，「在地下四樓。等吃完午餐，要去地下五樓上那堂課嗎？我是說，難道妳認識比我更會偷偷摸摸的人？」

『潛行、閃避與隱匿』。」

「我今天下午也有那堂課，」霍桑說：「妳看，『潛行、閃避與隱匿』。但我需要莫莉安歪著頭，「要我列一張名單給你嗎？」

「雀喜引導員！」

伴隨刺耳的怒吼，迪兒本女士現身。她大步走向家庭列車，拳頭裡緊捏著一張紙，霍桑、莫莉安和其他幾名學者停下腳步。聽到迪兒本的語氣，實在很難不停下來。

雀喜小姐從車門內探出頭。「學務主任，」她遲疑地微笑，「早安，找我有什麼事嗎？」

迪兒本對她怒目而視，額頭擠出深深的皺紋。「我們得討論一下這個。」她將那張紙扔給雀喜小姐，雀喜小姐連忙接住。

「這是莫莉安的課表。」她看了之後說。聽見自己的名字，莫莉安整個人僵住。

「有什麼不妥嗎？」

「對，很多不妥。」迪兒本輕蔑地說，從雀喜小姐手中一把搶回課表。「應該說，幾乎通通不妥。卡德爾・卡萊里教的『專注與冥想』？不妥。」她掏出一枝筆，誇

張地大筆一揮，劃掉那堂課。『赤手搏擊防身術』？免了。『初級水底尋寶』？『潛行、閃避與隱匿』？兩個都不准。妳到底想把這女孩教成什麼？」她厲聲說：「大規模毀滅性武器？」

莫莉安蹙眉。她覺得比起其他學者的課表，自己的課聽起來相對溫和多了，她看到埃娜的課表上有堂高級課程叫「如何（暫時）令心臟停止跳動」，詩律也有好幾堂工作坊的名稱挺驚悚的，比如「砒霜辨識」、「審問的藝術」、「業餘監控技巧」、「拆除炸彈基本技巧」。

「『專注與冥想』有問題嗎？」雀喜小姐問。

「這女孩是個幻奇——」迪兒本猛然打住，先回頭張望，才壓低聲音繼續：「雀喜小姐，這女孩是幻奇師，難道我們需要一個專注的幻奇師用她無比專注的心來專注地送我們去死？」

她有辦法把學務主任想到死？這念頭讓莫莉安差點笑出聲，霍桑的自制力略遜一籌，連忙用咳嗽聲掩飾他的哼笑。

雀喜小姐看似並不覺得哪裡好笑，莫莉安瞥見她的臉色有一瞬間動了怒，但她花了點時間冷靜下來，開口道：「學務主任，那妳希望莫莉安上什麼課？」

「我已經調整好課表了，」迪兒本簡短地說，遞給她第三張紙。「請立刻按照這張課表修正。」她轉過身，就快走到人行橋時，雀喜小姐又叫住她。

「學務主任——」妳弄錯了吧，這上面只有一堂課。」

迪兒本回瞪著她。「雀喜小姐，我從不犯錯。再會。」

學務主任一走遠，莫莉安與霍桑馬上趕回家庭列車，越過雀喜小姐的肩膀，想

知道她為何這麼沮喪。

「**令人髮指的幻奇事件史**，授課教師：海明威‧Q‧昂斯塔教授。」莫莉安滿腹疑惑，大失所望。「就⋯⋯就這樣？就這堂課？天天上？」

「看來是這樣。」雀喜小姐的嗓音緊繃，像是控制著情緒。「我從來沒聽過這堂課，所以一定是特別為妳開的。真是⋯⋯讓人興奮！」

可是她騙不了莫莉安。

雀喜小姐對她露出緊張的笑容。「趕快去吧，不然妳會遲到的。」

◆

在人類與龜類之間，海明威‧Q‧昂斯塔比較偏向人類，但他仍有許多龜類的特徵。

莫莉安知道，在幻獸族中，昂斯塔教授會被歸類為所謂的「次型幻獸族」，意思是他的人類特徵多於奇獸特徵（薩加長老則不同，他幾乎完全是公牛型態，因此明顯屬於「主型幻獸族」）。生活在杜卡利翁飯店下榻的經驗，讓莫莉安學會了紮實的幻獸族禮儀，原因是經常有幻獸族在飯店下榻，所以朱比特跟米范都教過莫莉安幻獸族跟奇獸有何差別。幻獸族是擁有感受、自我意識的智慧生命，能夠進行複雜的操作，例如語言表達、發明事物、藝術創作，就像人類一樣；奇獸則不行。

莫莉安也學會了符合禮節的稱呼方式。舉例而言，你不能稱熊型幻獸族為「熊」（這是極端侮辱的稱呼），而是要稱「幻熊」，把幻熊當成熊是極端失禮之舉，近乎不可原諒。莫莉安會知道這些，是因為她不小心犯過這個錯，後來是朱比特和米范

向那位幻熊貴客百般賠罪、討好，再贈送數個野餐籃做為補償，才得以平息對方的怒火（這中間，莫莉安還開了個「灰熊大優惠」的玩笑，結果也不怎麼好）。

至於芬涅絲氣特拉，嚴格來說，既不是幻獸族，也不是奇獸。莫莉安曾經問她為什麼，芬毫不客氣地回答：「難道妳會問一個人他是不是幻獸族？難道妳會問一隻人馬他是不是奇獸？不會嘛。魁貓就是魁貓。話題結束。」芬接受了莫莉安一頭霧水的道歉，不過在那之前，芬依舊把她枕頭裡的絨毛換成了從每間浴室排水孔收集的頭髮。

昂斯塔身上的龜類特徵相當引人注目，他背上有個巨大的圓甲殼，灰綠色的皮膚帶有皮革的質感，褲管下方露出來的並非英挺的雕花皮鞋，而是一雙帶有鱗片跟肉墊的圓圓龜腳。

不過，他的其餘部位倒是挺普通。他的頭頂大多是皮膚，只有幾絡稀疏白髮，有些泛紅的淺綠色小眼睛微瞇起來，似乎很需要眼鏡。他身穿一套老派的西裝，搭配格紋領結和一件不太相襯的背心，背心前襟沾了點汙漬，衣服外面再套一件正式的黑色學者袍。

他的教室位於四樓人文學門，這間教室完全符合莫莉安的想像（假如她先前想過這種事的話），一個半人半龜的教師如果要教一整天的書，的確會選擇這樣的教室。當然，教室裡還是有成排的木桌、椅背挺直的座椅，牆邊全是書架，塞滿了看起來很嚴肅的布面精裝書。不過，在這些擺設的下方，卻不是普通的地板，而是冰涼的草地，教室的一角被一座池塘占據。

莫莉安走進教室時，昂斯塔教授正坐在黑板前的凳子上。他用鼻孔看著莫莉

安，示意她坐在前排的一張桌子後面，吐出緩慢、悠長又深沉的氣息，胸口伴隨著哮喘聲。莫莉安坐下來等待。

「妳，」他終於緩緩地說，停下來，喘了口氣，又繼續：「妳就是長老所說的……幻奇師。」

他連一顆牙齒也沒有，溼黏的嘴脣滿布皺紋，有如滲穴一樣塌陷進口腔，嘴角積聚星星點點的唾液。莫莉安皺起鼻子，努力不去想像那些口水噴過來，濺到自己的臉上。

「對，」她說，身體往後靠，以防萬一。「就是我。」

這個問題讓她很詫異，她以為只有學務主任跟雀喜小姐可以知道她的……小狀況。

他低頭對莫莉安皺眉。「妳要說……**教授**，對。」

「教授，對。」

「嗯。」他點頭，凝視著半空。

過了一陣子，他什麼也沒說。莫莉安開始疑惑，他是不是忘了自己在哪裡，正想要清清喉嚨，他又嘶一聲吸了口長氣，目光轉回她身上。「那妳……了解……這代表的意義嗎？」

「不太了解。」莫莉安承認，然後連忙補上：「教授。」

「我想……妳聽過……現存最後一個……幻奇師？」

「埃茲拉・史奎爾？」

昂斯塔教授點點頭，他點頭的動作幅度非常小，上上下下持續了半晌，彷彿失

去了控制頭部的能力，只好等頭自己停下來。「妳對他⋯⋯所知⋯⋯多少？」

莫莉安悄悄嘆口氣。「我知道他是史上最邪惡的人，每個人都討厭他。」

「沒錯。」昂斯塔教授用沉重的口吻說，眼皮耷拉下來，莫莉安以為他就要睡著了。也說不定會是她自己先睡著。「說得沒錯。那妳知道⋯⋯他為什麼⋯⋯是史上最邪惡——」

「因為他化身為怪物。」莫莉安打岔。她不想失禮，但是也不想枯等著他講完。

「也製造了聽命於他的怪物。」其實她是照搬米范去年告訴她的話，她試著避免讓語氣帶有任何情感，可惜沒有成功。

事實上，無論朱比特再怎麼說，無論朱比特多麼堅持身為幻奇師不表示她很邪惡，莫莉安始終很難甩掉一個念頭：在她心底的角落，隱藏著跟埃茲拉・史奎爾相同的本性。史奎爾不也是這樣對她說的嗎？史奎爾不是曾凝視著她，露出微笑，似乎很高興的樣子？**莫莉安・黑鴉，我找到了妳。妳的內心深處藏有黑暗的冰霜。**

「還有英勇廣場大屠殺，」莫莉安忽然想起，補充道：「他殺了想阻止他占領永無境的人。」

昂斯塔教授再度點頭，又吸了一口伴隨哮喘聲的氣。「說得⋯⋯沒錯。然而⋯⋯不只⋯⋯如此。」

教授以極其徐緩的速度，從凳子站起身，關節發出各種喀喀聲，莫莉安忍不住一抖。接著，他一吋一吋拖著步子穿越教室，大約過了十年，終於抵達位於另一端牆壁旁邊的書櫃，拿起一本巨著，這本書尺寸之大、頁數之厚，看著彷彿就要砸到地上，連帶害這位幻龜教授跌倒了。莫莉安當即跳起來幫他，兩人合力把書搬回

來，「呼」一聲扔在桌上，書頁間飄出一陣灰塵。

教授用學者袍的袖子抹去封面上的厚厚一層灰，莫莉安瞇起眼，閱讀樣式老派的字體。

錯判、

謬誤、

胡鬧、

暴行

與毀滅：

幻奇事件光譜簡史

海明威・Q・昂斯塔／著

「簡史。」莫莉安念出來：「這是什麼意思？」

「意思是……編輯過的。精簡的。比較短的。完整的……歷史……無疑要寫

上……好幾十冊。」

聞言，莫莉安揚起眉毛，暗自感謝上蒼，幸好他只有寫簡史的興致。

「我收到指示……要監督妳……全盤了解……妳那些前輩……的歷史。」昂斯塔在此頓住，被灰塵惹得咳嗽，咳得越來越激烈嚇人，莫莉安一度生怕自己必須向學務主任回報：第一堂課才開始十分鐘，她的老師就咳死了。不過，他的肺終究恢復了正常。「好讓妳……徹底明白……並牢牢記住……幻奇師為我們帶來……多少危險……跟災難。」

莫莉安心一涼。這就是她要學的東西？埃茲拉・史奎爾幹過的所有壞事？

真讓人厭煩。

她早就知道埃茲拉・史奎爾泯滅人性，何必再讀他做過多少喪盡天良的事？

昂斯塔教授用指尖輕點這本巨書。「接下來的……時間……妳就……讀……第一到……第三章。」他看看懷錶，「還有……三……小時。」

慢悠悠、慢悠悠地，他蹣跚走出教室。與此同時，莫莉安淒涼地盯著封面上的《幻奇事件光譜簡史》，良久才嘆了口氣，翻開書頁。

第一章

依時間順序，記錄頭號幻奇師碧麗安絲・阿瑪迪奧之劣跡，其前人為鄧黎，其前人為克莉斯多貝・法倫・當罕，其前人為……

「這些人是誰?」莫莉安揚聲問道,這時昂斯塔教授剛走到門口。

「嗯?」

朱比特說過,以前,世界上曾經有其他幻奇師,可是莫莉安從沒想過他們也是活生生的人,畢竟光是擔心當今那位幻奇師就飽了。「我只是⋯⋯呃,碧麗安絲·阿瑪迪奧現在在哪裡?她還—」

「她死了。」

莫莉安的心直往下墜。

「妳的同類⋯⋯全都⋯⋯死了,」昂斯塔教授說。「就算⋯⋯還沒⋯⋯」他眨眨濡溼的眼睛,注視著莫莉安,呼哧呼哧吸了一口長氣,「他們也該死。」

莫莉安從未想過,自己對於身為幻奇師的觀感還有辦法變得更差,沒想到她錯了。

昂斯塔教授的書又臭又長,細細描寫「她的同類」幾百年來做過的每一件錯事。史奎爾的確是天性邪惡,幻奇師的力量的確是極具威脅性,可是根據昂斯塔教授的書,事情遠遠沒有這麼簡單。

書中呈現了一幅極其不堪的幻奇師樣貌:世世代代以來,這群人行事自私、樂於破壞、渴求權力,仗恃皇室與政府的支持以及從窮人身上盤剝的稅賦,過著縱欲享樂的生活。據昂斯塔教授所描述,過去好幾百年,幻奇師享受著永無境平民的供養,卻用或大或小的不幸事件與不義之行回報。

在最好的狀況中,幻奇師自以為是、行事乖僻,濫用特權創造虛有其表的幻奇

建設，往往只造福一小群人，反倒為大眾帶來諸多不便。例如黛西瑪・可可羅，她要到了公共基金與資源，拿去打造一座由水組成的幻奇大廈，後來導致數人溺水，被迫關閉，簡直是浪費、危險、愚昧。還有歐布瓦・傑密提，他選中一個貧窮市鎮，弭平一整個街區的房舍，建造一座遊樂園，落成後以自己的名字加以命名，還禁止任何人進入。

在最壞的狀況下，幻奇師化身為暴戾的霸王，利用自身的能力凌虐他人，鞏固地位、財富與名望。埃茲拉・史奎爾自然名列其中，另外也有像葛拉瑟・歌伯里這樣的人，她的年代比史奎爾早了一百年，曾號召關押所有幻獸族，不分主型、次型一律打入大牢，最終遭到一名幻蠍暗殺身亡；以及弗雷・亨利森，他在六百年前引起永無境大火，毀去大半城市，奪去數千條人命。

莫莉安恍然明白，朱比特錯了。她的胸口凝聚起一股沉重、不快的感覺。朱比特怎麼錯得這麼離譜？

幻奇師真的都壞透了，沒一個好人。

過去悲慘的三小時，昂斯塔回到教室，以蝸牛般的速度蹣跚走回桌後。莫莉安早已讀完指定的三個章節，過去二十分鐘只是盯著教室前方，*鬱鬱沉思*。

「告訴我⋯⋯妳⋯⋯學到什麼。」

莫莉安用呆板、消沉的語調，總結她記得的內容——數世紀以來，幻奇師殘忍、輕率的行為俯拾即是，他們鑄下的錯卻從未獲得匡正。說完之後，她深深嘆息，低頭看著自己的手。

昂斯塔教授沉默良久。他終於再度開口時，語氣顯得極其疲憊，如此蒼老、嚴

峻，彷彿剛從死亡狀態還魂。

「那妳覺得……我為什麼……決定要教妳這些？」

莫莉安抬起頭，思考了一陣。「讓我知道當幻奇師有多危險？」昂斯塔教授一言不發。莫莉安靈光乍現，「是要讓我避免做一樣的事！讓我不至於跟那些人犯下一樣的錯……」

她對上昂斯塔教授圓圓的小眼睛，注意到他那狡黠、冷酷的眼神，越說越小聲。他從椅中站起，拖著腳步，徐徐走向莫莉安。「妳以為我……相信……妳會比他們好？」

莫莉安大惑不解。她會不會比全界最惡劣的那些人更好？這是當然的吧。

「這——」

「妳以為我……相信妳會更好……對妳有更多期待……不會變成這些……」他朝桌面傾身，點了點《幻奇事件光譜簡史》的封面，「……這些**禽獸**？」他氣喘吁吁地說。

「這個——這個，**當然啊，**」莫莉安說：「我是說……你不信嗎？你總不會希望我變得跟——」

「妳已經……跟他們一樣了。」昂斯塔教授說，音量越來越大，重濁的呼吸越來越急，越來越喘，發皺的嘴噴出點點唾沫。「妳……已經是個……禽獸了。我的責任……不在於……拯救妳。而在於讓妳認清……妳根本……無藥可救。妳所有的……同類……全都無藥……」

莫莉安沒有聽完後面的話。她跳起身，從教室狂奔而出，隨著心中的抑鬱越燒

越旺，她一口氣跑過錯綜複雜的走廊，根本不曉得自己的所在位置。最後，不知怎麼辦到的，她成功走出傲步院，沿著林中道路，回到了傲步院站。

她癱坐在一張木頭長椅上，抬起頭，以朦朧的淚眼望向時鐘。家庭列車還要再過好幾個小時才會來。

算了，她暗忖，**不搭就不搭**。

無所謂，她還有兩條腿呢。

幾分鐘後，莫莉安抓著雨傘，衝過兩旁樹木排列的綠蔭大道，穿過大門，直奔傘鐵月臺。朱比特的字條倏地在她腦中閃過，有如良心的微弱抵抗：**無論在何種情況下，妳都不可以單獨前往幻學以外的地方。我是認真的，我信任妳會做到。**

他再認真又怎樣，莫莉安酸澀地想，對準接近的傘鐵一躍而起，用雨傘傘柄勾住金屬環。她已經不在乎了，她只想回家。

當然，在回到杜卡利翁飯店的半路上，莫莉安的腎上腺素跟衝動逐漸消褪，暫時跑去度假的基本判斷力再度回歸，她恍然醒悟自己犯了多恐怖的錯誤。在正常狀況，她要再過好幾個小時才會到家，萬一她此時出現在飯店，想必會遭到芬涅絲特拉、米范、瑪莎輪流用問題轟炸，然後他們鐵定會把她幹的好事告訴朱比特，然後朱比特就會再也不會信任她了。

莫莉安微微陷入恐慌，在下一站（碼頭站）跳下傘鐵，吸了一口長氣。她不要回幻學，她沒辦法忍受，所以只有一個選擇：她必須消磨足夠的時間，等到不至於

引人懷疑時，再光明正大走進杜卡利翁飯店的大廳。

朱若河岸很冷，飄著濃烈的魚腥味。不過，像這樣在船隻間閒晃，聆聽漁民拉起漁網、用無線電播放音樂的隨意聲響，反而別有一番趣味。一群比她小好幾歲的孩子吵吵嚷嚷，用金屬罐裝滿河水來煮青蟹，輪流撿著罐底的火。

莫莉安朝朱若河邊的泥灘走去，溫度也愈加寒涼，可是海鷗的鳴叫聲、河水的拍打聲十分令人放鬆。不久，她本來沮喪得想哭的心情逐漸減弱，轉變成比較容易應對的情緒：苦澀、沸騰的怨恨。

每件事都爛斃了。

她邊走邊踢開岸邊的一顆石子。「昂斯塔爛斃了。幻奇師歷史爛斃了，幻奇師爛斃了。迪兒本爛斃了。幻奇學會爛斃了。」

雀喜小姐是還不錯，家庭列車也是。

「喔，閉嘴啦。」她對那部分的腦說。

莫莉安全神貫注生著悶氣，沒留意到自己走得比預計的還要遠。空氣更加冰冷，她抬頭望去，驚愕地發覺河水上漲不少。她轉身想回頭，卻聽見一個異常的聲響。

嘰嘰——喀哩、喀啦、喀哩、喀啦。

她不想看。在永無境，有些東西是你絕對不想看的，莫莉安比任何人都清楚這一點。然而，她克制不住自己。

嘰嘰嘰嘰——喀哩、喀啦、喀哩、喀啦、喀哩、喀哩、喀哩。

她緩緩把頭轉向一側，映入眼簾的是她此生所見最詭譎、最怪誕的景象。從朱

若河泥灣的河岸，豎起了一架由骨頭搭成的形體——那稱不上一具骸骨，因為「一具骸骨」意味著它多少具備了人體結構與一定的組成規則。

這個……該說是人？還是怪物？這東西毫無「組成規則」可言，甚至沒辦法說它的型態是模仿人類。更詭異的是，在莫莉安眼前，它依舊不斷增生、不斷積聚，利用那些估計是長年累月深埋在汙泥之中的枯骨殘骸，持續搭建軀體。

最駭人的是，它看著莫莉安。

它的頭骨上根本沒有眼珠，可是莫莉安卻十分肯定，它正看著自己。

就好像它想要莫莉安身上的什麼東西。說不定是想要她的骨頭。

莫莉安不想知道答案，也不敢多待一秒。漲起的河水正輕拍著她的腳踝，她的心臟狂跳不止，踩著嘩啦嘩啦的步伐，一路跑回岸上，衝過水泥階梯，穿越碼頭，以最快的速度直奔傘鐵月臺。

「最好當心點，小姑娘。」一個漁民扯著粗啞的聲音對她喊道，他站在船上的甲板，緊張地瞥了一眼她跑來的方向。「這附近有危險的東西，快點回家吧，聽話。」

莫莉安無意爭辯。早知道就不該來的，朱比特會叫她不要單獨離開幻學，自然有他的道理。他信任莫莉安，偏偏莫莉安沒有遵守規定，如今她為這愚蠢的行徑付出了代價，嚇得魂都要飛了。她絕對不能把這件事告訴她的贊助人。

莫莉安思忖，要是自己夠幸運，她還來得及趕回傲步院站，搭上家庭列車，如今她為掉一個飛掠而過的傘鐵金屬環，乘著高速遠離。回到幻學的路途漫長而抑鬱，莫莉安始終無法克制自己的顫抖。

這麼一來就不會有人知道她逃課。她勾住一個飛掠而過的傘鐵金屬環，搭上家庭列車，乘著高速遠離。回到幻學的路途漫長而抑鬱，莫莉安始終無法克制自己的顫抖。

第七章　打勾勾

週五傍晚，莫莉安穿過員工入口的閃亮雙開黑色大門，走進杜卡利翁飯店的大廳，整個人又溼、又冷、又累、又悽慘，而且餓壞了。

這是她這週最悲慘的一天，而這週是她人生中最悲慘的七天。

整整一週，她天天跟著昂斯塔教授上課，每一天越來越難捱。整整一週，她旁觀同梯夥伴互相比較課表，看看有哪些一起上的課、哪些不一樣的課，又要如何從傲步院的地下九層樓中，找到下一堂酷炫課程的上課地點。

整整一週，莫莉安聽薩迪亞歌頌自己的格鬥教練，那位教練是頭幻熊，名叫布提勒斯·布朗，曾連續二十七次取得域際格鬥大賽冠軍；聽雅查敘述，他在各種盜竊理論課上經歷了什麼好笑的冒險，還跟史上最高超的偷畫賊亨利·馮·海德上了一堂搶劫高級班。整整一週，她忍受同梯散發著興奮之情，討論殭屍方言、監控技巧、衝河浪、熱氣球、照料毒蛇，還有其他幾十種莫莉安想學得要命的技能。

最可怕的是，她竟然無比嫉妒她最要好的朋友。

霍桑得知莫莉安唯一能上的課竟然糟糕透頂時，他跟莫莉安一樣感到不平。所以，莫莉安覺得自己對他心生芥蒂很不可取，也很過分，畢竟她清楚，這不是霍桑害的。

週三下午，霍桑邀請她去地下五樓參觀騎龍訓練課，以為這樣可以讓她的心情好轉，沒想到偏偏起了反效果。莫莉安遠望朋友乘著龍背，在地下賽場迴旋、飛翔，臉上洋溢著純粹的喜悅，看到那個表情，任誰都知道他是為此而生，沒有比這裡更適合他的去處⋯⋯

莫莉安明白，她應該要為霍桑高興，她也的確為霍桑高興，可是她的嫉妒就像一隻野獸，像一頭她無法控制的狼，整週以來，這頭狼不斷在她內心深處長嗥。

雪上加霜的是，在這個悲慘一週的最後一天，昂斯塔教授要她以〈論歐布瓦・傑密提遊樂園〉之即刻影響與餘波〉為題，寫一份三千字報告，非等她全部寫完，才准許她走出教室。想當然，她寫了好幾個小時，不但錯過午餐，也錯過了家庭列車。

莫莉安在月臺等雀喜小姐回來，等了好久，等到傲步院站漸漸人去樓空，日頭西沉，哭哭林暗得令人心驚，她心中越來越是驚惶。儘管她明知擅自行動的話，等於是一週內兩度辜負朱比特的信任，但她總不能眼看周遭變得愈發陰森，還獨自傻站在原地。下起雨之後，她終於放棄等雀喜小姐，自行搭乘傘鐵跟幻鐵回到家。

她只希望杜卡利翁飯店的人不會告訴朱比特。說不定，等他回來，大家老早忘了這回事，這是朱比特三天兩頭不在的唯一好處。

就在週一，探險者聯盟送信過來，說他「歸期不定」（就只有「不定」兩個字！顯然是覺得無須多作解釋）。於是，在這一整週，她每天晚上到家，總是懷著一絲希望，期盼贊助人已經回來，可以陪她談談……可惜每一次，她跑到禮賓櫃檯前時，米范都抱歉地對她搖搖頭，讓她期待落空。

莫莉安在漫長的回程一路淋雨，不停想像自己最愛的杜卡利翁餐點：滿滿一大碗冒著熱氣的雞肉餃子湯，剛出爐、暖呼呼的綿軟乳酪和酥脆麵包，香料米布丁搭配蜂蜜烤梨，把白脫牛奶做的藍莓鬆餅疊上一呎高再淋滿糖漿……還有司康！她願意付出一切，只求一個簡單、美味的杜卡利翁司康餅。

帶著咕嚕叫的胃，莫莉安沉著臉推開飯店的黑門，走進生氣盎然的前廳，熟悉的光景映入眼簾：棋盤風格的黑白大理石地板、盆景樹、鋪上粉紅天鵝絨的豪華家具……以及她的最愛：一隻飛鳥形狀的巨大黑色水晶吊燈，泛著七彩流光，展開的雙翅一如往常緩緩拍動，輕柔起伏，以慢動作原地飛翔。

「莫莉安小姐，妳回來了！」瑪莎的聲音響徹前廳，她將莫莉安拉進溫暖的擁抱。米范從櫃檯後跑過來，一面拍手，彷彿莫莉安是從戰場歸來的英雄。莫莉安吁了口氣，慶幸全世界至少還有這個地方，沒有人覺得她邪惡（至少現在還不覺得）。

「小姑娘，妳可回來了！妳的引導員剛走，她說她回傲步院接妳時到處找不到妳。」

「她慌得很，真可憐。」

「這就去，瑪莎。」米范親自奔過前廳，出了大門，走進雨中。

「噢，米范，快叫人去追她，說莫莉安平安無事。」

瑪莎倒抽一口氣，真可憐。

「妳在這呀！」司機查理衝下螺旋梯，最後幾階併作一步躍下，高興地小跑過妳。

來。「我就說，妳這麼聰明，一定有辦法自己回家，可是他們都不聽。週末到了，妳一定很開心吧？法蘭克今天晚上要辦床墊滑樓梯大賽，妳剛好還來得及報名，要不要我幫妳報？」

「當然要。」莫莉安咧嘴笑著說。床墊滑樓梯大賽是她今天聽到最棒的事，奇慘無比的開學週逐漸淡成回憶。她到家了。

「妳的小手凍成這樣！」瑪莎驚喊，替莫莉安脫掉黑色外套。「喔，而且妳全身都淋溼了，真令人心疼！我幫妳放一缸熱騰騰的洗澡水，妳想不想要會讓皮膚有點發麻的綠色野苔花泡泡？還是——哦！還有會放古典音樂的香檳泡泡。」

「瑪莎，等等。」米范這時回來，拍掉粉紅正裝外套上的雨珠。「她還不能——」

「那是不含酒精的。」瑪莎安撫他。

「我不是說這個，莫莉安要先去另一個地方。」他遞給莫莉安一張摺起來的紙條，上面寫著：

馬上到書房找我。

——J・N

「他回來了？」莫莉安問，慶幸和喜悅席捲全身，不過她隨即想起朱比特缺席了她人生最悲慘的一週，害得她有苦無處訴，很是令人惱怒。她絕對要向朱比特大吐苦水。

「十分鐘前剛到，」米范說：「臉色跟妳一樣差，看來你們倆這星期都不好過。」

她咬住嘴唇，忽然有些憂心……「他，呃……他有沒有跟雀喜小姐講過話，或是……」

「沒有，而且幸虧妳及時回來，感謝上蒼，我本來很擔心要通知他妳成了失蹤人口！他可能會把我從屋頂扔下去。」

莫莉安「呼」地吐出一口長氣，略略放鬆，斜眼一瞥通往廚房的走廊……「對，好，那我先去——」

米范遞給她第二張字條。

我這有吃的。

——J・N

⚜

「你回來了！」書房的門打開之際，莫莉安和朱比特異口同聲大喊，開懷笑著相互擁抱，接著莫莉安便直奔爐火旁的小桌。桌上擺了一個香味四溢的托盤，有茶、牛奶、方糖、奶油、切得厚實的麵包、肥嫩香腸佐烤洋蔥和辣根醬、一塊已經剝碎的巧克力片，還有最美妙的——

「司康！」莫莉安讚嘆，撲通坐進皮製扶手椅，深深吸入司康的香氣——溫暖、金黃、烤得恰到好處的司康。司康旁放了好幾個小碟子，裡頭分別盛著奶油醬、蜂巢蜜、檸檬蛋黃醬，另外還有兩種不同口味的果醬。要不是莫莉安立刻一頭栽進消滅食物大業，她還真想寫詩謳歌這盤美食奇蹟。

芬涅絲特拉躺在火爐前的地毯上，占去大半空間，發出輕微的鼾聲。朱比特的書房是她最愛的打瞌睡地點，不過她也喜歡睡在員工餐廳的長桌、廚房裡大型爐灶的抽油煙機上。莫莉安踢掉靴子，把穿著溼襪、冷冰冰的腳伸到爐火前烘乾，一度冒出強烈的衝動，想把雙腳安放在芬蓬鬆柔軟的背部。這隻魁貓有如會讀心一般，睜開一隻琥珀色大眼瞪她。

「想都別想。」芬嘀咕，伸了個懶腰，搔抓地毯幾下，轉過身再度入睡，粉紅色舌頭微微伸出，卡在齒間。

「怎麼樣？」朱比特坐進另一張扶手椅。「開學第一週過得好嗎？」

「爛透了。」莫莉安答道，在半個司康上恣意狂抹黑莓醬。一些果醬順著她的掌緣慢慢滴下，她直接舔掉，餓得顧不了餐桌禮儀。「真的好慘。你去哪了？」

「真對不起，莫兒，我帶領隊伍去探險。」他嘆氣，雙手抹了抹臉。他看起來確實很抱歉，也很累。「探險失敗了。本來沒預計去這麼久，可是……總之，對不起。」

「什麼樣的探險啊？」

「最高機密的那種。」

莫莉安怒目而視，可惜她嘴裡塞滿司康，難以妥當表達不滿。

「看妳這幾天過得不好，真希望我在。」朱比特說。莫莉安心知他是在轉移話題，仍決定放過他。

「你怎麼沒告訴我會這麼慘？」她質問。

「是我疏忽了，」朱比特同意道，替她倒茶。「妳說的慘是哪種慘？給我一點頭緒。」

「位喘呃哇種。」莫莉安嘴裡塞進另一口美味司康，她吞下食物，重複一次：「最慘的那種。不對，各種慘。」

「洗耳恭聽。」

如果要坦白說出她在碼頭的恐怖遭遇，此刻會是最佳時機。只是……她有好多事情想告訴朱比特，再說，見到朱比特回來實在太讓她開心了，她不想在這個時候招認自己辜負了朱比特的信任，毀了現在的氣氛。

「我想想，」莫莉安趕走心中殘留的內疚。「有一種慘，同梯的大家都過得很開心，學了好多很棒的東西，就我沒有。還有一種慘是，不管引導員幫我選了什麼課，學務主任都不准我上。我只能上一堂課，這堂課只有一個老師，這個老師是全世界最無聊的人，他很過分，而且……」

「等一下——妳說什麼？」朱比特臉色驟變，一下子十分嚴肅、警醒，整個人僵住，茶杯停在嘴前。

莫莉安嘆息。「我知道，我不該說老師很無聊，可是說真的，朱比特，要是你見到他……」

「不是，不是這個，我是說學務主任的事。」他眉頭深鎖：「她不核可妳的課表？」

「對啊。因為她討厭我，她覺得雀喜小姐想把我教成大規模毀滅性武器。」她翻了個白眼，用一片麵包裹住香腸，抹上帶胡椒味的辣根醬。「我唯一能上的課叫做『令人髮指的幻奇事件史』，老師是昂斯塔教授，他只會叫我讀一本他寫的爛書，書上說幻奇師都很邪惡，他還出一堆功課給我，但那些功課永遠是**繼續讀那本書**，我

真的……」

「什麼書?」朱比特問。

莫莉安努力回想完整書名。她咬下一口麵包夾香腸，辣根醬辣得她泛起淚水，她一邊等火辣辣感消退，一邊思索。「**錯判、謬誤**……呃，**胡鬧**……什麼什麼……**與毀滅**…幻奇事件光譜簡史。喔!**暴行**。」

「嗯,」朱比特撇撇嘴。「這書名真讓人喪氣。」

「你記不記得,去年你說……」莫莉安頓住,忽然一陣猶疑。「你說幻奇師本來也有好人。你說他們會實現大家的願望,而且……」

「嗯?」

「那個,我只是在想。」莫莉安不知道該怎麼委婉地說,索性直接開口:「你確定你沒弄錯嗎?」

朱比特微笑。「很確定。」

「真的嗎?」她追問,「因為我已經讀了十二章,到目前為止,每個幻奇師都很壞。」

朱比特凝視莫莉安半晌。「說說昂斯塔的書裡寫了哪些幻奇師吧。」

莫莉安抬頭望著天花板,搜索記憶。「嗯,有瑪提德·拉虔斯。」她掰著指頭數…「天棓三·河鼓三,葛拉瑟·歌伯里,黛西瑪·可可羅……」

「這個名字很耳熟,」朱比特說:「說說看可可羅做了什麼。」

「呃……她喜歡建造東西,但她做出來的東西通通有問題。坦白說,她聽起來其實有點笨。」朱比特挑起一邊眉毛,不過沒說什麼。「幹麼?真的呀!書上有整整一

章在講她怎麼用水建造一棟大廈——怎麼會用水啊！難怪那棟大廈會被列入胡鬧等級——」

「你們兩個才胡鬧。」芬涅絲特拉伸起懶腰，用毛茸茸的巨掌搔搔耳後。「看不出來我在睡覺嗎？」

「是，我看得出來妳常常睡在這裡。」朱比特向她射出忿忿的目光，「地板上一堆貓毛，都比地毯還要毛了。」

「你懂不懂魁貓毛有多值錢？」芬慢吞吞地說，對著地板磨蹭頭部，又落下好幾撮毛。「賣給貴族，你就會發大財啦。」

「芬涅絲特拉，妳的毛要黏在妳的皮膚上才值錢，我想妳應該不會喜歡剝皮的程序吧。再說，那些貴族只想要幼魁貓的皮毛，妳太老了，毛也太亂。」芬涅絲特拉張開一隻睡眼，對他哈氣，朱比特露齒一笑，隨即垮下臉來。「噢。說到這個，妳打聽到什麼沒有？」

芬涅絲特拉嘆氣。「我們已經放出消息，找過常見的幾個地方，嚇過常見的幾個嫌犯，可是還沒找到。但願這是因為他太聰明，躲在一個很難找的地方。」

莫莉安挺直上半身。「你們是不是在說刺藤博士那隻走丟的幼魁貓？該不會有人為了他的毛把他偷走？好可怕。」

「大概只是逃走啦。」芬帶著睡意翻過身來，腹部朝天。「說實在，逃得好，刺藤這傢伙聽起來真沒用。」

「雀喜小姐說，那隻幼魁貓不見的時候，刺藤博士很擔心。」莫莉安想起那天在講堂，刺藤博士跟幼魁貓似乎感情很好。「刺藤博士真的很照顧他，把他放在一個很

舒服的籃子裡——」

「很舒服的籃子？」芬投來鄙夷的眼神：「魁貓可不是家貓。」

莫莉安沒吭聲，意味深長地看看芬涅絲特拉，再看看地毯，再看看火爐。芬嘴上堅稱自己不是家貓，卻很懂得享受嘛。

朱比特攪拌他那杯茶，啜了一口，盯著爐火出神。「永無境的街道可不適合幼魁貓遊蕩啊，芬。」

「你以為我不知道嗎？」芬怒聲說：「我的人掌握狀況了，好不好？我們會找到他，話題結束。」

「你的人？」莫莉安問：「你的人是誰？」

魁貓狠瞪她一眼，翻身過去，有效終結對話。莫莉安盯著她的龐然背脊，暗自好奇，是否終有一天，她能夠全盤了解芬涅絲特拉令人驚奇的神祕世界。去年她發現芬是自由邦終極職業格鬥賽的前冠軍，至今還沒從驚愕中恢復過來。

她放棄追問芬，轉頭問朱比特：「另一個人也不見了，是帕西默·杏韻，你知道嗎？」

「嗯。」他露出一個看似不想多說的神色，莫莉安頓時明白，他要不是有事不能說，就是不想說。

「喔！所以你才會出遠門嗎？」她激動得有些坐不住：「就是因為這個，對不對？你去找帕西默·杏韻！」

朱比特思考良久，琢磨該如何回答。「不是，我去找卡西爾。我今天才從長老那裡聽說阿帕的事。」

「他們希望你幫忙調查囉？」

「我不能說，莫兒，否則就是辜負了長老的信任。」

「但你覺得這幾件事情有關聯嗎？」她堅持。

「不好說。老實講，我不覺得有關。」朱比特清清喉嚨：「總之，繼續說吧，可可羅的大廈是用水做的，真有意思。」

「喔，那個啊。」莫莉安的臉一垮。

「是誰評定那座大廈是胡鬧等級？」

「呃，是幻奇事件評等委員會。」她嘆了一聲。「他們會判斷每個幻奇師是不是做了壞事，如果那件事不好，可能就屬於錯判或謬誤等級，如果那件事很糟糕，就屬於胡鬧或暴行等級，如果壞到不能再壞，就屬於毀滅等級。『瀑布之塔』屬於胡鬧等級，接近暴行，原因是每個想從正門進去的人都會被沖走，或是從頭溼到腳，塔裡也不能放任何東西，畢竟裡面太潮溼了。所以……就是這樣。」莫莉安說完，聳了聳肩。

「可可羅真的有點瞎。」

「可是稱不上邪惡？」朱比特說。

莫莉安一面在剩下那一半司康抹奶油，一面考慮。「可能不邪惡吧，但絕對很笨。」

「還有誰？」他問，一手支著臉頰，用手遮住笑意。

「歐布瓦·傑密提建造了一座遊樂園。」

他點點頭，鼓勵莫莉安說下去，「然後呢？」

「那座遊樂園絕對是胡鬧等級，」莫莉安翻了個白眼。「開幕那天，一大群人跟記

者等著要進去，從門口就可以看到裡面的雲霄飛車和滑水道，大家都好興奮，結果傑密提完全沒出現，遊樂園根本沒開門，所以沒有人能進去。」

莫莉安不想承認昂斯塔教授是對的，但坦白說，她光想就覺得很憤慨。明明有個遊樂園，卻沒人進得去！她是從來沒去過遊樂園，可是她能想像遊樂園有多好玩。如果眼前看得到那些刺激有趣的軌道跟設施，卻永遠玩不了，那該有多沮喪。

「所以傑密提顯然也有點笨，又很自私，又……怎樣？」他思索了一下適合的用詞，「比較偏頗的版本。我會跟學務主任談談這件事……也談談妳的課表。」他慍怒地低聲嘀咕。

朱比特咬緊了牙關，明顯正憋住一些他很想說的話。「我只是……」他開口，停頓一下，吸了口氣。「聽我說，我現在沒有任何證據，不過我懷疑，昂斯塔教授教妳的幻奇師歷史可能是……」

「可是，這本幻奇師歷史的書就是昂斯塔教授寫的耶——封面上還有他的名字！誰會比他更了解幻奇師？你認識這樣的人嗎？」

朱比特搓揉後頸。「好吧，我不認識這樣的人，只是幻奇師歷史這可以往前追溯好幾百年、好幾千年，總不可能每一個都是壞人吧？他們的歷史這麼長，怎麼可能。」

莫莉安癱坐在扶手椅中，氣餒地揪緊眉頭。「所以你只是用猜的囉。」

「聽著。」朱比特嘆氣，單手撥過他長長的紅髮，把頭髮弄得有些凌亂。「我也承認，莫兒，一定有些幻奇師不正派，代表人物就是埃茲拉·史奎爾。幻奇師歷史絕大多數已經湮滅，當一段歷史失傳，大家最容易記住的，往往就是最壞的部分。我知道昂斯塔教授是少數從幻奇師的時代活總有些事情是我們沒辦法一口咬定的。到現在的人，也是少數記得那個時代是什麼樣子的人，我完全不想抨擊他的教學方

式，畢竟他是頗受敬重的幻奇學會成員……但我不相信他告訴妳的就是全貌。我不相信歷史有這麼黑白分明。」

「可是你沒辦法肯定。」

「昂斯塔也沒辦法啊，莫兒！」他可沒有親眼見證每一件事。「永無境這個城市是花費許多光陰，集合無數幻奇師之力所創造出來的，我絕不相信幻奇師全都很邪惡或沒用。畢竟，永無境到現在還好好的，更是整個無名界最偉大的城市。歷代幻奇師從無到有一手建立了永無境，在這麼多幻奇師當中，想必會有好人。」

莫莉安的心直墜到地板。想必會有。她反覆咀嚼這段話隱含的不確定感，沉吟半晌，一面聆聽壁爐中火焰劈啪作響的聲音，以及芬輕柔的鼾聲。她感覺得到朱比特越過茶杯的上緣，細細看著自己。

一絲情急，彷彿心知自己失去了聽眾的信賴。「永無境這個城市是花費許多光陰，集合無數幻奇師之力所創造出來的，我絕不相信幻奇師全都很邪惡或沒用。

「這麼說，」她終於開口：「你去年告訴我幻奇師本來也有好人……」說他們受人稱頌……還有其他那些話……」她搖搖頭，垂頭注視地板，「其實你根本不曉得是不是真的。」

「莫兒，聽我說。我很肯定幻奇師也有好人。」朱比特傾身向前，正色凝視著她，露出探詢的目光。「我知道這是事實，因為我認識妳。妳是幻奇師，而且妳很善良。除此之外，我不需要任何證據。」

莫莉安小口啜茶，暗自希望自己也有同樣的信心。

隔天一早，朱比特又上路了。

「米范，這次是誰找他？」莫莉安問禮賓經理。今天早上，就是米范把消息送給朱比特，讓朱比特匆忙出門。

「哦，是探險者聯盟一些自以為了不起的新人，」米范說：「那些傢伙老是跑來煩他。喂，把手拿開，小姑娘，我剛打完蠟呢。」

「對不起。」莫莉安原本正伸出指尖，在亮晶晶的大理石櫃檯桌面畫著哭臉，聞言停下動作，嘆了一聲，頹喪地走開。

她想，既然朱比特是在幫忙搜尋失蹤人口，抱怨他大概會顯得很自私；話雖如此，她仍不禁覺得喪氣。朱比特明明剛回來不久，莫莉安還來不及把所有想說的話都告訴他，沒有提到那道神祕的門、九一九站、討喜的雀喜小姐。況且，她本來想問，朱比特以前屬於世俗學院還是玄奧學院？（她猜是玄奧。）他覺得，莫莉安為什麼會被分到世俗學院？當個幻奇師到底是哪裡世俗了？

莫莉安滑進擺在繁忙前廳的粉紅色雙人沙發，用誇張的姿態仰望黑鳥水晶吊燈。驀然間，她的視野被一張巨大的毛臉給擋住，那張臉插著一條條鬍鬚，並且安著一雙充滿威嚇的琥珀眼睛。

「芬！」她大叫，緊抓住胸口，整個人彈坐起來。「不要這樣，妳差點嚇死我。」

「那好得很，」灰色巨貓惱火地說：「要是妳被嚇死，也許我們那個自我中心的業主就不會再一時興起，叫我當個低等的跑腿來幫你們傳話了，好像我沒事做一樣。」

莫莉安搖著頭。「妳在說……」

「他叫我幫他傳話，」芬低吼。「他說他會找到證據。他說他不需要證據，但是他知道妳需要，所以不管要花多久，他都會找到證據。」

芬在這裡頓住，似乎萬分不願意把接下來的話說出口。

終於，她深深嘆了口氣，翻了個極為真誠的白眼，補上最後一句：「他跟妳**打勾勾**。」

「嘔，噁爆了。」

芬輕巧地離開，估計是去洗自己的嘴巴了。莫莉安往回倒向沙發坐墊，上空的水晶吊燈無聲振翅，在自己的飛行軌道中穩定向前，光芒灑落地面。她的心情稍稍飛揚起來。

第八章　活地圖

「我看妳那個贊助人挺不錯，是吧？」

週一早晨，莫莉安登上家庭列車，只見雀喜小姐咧嘴笑得燦爛，拿出課表，喜孜孜地揮了揮。

莫莉安接過課表，揀了霍桑那張舊沙發一起坐。她依然要天天上昂斯塔塔教授的討人厭歷史課，但除此之外，她多了一堂週一、週三、週五下午的課。

她念出課程名稱：「『破解永無境：如何在自由邦最危險、最光怪陸離的城市中成功地找到方向』。」

霍桑越過她的肩膀瞧，「我也有！亨利‧邁德梅老師開的『破解永無境』，在實務學門地下三樓的地圖室，太讚了。」

「我也有。」車廂另一端的埃娜說，語氣遠不如霍桑那般雀躍。其他人紛紛檢查自己的課表，發出一陣窸窣聲。

「沒錯，大家會一起破解永無境。」雀喜小姐開心地說：「今天早上，迪兒本女士告訴我，她覺得你們九個該學習如何在永無境找到自己的路，才能『稍微有用一點』。」她的眼睛微微向上一翻。「所以，你們終於有堂要全梯一起上的課了！是不是很棒？」

從大家的表情看來，顯然不棒。法蘭西斯跟馬希爾死盯著地板，薩迪亞則毫不掩飾地露出驚恐之色。

在往返九一九站的短暫車程中，埃娜本來就總是選擇離莫莉安最遠的位置，這下聽說要花更多時間跟恐怖的幻奇師共處一室，她彷彿嚇得更加魂飛魄散。

可是，這些都打擊不了莫莉安的心情。總算有堂課不是在講幻奇師多麼邪惡了，而且還是跟霍桑一起上，這好歹是個開始。

抵達傲步院站時，莫莉安刻意留下來，最後一個走下家庭列車。

「謝謝，」她拿著課表，對雀喜小姐說：「真的謝謝妳。」

引導員對她眨了一下眼睛。「去謝那個大鬍子好人吧。我不曉得諾斯隊長是怎麼說服學務主任，但我肯定這全是他的功勞。」

全九一九梯之中，就數莫莉安的課表最空，因此在那天下午，頭一個到達地圖室的人就是她。她推開閃亮的沉重木門，走進有著穹頂的寬闊圓形教室，心頭不禁撲騰一下。地圖室恰如其名，各種地圖布滿了每個角落，圓拱狀天花板漆成夜空，底色是深藍，點綴著閃爍的星辰，標註每個星宿的名稱：**舞者阿法夫座、小葛立塔**

座、克雷格座、清醒者哥亞雷（註3）座……

莫莉安用手指撫過弧形牆壁，感受地勢凸起的高地、茲森林扎手的迷你小樹、黑崖海岸輕柔拍打的海浪。那裡的觸感出乎她的意料，她抽回手——地圖上的海洋竟然真是溼的。她將一隻手指伸向嘴脣，水有鹹鹹的味道。

不過，相較於地圖室中的主角，這一切只能算是小玩意。巨大的房間中央立著一個不規則結構，上面覆蓋有如玩具屋的小巧建築，周遭圍起一圈離地面有些高度的玻璃步道。莫莉安往上爬三階，倚著擋在她面前的欄杆，看清之後不禁倒抽一口氣：眼前是她平生見過最精巧的地圖。

那是永無境。在她面前展開的，是一座縮小版的永無境，完整齊全、分毫不差。細小蜿蜒的街道兩旁立著精緻的店鋪與房屋，各處散落著點點綠意，奔流不息的朱若河彎彎曲曲穿過市中心。

莫莉安傾身越過玻璃欄杆——路上的小人**在動**！那些小人不到一吋高，卻栩栩如生，有的在公園騎單車，有的拎著購物袋走過雄偉大道，有的搭乘傘鐵呼嘯而過。碼頭聚集一群海鷗，幾艘小船在朱若河順流而下；城南上空籠罩一大片烏雲，往下方的街道灑落纖細雨點，莫莉安看著地圖小人拿出雨傘，匆忙找地方躲雨。

這座地圖維妙維肖地仿造了永無境的樣貌，呈現出每一個精密細微、隨時變化的細節。它不只是單純的微縮城鎮模型或袖珍屋……而是充滿生機、活生生的立體

註3　哥亞雷（Goyathlay），是美洲阿帕契族的傳奇領袖，又名傑羅尼莫（Geronimo）。哥亞雷的字面意思其實是「打呵欠的人」。

城市。

「外面天氣怎麼樣？還在下雨嗎？」

莫莉安驚得一跳。她轉過身，看見一名年輕男子衝進地圖室。他雙眼明亮、臉頰泛紅，上衣有半邊忘了紮，隨手將背包往地板一扔，衝上通往步道的階梯，在莫莉安身邊靠向欄杆，熱切地低頭凝視迷你城市。一綹金棕色髮絲垂落下來，遮住他的眼睛，他伸手將之往後撥。

「很美吧？」他說，「妳見過這種好東西嗎？」

「從來沒有。」莫莉安承認。

「我是亨利，」這名年輕男子伸出手，和莫莉安握了握。「妳大概要叫我邁德梅老師。天啊，這樣實在太怪了，還是叫我邁德梅就好，聽起來有好一些，對吧？比較輕鬆。喔對，這是我第一堂課。」他注意到莫莉安微帶不解但仍保持禮貌的表情，連忙解釋：「我是新老師，去年才從進階學者畢業，請多多包容我，好嗎？」

莫莉安微笑。「這也是我第一堂課。呃——應該說第二堂。」

「妙極了，我們可以一起摸索。」邁德梅有種上流人的口音，不過他熱情友善的講話方式沖淡了那股貴氣，莫莉安對他頗有好感。「妳是……黑鴉小姐，是不是？」

「對。」莫莉安謹慎地回答。他知不知道莫莉安是幻奇師？就算他知道，他也沒有顯露出來。

「妙極了。」他又重複一次。「我已經把你們的名字跟梯長相都記熟了。還有人要來上課嗎？」他低頭看看手上的紙，「這裡寫說你們全梯都應該來上課。總不至於第一天就落跑吧？」他勾起一邊嘴角，似乎心照不宣：「搞不好恐怖的默嘉卓把他們給嚇

跑了。」

莫莉安不知該說什麼。她從沒遇過一位老師這麼……不像老師。

教室門再度甩開，薩迪亞大步走進地圖室，埃娜緊跟在後，跑步追上薩迪亞。

「薩迪亞，讓我檢查一下嘛。」她拿著一條溼布，往個子較高的薩迪亞臉上比畫。「看起來好嚴重，妳也不想感染吧？」

「我都說幾百遍了，」紅髮女孩咬牙切齒地說：「我好得很。不要再唉唉叫了。」

「妳真是不可理喻。」埃娜輕哼一聲，搖搖頭，一頭捲髮跟著晃動。「妳在流血耶！雀喜小姐一定會說──」

「沒人問妳。」薩迪亞厲聲道。她的額頭確實有道不小的傷痕。

「午安，兩位學者。」邁德梅說，眉頭深深皺起，莫莉安看得出他正努力扮黑臉，可惜他似乎不太擅長。「這是在吵什麼？」

「沒什麼，老師。」薩迪亞回答，直視他的臉，桀驁不馴地翹高下巴。

看見薩迪亞倔強的神情，邁德梅把嘴脣抿成一條線，像在忍笑，接著清清喉嚨。「那好。其他人呢？」

莫莉安吃了一驚。他打算就這樣不管薩迪亞額頭上的傷嗎？埃娜說得沒錯，那個傷看起來的確挺嚴重，鮮血正順著薩迪亞的側臉流下，形成一條寬寬的血河。

「蘭貝斯在感覺剝奪水中冥想室。」埃娜抬頭盯著天花板，像是正在朗誦一張烙在腦海中的清單。她看也不看莫莉安，而且還離得遠遠的。「法蘭西斯在廚房庭園，學習辨認罕見香草。霍桑在火戰演練。雅查在教學醫院，把左手的手指打斷重接，讓靈活度提升到最高。馬希爾在……」

門再次開啟，霍桑一面大聲講話，一面走了進來，後面跟著笑得開懷的馬希爾，接著是法蘭西斯、詩律，最後是蘭貝斯。蘭貝斯距離他們幾步之遙，神色平靜，帶點迷濛，宛如她不過是誤打誤撞找到地圖室。

「啊，太好了。」邁德梅雙手一拍，「這樣多多少少就到齊了。」莫莉安皺起眉頭，數起人數。他們絕對稱不上「到齊」，斷了手指的雅查可還沒到。她再度意識到，邁德梅好像根本不在乎。

她漸漸能夠體會，迪兒本女士之前說「幻奇學會的大人」那些話是什麼意思了。**沒有人會牽起你們的小手，給你們的小臉擦鼻涕……**可是，這些大人顯然很樂意打斷他們的小手。

「大家都上來走道，快點，」邁德梅老師說：「看看底下，告訴我你們看到什麼。」

「是永無境！看得到我家耶。」霍桑來到玻璃欄杆前，站在莫莉安旁邊，立刻說道。他瞇著眼，費勁地審視地圖，身體往前探出好一段距離，莫莉安及時抓住他的衣服後背，免得他倒栽蔥摔到底下的小人上。「等等——我看到我媽了！妳看，莫莉安，那個捲捲頭就是她，還有那件彩虹圖案的紫色毛衣，她早上就是穿這件衣服！」

「永無境及其居民的即時模擬地圖，幾乎是百分之百真實。」邁德梅說：「嗯，應該說『將近即時』啦，有些村鎮會延遲個幾秒，畢竟這張地圖真的很古老，難免出點小故障。好，各位同學，我們來鑽研得更深入一點吧。仔細看，看看這到底是什麼。

九一九梯困惑地面面相覷，但仍努力把注意力集中於眼前的迷你城市。

「是迷宮嗎，教授？」法蘭西斯緊盯著錯綜複雜的街巷，眼睛都快凸出來了。

「一點也沒錯！」邁德梅說：「非常好，蜚滋威廉先生。不過，請叫我邁德梅就好，我可不是教授，你會發現幻學裡面的教授人數不多，大家都沒辦法為了取得正式資格坐那麼久。話說回來，我們之中還是有幾個極具耐性的人物，像是坎瑟教授、伊雛教授（雖然她偏好別人叫她茉莉，大家應該猜得出為什麼吧），以及昂斯塔教授。至於我們其他老師，不過是滿懷熱情、願意分享專業的業餘教育者罷了。我自己呢，是『特異地理隊』的一員。」他引以為傲地說，把落在眼前的一綹髮絲吹走，「我一聽說，長老想教你們如何在這個古怪又美麗的城市找到自己的路，就馬上抓住了這個賣弄知識的機會。好了，還有呢？盡量說，沒有什麼答案是錯的。阿瑪菈小姐，妳的魂還在嗎？」

蘭貝斯看的方向錯了，她正凝望頭頂閃爍發光的星宿。

「哈囉!?」薩迪亞大吼，在她面前揮手。蘭貝斯一震，迅即恢復鎮定，向薩迪亞投去高傲而譴責的眼神，薩迪亞看似有些膽怯，降低音量：「我們要看下面，不是上面。」她指著永無境立體地圖。

蘭貝斯蹙起眉頭，默默注視地圖好半晌。

「如何？」邁德梅催促，「有什麼想法嗎？」

「有。」她的目光掃過道路、村鎮，落在秋海棠山丘，伸手指著一個繁忙的十字路口。「車禍。」

邁德梅眨了眨眼。「不是，我是說關於——」

一陣迷你輪胎發出的尖銳聲響和激烈喇叭聲打斷了他。兩臺交通工具就在此時撞成一團，兩個迷你駕駛跳下來，互相吼罵、揮舞小拳頭，導致交通大停擺。蘭貝斯抬頭，繼續凝望氣氛緩和得多的星空。

「噢。」邁德梅說。「對，好吧。還有誰要說？」

「是個遊戲──不對，是一個謎。」埃娜說，滿懷希望地看著邁德梅，顯然很急於討好老師。「是要讓我們破解的謎。」

「太棒了！」他熱情地說，對埃娜露出興奮的笑容，埃娜頓時滿面發光。「卡蘿小姐，希望妳會試著去破解看看，只是在永無境史上，到目前為止還沒人成功過，所以我也不期待妳會成功，請妳見諒。不過，妳想必會用妳動手術那樣。」這話讓埃娜臉一紅，咯咯笑了起來。「其他人呢，看到了什麼？」

「路，房子，廣場，神廟。」薩迪亞用沒趣的語氣說，也說不定是她覺得有些昏沉。

「車水馬龍的大都會！」馬希爾喊道。

「車水馬龍的一團亂。」詩律嘀咕。

「很好。那換我告訴你們，當我看著永無境，我見到了什麼。」邁德梅說，低頭凝視熙熙攘攘的小城市，如此入迷，令他的雙眼煥發光采。「我看見一頭巨獸。一頭美麗、凶悍的巨獸，用故事、歷史和生命餵養我們，也要求我們餵養它。眾多世代以來，這頭巨獸囓咬吞噬了那些無知、愚昧、脆弱之人，變得越來越龐大，那些人則從此不見蹤影。」他將目光從地圖移開，轉身面向新生，豎起一根手指。「但

是……這頭巨獸是可以被馴養的，只要你願意學習它的行為、弱點跟危險之處。我窮盡一生，嘗試馴服這個怪獸般的城市，也全心全意熱愛這座城市。假如你想在永無境生存、茁壯，就必須像我一樣。」

莫莉安不禁心想，真有辦法馴服這麼狂野、這麼……荒謬的城市嗎？她很懷疑。

邁德梅雙手往欄杆一拍：「不過，我們先從簡單的開始。」他指著走道盡頭的桌子，桌上放有兩個小木碗，裡頭裝滿紙條。「大家過去，每人從兩個碗裡面各抽一張紙條，第一張是起點，第二張是終點。」邁德梅走向觀賞臺的另一頭，拉動一條鍊子，一面黑板隨之落下，上面列了兩張永無境地標清單。「請找出從A點到達B點的最簡單路徑，寫下詳細的指引。不過，好玩的就在這裡，看到這兩張清單了嗎？」他指著黑板：「第一份清單是必須『納入』路線的地標，第二份是必須『避開』的地標。還有，要記得，這趟旅程必須停留在地面，不許搭幻鐵作弊。」他咧嘴一笑。

「聽起來很單純，但你們說不定會發現，這比你們想像的更刁鑽。時間總共是一小時，開始！」

莫莉安的第一張紙條寫著「麻鷺與鴞，垮掉街」，第二張紙條寫著「朱若河上騷塞區，松雞街」。

這不只是刁鑽，簡直快把人搞瘋了。他們得不斷在玻璃走道跟人行橋之間來回奔走，每當莫莉安以為找到了最佳路線，她又會注意到路上經過了第二張清單的禁止路標，像是德瑪里地牢、永無境皇家劇院，只好回頭找另一條路。

課堂中不停響起九一九梯的哀叫、惱火的嘆氣，甚至是低低的咒罵。一小時快要過去，已經好幾個人想直接舉白旗投降。

「根本不可能嘛。」薩迪亞咕噥，從永無境活地圖旁走開，垂頭喪氣地往圓牆一靠。她隨即發出噁心的聲音，為時已晚地發現自己靠在第四域的艾伯提娜海，海水滲透了她的毛衣。「永無境太沒道理了。」

然而，莫莉安很享受這段時光，這或許是她進幻學以來頭一回這麼開心。有些人只要遇到死路就會氣餒，奇妙的是，莫莉安卻覺得設法找出不同路徑讓她很有成就感。

「時間到！」一小時後，邁德梅喊道。「大家都做得很好，下堂課再來仔細檢討今天的練習。黑鴉小姐，請留下來。」他正看著他剛收回的紙，沒有抬頭。霍桑在門口一陣遲疑，邁德梅補了一句：「你可以走了，史威夫特先生。」

莫莉安慢慢走向邁德梅的桌子。「老師？」

「不用擔心，不是妳哪裡有問題。」他說：「正好相反，我是想告訴妳，我真的很驚豔。妳今天做得非常棒。」他拿起莫莉安寫下的路線，驚嘆地搖搖頭，「這簡直是完美。」

莫莉安微笑，臉頰燙了起來，「謝謝。」

「妳喜歡這堂課嗎？」

「喜歡！」她真誠、充滿熱情地說，「我從來沒做過像這樣的事。」

「噢，很高興有人喜歡。」邁德梅把落在眼前的髮絲拂開，露出鬆一口氣的神情。「妳對永無境的了解出乎意料地透徹。這是個很奇特的城市，可是妳似乎能憑直覺掌握永無境。妳應該是在這裡長大的吧？」

莫莉安不禁猶豫。「我……呃，不算是……」

去年，永無境市警隊的一位探長曾盯上莫莉安。這位惹人厭的燧發槍探長認定她是從共和國偷渡進來的（也確實如此），威脅要將她驅逐出境。所以，朱比特勸她守緊口風，不要洩漏她來自哪裡。

不過那已經是去年的事了。當時，莫莉安還不是幻奇學會的成員，還沒在領口別著那枚可以保護她的W字別針；如今，她已經正式進入永無境最聲譽卓著的組織。既然如此，她是否能夠坦率招認自己成長於豺狐鎮，成長於自由邦的敵國冬海共和國？招認自己在遇到朱比特之前，根本不知道永無境的存在？自由邦七大域的邊境法極為嚴格、極度保密，她的贊助人卻賭上失去一切的風險，偷渡她進自由邦。假如她此時說出實情，會不會又置朱比特於險境？

莫莉安不曉得。她暗自打定主意，要找機會問朱比特。

「不算是？」邁德梅問。

「我不是在永無境長大的，」莫莉安承認，決定點到為止。「我去年才搬來，參加幻奇學會的入學考驗。」

他顯得極為驚訝。「老天，妳只待了一年？但妳跟永無境似乎很合得來，這個城市簡直是為妳而生。」

莫莉安露出燦爛的笑容，彷彿內心深處亮起一道光。她對永無境的感覺就是這樣！就好像永無境屬於她。從另一個人口中聽到這句話，何況是個完全客觀的人，令她喜不自勝，幾乎到了會讓她不好意思的程度。

「如果妳在課堂之外也想來看活地圖，這裡非常歡迎妳。」邁德梅主動說，「我自己也會來，我還是學者的時候就常常來。」他以情感洋溢的目光，凝視縮小版的永無

境。「我在妳這個年紀挺孤單的，我的同梯覺得地圖學是很無聊的本領，畢竟我們這梯很多白袖——不但有好幾個巫師，又有身為火預言師的蒂姐·葛林、蘇珊·凱利則是能跟水說話——」

莫莉安的眉毛飛得老高。「跟水說話？」

「——所以他們不覺得我跟他們是同類。有時候我會跑來這裡，一坐就是好幾個小時，看那些好小好小的火車載著好小好小的人，回到他們好小好小的家；看黑夜降臨時，整座城市亮起了燈光。」他略顯窘迫地笑了笑，「我知道，聽起來有點可憐，不過很有趣。」

「我的同梯也不太喜歡我。」莫莉安坦白說道，一說出口，連自己也嚇了一跳。她本來不打算說這些事的，沒想到卻……很自然地說了。「我是說，除了霍桑。」

「為什麼？妳的本領也很無聊嗎？」邁德梅惆悵地說，隨即臉一紅。「我、我是說……抱歉，我不是故意窺探，我知道不能問妳，開個玩笑而已。」

那個瞬間，莫莉安好想把顧慮拋到九霄雲外，告訴邁德梅她是幻奇師。她想也許——只是也許——邁德梅不會用恐懼或憤恨的眼神看著她。

然而，坤寧長老的警告在她腦中響起。假如任何人——但凡有一個人，辜負了**我們的信賴……那麼，你們九個人都會被勒令退出學會，一生不得回歸。**

任何人。包括莫莉安自己。

她不能冒這個險。

「對啊，」她簡單地說：「真的很無聊。」

邁德梅對她微笑。「嗯，有時候無聊的本領反倒是最有用的呢。等我加入探險者

聯盟，我的同梯就笑不出來了。」

莫莉安眼睛一亮。「我的贊助人也在探險者聯盟！」

「我知道，朱比特‧諾斯嘛。」他興奮地點頭，「我很仰慕他。總有一天，我也要參加界際探險，我要加入探險者聯盟，當上隊長，像諾斯一樣。」

「真的?」

「黑鴉小姐，妳不知道嗎?」他輕笑，整張臉因為各種可能性而亮了起來。「我們是幻奇學會的成員，我們想成為什麼樣的人都行!」

一陣敲鑼聲驟然響起，在地圖室中迴盪，極其刺耳，莫莉安跟邁德梅不約而同摀住耳朵。從天花板四個角落裝設的號角狀黃銅擴音器，傳出一個語氣很官方的嗓音。

「咳哼。各位長老、幻學成員、學者，請注意。我們的教師帕西默‧杏韻已失蹤將近一週，不幸的是，杏韻老師開了一堂頗受歡迎的課……『潛行、閃避與隱匿』，有些同學一直以為，他會神祕缺席也是……嗯哼……『課程的一部分』，因此持續去上課。」莫莉安總覺得那女人翻了個白眼。「事實並非如此。我們正在調查杏韻老師的缺席原因，若任何人得到相關情報，請盡速通報長老理事會。同時，杏韻老師很明顯沒去教課，所以麻煩那些持續上課的同學……拜託不要再去了。祝各位日安。」

聲明結束，機器發出尖銳的聲響，莫莉安跟邁德梅都縮了一下。

「好奇怪，」莫莉安說，心不在焉地想，朱比特的調查不知有何進展。「好多失蹤案件。帕西默、刺藤博士的幼魁貓貓還有……」

邁德梅笑了起來。「但那可是帕西默‧杏韻啊，對吧?」

「什麼意思？他以前做過一樣的事嗎？」

「嗯，對啊，我是說……那就是他的本領嘛。」邁德梅說：「他就是會搞消失，然後再出現。相信我，這只是他為了證明自己很厲害，故意設計的複雜噱頭罷了，他很快就會回來等我們鼓掌。」

莫莉安皺起眉頭。有時候，她覺得自己真正的本領跟幻奇師毫無關係，而是「預期什麼都會往最壞狀況發展」。這自然是源於她從小相信自己受到詛咒，即便到了現在，這種思維依然深深烙印在她腦中，成為她性格的一部分。叫她不要擔心，就像是叫霍桑提到龍時不准激動，或是叫朱比特不准有紅頭髮。

離開地圖室時，莫莉安想起，就在不久前，永無境也發生了一連串不好的怪事，全是由某個男人一手策劃的。

去年，絲網不斷傳出異常狀況。絲網是一張由能量織成的網路，看不見、摸不著，卻串聯起全界的一切，無論是生人抑或死物。過去一百多年，多虧警察、軍隊、各種巫術、永無境本身的強大魔法，將埃茲拉·史奎爾阻擋在永無境外，偏偏他仍找到了祕密潛入永無境的方法，也就是絲網軌道。絲網軌道屬於最高機密，是一種極其危險的交通工具，史奎爾只要藉助絲網軌道，就能將肉體留在共和國，在不具真實形體的狀態下，自由穿梭於這座將他放逐的城市。

沒有人能禁止他使用絲網軌道，因為嚴格來說，絲網軌道並不存在，至少不存在於實體世界。

莫莉安不禁打了個哆嗦。不知道史奎爾如今人在哪裡，在做什麼？他會不會……應該說，他什麼時候，會利用絲網來找莫莉安？

第九章　查爾頓五人幫

「奈赫朗・杜納斯・弗羅。」

雅查聚精會神，緊鎖眉頭，燉牛肉湯的湯汁從湯匙滴下，落回碗裡。「奈赫郎斯・督納茲……」

「奈赫朗朗朗朗，」馬希爾糾正他，特別強調「朗」的音。「奈赫朗・杜納斯・弗羅。」

「奈赫朗朗朗朗・杜納斯・弗羅羅羅羅。」莫莉安跟著複誦。她努力模仿馬希爾行雲流水的發音，可惜聽起來很像在用泥巴漱口。同梯的其他人圍坐在餐廳的一張桌子邊，也認真模仿「朗」的發音，有些人成功，有些人失敗，莫莉安覺得薩迪亞念的最接近。「奈赫朗・杜納斯・弗羅。」

「很好。」馬希爾對莫莉安微微點頭，伸手拿麵包捲。「好啦，沒有很好，但比雅查好。」大家都笑了，連雅查也是。

經過好幾週，九一九梯漸漸接納了莫莉安。最起碼，每天早上，他們在月臺見到莫莉安時，終於不再露出極度恐懼的表情；在家庭列車上，如果莫莉安坐在埃娜附近，埃娜也終於不再發出驚嚇的尖叫。法蘭西斯還問她，能不能試吃一批他做的草莓塔，協助他控管品質，莫莉安非常熱情地答應了。她吃了一口，內心便湧上極為鮮明、屬於晚夏的苦澀眷戀……法蘭西斯當下聽了立即衝回廚房，因為他真正想要的是猶如辦在盛夏的音樂節那般，無憂無慮的暢快感。

就連脾氣暴躁的薩迪亞也是。有一次，在傲步院外的階梯，一個年紀較大的男生大聲叫莫莉安「沒本領的人」，薩迪亞自告奮勇要幫她踢那男生一腳。雖然莫莉安強烈懷疑，遇到任何可以踢人一腳的機會，薩迪亞都會很高興，但即使是這樣……莫莉安仍逐漸覺得，儘管彼此還稱不上八個兄弟姊妹，但她至少有了八個朋友。

某天，她不經意提起自己對情歌語有興趣，馬希爾便堅持要在午餐時間教大家幾句。

「奈赫朗‧杜納斯‧弗羅！」霍桑對一個大他們幾歲的學者喊道，還揮了揮手，不過那個經過的女孩只是面露不解。

「很好，」馬希爾竊笑：「你說得很標準。」

霍桑看起來頗為得意，喝了一大口牛奶。「那句話是什麼意思？」

馬希爾露齒一笑，計謀得逞般瞄了莫莉安一眼。「妳的臉好像屁股。」

霍桑從鼻子噴出牛奶，順著下巴滴落，其他人發出爆笑。「真的假的？」

馬希爾聳聳肩，「這是我最喜歡的求愛語言。」

與同梯的關係升溫，讓莫莉安的幻學生活好過許多，雖然每次雀喜小姐想替她在課表上加新課程，依然持續遭到迪兒本小姐否決。好在，莫莉安還有每週一、三、五的「破解永無境」可以期待，不僅如此，她還發現她對這門課非常拿手。幾乎每一堂課上，邁德梅都會大聲讚嘆她的巧思，同梯的大家多數聽了都會翻白眼，但莫莉安總覺得，那些白眼從剛開始隱含濃濃的嘲弄意味，到現在似乎變成了⋯⋯不情不願的敬佩？這說不定是她自己的想像，不過大家確實經常在上課時請她幫忙，這也帶給莫莉安一種從來沒有過的感受。她總算找到一項擅長的事情，一項讓她與眾不同的事情，而且跟詛咒、跟幻奇師毫無關係。

整體而言，在幻學的日子比莫莉安預期的更好。

直到那天早晨，他們發現了那張信箋。

「我們應該告訴長老。」

「妳看不懂字嗎？上面很清楚地寫說——」

「我**知道**上面寫什麼，但我還是覺得——」

「我們不能告訴長老。」

「誰說你可以決定我們整梯的事？」

莫莉安踏出通往九一九站的神祕之門，只見同梯的大家緊緊圍成一圈，低頭檢視一張紙，唯獨蘭貝斯沒有湊過去，一如往常站在稍遠的地方。

「喔，太好了，薩迪亞，妳終於想起我們是同一梯了。」是霍桑的聲音。他從馬

希爾手中一把搶走紙條，「要是妳以為我會讓你們這些二人——」

「怎麼了？」莫莉安問。

八張臉不約而同轉向她，有的人擔憂到額頭都皺起來了，有的人滿臉盛怒。霍桑的臉色頗為嚴峻，走向她，默默遞出那張紙。

莫莉安讀起紙上的字。

我們知道九一九梯的可怕祕密。

我們有一系列的要求。

假如你們不想要祕密遭到洩漏，就乖乖等候我們的指令。

不准告訴任何人。

要是你們說了，我們絕對會知道。

然後，我們就會把祕密公開告訴整個學會。

「可怕祕密？」她逐一看著大家流露不安的臉。蘭貝斯似乎特別憂心，莫莉安不禁疑惑是因為她看了紙條，還是她預知到什麼壞事即將發生。「什麼意……」

「很明顯吧，不是嗎？」薩迪亞怒聲說：「說的就是妳，說的就是『妳是幻奇師』這個祕密。我們被人威脅了，都是妳害的。」

「閉嘴，薩迪亞。」霍桑低吼。

「是誰送來的？」莫莉安問：「你們在哪裡找到的？」

「就在月臺上，」霍桑說：「是埃娜找到的。」

埃娜打著哆嗦。「薩迪亞說得對，我們應該告訴長老。」她說：「或是雀喜小姐！她會知道該怎麼辦。」

「可是，誰有辦法在我們的月臺放這封信？我以為只有我們的家庭列車可以進這個月臺。」

「誰在乎是怎麼放的？」法蘭西斯說，他在月臺上來回踱步，淺褐色皮膚由於出汗而微微泛光。「他們怎麼會發現妳的事？萬一被其他學會的人發現，我們就會被勒令退出學會，記得吧？萬一我被趕出去，我姑姑會殺了我。我們家族所有人都是學會的成員，我爸跟我媽的家族都是！我爸那邊有四代，我媽那邊有七代。」

「冷靜點，法蘭西斯。」霍桑說。

「你不懂！我外曾祖母是歐默溫密・阿金芬瓦長老！蚩滋威廉家族跟阿金芬瓦家族愛死幻奇學會了！我不能被趕出學會。」

薩迪亞搖搖頭。「既然是別人說出去的，我們就不會被趕出去。法蘭西斯，這又不是我們的問題。照我說，管他們是誰，隨便他們愛怎樣就怎樣，他們要說就去說。搞不好他們會被發現，到時候就是他們被趕出去了。」

「是啊，但照理來說，知道這件事的只有我們幾個。」

「萬一洩漏出去，大家一樣會覺得是我們說的。」馬希爾說：「萬一

莫莉安瞪著鐵軌另一端的牆面。她想的不是被勒令退出學會。她想的是，萬一全學會知道她是幻奇師，那會是什麼感覺。目前，大家頂多對她很好奇，或許是有

些疑心，但假如他們知道真相……大概會像是再度受到詛咒一樣，人人討厭她，人人怕她，彷彿她根本從未離開豺狐鎮。

從她胃部浮起一陣久遠、熟悉的驚慌感，有如從冬眠甦醒的熊。她的胸口升起一陣灼熱感。

薩迪亞從霍桑手中奪回紙條。「可是，這張紙就能證明這不是我們的錯！我要帶去給長老看，我才不管你——痛！」

火光一閃，紙在她手中燒了起來，灰燼飄落地面。

「這——他們怎麼辦到的？」薩迪亞吸著燙傷的手指，目光掃過車站，尋找運用神奇魔法燒掉這封信的人。然而，車站裡根本沒有外人。

莫莉安嚥下口水。從她的喉嚨深處，她幾乎能嘗到灰燼的味道。

「呃……這倒是解決了問題。」霍桑不自在地說。

薩迪亞怒氣沖沖。「我們還是可以——」

「我們不能把莫莉安推出去送死。」

「你當然會這樣說啊，你是她朋友。」

霍桑氣得從喉嚨迸出震怒的聲音。「我們應該是彼此的朋友！我們是同梯！兄弟姊妹，記得吧？我們應該是彼此的家人！」

「夠了。」從眾人的後方，傳來一個冷靜低沉的嗓音。大家轉頭看著詩律，面露驚愕，一如既往似乎根本不知道她在那裡。「我們不能告訴長老。先不要把這件事告訴別人，看看接下來會發生什麼。」

「我又沒說要幻奇師當我的家人！」薩迪亞厲聲道。

「不准催眠我們！」薩迪亞抗議，語氣流露一絲驚慌。

詩律一臉輕蔑。「我哪有催眠妳，笨蛋，我只是在告訴妳該怎麼做，這不叫催眠。如果我想催眠妳，妳根本就不會發現，妳顯然什麼都沒從那個白痴課程學到。」

遠處響起轟隆聲，月臺開始輕微震顫，隧道中發出光芒，表示家庭列車即將抵達。

「我們連這些人想做什麼都不曉得，不如等收到第二封信，再決定要怎麼辦。大家贊成嗎？」

眾人逐一點頭，連薩迪亞也是，雖然從她的臉色看來，這個表示贊同的簡單動作宛如酷刑。

火車一面發出刺耳的聲響，一面停住，雀喜小姐探出頭來，招呼他們上車。莫莉安特地留在後面。

「呃，」她開口對詩律說，忽然有些尷尬：「謝謝。」

詩律聳肩：「別急著謝我。我只是想知道第二封信會寫什麼。」

＊

大家走出傲步院站，去上那天的第一堂課，唯獨莫莉安在車站逗留了一陣子，凝視早晨的幾班車進站出站，來了又走。那張信箋令她百思不得其解，誰會知道她到巴茲・查爾頓？難道九一九梯已經有人背叛她了？也或許是某位贊助人？莫莉安馬上想到巴茲・查爾頓，以及法蘭西斯的姑姑海絲特，當初他們兩人極力反對讓莫莉安加入學會。會不會是他們其中之一洩漏的，或者……或者就是他們寫的？

不會吧，莫莉安思忖。巴茲・查爾頓是很討人厭沒錯，但他想必不至於做這種

蠢事。他們兩個總不可能冒著被趕出學會的風險，只為了強迫一群初階學者完成他們的神祕指示吧？巴茲跟海絲特想要的並不是要脅她⋯⋯他們想要的是把她弄走。

莫莉安深吸一口氣，走出車站，踏上通往傲步院的林中道路。她得再等一個小時，才要去上那堂恐怖的「令人髮指的幻奇事件史」（昂斯塔教授一向要比其他老師花更多時間走到教室），說不定她可以去地下三樓消磨這段時間，研究研究活地圖。

這個念頭讓她振作起精神，腳步隨之加快。

「喂，妳！沒本領的！回來！」

莫莉安的好心情瞬間蒸發。她停下步伐，轉過身，只見幾個年紀稍大的學者跟在她後面，三個男生，兩個女生。「不好意思，你們在跟我講話嗎？」

你們在跟我講話嗎？一個女孩模仿道。她長得挺高，長髮宛如一束細繩，染成了綠色，可惜看起來染得很糟，讓她整顆頭好似長滿苔蘚。她走近莫莉安，她那幾個朋友跟在後頭。「是啊，白痴，這裡難道有其他沒本領的人嗎？」

「我有本領。」莫莉安說，「不過——」

「要保密，對。」一個男生說，走向前，逼近莫莉安。莫莉安想，他一定是四年級或五年級，因為他的身材好高大，肩膀很寬，簡直快把太陽遮住了。「我們知道，我們引導員說不能問妳。所以呢，我們不打算問妳，妳自己說。」

莫莉安愣愣看著他。「我不能說啊，我必須保密。」

「我們知道保密的意思。」綠髮女孩說：「我們還知道，意思就是——」

「我們還知道，妳是非法移民，是從共和國偷渡進來的。」

莫莉安做好迎戰的心理準備。「我不是，我是——」

「告訴妳，這裡不歡迎騙子，」女孩惡狠狠地說：「也不歡迎祕密。學者之間沒有祕密，我們應該團結互助，不是嗎？所以說，妳最好秀一下妳的本領，現在馬上做給我們看。還是說，妳想先看看我的本領？」她咧嘴露出惡意的笑容，從口袋掏出五個帶尖角的星形鋼飛鏢，夾在手指之間，有如銀色的小爪子。

「呃，不用了，謝謝。」莫莉安說，一面吞口水，一面轉身，加快腳步走向傲步院。

另一個女孩一下子擋住莫莉安的去路，她身材較矮，臉頰瘦削蒼白，穿著白袖，不像其他人是穿灰袖。她呵呵笑著：「動手，海洛絲。」

寬肩膀的男孩跟玄奧學院的女孩一人一邊（這女孩的力氣大得出奇），抓住莫莉安的手臂，將她提了起來，按在路旁的一根樹幹上。莫莉安掙扎著想甩脫，卻徒勞無功。

「放開我！」她厲聲說。

「不放又怎樣？難道妳要叫引導員來救妳嗎？」海洛絲誇張地嘟嘴，「那妳叫啊，妳這個小北鼻，妳叫——」

「雀喜小姐！」莫莉安大喊。管他們怎麼想，她壓根不介意向引導員求救。「救命——」

一隻汗溼的手緊緊摀住她的嘴，悶住她的叫聲。海洛絲伸出一隻手，將一枚飛鏢以尖端立在她的食指指尖上，保持危險的平衡，故意炫技。「妳最好乖乖別動。」她的朋友發出笑聲。莫莉安用力閉緊眼睛，聽見一陣輕輕的「呼咻」，感覺到飛鏢劃破空氣，隨後是沉悶的「咚」一聲，第一枚飛鏢正中樹幹，就在她的頭旁邊。

她把眼睛張開一條小縫，只見離她不到一吋遠之處閃著銀光，海洛絲正在瞄準第二枚。莫莉安的呼吸變得又淺又急，心跳飛快。

「我的阿弗猜妳是變形師，」海洛絲抬頭，望著那個寬肩男孩，滿懷情意。「但我覺得不是。九一五梯的愛麗絲，法蘭肯萊特就是變形師，可是她並不需要保密。」**呼咻，咚。**第二枚飛鏢擊中樹幹，莫莉安一抖，那枚飛鏢離她的右耳近得可怕。「不過，說不定他猜得對。只有一個方法可以知道答案。」**呼咻，咚。**第三枚飛鏢將莫莉安的外套袖子釘在樹上。

「她不是變形師啦。」第二個男生說，他瘦巴巴的，嘴唇上方正開始長出一道毛茸茸的鬍鬚，零落得有些可憐。「她是女巫，對不。」

「少笨了。」海洛絲說，把第四枚飛鏢往上拋，再從尖角接住。「你那梯就有兩個女巫，你這蠢蛋。她們的本領需要保密嗎？」

「噢，」那男生顯得有些喪氣，「不用。」

「不要多嘴，卡爾。」身材高壯的阿弗說：「海洛絲，妳要丟就快點好嗎？我還要去——」**呼咻，咚。**「喂！妳瞄準一點，差點打中我。」

「我故意的，寶貝。」海洛絲露出甜甜的假笑。她的手指撫過第五枚飛鏢，也是最後一枚，對莫莉安凶狠地說：「不要裝傻，這樣很無聊，給我做點什麼，讓我們看妳的本領。」**呼咻——**

沒有咚。

莫莉安依然雙眼緊閉，卻感到一股熱血衝向腦門，隨之而來的是一股比熱血更急切的力量，一股憤怒的力量。她體內的能量全數傾瀉而出，有如大浪一口氣噴

發，接著後腦勺傳來短促的滾燙感，能量瞬間積聚，滿溢至頂點。她宛若一座大水漫流的水壩，即將潰堤。

她張開眼。

五枚鋼鏢停滯於空中，五名學者凍結在原地。

莫莉安感覺得到，在四周的空氣中，自己的恐懼和盛怒逐漸匯流，像一面玻璃緩緩冒出凝結的水珠，伴隨著山雨欲來風滿樓的蕭殺氣氛。

幾位學者似乎無法控制自己，抬起僵直的手，動作一頓一頓的，顯得很不自然，猶如被操縱的懸絲傀儡。他們分別抓住空中的一枚飛鏢，轉向自己，沒有人能夠抗拒這股力量，反射著光澤的銀色尖角越來越往前移，越來越逼近那幾張寫滿疑惑駭異的臉龐。

「不要，」莫莉安無法動彈，小聲地說。「**不要**。放下！住手！**住手**！」

五具軀體猶如被吸進真空似地陡然浮起，同時墜落，倒在林中道路上，癱軟無力一如布偶。飛鏢無害地掉在他們四周的地面，發出聲響。

「莫莉安！」車站附近傳來大喊。雀喜小姐沿著道路衝來，身後緊跟著另外兩位引導員，那兩個人都跑去扶害人害己的海洛絲跟她朋友。

「這是怎麼回事？」其中一個男引導員屬聲說，怒瞪著莫莉安，明顯認定她該給個解釋。可是莫莉安無話可答，只是搖了搖頭，嘴巴仍合不攏。

「妳沒事吧？」雀喜小姐低聲問她。

「**她**沒事吧？」那個男引導員說：「瑪莉娜，倒在地上的可不是她！」

「喂，給我等一下，」雀喜小姐忿忿不平地說：「根本還沒搞清楚狀況，不准把事

情怪到我的學者頭上。你看看地上那些是什麼，托比？會射飛鏢的人不是你的學者嗎？本領是使用武器的人，照理說只能在教室裡使用武器。

托比瞪了雀喜小姐一眼，不甘不願地說道：「海洛絲，為什麼妳要拿飛鏢出來？」

海洛絲一言不發，看來驚魂未定。

「走吧，莫莉安。」雀喜小姐抓住她的手臂，轉過身：「我們回家庭列車。」

莫莉安頭腦發昏，踉蹌地跟著雀喜小姐走開，試著不要回頭看事件現場——感覺就好像她犯了罪一樣。

「剛才怎麼了？」雀喜小姐悄聲問，雙眼睜得大大的，流露焦灼。

「他們想逼我把本領告訴他們，所以把我按在樹上，對準我的頭扔飛鏢！」莫莉安的音調高到想必只有狗聽得見，可是雀喜小姐聽得一字不漏，用力咬住下唇。「然後……然後，我不知道是怎麼了，我有一種詭異的……**感覺**。」

她驚慌失措地小聲描述，那幾位年紀較大的學者彷彿受到隱形之力操控，一人抓住一枚尖銳的小飛鏢，對準自己。「但我沒有要……我不是故意的，雀喜小姐，我發誓。」她說完，此時兩人終於走進車廂，她總算能夠大口吸進空氣。她的手仍在顫抖。

「我知道妳不是故意的。」雀喜小姐語氣堅定，然而莫莉安聽得出她也在擔心。

「妳怎麼知道？」莫莉安的喉頭有些哽住。「妳才認識我幾個星期。」她的思緒飄向朱比特，這世上最了解她的人就是朱比特。想起朱比特再度出了遠門，即使回到家，也沒辦法跟朱比特聊聊，莫莉安不禁一陣難過。雀喜小姐是人很好，但他們

不一樣。

「我看得出誰是好孩子。」雀喜小姐微笑著說。

莫莉安沒有回以笑容。這一刻，她好想招認一切——招認那封留在月臺上的信，那封信又是怎麼在薩迪亞手中燒了個乾淨，而她當下感到胸口灼燙，喉嚨深處冒出灰燼的味道；招認她剛才全身被憤怒席捲，隨後海洛絲的飛鏢便轉向那幾位學者；招認她在剎那間感受到力量帶來的興奮，甚至到了現在，她身上仍時不時竄過舒暢的電流。

她說不出口。她什麼也說不出來。

莫莉安嚥了嚥口水，低頭看鞋子，暗忖：她真的是個好孩子嗎？**也許妳不是故意的……不過，有一部分的妳覺得很痛快。**

可是，那是正常的吧？不管是誰，要是剛才遭到攻擊，被人對準自己的頭扔飛鏢，能夠反擊的時候都會有這種感覺吧？

還是說，是她無藥可救的幻奇師本性顯露出來了？

「我也看得出誰是壞孩子。」雀喜小姐繼續說：「那個查爾頓五人幫——他們不是什麼好人。」

莫莉安抬起頭，「查什麼？」

引導員翻了個白眼。「那是他們自稱的名號。他們都是巴茲・查爾頓送進幻奇學會的，他老早就在大肆收集備選生，似乎每屆都至少有一個中選。托比帶的那一梯就有兩個。」

查爾頓五人幫。一切都說得通了——海洛絲剛剛是怎麼說的？**妳是非法移民，**

是從共和國偷渡進來的。想必是查爾頓告訴了他們。顯然，查爾頓不光為了莫莉安身為幻奇師而火大，眼見莫莉安進入幻奇學會，從此安全無虞，沒人奈何得了她，也讓查爾頓氣到如今。更何況，他堅信莫莉安的名額本該屬於他的另一位備選生。

「光是初階學部就有五個……哦，」雀喜小姐若有所思地說：「加上詩律，現在是六個了。哎，希望他們不會帶壞詩律，他們是個專惹麻煩的小團體，有時候，他們對五人幫好像比對同梯還要忠誠。我一定要記得提醒詩律，不要跟他們走太近。妳也是——避開他們，好嗎？」

莫莉安點頭。她再也不想碰到海洛絲、她的好朋友跟她的飛鏢了。

話雖如此，她的想法並不代表詩律的想法。沒有人能代表詩律的想法，詩律就是詩律——行事古怪、無法看透、難以預料的詩律。

萬一這名催眠師有意把查爾頓五人幫變成六人幫，雀喜小姐勸退她的機率想必很低。

第十章　指示與龍

次年之夏

永無境迎來初夏的暖意時，幻奇學會中早已進入豔陽高照的漫漫夏日，沉滯的熱氣足以把人烤熟。

九一九梯適應了幻奇學會中偶有起伏的奇特生活節奏，不再震撼於傲步院的深度與廣度，越來越有自信地在地下學院中穿梭，也學著應對變幻莫測的雙面學務主任，習慣了每週換來換去的課表。當然，莫莉安除外，她的課表依然很空，完全沒換。

照理來說，這樣的時間表能讓莫莉安多去外面走走，享受溫暖晴朗的幻學天氣，偏偏在現實中，她忙著留意四周，避免再度碰上查爾頓五人幫。霍桑聽說飛鏢事件後徹底氣炸，隔天早晨，他衝進家庭列車，掏出一張清單，上頭列了十種報復方法，莫莉安跟雀喜小姐花了好大的工夫，才說服他不要執行（雖然莫莉安挺想試

試看第六項：用一條條廁所衛生紙黏滿海洛絲的家庭列車）。

她決定不把這件事告訴朱比特。如今，朱比特每趟出遠門的時間縮短，次數卻愈加頻繁，他一回到家，不過待上一、兩天，幻奇學會或探險者聯盟就會送來新的消息（偶爾也有莫莉安沒聽過的組織，例如神仙觀測團體），於是他又得動身出發，前去追查關於卡西爾、帕西默·杏韻或幼魁貓的線索。他嘴上仍咬定三起失蹤案並無關聯，可是聽在莫莉安耳中，他的口氣越來越猶疑了。每當他的調查再度走到死胡同，回到家時總顯得越來越頹喪，所以莫莉安遲遲沒說那幾個學校惡霸跟神祕黑函的事，不想讓自己的煩惱加重他的負擔。

然後，第一個指示送來了。

「這什麼？」某天下午，雀喜小姐送大家回到九一九站之後，薩迪亞問道。她正盯著自己的門，只見門板貼了一張摺起來的藍紙。

莫莉安在自己的門前停下腳步，嘆了口氣。她才剛度過難熬又悽慘的一天，關在昂斯塔教授青翠、潮溼的教室中，查找資料，以〈飛鳥時代的各種幻奇師謬誤事件與這些事件對空中交通之影響〉為題寫報告。此刻她最大的願望，就是穿過那道黑門，倒在自己的床上。

薩迪亞讀著紙條，臉色大變。「不。不可能。」她猛力搖頭，「不、可、能。」詩律一把搶走紙條，莫莉安等人圍到她身邊，越過她肩膀讀著內容。

薩迪亞·米莉森·麥高樂：

明天下午，妳在格鬥社

預計有一場比賽，

對手尚未公布。

妳要輸掉這場比賽。

如果妳不故意落敗，

我們會公開九一九梯的祕密。

記住：

不准告訴任何人。

否則我們就告訴所有人。

薩迪亞不吭聲。

莫莉安把紙條重讀一遍。為什麼有人希望薩迪亞——噢，她靈光乍現。噢！

「薩迪亞，妳的對手是誰？」

「妳管這個幹麼？」

「因為，」她努力忍住不耐煩的語氣，「如果知道是誰，我們說不定就能找出寫這封信的人！搞不好妳的對手就是——」

「是隨機的。」薩迪亞口氣平板地打岔。「上場前才會從帽子裡抽出對手，所以有

「我這輩子從來沒輸過，」薩迪亞雙手抱胸，「我可不打算現在開始輸。」

「妳寧可讓大家被踢出學會嗎？」詩律厲聲反駁。

可能是任何人，可能來自任何一梯或任何一堂格鬥課。」她的神情愈發震怒：「不管是誰，他們不是想要別人贏，只是想要**我輸**。我不幹。」

「我不能被退學，」法蘭西斯說，看起來快哭了。「薩迪亞，拜託妳，我姑姑會——」

「喔，我姑姑這個，我姑姑那個，」薩迪亞譏刺地說：「可不可以不要再講你姑姑了？那我爸呢？要是他知道我故意輸掉，他八成會因為太丟臉而死。這是原則問題！麥高樂家絕不故意輸掉。」

霍桑滿臉怒容：「那忠於同梯的原則呢——」

「喔，**閉嘴啦**，史威夫特。」

「**夠了！**」詩律吼道：「我們投票表決。誰贊成不要管這些信，隨便對方揭露祕密？」

薩迪亞直直舉起手，怒瞪著詩律。埃娜跟著舉手，接著是馬希爾。雅查也慢慢舉起手，不過他好歹面露慚愧。

「誰**反對**背叛同梯夥伴，堂而皇之藐視幻奇學會賴以建立的道德理念跟原則？」

霍桑狠瞪薩迪亞，猛力舉起手。

詩律、法蘭西斯、蘭貝斯跟著舉手，雖說莫莉安看不太出來蘭貝斯究竟有沒有在聽。

「莫莉安！」霍桑迫切地低語，意味深長地盯著她。

「喔！對。」

莫莉安舉起手。

薩迪亞踹了牆壁一腳。

「好，史威夫特，現在拉回來！不要急……牠想要俯衝，但不要讓牠衝。往後拉，確認牠是否平衡，要記得，做決定的人是你。保持在空中。就是這樣——很好。下巴起來，頭往後，史威夫特，我是說你的頭，不是龍的頭。下次左肩請記得再低一點。」

霍桑每週二的騎龍教練是個名叫「手指馬齊」的男人，外表歷經風霜，他在擔任職業龍騎士的四十年間，失去了五根手指頭（一手兩隻，一手三隻）。

由於莫莉安沒別的事好做，她將許多空閒時光耗在地下五樓的騎龍賽場，旁觀霍桑的訓練課（反正她的時間多得要命）。

這是種很奇怪的感覺。一方面，見到朋友這麼如魚得水，她真心感到高興。騎龍的霍桑是她甚少看到的另一面，其中的轉變相當驚人：本來注意力難以集中、容易激動興奮的搗蛋鬼消失了，轉換成一個能力高超的正經男孩，不僅全神貫注於眼前的任務，也專心聽從教練的指導，一心一意鍛鍊技巧。

至於那些龍，更是……完全不在同一個層次。光是和這些古老獸類共處同一個空間，莫莉安就覺得無比榮幸——牠們是如此優雅美麗的生命，卻又強大、聰慧得令人恐懼，在牠們身邊，就好像見證真正的魔法。

另一方面，待在這裡也像是種輕微的自我折磨。

在她原本的想像中，學會就該是這樣子。霍桑的課表跟九一九梯的其他人一

樣，刺激而多樣：今天，等他在賽場訓練完，下午要去哭哭林上定向越野課；明天早上的課是「照顧凶猛生物」，午餐後是「長生不死：是否為一種可能」。

她很努力壓制心中那頭狂嘯的嫉妒之狼，真的。

今天，這頭狼靜悄悄的，不過真正的原因是，莫莉安正反覆回想昨天在月臺發生的事。

她抬頭凝望洞窟賽場的天花板，眼睛追隨著霍桑與龍（他們垂直畫了個小迴圈，手指馬齊大聲喝采），眼裡看到的卻不是他們。她看見薩迪亞眉頭緊揪的怒容；法蘭西斯聽到可能會退學，露出淚眼汪汪的驚恐表情；雅查膽怯、內疚地舉起手，對於要暴露莫莉安的祕密投下贊成票。

她離本來期望中的生活這麼近，**這麼近**。她心想，送這些蠢信來的人到底知不知道，過著快樂幻學生活的盼望原本正迅速在她心中萌芽，結果就這麼給徹底摧毀了。也許寄威脅信的人實在太討厭她，所以才想出這麼完美的辦法，讓她這一梯分裂為二。

可是，他們會是誰呢？他們又是怎麼知道她的本領？一整個早上，莫莉安翻來覆去地想著這兩個問題。

「好，慢慢降落，」手指馬齊對霍桑喊道：「我要你輕輕落地，不許跟之前一樣胡來，搞得像袋鼠蹦蹦跳。就是這樣，慢慢來。」

霍桑今天騎的是一隻光點燈鱗龍，算是體型中等的龍類（大約是兩頭大象的尺寸），布滿鱗片的藍綠皮膚閃爍著波紋，有如燈光照耀於水面。霍桑順利引導這隻龍落地，衝擊力從牠充滿肌肉的後腿往上傳，皮膚隨之震動，引起一波輕柔的反光，

散至全身。

接著是休息時間，輪到另一位龍騎士下場，霍桑兩步併作一步衝上觀眾席，一屁股坐進莫莉安旁邊的位置。他渾身是汗，雙頰通紅，疲憊不已，但那是全心投入熱愛的事物之後，心滿意足的疲憊。

「你最後的那個翻滾，」莫莉安把水壺遞給他，「真是太厲害了。為什麼你不會從鞍上掉下來？」

「謝了！」他撥開黏在臉上的褐色捲髮。「只要右腿肌肉用力，祈禱那隻龍不要做什麼蠢事就行了。不過牠是隻很好的龍，很可靠。」

「你之前說牠叫什麼名字？」

霍桑翻了個白眼，大口喝水。「這要看妳問誰。牠在大賽登記的官方名字是**像滾燙刀鋒切過豬油般劃破空氣**，不過我都叫牠保羅。」

「嗯。」莫莉安心不在焉地說。

「妳在想那些信嗎？」霍桑抬起腿，架在前面的椅背，動手解開皮製護脛。「妳覺得是誰寫的？」

「嗯……我在想，會不會是海洛絲那票人寫的？就是查爾頓五人幫？」

霍桑皺眉。「對，她感覺就是會做這種事的人。可是，她怎麼會知道妳是……」他環顧四周，確定附近沒有人，然後壓低聲音：「……幻奇師？妳覺得是巴茲說的嗎？」

「我不知道。」她坦率地說。兩人默然半晌，霍桑撥弄著護腕上的綁帶。莫莉安內心升起一股奇異、躁動不安的罪惡感，像毒藥般咕嚕冒泡，啃蝕著她。「薩迪亞絕

對不會原諒我。」

「原諒妳？」霍桑錯愕地說：「要原諒什麼？這又不是妳害的！」

「她在保護我的祕密。」

「不對，那是我們的祕密。」霍桑堅持：「無論那些信是誰寫的，他是在威脅我們

所有人，我們大家都有份。」

手指馬齊喊著霍桑的名字，霍桑著手收拾散落的裝備。「聽好，」他輕聲說：「反

正我們根本查不到是誰寫的，擔心這個有什麼意義？不如等著看下封信寫什麼。」

然而，當莫莉安目送霍桑走下階梯，進入賽場，她忽然冒出全新的決心。她不

能坐以待斃，枯等下一封信，不停擔憂這次的指示會不會使全梯跟她反目成仇。

一定有辦法查出幕後主使，一定會有，她絕對要找出這個辦法。

她很清楚該從哪裡開始下手。

▌

在地下五樓最大的道場，薩迪亞已經來到場上。格鬥社每週舉辦一次聚會，此

時，整個幻學的武道中人齊聚一堂，進行一連串的單挑比賽。這些比賽極其混亂，

不公平到了荒唐的地步，不限年齡、身分皆可參加，因此，一名赤腳的踢拳手可能

必須與身穿鎖子甲的劍士對戰。不知為何，這是薩迪亞在這世上最熱愛的活動，每

週她都會向同梯重述她參與的比賽，不放過任何暴力或殘酷的細節。儘管她是年紀

最小的選手，卻從未在格鬥社吞下敗績。

直到今日。

「好，誰來跟麥高樂對決？」一名有著粗糙灰色捲髮、身材高大壯碩的女子吼道。她舉起一頂帽子，從中抽出一張紙條，讀了名字，不禁呵呵輕笑。「威爾・高迪！上來吧，年輕人。老天，這場鐵定秒殺。」她自言自語般低聲補上一句。全場報以哀號與嘲諷的笑聲，布提勒斯・布朗用一隻熊掌摀住臉。

威爾・高迪隸屬九一六梯，是個愛亂講話的男孩，喜歡編故事把自己塑造成最強、最惹不起、最剽悍的英雄，故事內容通常是說他孤身打垮整個幫派，連一滴汗也沒流。大家都知道，這些不過是胡謅罷了，因為高迪壓根不具備任何武術實力，他的本領甚至跟格鬥毫無關係──他是極具才華的作曲家，偏偏堅持要上武術課，好跟學會外的人吹噓自己其實是個拳擊手。莫莉安知道，薩迪亞非常受不了他。

薩迪亞注視高迪上場，臉垮了下來。全道場的選手這麼多，她的第一敗竟然要送給威爾・高迪，這個愛亂講話的軟腳蝦……這簡直是奇恥大辱。萬一威爾贏了，薩迪亞永生永世都得忍受他的冷嘲熱諷。

莫莉安暗想，這該不會是設計好的？威脅他們的人會不會用了某種方法，讓威爾的名字被從帽裡抽出來？如果是這樣，只有一種可能：那個抽籤的壯碩女子就是寫信的人，可是莫莉安覺得不太相信。

寫信的人想必也不是威爾自己，他儘管很愛吹噓，這時面對著薩迪亞，看起來卻簡直快吐了。

莫莉安幾乎不敢看。一方面，她暗自擔憂，薩迪亞搞不好會改變主意，拒絕假輸；另一方面，她又覺得改變主意是應該的。

想不到，薩迪亞沒有。第一輪開戰不過幾分鐘，即使威爾的步法亂七八糟，

出拳虛弱乏力、毫無效果，薩迪亞依舊假裝屈居下風。她甚至懶得想辦法演得更逼真，在威爾的拳頭第一次碰到她的臉時（她根本是自己湊上去挨打），她便撲通倒地，任憑裁判數秒結束。

觀眾全都不敢置信。就連已經知道結果的莫莉安也不敢置信。

她努力甩掉震驚，她來觀賽就是為了這一刻，既然寫威脅信的人希望薩迪亞輸掉，他們想必會來現場監看。她仔細審視觀眾，檢查道場中的每張臉孔，想要揪出任何洩漏了……某種線索的人。

可是，她找不到一絲得意或滿足的表情，在場每個人見到威爾不可思議地取得勝利，臉上都寫滿驚愕。假如寫信的人確實在現場，他們想必是全世界最厲害的演員。

威爾沉浸在喝采與鼓掌中時，薩迪亞跳下擂臺，拖著腳步，徑直走過莫莉安身邊。

「不要煩我！」

「我只是想說──」

「走開！」薩迪亞大叫。

「薩迪亞！」她喊道：「等等，我──」

莫莉安望著她遠去，感覺糟到不能再糟。

週五下午，第二道指示送達九一九站，貼在法蘭西斯閃著光澤的藍門上。他用

微微發顫的手攤開信箋，一面讀，一面瞇起眼睛。

「他們想要……蛋糕。」

「蛋糕？」霍桑重複。

「就是這麼寫的。」

莫莉安疑惑地皺起了整張臉。「蛋糕……就好？」

「蛋糕就好？」法蘭西斯從手中的紙條抬起頭，瞪著她。「不對，這可不是隨便

做做就好的蛋糕。妳自己看。」

法蘭西斯・約翰・蜚滋威廉：

你必須烤一個喀里多妮亞登基紋章大蛋糕，加上完整裝飾，

明天早上六點前放在九一九月臺，然後立刻回家。

假如你不徹底遵守這些指令，

我們會公開九一九梯的祕密。

記住：

不准告訴任何人。

否則我們就告訴所有人。

「喀里……」莫莉安念出紙條上的蛋糕名稱：「喀里多妮亞登基紋章大蛋糕是什

麼？」

「就我所知最複雜、最難做的蛋糕，」法蘭西斯哼了一聲：「總共三層，每層的口味、密度都不同，還要裝飾好幾百朵金葉做的糖花，畫上滿滿的焦糖螺旋圖案，最上面放一頂糖蕾絲做的皇冠。」

霍桑瞪圓雙眼。「你可以多做一點嗎？」

「我要熬夜才做得完！」法蘭西斯不理霍桑，從莫莉安手中奪走信紙。「而且我明天早上還有四個小時的刀工課，我哪可能沒睡覺就去上課！會切斷手指的！」

「明天是星期六耶。」霍桑說。

「我知道明天星期六，」法蘭西斯瞪他。「海絲特姑姑說我的刀工水準不夠好，所以她幫我額外安排了週末的課。」

霍桑倒抽一口氣，莫莉安從沒見他這麼憤慨過，似乎在週末做額外的功課根本天理不容，害得他一時之間說不出話來。

「這太奇怪了。」她指著紙條說：「幹麼要叫你做蛋糕給他們？」

法蘭西斯一臉受傷，「不能有人想要我做的蛋糕嗎？妳吃過我做的蛋糕嗎？」

「超級好吃的，法蘭西斯。」霍桑贊同道：「要是我想威脅你，我一定會叫你做蛋糕，再加上你之前做的那種裡面包卡士達醬的點心，再加上之前──」

「好了啦，霍桑。」莫莉安說：「我只是說……他們給的這些指示很……呃，滿傻的。」她瞥了通往她臥室的黑門一眼。本來，她很期待可以整晚待在音樂沙龍（法蘭克找來一個新的雜技師，會從鼻孔吹出歌曲），但她明白，要是法蘭西斯為了守住她的祕密，整夜不睡烤蛋糕，只會讓她飽受內疚所苦。她嘆口氣：「聽我說，我去幫

你，好嗎？我當你的助手，你不用自己一個人做。或是——噢，你可以來杜卡利翁飯店的廚房做！我敢說，我們的廚子絕對能一下子做完那個……那個喀里多妮亞酥脆大蛋糕。」

她顯然說了不該說的話。

「誰要一個在飯店洗菜的二流廚師幫我！」說完，法蘭西斯掉頭就走，在莫莉安面前甩上藍門。

莫莉安不可置信地搖搖頭。「洗菜的？亨尼卡大廚曾經獲頒三次皇家光翼抹刀獎耶。」她揮手向霍桑說再見，穿過黑門，嘴裡仍喃喃自語：「什麼洗菜的。」

打開門，莫莉安回到她在世界上最愛的房間，不禁鬆了一口氣。她的床像是要慶祝週五終於來臨，變成了一個巨大的鳥巢，鋪滿柔軟的布料，顏色是深淺不一的綠，中央臥著三顆巨大的蛋形枕頭。莫莉安模仿飛鳥的姿勢，伸直雙臂，向後倒進柔軟的被窩，沾枕時發出享受的「呼」一聲。

她躺著不動，盯著房間天花板。天花板最近化為一片深藍色夜空，點綴了一閃一閃的親切星星，令她想起幻學地圖室的天花板，忍不住盼望天花板維持這個樣子。

她不停想起薩迪亞。想起薩迪亞離開道場時的臉色，想起自那天以後，薩迪亞始終不吭一聲，顯得十分鬱悶。莫莉安很替她難受，畢竟她一向如此以自己的格鬥社紀錄為傲，她也的確有本錢驕傲。況且，誰不好輸，偏偏是輸給威爾·高迪。薩迪亞願意遵守承諾，為了同梯的利益，犧牲對自己而言這麼重要的事，讓莫莉安感到既震撼又窩心。

這個念頭更堅定了莫莉安的決心。是，那場比賽是變成一場空，她沒抓到寫威

脅信的人是誰，但她不會放棄。既然薩迪亞願意輸給威爾‧高迪，既然法蘭西斯願意徹夜製作全世界最扯的蛋糕，那麼，她也能揪出這一切的幕後主謀。

反正，她沒有別的事情好做。

第十一章　潛伏者

傑克跟莉莉安站在螺旋梯的欄杆邊，傾身向前，觀察杜卡利翁飯店大廳熱鬧的週六夜。今晚，整個寬敞的大廳化作湖泊，原本那些或鋪絨或鍍金的家具、盆栽全數搬空，讓位給小型貢多拉與獨木舟。這些船隻乘載著喧譁吵嚷，打扮亮麗的賓客，人人遵照法蘭克在邀請函上的指示，穿了跟海洋有關的服裝。大家的扮相都十分繁複，到目前為止，莉莉安看到七隻美人魚、四隻男性人魚，好幾團水手和海盜、一隻海星、一隻牡蠣，以及一隻紫得刺眼、渾身亮片的章魚。

「你怎麼知道？」莉莉安問。

傑克瞇起兩眼。他將眼罩拉到了一旁（這種情況可不常見），貼在太陽穴上。

「我覺得是……錢。」

「擔心什麼？」

「他在擔心某件事。」

「他的手指是綠色。綠色的手指代表他要不是很想賺到錢，就是剛輸了錢。」

莫莉安往底下窺看傑克正在觀察的對象。那男人身穿訂做的上將制服，面貌英俊，顯得過分自信，站在一艘貢多拉的船頭，目光掃視大廳，好似他才是這座飯店、這些賓客的主人。「他看起來很有錢，」她說：「你看，他老婆脖子上那些珠寶。」

「有錢人也會煩惱錢的事情，有時候比窮人更煩惱。而且那不是他老婆，是他情婦。」

莫莉安倒抽一口氣，既反感又樂不可支。這是她最愛的新遊戲。

最近這陣子，杜卡利翁飯店的週末比以往更加活潑熱鬧。附近新開了一間同業，名叫奧麗安娜飯店，法蘭克把那裡的兩名活動策劃人視為死敵，展開了激烈的競爭。每週六晚上，他都會舉辦奢華無比的主題宴會、舞會、化裝派對，有時占用一整座廂房，有時則移師至屋頂，好讓方圓幾百里都聽得見。然後，到了每週日早晨，他會在大廳來回踱步，等待《永無境斥候報》《早晨郵報》《鏡中遇報》送上門，一收到報紙，他會馬上翻到社交版，端看哪間飯店的報導篇幅較大，大廳要不是會響起勝利的宏亮笑聲，就是會迴盪著憤怒的狂吼。法蘭克多數時候是贏（他辦的宴會可謂傳奇，名人、貴族經常光顧，偶爾連皇室也會現身）可是杜卡利翁的人都很怕少數的落敗。一旦輸掉，法蘭克隨後幾天往往會陷入極為戲劇化的消沉，接著再度恢復狂熱，誓言要將下週六的活動「辦得空前絕後」。

基於以上原因，杜卡利翁的週六夜成了觀察路人的絕佳機會。不僅如此，傑克對於自己的見證者能力越來越有信心，使這個遊戲變得有趣極了。

芬涅絲特拉討厭水，所以法蘭克今晚的主題把她氣個半死，揚言要：一、叫臭架子來，二、在法蘭克的臥室到處放蒜頭，三、燒了整座飯店。當然，她一件也沒做，不過她正充滿威嚇地掛在黑色水晶吊燈上，遇到膽敢划太近的人便張牙舞爪。

「那他們呢？」莫莉安指著一群年輕女子，她們扮成鮮豔的熱帶魚，服裝掛滿流蘇、羽毛、細珠串，十分前衛，裸露的程度令人心癢。她們在大廳中漫無目的亂划，直接拿起酒瓶豪飲粉紅香檳，吵著要鋼琴師威爾伯彈點「更嗨的」曲子（威爾伯正待在一個小沙灘，彈著一架小型平臺演奏琴）。

傑克凝視她們一分鐘，聚精會神地擰起眉頭。「那個打扮成小丑魚、講話很吵的女生，其實巴不得回家，或是去別的地方。有個⋯⋯很像線的東西，是銀色的線，一直想把她從大門拉出去。」

傑克是朱比特的外甥，今天下午，他在上完大提琴課後忽然回來，說要在飯店過一個週末。莫莉安驚奇地發現，即使今天的開端對她來說差勁透了，傑克的陪伴仍使她的心情好轉許多。

為了在九一九站當場逮住寫威脅信的人，看看究竟是誰拿走法蘭西斯的蛋糕，莫莉安將鬧鐘設定在五點五十五分，準時醒來，靜靜推開神祕之門，躡手躡腳走過幻學更衣室⋯⋯沒想到依然計畫失敗，通往車站的那扇門怎麼樣也打不開，估計是另一頭被不知什麼東西給擋住了，寫威脅信的人實在是聰明得令人氣惱。等她終於打開門，一切都太遲了，蛋糕早已消失，月臺毫無他人留下的蹤跡。

莫莉安敲了法蘭西斯的門，問他蛋糕做得如何，有沒有在月臺看到任何說不定可以追查的線索？然而，全身覆滿麵粉、糖霜跟黏黏焦糖的法蘭西斯只是狠瞪莫

莉安，又一次在她面前甩上門。

稍後，這天對莫莉安而言更是每況愈下……她發現朱比特還是沒回來，此外，法蘭克要布置大廳，所以一整天都不准任何人進入。

整體說來，由於見到傑克讓莫莉安太高興了，很自制地忍住不取笑傑克的格雷史馬克穎異少年學校制服，那身制服實在有夠做作。她非常以自己的自制力為榮。

「那她呢？」她指向一個戴著雙髻鯊帽的女子。

「她弟剛繼承家族遺產，讓她很火大。」

莫莉安詫異地看著他，「這次的解讀好明確。」

「嗯……我想我應該解讀得沒錯。她很複雜。手指頭是綠色——代表金錢問題；心口有黑色十字——代表最近有親人過世；；她有兩道影子，第二道比較小——跟弟弟或妹妹有糾紛，我猜是弟弟；而且她整個人發出深酒紅色的光，這種顏色代表累積很久的怒氣。她很傷心，但她也很憤怒。」

莫莉安凝視那個女人，想像自己從她身上看出一絲悲傷，雖然她正將綠色珊瑚礁雞尾酒一飲而盡，還跟共乘獨木舟的帥氣金髮海星調情。

「那她呢？」莫莉安問，頭朝一位幻獅紳士一點。他身穿完整的海盜裝，肩膀上站了一隻鮮豔、巨大的鸚鵡。

傑克從鼻孔一哼。「超希望別人問他那隻鳥是怎麼回事，結果沒有人問，讓他很氣惱。」

「你知道嗎，你可以靠這個發財！我們就跟別人說你是天眼通，利潤我抽兩成。」

傑克笑著翻了個白眼。莫莉安明白，他不喜歡太常拿下眼罩。她從來沒跟傑克

聊過這件事，但朱比特曾經說，他自己同樣身為見證者，也是經過好多好多年的訓練，才總算「在一片混亂中理出秩序」，學會看事物的不同層次和經緯，過濾掉許多東西，只看真正重要的資訊，而傑克目前還沒達到這個境界。朱比特說，現階段而言，傑克的眼罩就是發揮過濾的作用，干擾他的視野，讓他不必時時刻刻看見那麼多東西，免得這項奇異的天賦逼得他崩潰。

「那妳呢？」傑克冷不防問，轉頭看著她，伸手稍稍遮住眼睛，像是眼前有道強光。

莫莉安知道，她身邊想必匯集了無數發光的幻奇之力，傑克正瞇著眼睛，試著穿透那些光芒，看清楚莫莉安。她感到臉頰發燙起來，傑克此刻注視著她的神情，偶爾也會出現在朱比特臉上，彷彿他知道什麼莫莉安不曉得的事——彷彿他知道很多莫莉安不曉得的事。朱比特露出這種表情的時候就夠煩人了，現在換傑克這樣做，她好想伸手戳他的眼睛。

她怒目而視。「我怎樣？」

「有黑雲，」傑克朝她左肩點點頭，「跟在妳後面。在學校碰到問題了？」

莫莉安一陣遲疑。「算是吧。」

「怎麼了？」

她思忖，該從哪裡說起？她能說出威脅信的事嗎？傑克早就知道她是幻奇師了，所以這也不算打破她對長老的承諾。

莫莉安深吸一口氣，把小心謹慎拋到九霄雲外，將一切告訴傑克：他們收到了三封信，全梯參與了一場投票，現在同梯中半數都討厭她。一開口，她就滔滔不絕：她說起昂斯塔教授、《幻奇事件光譜簡史》、海洛絲與查爾頓五人幫；說起朱比

特沒完沒了地帶隊執行最高機密任務，她懷疑那些任務跟失蹤的人有關……她漫無章法地說著，有時還反覆兜圈子，不過傑克只是靜靜傾聽，一個問題也沒問。說出她所想到的每一件事之後，莫莉安覺得……似乎輕鬆了點。

「黑雲不見了嗎？」她終於問，試著轉頭看左肩後方，儘管她心知無論黑雲在不在，她都看不見。

傑克聳肩，「變小了。」

「那就好。」

他點點頭，沒多問一句話。這是傑克的優點，他討厭別人愛管閒事地問問題，所以他自己通常不問。

「說到威脅的黑函，」他一邊說，一邊伸手探進外套的暗袋，「我一直想要給妳這個。」他將一張摺成方形的紙遞給莫莉安，那張紙是深沉的銀黑色，薄如枯葉，非常柔軟、易於彎折。「任何時候，如果妳需要我——我是說真的很緊急的情況喔，不是什麼亂七八糟的小事——萬一妳遇到什麼麻煩，需要幫忙，就在這張紙寫下地址，或是任何可以讓我找到妳的路標，然後說三次我的全名：約翰・阿朱納・柯拉帕提，再把這張紙燒掉。這張紙跟我連結在一起，不管妳人在哪裡，它都會出現在我手中。」

莫莉安揚起一邊眉毛，不太確定要不要相信他。「這是什麼原理？」

「其實我完全不知道。這是我朋友湯米發明的機制，本來是為了作弊。我永遠想不通，他聰明到有辦法設計出這東西，又何必作弊。」傑克聳肩，「他媽媽是女巫，一定有幫忙。總之，這東西就叫『黑函』，以前我們會在熄燈後用它傳訊息去

其他宿舍，直到後來我們快把黑紙用光了。湯米那個笨蛋作弊被抓到，暫時停學，又有那麼多……嗯。總之，我覺得妳有辦法聯絡到我最好，就這樣。」他說完，顯得有些尷尬。

「好。」莫莉安微笑著把紙收進口袋。「嗯，謝謝。」

「真正的緊急情況才可以用。」傑克重複一遍，轉回身去，倚著樓梯欄杆。

「知道，知道。」莫莉安把手肘靠在欄杆上，掃視大廳，尋找下一個對象。「再來……那個男的呢？」

她指的那名男子剛走進飯店，正穿越大廳，先從划艇跳到獨木舟，再從獨木舟跳到貢多拉，像是把那些船當成池塘中的踏腳石。賓客紛紛高聲向他打招呼，在他差點害一艘船翻過去時尖叫大笑，拍手鼓掌，不過那人的表情始終正經，一手撥過那頭紅髮。

「朱比特！」莫莉安喊道。那人抬起頭，看見她跟傑克站在樓梯上，露出有些緊繃的微笑，微微揮手，伸出兩根指頭，用嘴型說：「兩分鐘。」接著，他終於抵達被水淹沒一半的禮賓櫃檯，坐在櫃檯上，開始翻閱米范交給他的一大疊信件。

傑克的目光在他舅舅身上逡巡。「他在找某個東西，這就是為什麼他一直出任務。不管他在找什麼，他到處都找不到。」

「那看起來是什麼樣子？」

「像一團灰霧，圍繞著他的頭，」傑克喃喃說：「還有一道不斷搖曳的微弱光線，總是剛好在他碰不到的距離。」

他們沒注意到芬涅絲特拉不再待在水晶燈上凶狠地亂晃，直到巨大的影子令他們的視野倏地黯淡下來，身後傳來她低沉刻薄的聲音：「他們來這幹麼？」

莫莉安驚得一跳，撫著胸口，抬頭注視魁貓充滿恫嚇意味的目光。「妳能不能戴個鈴鐺啊？」她的心臟怦怦跳，「妳說誰來幹麼？」

「臭架子。」芬說，用貓爪指向一小群身穿黑外套的男女。那些人操控著一艘划艇，堅定地划向禮賓櫃檯。

莫莉安吃驚地眨了眨眼。「芬！妳該不會真的叫了警察來抓法蘭克吧？這招也太低級——」

「我看起來像抓耙子嗎？」芬低吼。「他們不是我叫來的，打小報告會有報應。」

「那他們為什麼⋯⋯」

「他們不是臭架子。」傑克低語，露出震撼之色：「他們是**潛伏者**。」

「什麼？」莫莉安問。

「幻奇學會偵查部。」傑克說：「就是祕密警察。他們很少像這樣露面，通常會更⋯⋯妳知道，潛伏起來。」

「你怎麼知道是他們？」

「妳看他們的制服，是黑色皮外套跟閃亮亮的綁帶靴。還有，看到他們的上衣口袋沒？」

莫莉安瞇起雙眼，低頭瞧離她最近的警員，只見他的右胸口袋繡了個金色小眼睛，虹膜內有個「W」字。

「絕對是潛伏者，他們以前來找過舅舅一次。」傑克繼續說：「好幾年前的事了，

他們找他協助調查犯罪現場。那時候是要追查……追查謀殺案。」他壓低聲音，「有個很有名的巫師死了，後來發現他是被學徒殺害，當時就是朱比特幫忙查出來的。潛伏者只負責處理跟幻奇學會有關的犯罪，而且是非常嚴重的犯罪。」

「他們在調查失蹤案。」莫莉安說。

傑克甩甩頭，瞇眼細看這支黑衣小隊。「他們絕對是在找某個東西或某人，不過這件事不到好幾星期那麼久，還很新。他們身邊也有像朱比特那樣的霧，只是很濃，然後……我不知道要怎麼形容，但有點發光，就像大雷雨那樣。這是剛發生的案子。」

他們眼望著底下的人開始對話。朱比特一手抓過有些塌下來的頭髮，顯得心煩意亂，極度疲憊。

莫莉安離開欄杆，「我們下去看看到底——痛！」她尖叫一聲。一根巨大的貓爪子壓進她肩膀，阻止她往前。「芬！」

「如果那些人是潛伏者，那妳不准靠近他們，」魁貓低吼。「要是朱比特想讓妳知道情況，他自己會告訴妳。好了，快回房間，已經超過上床時間了。」

「我哪有上床時間。」莫莉安皺著眉頭說。

「現在有了。」

「妳不能——」

「我說了算。」

「可是——」

「去睡覺。」

莫莉安回頭看朱比特，期盼對上他的目光。可是朱比特已然動身離開，坐著一艘小划艇，往前門划去，潛伏者在他身邊圍繞。

他連大衣都懶得脫。

第十二章　惡魔弄

沒人曉得關於新失蹤案的任何消息。米范、芬涅絲特拉、香妲女爵不知道——整個週末，莫莉安輪流纏著他們幾個；雀喜小姐不知道——週一在家庭列車上，她聽說潛伏者去了莫莉安的家，露出真誠的驚訝神情；昂斯塔教授不知道——他說莫莉安「無禮」、「沒大沒小」、「不識相」，竟敢打岔早上的課，多嘴詢問幻奇學會執法部門內部的運作方式。

在那堂課接下來的時間，昂斯塔教授氣喘吁吁、長篇大論地教訓莫莉安，叫她不要多管閒事、說話要得體……不過，比起抄寫一段接一段的《幻奇事件光譜簡史》，這樣被罵還比較好。

那天下午是邁德梅的課，內容有趣多了。

「劫財路、詭騙巷、陰影街、幽魂時刻。」他念出他寫在黑板上的這幾個詞，「誰能說說這些是什麼？」

臺下的大家表情空白地回看他。

「沒人曉得？」邁德梅一臉詫異，「你們真幸運。」

「老師，那是什麼？」馬希爾問。

「劫財路是流氓跟強盜會用的一種老派招數，這種地理騙術挺單純的。你本來走在一條小巷，走到盡頭，會發現你跑到了一個不同的地點，有時候甚至是好幾哩遠，會有一群盜賊在那裡堵你，搶你的錢。如今，大部分劫財路都已經被封死或加上標誌，不過在盜賊世代，自由邦到處都是劫財路。

「另一方面，詭騙巷就是永無境專屬的怪東西了。」他調整了一個舒服的姿勢，雙腿在桌子邊緣盪來盪去。莫莉安注意到，每當邁德梅談到他很有興趣的主題，就會做這個動作。「非常不方便，有時也挺嚇人，不過多數是無害的，只要你能搞清楚狀況就好。『詭騙巷』是一個還滿籠統的統稱，凡是位於永無境，一旦有人走進去就會產生變化的巷子或步道，一律稱為詭騙巷。」

「產生變化是什麼意思？」莫莉安問。

「嗯，有時候是在你走到一半的時候，突然發現自己的方向完全反過來了，變成朝著來時的路，但你根本沒有轉身；有時候是你越往前走，巷子兩邊的牆壁就越窄，你要嘛選擇回頭，要嘛就是被牆壁擠死。」

「噁。」

「嗯，我不推薦。我有一次遇到一條詭騙巷，越往前走的重力越小，我一直飄到空中，最後我只好抓住牆壁，把自己拉回起點。」

「喔！」莫莉安猛地想起，冬暮那天，朱比特帶她出了趟門。「我好像遇過一

次！」

她告訴邁德梅，她和朱比特去舊德爾斐音樂廳找天使伊斯拉斐爾時，在路上經過的那條奇怪小巷。

「妳說在波希米亞？」邁德梅問：「我的媽呀，我不曉得那裡有詭騙巷。太棒了，黑鴉小姐！沒錯，永無境各地都有詭騙巷，其中大多數登記在冊，並且像劫財路那樣，要不是被封了，就是小心地加上了警告標誌，讓大家知道自己要走的是什麼路。不幸的是，有幾條詭騙巷會到處亂跑，這實在是很糟糕的習慣──這幾條巷子會從一個地方消失，接著出現在另一個完全不同的地方。所以其實，永無境議會提供的官方詭騙巷地圖有點沒用。當然了，我個人偏好活地圖，雖然它稱不上完美，但它在自動更新這方面是做得挺好的。」他從身旁桌上拿起一疊摺好的地圖，交給埃娜。「話雖如此，我還是準備了這些地圖，也就是永無境議會努力記錄無可記錄之現象的最佳成果。大家各拿一張，然後傳下去。」

霍桑把最後一張傳給莫莉安，她攤開地圖，湊上去端詳那些細緻彎曲的街道。幾十個粉色、紅色、黑色的小旗幟遍布全城，標示出已知的詭騙巷。

邁德梅拍了一下手。「好，跟我來。」他邊說，邊走向地圖室的門：「我們去冒險！」

在舊城，這天是溫暖晴朗的美好夏日。九一九梯洋溢著興奮之情，通常，一年級的學者不能在上課日離開幻學，不過邁德梅已取得學務主任的特別許可，帶全班

去校外上第一堂實作課，條件是假如任何人（包括邁德梅自己）丟了學會的臉，就要在尖峰時段被綁在傲步院站的鐵軌上。

他們的目的地離幻學不遠，是條名叫「廟口胡同」的窄小巷弄，裡頭昏暗髒亂，多數人經過時根本不會多看一眼。

邁德梅指向牆上那道汙跡斑斑的告示牌：

> 廟口胡同
> 警告！
> 根據特異地理隊與
> 永無境議會
> 之指示，
> 本巷道已列為
> 粉紅警示詭騙巷
> （惱人級機關，進入後將面臨重大不便）
> 擅闖者後果自負

「當然了，」邁德梅說：「最安全的方式，就是永遠不要走進詭騙巷。話是這麼說，萬一不小心碰上，最好還是有個應對方案。遇到的時候，請執行一個清楚又簡

單的三步驟計畫：第一，**保持冷靜！**相信我，要是你忽然往天上飄，真的很容易驚慌，一旦開始驚慌，就會無法清晰思考。

「請各位記住兩件簡單的事：吸氣——」他深吸了幾秒鐘，「——跟吐氣。」他緩慢穩定地吐氣，發出「呼咻」聲。「現在跟我一起做，準備好了嗎？吸氣。」全梯一致深吸，「然後吐氣。」呼咻。「很好。遇到危急狀況，只要記得**呼吸**，會出乎意料地很有幫助。」

詩律轉頭看莫莉安，翻了個白眼。

「好聰明，」她嘀咕：「要是他不教我，我八成會忘記這個基本的非自主生理機能，我要趕快寫下來。」她扮出一副呆相，裝作正拿著一枝想像的筆，憑空抄筆記。

「噓。」莫莉安忍住不笑。

「第二步：**撤退**。你沒辦法預料詭騙巷裡會有什麼，幸運的話，裡面的機關只會是反重力或牆壁閉合，這兩種很常見，但也有些機關非常危險。幾年前，朱若河上騷塞區有條巷子，把某人肺裡的空氣全部變不見，害他活活窒息而死。我還讀過一篇報導，說很久很久以前，舊城有條巷子會把人整個從內往外翻過來，讓他們的肌肉跟內臟都跑到身體外面。」

大家都瑟縮一下，發出作嘔的聲音，唯獨霍桑悄聲說：「酷耶。」埃娜則是興味盎然地抬起頭。

「不用怕，」邁德梅接著說，舉起雙手要大家安靜。「那條巷子已經被封起來，不存在了。」

霍桑顯得有些失望。莫莉安竊笑，對霍桑搖搖頭。

「我要說的是，當你走進一條詭騙巷，你不一定知道自己碰上什麼。所以，最佳解決辦法是不要抗拒，立刻撤退。務必撤退，絕不要以為你能硬碰硬對抗機關。絕不要以為你能憑蠻力壓制機關，絕不要以為你能靠鬥智鬥贏機關，絕不要以為你能靠鬥智鬥贏機關。你的性命比抄捷徑重要。」邁德梅逐一凝視他們，莫莉安頭一次見到那張年輕的圓臉如此嚴正。

「最後是第三步：告訴別人。這點為什麼重要？」

埃娜倏地直直舉起手。「免得別人走進去？」馬希爾喊道。

「很好。還有呢？」

「它有可能不在地圖上。」

「沒錯。還有呢？」

全梯陷入靜默。

邁德梅再度攤開永無境議會地圖，「因為它說不定變了。詭騙巷很善變，會隨著時間而移動、進化。看看你手上的地圖，找到高牆附近的派林弄了嗎？這條巷子的機關本來是最基本、最普通的，只會抓住人的腳踝倒吊起來。上星期，有個粗心大意的四年級學者轉錯彎，走進派林弄，結果跑進汙水道裡游泳。」

眾人不約而同發出「噁」。

「的確。」邁德梅說：「不過，這個年輕人做了正確的事，保持冷靜，立即撤退，然後告訴他的引導員。嗯，應該說他先洗了個澡，然後才告訴引導員，引導員接著告訴了特異地理隊，然後我們將告訴了議會，於是議會更新了地圖。派林弄本來是粉紅警示（惱人級機關，進入後將面臨重大不便），基於健康風險，議會把它提升為紅色警示（高危險級機關，進入後可能造成損傷），並新增警告標誌。」

「可是老師，為什麼議會不比照那條腸子會外露的巷子，乾脆把它封起來呢？」霍桑問。

「因為派林弄或許還有救。雖然它從把人倒吊變成了汙水道……但總有一天，它說不定會變回普通的街道。我們只會封鎖完全沒救的巷子，也就是黑色警示。」

「黑色警示代表什麼？」莫莉安問。

「進去就會死。」

莫莉安嚥了下口水。在永無境，目前有多少尚未發現的黑色警示巷子？

「不用擔心，」邁德梅微笑著說：「黑色警示極為稀少。『廟口胡同』這條巷子只是粉紅警示，我帶你們來這裡是為了練習。你們每個人都要走進廟口胡同，執行三大步驟中的前兩步，安全撤退。誰先來？」

一如所料，薩迪亞跟霍桑率先自願，爭著擠到最前面，差點把對方撞翻。可是，邁德梅另有想法。

他招手要不情不願的法蘭西斯走到前頭，抓住他的雙肩，兩人一同凝視窄小巷弄中的石子路，其他人擠在後面觀望。即使莫莉安看不見法蘭西斯的臉，她仍看得出法蘭西斯嚇壞了，他整個人明顯在打顫。

「蜚滋威廉先生，記住，」邁德梅說：「**呼吸**，然後**撤退**。只要記住這兩個步驟，你就不會有事。」

「不能換人先去嗎？」法蘭西斯嗚咽。

「喔喔──換我！」霍桑咻地舉手，邁德梅把他的手按下去。

「法蘭西斯，不要哭哭啼啼，這只是粉紅警示耶，拜薩迪亞不耐煩地哼了一聲。

託。」

「薩迪亞，不要這樣子。」邁德梅說：「不過，法蘭西斯，她的話也沒錯，這條路只會把人倒吊，最多就是血液會集中到腦部。這時候，只要倒退幾步——就算你掛在空中，也要做出在地面上走路的動作，巷子會察覺到你想回到原路，很快將你擺正。」他輕推法蘭西斯，「去吧，你辦得到的。」

法蘭西斯向前一步，又一步。

霍桑開始小聲念誦他的名字，替他加油打氣：「法蘭西斯，法蘭西斯，法蘭西斯。」莫莉安等人隨後加入，輕柔的聲音在狹小的空間迴響：「法蘭西斯，法蘭西斯，法蘭西斯。」

再一步，再往前幾步，終於，在法蘭西斯走到胡同的中途時，他被猛然拉向空中，變成頭下腳上，彷彿他輕如鴻毛。好半晌，他就這麼掛在那，一腳朝天，其他三隻手腳不斷掙扎。

「法蘭西斯，呼吸！」邁德梅說：「保持冷靜。」法蘭西斯用力深吸了幾口氣，停止亂揮亂踢。

「加油，你知道該怎麼做，先後退一步，然後再一步……」

「法蘭西斯，法蘭西斯，法蘭西斯……」

儘管法蘭西斯仍處於倒吊的姿態，他依然抬起一隻腳，有如誇張的表演，往後大大踩了一步。接著，他假裝後退一步，再一步，再來——

「太棒了！」法蘭西斯翻正時，邁德梅激動地大喊，跳起來朝空中揮了一拳。法蘭西斯有些踉蹌地落回石子路，轉過身面向大家，仍然喘不過氣、過度驚嚇，臉上

卻帶著笑意。

每個學者都體驗了一遍，走進廟口胡同，倒吊之後再翻正，這時邁德梅和其他人便報以喝采。輪到莫莉安被倒吊時，她又笑又叫，霍桑更是愛得要命，苦苦哀求再來一次。

「史威夫特先生，你可以試第二次。」邁德梅說：「大家都可以。你們都拿著地圖嗎？請分成三個人一組，選一條舊城的詭騙巷，練習安全撤退。務必留在北區，只能選粉紅警示，記住：**保持冷靜，立刻撤退**。等英勇廣場的時鐘敲三下，我們在幻學的門口集合。」

「法蘭西斯，要不要跟我們一組？」莫莉安提議，可是法蘭西斯臭著臉，轉頭走開。這是她那天第四次搭話，可惜每次都失敗。她本來以為薩迪亞生悶氣就夠慘的了，沒想到法蘭西斯的情況更糟，一整天下來，他要不是朝莫莉安射來怪罪的目光，就是在莫莉安對他講話時裝聾。

「他是不是忘了自己投票選哪一邊？」霍桑咕噥。「莫莉安，要是我，早就不管他了。」

法蘭西斯跟著薩迪亞和埃娜走掉，馬希爾則領著雅查、蘭貝斯往另一個方向去，剩下詩律站在原地，顯得尷尬而惱恨。其他人連看也沒看她，她又被遺忘了。

「詩律，跟我們一起吧。」莫莉安對她招手。詩律走過來，努力表現出完全不在乎的樣子。

三人一起研究莫莉安的地圖，霍桑跟詩律光是要達成共識就花了十分鐘，等他們抵達目的地，馬希爾那組已經先進去了，他們只好重新選過。

「惡魔弄！」霍桑越過莫莉安的肩膀，指著地圖：「聽起來很酷。」

「那在西區耶，笨蛋。」詩律低聲說。

「所以呢？」

「所以，他說要留在北區啊。」

「這條路在西區的邊邊，離北區只有一個街區耶。」

「但還是在西——」

「好啦，就走吧，」莫莉安捲起地圖，「不然就要下課了。」

惡魔弄狹窄黑暗，暗到看不見路的盡頭，有如正盯著一條隧道。入口有個跟廟口胡同一樣的小牌子，說這條路屬於粉紅警示詭騙巷。

「我先進去。」霍桑說，擺出一副要衝進去的姿勢，莫莉安抓住他的衣服。

「等一下！不能直接跑進去，我們連這是哪種機關都不知道。理智點，慢慢走。」

霍桑翻了個白眼，嘀咕道：「是，老爸。」他不甘不願地放慢速度，改成用走的。

莫莉安與詩律期待地目送他走遠，等著他隨時驟然倒吊。沒想到，霍桑走到一半就停住，在原地搖晃了一下。

「霍桑？」莫莉安叫道：「怎麼了，你還好嗎？」

「我覺得……不太舒服。」

「你生病了嗎？」

霍桑往前一步，再度停下。「呃，我快吐了。」

詩律發出作嘔的聲音。

莫莉安皺眉。「你覺得是詭騙巷的機關，還是你吃壞肚子？」她心想，兩種都挺

有可能，畢竟霍桑今天中午狼吞虎嚥，吃了三塊烤牛肉、三個肉醬三明治、四碗螺肉湯、一品脫草莓牛奶。

「我覺得是——嘔嘔嘔……」他傾身向前，雙手握住膝蓋，全身顫動，就像腹中的食物即將傾瀉而出。

「撤退！」莫莉安高聲說：「霍桑，試著後退一步。」

「我沒辦法——沒辦法，我快——」他用雙手摀住嘴，又是一陣搖晃。

「回來啊，白痴！」詩律大喊。

霍桑逼迫自己顫抖著後退一步，再一步，接著回過頭，一路狂奔回來。

「好恐怖，」他將頭髮從蒼白冒汗的臉上撥開，仍舊顯得有些病懨懨。「換誰去？」

「我就免了，謝謝。」詩律的興致已然完全消散。

霍桑瞪著她：「怎麼可以，我都進去了，妳們也要進去。」

她面露不悅。「不可能。」

「我敢說妳沒辦法走得比我遠。」

「我敢說我才不在乎。」

「我敢說是妳太弱雞。」霍桑學雞咯咯叫，假裝拍翅膀。

莫莉安翻白眼。「有完沒完？我去。來，詩律，地圖給妳拿。」她大步走進鋪滿石子的小巷，直到一陣暈眩襲來，令她停在半途。她等了一會，不太確定自己是快跌倒、快昏倒、快吐在鞋子上，抑或三者皆是。

然而，說不清究竟是直覺或衝動，某種力量拉著她向前，要她穿過這片引人不適的迷霧。整堂課下來，她持續想著在波希米亞的那一夜，想著她跟朱比特在抵達舊德爾斐音樂廳前，穿越了那條飄散惡臭的巷子；最重要的是，她燃起一股強烈的好奇，想知道這條巷子肯讓她走多遠？巷子的盡頭有什麼？如果她索性……蠻幹的話，會發生什麼……

她向前多走幾步，不得不彎下腰，雙手按住膝蓋，等待另一波令人失衡的恐怖暈眩感消退。

「妳可以回來了，」霍桑在背後喊：「妳已經走得比我遠了。」

可是，縱然噁心感排山倒海而來，想到還能再往前，莫莉安便遲疑地繼續走了幾步。這條巷子隱藏了什麼東西。她的指尖冒出麻癢感，不僅如此——前方的某處傳來幾個人的說話聲，剛開始聽不太清楚，接著——

「……加上該死的潛伏者在查我們，照這種情況，哪可能按計畫……」

潛伏者。她沒聽錯吧？

莫莉安停下來，試著壓抑嘔吐感，努力豎起耳朵聆聽。她得看看躲在巷子裡的是什麼，或者該說是誰。她強撐著向前走，不顧自己全身打顫，不顧霍桑與詩律正在喊她：「回來！妳在做什麼？」最終，正當莫莉安以為自己會把午餐吐得到處都是，她往前一撲，擠過一道隱形的防禦之牆……暈眩感就這麼消失得一乾二淨。

她回頭望去，霍桑跟詩律不見了，惡魔弄另一端的光線也不見了，彷彿巷子整條逆轉。方才那片黑暗本該在她眼前，此刻反而移到了她身後。

莫莉安站在巷口，前方是個她從沒見過的寬闊廣場。地面崎嶇不平，有些鋪路

惡鬼市

的石板已然斷折，從此再也沒有翻修，缺口長出一叢叢濃密的雜草。廣場布置得像座髒亂而廣大的臨時市場，設立了老舊的帆布帳篷，以及攤位用的桌子，攤位都是空的，像是活動才剛結束，或者尚未開始。這個地方隱約縈繞著荒蕪的氣氛，莫莉安的後頸不禁汗毛直豎。

「不會這麼容易被查到的，」附近一座帳篷中，傳來一個女人粗魯的嗓音。「再等個幾天，到活動正式——」

「我現在就需要買家。」一名男子打斷她，迫切低語：「這東西是貨真價實的稀有品，可是我總不可能留一輩子，根本是個惡夢，妳看我身上這些」——沒感染就算我幸運了。」

莫莉安意識到，自己站在這個幾近荒廢的廣場似乎太顯眼，於是退到巷子的陰影處。她隱隱覺得，她胃裡此刻的糾結感，跟讓人想吐的詭騙巷一點關係也沒有。

「我說了，」女人說：「有耐心點。假如真的是那麼好的品種——」

「真的是。」

「那等到下次拍賣會，你的貨鐵定會拍個好價錢，你也會闖出名號。前提是，你在秋季拍賣會也有辦法供貨。」

不知什麼東西滴在莫莉安額頭，她反射動作地抹掉，只見指頭黑得像墨。她抬起頭，原來她站在一座巨大木拱門的陰影之下，有個男人坐在高高的梯子頂端，一手拿著油漆刷，另一手拿著一罐黑漆，正在塗拱門上的大字⋯

這時，刷油漆的男人恰巧低頭，猛然見到莫莉安，瞪大雙眼。

「喂！」他大吼，手上的漆罐直墜而下，「匡噹」落地，黑色油漆在石子路上飛濺，噴到莫莉安的褲子，她驚得一跳。「妳是誰？妳怎麼進來的？」

她沒有留在原地回答問題。刷油漆的男人匆匆爬下梯子，太急著逮到她，差點摔下來，不過莫莉安的速度更快，轉身便衝進隧道般的巷子，沿著原路狂奔，半途撞上那道隱形的障壁，一頭撲進強烈的生理不適感，暈到她覺得快死了。她勉力向前，忍著噁心感繼續跑，絲毫不減緩速度。光芒在眼前顯現，莫莉安看見霍桑和詩律震驚的臉，加快腳步，抵達惡魔弄的巷口時狂喊：

「快跑！」

第十三章　冰與火

莫莉安一馬當先往前衝，身後隨即響起腳步聲。她領著霍桑與詩律奔出黑暗的巷弄，來到舊城明亮的陽光之下，穿梭在路上的車流與行人之間，完全沒有放慢速度，沒有停歇，直到他們抵達幻學大門，氣喘吁吁、疲累不堪，還好安然無恙。就算那男人真的追莫莉安追出惡魔弄，也早在路上追丟了。

「怎麼了啊？」霍桑彎腰按著腹側，質問：「**一個拿油漆刷的人？**我們在躲什麼？」

莫莉安不曉得該怎麼回答。她說不清那個隱密廣場為何如此令她不安，可是，雖然她渾身因為跑步而發熱，後頸的涼意卻徘徊不去。她將自己的所見所聞原原本本告訴霍桑跟詩律，兩人看來就像她一樣疑惑不解。

「惡鬼市？」詩律說：「會不會是惡鬼市集？」

「可能是，」莫莉安說：「搞不好是他還沒漆完。」

詩律睜大眼睛，「那可不太妙。」

霍桑撇嘴。「拜託，詩律，妳不會真的相信惡鬼市集吧？」

「你不信嗎？」

「惡鬼市集是什麼？」莫莉安問。

「這是怎麼了？」邁德梅問。遠處，英勇廣場的鐘敲了三下，他恰巧在此時抵達。

「噢，嗯⋯⋯」莫莉安不禁動搖。她想問邁德梅她見到的事情，可是她隨即想起兩件事：首先，他們跑去了西區，照理來說不應該去那裡。其次，她把邁德梅的「詭騙巷三步驟應對計畫」徹底拋到了腦後，她該怎麼解釋，自己不僅沒做到第二步：立刻撤退，還擅自改成第二步：就算絕對會違反規則，也要死命往前走，並且跑去完全不歡迎妳的地方東看西看？「沒事。」她毫無說服力地說。

邁德梅看著她，再看霍桑，再看詩律，神色狐疑。「我好像聽到有人提起惡鬼市集？」

莫莉安的臉色瞬間慘白。「沒——嗯，對，其實說起來滿好笑的——」

「呃，對啊，我哥荷馬笑我笑了一整年。」霍桑連忙打斷莫莉安，免得她說溜嘴，意味深長地看了莫莉安一眼。「他說，既然我進了學會，那惡鬼市集就會來抓我。但他只是嫉妒地看了莫莉安而已，因為他沒有本領。」

年輕教師的表情柔和下來，帶著幾分好笑。「原來如此，看來你們家還保留著講都市傳說的傳統啊。」他的目光越過霍桑，「喔，你們來了！」他揚聲說道。同梯的其他人正爬上坡，邁德梅朝駐守在大門的幻學警衛做了個手勢，大門吱呀打開，他催促大家走上通往傲步院的漫長大道。

「都市傳說是什麼？」莫莉安問。

其他人聚在一起往前走，開心聊天，反覆重述自己成功挑戰詭騙巷的經歷，莫莉安、霍桑與詩律則落在後頭，圍在邁德梅身邊。「喔，大家會口耳相傳某些故事，重複講了太多次，就成了廣為接受的事實。比如說，惡鬼市集就是個荒唐的傳說，故意講來嚇年輕學者的。」他毫不在意地揮揮手，「如果是我，就不會管他。」

「我就說吧，」霍桑告訴詩律：「那是假的。」

「那是**真的**。」詩律堅持。「我媽認識一個小姐，她姨婆被抓去惡鬼市集賣掉，再也沒人見過她。」

邁德梅不甘願地長嘆一聲，雙手插進褲子口袋。「這個嘛，我猜在很多很多年前，惡鬼市集某種程度上確實存在，大概是某種形式的黑市，也就是祕密進行非法交易的場所。在那裡，可以買到任何你能想到的東西——武器、珍稀奇獸的身體部位、人類的器官、法律禁止的巫術原料……」

「甚至是幻獸族。」詩律說。

「可以**買到幻獸族**？」莫莉安震驚地重複，「好恐怖。」

「很噁心吧？」詩律說：「而且不只是幻獸族，人馬、獨角獸、龍蛋，什麼都可以。當然，那是在政府強制關閉——」

「魁貓呢？」莫莉安打岔：「魁貓能買到嗎？」

邁德梅露出有些奇怪的表情，看著她。「為什麼這樣問？」

「只是好奇。」

她自然是想起刺藤博士那隻失蹤的幼魁貓，不過，芬涅絲特拉也閃過她的腦

海。光是想像頑固、愛挑剔、忠誠、保護欲旺盛的芬被當成物件拍賣，想像某個愚昧之人膽敢把魁貓芬涅絲特拉當成所有物，莫莉安就好想踹東西。

剛來到永無境時，芬那身灰色亂毛與蠻橫的態度，嚇了她好大一跳。在那之前，莫莉安只在新聞報導中見過其他魁貓，可是那些魁貓與芬截然不同。在共和國，大家都知道，冬海總統擁有六隻魁貓，負責拉馬車……他們沉默溫順，黑毛柔順閃亮，戴著飾有尖刺的項圈。

知道惡鬼市集的存在之後，莫莉安不禁思索，那些魁貓當初是來自哪裡？他們會不會是從黑市買來的？他們會不會本來也像芬那樣獨立、聰慧，只是不知為何，居然變成了受過良好訓練的**駝獸**？

「我聽人說，」詩律悄聲道：「連本領都買得到。骷髏人會抓走幻奇學會的成員，偷走本領，在惡鬼市集賣掉。」

「骷髏人？」莫莉安問：「那是什麼？」

邁德梅輕笑。「他們又叫『骸骨軍團』，」他翻了個白眼。「完全是嚇小孩的故事。傳聞說，他們會在屍體充裕、黑暗孤寂的地方現身，例如墳地、戰場、河床之類的，利用東拼西湊的死者骨頭，隨機組成自己的身體。」

「荷馬也常常說這個，」霍桑無奈地勾起嘴角。「叫我要小心，要是聞到海水或腐肉的味道，或是……」

「聽到骨頭喀啦喀啦的聲音？」邁德梅又笑了。「沒錯，我念書的時候，小孩常常講這些傳說嚇人，說有一群骷髏人會趁他們睡覺時綁架他們，除了滿地骨頭之外，什麼也不會留下。我就說了，這些都是嚇小孩的故事，就像床底下的怪物，並

不是真的，也不需要害怕。」

但莫莉安沒笑。她的心驀地停了一拍，有如下樓時一腳踩空。邁德梅小跑向前，跟其他人聊起剛才的詭騙巷練習。莫莉安放慢步伐，霍桑跟詩律也跟著留在後頭。

「我覺得骷髏人不只是傳說，」她小聲說，雙臂冒起雞皮疙瘩。「我……我好像見過。」

「妳好像什麼？」詩律說。

「哪裡？」霍桑問：「什麼時候？」

「前陣子，在碼頭附近。我本來不知道那是什麼，可是完全符合邁德梅說的特徵。」想起那些殘骸自動組合的詭異景象、那具骨架的不對勁感，她不禁微微發顫。

「那，如果骷髏人是真的……」霍桑開口，擰起眉毛，在雙眼之間擠出一條溝。

「惡鬼市集也是真的。」莫莉安說。

她想著卡西爾、帕西默·杏韻、刺藤博士的幼魁貓，說不定，順著惡鬼市集這個線索往下查，有機會找到他們。

假如她的預感是對的，那她就得回惡魔弄找出真相。

雖然邁德梅不需要這麼做，他還是陪九一九梯走回傲步院，雀喜小姐正等著送他們回家。她坐在家庭列車的門口，雙手捧著一杯茶，閉上雙眼，沉浸在穿透樹頂灑落的午後陽光。

「噢！哈囉，瑪莉娜。」邁德梅高聲說道，嗓音顯得驚訝、隨意，莫莉安聽得出那是裝的。他將頭髮從眼前撥開，腳步輕快，雙手稍嫌不自然地晃來晃去，莫莉安似乎看見他的雙頰泛起微微的紅暈。她竊笑，輕推霍桑一把。

「他作夢。」霍桑悄悄回答。

雀喜小姐把一隻眼睛睜開一條縫。「哈囉，亨利。大家今天還好嗎？舊城怎麼樣？」她站起身，將杯中剩下的茶倒進鐵軌。「準備好要——」

一聲淒厲的哭喊打斷了引導員，聽起來半是尖叫，半是啜泣。莫莉安轉頭看向聲音來源，隨即被撞倒在地，對方的外貌和觸感儼然是顆人形砲彈，也像是由揮舞的四肢、苔綠長髮形成的風暴。

「妳對他做了什麼？妳幹了什麼？快說！」

海洛絲企圖抓莫莉安的臉，莫莉安努力往後縮。邁德梅與雀喜小姐分別拉住海洛絲亂揮的手臂，將她扯離，但她猛力掙扎，不斷奮力撲向莫莉安。霍桑跟詩律趕過來，將嚇傻的莫莉安扶了起來。

「住手！」雀喜小姐叫道，勉力制住海洛絲。

「她一定知道，」海洛絲啐道：「就是她做的！阿弗在哪裡？他在哪？」

「海洛絲，冷靜，」邁德梅說：「妳在說什麼？阿弗怎麼了？」

海洛絲一面抽泣，一面大口喘氣。「你看——你看！」

她掙脫開來，把一張字條塞到邁德梅鼻尖前。邁德梅朗聲念出來，臉色愈發困惑：「『我不能留在學會。我不配留在學會。謹附上我的W別針，我在此宣布退出這一梯。祝好，阿弗・史旺。』可是，海洛絲……這怎麼會跟莫莉安有關係？如果阿

弗想走，那……」

海洛絲發出嗚咽聲。「阿弗才不想走！要是他想走，他絕對會跟我說，他愛我！

這封白痴的信才不是他寫的。」

邁德梅面露同情，「我知道這看起來很像……」

「不是他寫的！」海洛絲堅稱：「阿弗哪會知道『謹』是什麼意思，他連自己的

名字也只是勉強會寫，這不是他寫的，不是！」

雀喜小姐從邁德梅手中拿走字條，讀了一遍。「這樣還是沒辦法解釋，這跟莫莉

安有什麼關係。」

「她有毛病，大家都曉得！」海洛絲淒聲尖叫，滿臉淚痕，莫莉安不禁往後一

退。此時，月臺上所有人都盯著他們瞧。「她一定對阿弗做了什麼，一定有，因為

她是……我不知道她是什麼，可是她能操控別人，我看她做過，是她逼阿弗走的！

萬一她傷害阿弗怎麼辦，萬一她逼阿弗傷害自己怎麼辦！她恨我們，因為我們之

前……因為……天哪，**阿弗！**」她陷入啜泣。

「海洛絲，」雀喜小姐說：「我知道妳很難過，可是——」

「她的本領是什麼？」海洛絲質問：「沒人曉得。你們知道長老為什麼不說嗎？」

「海洛絲，」雀喜小姐：「我知道妳很難過，可是——」

因為那種本領很危險。為什麼學會本來好好的，她一進來，就開始發生失蹤案？」

眾多面孔如浪潮般轉向莫莉安，一陣熟悉的感覺緩緩爬上她的後頸。在這個剎

那，她恍然明白，自己一直在等這一刻。那個受詛咒的女孩始終活在莫莉安心中，

打從進入幻學的第一天，打從帕西默‧杏韻失蹤的那一天，她就在等待這個瞬間，

等待這個指控。

四周響起竊竊私語，雀喜小姐再度抓住海洛絲的手。

「小心。」蘭貝斯輕聲說，但是雀喜小姐沒有聽到。

「海洛絲，跟我們來一趟，好嗎？」她刻意讓語氣保持平靜、耐心，「走吧，我們一起去傲步院，這件事會解決的，我覺得妳需要喝杯茶冷靜冷靜。」

蘭貝斯一陣瑟縮。「小心。」她重複，這次直視著莫莉安。

莫莉安蹙起眉頭。「妳指的是──」

就在這時，海洛絲有如發怒的貓一般嘶吼，甩開雀喜小姐的手：「閉嘴！不准碰我！」

她舉起手來，莫莉安還沒看清她手中閃過的銀光，海洛絲便發動攻擊。雀喜小姐痛呼一聲，只見海洛絲用飛鏢劃過她的臉，留下一道細細淺淺的血痕。

月臺上此起彼落冒出抽氣聲、驚叫聲。

莫莉安張口，想發出震驚而憤怒的聲音，卻什麼也沒發出來，一波前所未有的怒火席捲了她。這股怒氣不像洪水，比較像是岩漿，半熔的烈焰在莫莉安體內灼燒，正如第一封威脅信出現的那天，喉嚨深處升起了灰燼的味道。突如其來的狂怒猶如猛獸，從胸腔底部一路抓撓著向上爬，始自肺部，燒過喉間的血肉，自口中迸發，點燃身周的空氣。

她湧出上百頭巨龍的雷霆之怒。

她要讓世界陷入火海。

莫莉安口中噴出火球。

沒有對準特定目標的火球毫不受控，燒穿空氣，灼傷海洛絲的皮膚，接著衝過

她身旁，直奔空中的樹冠圓頂，讓車站的屋頂燒了起來。

海洛絲尖叫。

所有人尖叫。

莫莉安大口喘氣，凝視眼前的慘烈景象，她的憤怒逐漸燒盡。

「夠了！」身後傳來大喝，一團不斷迴旋的巨大水柱隨即飛來，澆熄火焰，一併將樹枝上的火苗凍結成冰。月臺陷入靜寂，只聽得見海洛絲顫抖的哭聲，眾人不約而同轉過身看是誰救了大家。

默嘉卓立在人行橋上，宛如剛跑完馬拉松那般氣喘吁吁，乳白色的雙眼比莫莉安印象中更亮、更冰冷，鼻孔垂下一根根凝結的冰條，兩頰冒出細小的冰珠，一雙粗糙多節的手彎成爪狀。

月臺上的眾人屏住呼吸，眼看玄奧學院的學務主任大步走下人行橋。她一面走，彎腰駝背的身影便逐漸拉長、挺直，亮白色頭髮變成平滑柔軟的銀金色髮絲，雙眼轉為怒氣沖沖的冰藍，脖子發出令人不適的**喀啦、喀啦、喀啦聲**，玄奧學院的學務主任就此不見蹤影，由世俗學院的學務主任取而代之。

「妳，」迪兒本伸手往雀喜小姐一指，眼睛從頭到尾瞪著莫莉安。她的語氣緊繃、自制，毫無情緒。

然而，她的神色**極度驚懼**。

「送黑鴉小姐去長老議事廳。」

第十四章　長老議事廳

莫莉安站在一座高聳水晶雕像的陰影之下。那座雕像是個神情奸邪的操偶師，雙手呈爪狀，高高舉過莫莉安的頭頂，扯動一個跳舞傀儡的絲線，傀儡顯得目光空洞，全身癱軟無力地垂落。

雀喜小姐站在莫莉安的另一邊，她身旁是兩個以白色大理石雕成的女子雕像，足足有十五呎高，面容甜美，雙眼覆著裝飾用的面具，雙姝身體相連，在心臟附近分離，宛如樹枝般分岔開來。

去年，詩律搶走莫莉安參加長老祕密晚宴的名額，打從那時起，莫莉安就很想親眼看看長老議事廳。除了坤寧長老、翁長老、薩加長老之外，很少人能夠進入專屬於他們的私密殿堂，就連對正式學會成員而言，這都是少有而幸運的榮耀。

此刻，莫莉安不覺得幸運，也不覺得榮耀。她不想要以這種形式進來長老議事廳，不想要為了這種事。

為了不去想這些，莫莉安開始數雕像有幾座。總共九座——他們姿態莊重，表情有的英武，有的嚴正，有的和藹，有的漠然。一座雕像是蒙住雙眼的男人，由綠松石雕成；一座雕像是粉晶造就的女子，八隻手臂在身周攤開成扇狀；還有一座琥珀鑿成的男人，雙手是兩根蠟燭，蠟油沿著手臂涓涓滴下。

換成其他時候，莫莉安說不定會深深為這些神祕、壯麗的人物著迷，可惜她現在嚇壞了，深信今天就是她在幻學的最後一天，她只能（這是今天第二次）拚命忍住不吐。

不久前，她和雀喜小姐離開月臺，留下震懾的群眾，走向傲步院，一路維持緊口、蓋過手掌，伸手想擦掉那滴血，沒想到雀喜小姐一縮……隨即無力地微微一笑，表示抱歉。

莫莉安感到眼眶發熱，急促地吸了口氣。

「妳還在流血。」莫莉安終於鼓起勇氣，看了看雀喜小姐的臉。她拉起毛衣袖繃、慌亂的沉默。到了現在，莫莉安依然感覺得到雀喜小姐整個人躁動不安，散發著兩人不敢明說的擔憂。

議事廳盡頭的木門猛然甩開，迪兒本女士大步走進，高跟鞋踩出的喀喀聲在寬廣的空間中迴盪。

「妳」學務主任用一根指頭指著雀喜小姐，厲聲說：「去教學醫院。把那個傷口處理掉。」

「可是，迪兒本女士，我應該留下來——」

「立刻就去。」

雀喜小姐一陣遲疑，不情願地瞥了莫莉安一眼，但她別無選擇，只能離開。臨走時，她溫柔地輕捏莫莉安的手臂。

長老跟在迪兒本身後陸續走進，他們後面是面目可憎的巴茲·查爾頓，看起來自以為是、走路有風。莫莉安的心一沉。**也是**，她暗忖，**畢竟他是海洛絲的贊助人。**

巴茲身後則是矮小的昂斯塔教授，他用那雙扁平的龜足拖沓前行，速度慢得讓人受不了，背上那個巨大的龜殼讓他看似隨時會摔倒。莫莉安不禁疑惑，他來這裡做什麼？

正當她覺得世界上最討厭她的人齊聚一堂時，一抹鮮亮的紅影匆匆步入議事廳，擠過昂斯塔，直奔莫莉安的位置。

「朱比特！」莫莉安喊道，抑制不了見到他的喜悅。

「莫莉安！」他著急地說，雙手放在莫莉安肩上：「妳還好嗎？」

莫莉安抬頭看著自己的贊助人。他來了，朱比特真的來了。他怎麼來得這麼快？莫莉安不在乎，光是明白自己並非孤軍奮戰，她整個人便鬆了一大口氣。朱比特明亮的藍眼鎖定她，睜得大大的，流露擔憂。

「莫兒？」他催促。莫莉安的喉頭有些哽咽，說不出話，只是點了點頭，兩人心領神會。

「她還好嗎？」巴茲迫不及待地說，口沫橫飛：「整件事全是這個……愛鬧事的惡劣小鬼搞的！你是在幸災樂禍吧，諾斯。」

朱比特不理他。

「這場實驗失敗了，」迪兒本焦灼地在廳中來回踱步，喀的一聲轉動脖子看向一

側，眼睛閉上一會。「各位長老，去年的展現考驗結束後，我便懇請各位採納我的建言，各位卻不聽勸告，如今——」

迪兒本再度喀地轉動脖子，縮起肩膀，深吸一口重濁的長氣。莫莉安內心浮現一陣熟悉的驚嚇感，就連大人似乎也閃遠了些，好避開正在轉變為另一個身分的世俗學院學務主任，整個過程有如快轉觀看一朵花凋零，渾身乾枯扭曲的默嘉卓現身，露出黃褐的乳牙齒，空洞的乳白雙眼凝視莫莉安。

「我早說，」默嘉卓嘶啞地說道：「她該來我的學院。親愛的達辛說得對，這場實驗是失敗了，但並不是這個沒教養的小女孩。我告訴過妳，達辛——」

「不要插嘴！」

一道冷冽藍光籠罩默嘉卓的臉，伴隨一聲帶有喉音的奇異驚叫，骨骼劈啪作響，迪兒本迅速回歸，莫莉安哆嗦了一下。「這不關妳的事，梅麗絲，」迪兒本怒道：「我告訴過妳的——」

啪擦、喀啦，隨著宛若骨頭碎裂的聲音，迪兒本再度出現，屋內所有人都瑟縮了一下，只有莫莉安除外，默嘉卓的話讓她分了神。禍害技藝……她好像在什麼地方聽過這個詞。

逆轉的變形過程再次重演，恢復成默嘉卓。「這就是我的事。」她低吼，嗓音令人發寒。「我告訴過妳，總要有人教這小畜生如何運用禍害技藝，否則禍害技藝會自主顯現，卻缺乏適當的——」

「這裡沒有妳發表意見的份，妳這個亂來的瘋子！」迪兒本咆哮：「不管妳贊不贊成，那女孩都要來世俗學院！」她馬不停蹄，回頭對長老繼續說：「抱歉，坤寧長

老，但我警告過你們，這件事一定沒有好下場。」

坤寧長老嘆了口氣，柔聲說：「是，達辛妮亞，這一切都很戲劇化，卻無助於決定應對方案。」她轉頭看向莫莉安，看起來極為疲倦。「黑鴉小姐，我不知道妳聽了會不會安心，不過海洛絲‧瑞德屈已經就醫，不會留下永久的損害。」

莫莉安閉上眼，顫抖著吐出一口長氣。「那、那就好。我當然會安心，坤寧長老，我不是故意傷到她的，我發誓，我不知道那是怎麼了，我只是──」

「那阿弗呢？」巴茲打岔，看著三位長老。「阿弗‧史旺那孩子不見了，海洛絲似乎覺得──」他朝莫莉安一指，「──她脫不了關係。」

莫莉安靈光一閃。她很肯定，是巴茲將她來自共和國的事告訴了查爾頓五人幫，要他們攻擊她。阿弗失蹤會不會也是他一手策劃的？他該不會又想把什麼罪名冠在莫莉安頭上，好讓幻奇學會把她掃地出門？

假如是這樣，威脅九一九梯的人會不會就是他？但莫莉安想不通這對他有什麼好處，他為什麼要冒這種險？

坤寧長老不耐煩地噴了一聲。「喔，那個叫史旺的孩子，能在水底呼吸的那男孩，是吧？說什麼傻話，查爾頓，阿弗一整年的成績都慘不忍睹，他八成是想通了，彷彿想把巴茲給揮走。「等他發現他在幻學的生活有多優渥，他就會發揮基本的邏輯思考能力，回到學校發憤圖強了。對了，我們也要裁量如何懲處海洛絲的暴力行為。這一年來，我和其他兩位長老不斷努力處理這些失蹤案，避免流言傳播、引起恐慌，看看這下子是什麼結果──多虧了一個大嘴巴又愛沒事找事的小女

生。」

巴茲正想回答，還來不及開口，薩加長老便牛蹄一踩。

「這些都不要緊，」幻牛沉聲說：「我們還沒解決最大的問題——該拿幻奇師怎麼辦？」

「啟動她的防護契約！」巴茲強力要求。

議事廳中的大人全倒吸一口氣，連迪兒本也面色一變。莫莉安的目光掃過每張臉龐，巴茲是什麼意思？為什麼大家露出如此震怒或不敢置信的表情？最終，她的視線落在贊助人身上，不禁嚥了一下口水。

朱比特走向巴茲，渾身散發著極力壓抑的怒氣，垂在身側的雙手緊握成拳，下巴的肌肉不住跳動。巴茲往後縮，靠向粉晶多臂女子雕像，三位長老不約而同往前一步。他看向長老，像是擔心朱比特動手痛毆巴茲。莫莉安看得出朱比特正克制自己，強迫呼吸平緩下來，鬆開雙手，然而，當他湊向巴茲的臉，用最低沉、最危險的語氣開口時，莫莉安的後頸仍漫過一陣涼意。

「仔細想想你說了什麼。查爾頓，在你平庸的人生中，拜託你至少試一次，在你開口之前，先想想你那張狗嘴裡正要吐出什麼鬼話。」

隨後是好半晌震懾的靜默。巴茲努力維持桀驁不馴的神情，卻看似縮水了好幾個尺寸。

朱比特仍緊盯著巴茲，說：「莫莉安，去外面等。」

「這個，我不是說……我的意思是……」她想反駁。她想留下來等待命運揭曉，想要在結局敲定的瞬間立刻知道，可是議事廳中（以及朱比特的語氣）洋溢著緊張的氣氛，迫使她挪動雙腳。

霍桑正在走廊等她。

他本來躲在一座懾人的大理石半身像後面，此時才溜了出來，臉色蒼白，表情嚴肅，眼睛睜得起碼有平時的兩倍大。

「妳沒事吧？」他急迫地悄聲說。

「嗯，」莫莉安同樣小聲說：「大概吧。」

「妳剛剛……」他乍然中斷。「莫莉安，妳曉得自己有辦法做那種事嗎？妳曉得自己能……噴火嗎？」

儘管此刻莫莉安滿腔擔憂困惑，她依然隱隱察覺這個問題實在太可笑，可笑得讓她惱怒，但是說也奇怪，她竟然很慶幸，至少這個是正常的。至少霍桑還能問些傻問題，而她仍然會為了這種問題惱怒。「要是我知道，你不覺得我會把這種『小事』告訴你嗎？」

一陣默然。

「他們打算怎麼做？」霍桑問。

「噓。我不曉得。」莫莉安把耳朵貼上沉重的橡木門，霍桑跟著照做。開頭好幾分鐘，他們只聽得見朦朧的說話聲，後來朱比特再度拉高音量，聽起來極為憤怒。

「她只是一個、小女孩！」他彷彿從牙縫中擠出這句話，「不要再把她說得像是什麼怪物，默嘉卓說得沒錯，你們早該——」

「那女孩是……」昂斯塔教授的聲音再度恢復成含糊的說話聲。莫莉安離開門邊，胸口有些窒悶。她開始來回踱步，雙手拉著灰衣下襬，順著指尖繞了一圈又一圈。

不要再把她說得像是什麼怪物。

「他們不會把妳開除吧?」霍桑壓低聲音,焦慮地說。

「不曉得。」

「他們不可以!」他大聲說道,接著再度放低音量:「那又不是妳的錯,妳是在保護雀喜小姐啊,就算要開除誰,也應該是開除海洛絲。我去跟他們說。」

莫莉安一言不發。他們會因此開除莫莉安嗎?他們能這麼做嗎?假如她失去幻奇學會會員的身分,就必須離開永無境,然後……

不。她猛力搖頭。**那是意外**,她告訴自己,**他們不能因為一樁意外把妳趕走**。

她腦中響起巴茲・查爾頓的話:「啟動防護契約。」

無論那是什麼意思,顯然並非什麼好事。

莫莉安收住腳步,直勾勾瞪著前方,雙手停下動作。她突然意識到……自己壓根不知道防護契約是什麼。她從來沒問。

她怎麼沒問呢?

幾分鐘後,學務主任開門走出來。

「史威夫特!」迪兒本厲聲說:「去上課!」霍桑喃喃道了聲歉,轉身離開,路上不安地回頭一瞥。學務主任轉頭看莫莉安,臉孔恢復成一張冷冰冰的面具,一如既往地難以捉摸。「跟我來。」

莫莉安尾隨她走回議事廳,迪兒本每跨一步,她就得快走兩步。朱比特、巴茲、昂斯塔教授、三位長老佇立在中央,在九座巨大石像的圍繞之下,他們顯得頗為矮小,可是相較於莫莉安,依然十分高大。

她用力捏緊拳頭，試著阻止雙手顫抖。

觀察這些大人的表情，很難判斷到底是好消息或壞消息，巴茲‧查爾頓一副百般忍耐、鬱鬱不樂的樣子，然而朱比特的臉色也稱不上多好。

「黑鴉小姐，」坤寧長老開口，招手要她向前，眉間的皺紋奇深無比，像是就要永久刻在臉上。「薩加長老、翁長老和我已經做出決定。我們認為，幻奇學會的生活給妳帶來了太多壓力，因此──」

「你們不能趕我走！」莫莉安驚惶插嘴：「那是意外，我從來沒想過要傷害別人，坤寧長老，求求妳，**妳要相信我──**」

「我相信妳。」坤寧長老提高音量，壓過莫莉安。「請聽我說，黑鴉小姐。」她停頓了一下，莫莉安咬住臉頰內側，抗拒自我辯護的衝動。「我並不認為妳的行動是出於惡意。然而，長老理事會受到許多人的託付，必須對所有成員負起責任，採取行動，以維護妳的同梯及整個學會的安全。我們尚未確定長期方針，不過就眼下而言，我們會重新評估妳能夠承擔多少。」

朱比特皺起眉頭。「坤寧長老，這到底是什麼意思？」

坤寧長老沉重地吐出一口氣。「長遠來說，我也不敢肯定。不過短期來說，黑鴉小姐不會再跟其他學生一同上課，也不得進入校園。」

莫莉安的心直落到地面，眼眶發熱。不能再進入幻學？光想就令她無法忍受。

「黑鴉小姐，」坤寧長老繼續說：「現階段，請妳先跟昂斯塔教授單獨上課，昂斯塔教授會前往杜卡利翁飯店進行教學，妳直接進入九一九站的權限也暫時取消。請妳馬上離開校園。」

「我最近常常不在，真對不起。」

朱比特招了一輛車，兩人一同搭車回家。幸虧他叫了車，他們才剛坐上去，外頭便下起雨來。（也或許，這不是巧合？他是否有辦法預先看見天氣變化？莫莉安本來想問，但她的喉頭又哽住了，讓她說不出話。）

「聯盟的工作讓我……算了，那都是藉口。對不起。就這樣。」他看起來是發自內心感到抱歉。不只是抱歉，他還顯得有些難過。

「沒關係。」莫莉安終於開口，聲音沙啞。她是真心的。雖說她先前的確為此太開心，可是朱比特的道歉很真誠，何況他整個人實在太喪氣、疲憊，莫莉安也氣不下去。反正，一直生氣挺累人的，她很高興擺脫那些沉重的情緒。

他們默默坐著，直到連寂靜也變得沉重。

「我噴了火。」

「嗯。」

「我不知道我可以噴火。」

「是啊，」朱比特若有所思，「我也不知道。」

兩人又默默經過一個街區，聆聽雨聲和馬蹄踢躂聲。接著——

「但我是怎麼噴火的？」

「我也不知道，莫兒。」

「我是不是——」她頓住，嚥了一下口水，擠出微弱的笑聲……「我是不是要變成

「龍了？」

朱比特從鼻孔一哼。「我們來看看，妳長出鱗片了嗎？」

「沒有。」

「爪子？」

「沒有。」

她檢查指甲，「沒有。」

「忽然產生想要囤積寶物的衝動？」

莫莉安思考了一陣子。「我想沒有。」

「那我覺得不是。」

「他們會讓我回去嗎？」她轉頭看朱比特。

「長老會想通的。」他說：「我們會想辦法叫他們想通。我保證。再說──畢竟暑假也快開始了，有整整六個星期給他們冷靜。等第二個學期開始，他們就會回心轉意了。」

「真的？」

朱比特思索半晌。「我還滿了解坤寧長老，」他總算說道：「她……並不是個不公平的人。有時候，她只是需要一點時間，才能找到公平的做法。」

他們回歸沉寂。莫莉安透過敲打玻璃的碩大雨點，觀望繁忙的街道掠過窗外。距離杜卡利翁飯店只剩幾個街區時，朱比特清了清喉嚨。

「我知道，妳現在可能不太想跟我說心事。」他嗓音輕柔，語氣謹慎：「不過，莫兒，妳有沒有什麼想告訴我的？」

她一陣遲疑。

「你……你聽說過惡鬼市集嗎?」

朱比特停頓了一下才回答。

「聽過,」他終於說:「為什麼這樣問?」

然後,他全神貫注聽莫莉安描述,在那個下午,「破解永無境」的課堂上發生了什麼事。他沒有氣莫莉安打破邁德梅的詭騙巷守則,沒有叫她承諾再也不犯相同的錯,也沒有對她的所見所聞表示一絲懷疑。

「妳說是在惡魔弄?」他從口袋掏出一個小筆記本,寫下這個路名。「我去查查。」

我去查查。想不到,相較於其他事物,卻是這句話最能安撫莫莉安焦灼了整個下午的心,這是她來到永無境以後最難捱的一天,而這四個字令殘餘的緊繃感煙消雲散。因為,即便整個世界都懷疑她,朱比特也不會。朱比特相信她。朱比特信任她。

「還有嗎?」他問。

當然,莫莉安有好多事想告訴他,有好多事想說得要命,有些事已經憋了她好幾週。比如說,查爾頓五人幫將她按在樹上,瞄準她的頭射飛鏢,她在那個當下有多害怕;比如說,他們收到了提出荒唐要求的威脅信,她的同梯以僅僅一票之差,決議不將她的祕密公諸整個學會……還有幾百萬件她積存在心中的事,總想著要在下次見到朱比特時告訴他。

然而,如今朱比特真的回歸,將全副注意力擺在莫莉安身上,那些事卻看似不那麼重要了。光是朱比特終於回來就讓她很高興,現在她反而想講許多別的事。

「我的引導員是全學會最棒的人。」莫莉安開始說。

「真的？」他把雙眉挑得高高的，「**最棒的人？**」

「對，比你棒多了。」

朱比特迸出大笑，那是莫莉安最想念的開懷笑聲，她不禁跟著露齒而笑。她描述雀喜小姐人有多好、多陽光，似乎永遠能夠正面看待一切，北極熊餅乾罐總是塞得滿滿的，笑起來很好看，穿的衣服很酷。「噢，她還親手裝飾家庭列車，裡面超級舒適，有懶骨頭沙發耶！」

她也告訴朱比特，全梯（搞不好是全學會）只有她對詩律·布雷克本的催眠術免疫（當然，她又解釋了好幾次詩律·布雷克本是誰）；而且，她在「破解永無境」這堂課是全班表現最好的。

朱比特專心傾聽每個字，總能在正確的地方做出最恰當的反應。這一切是如此熟悉、如此自在、如此尋常得令人安心，結果莫莉安最想問的事情反倒沒問出口。打從她在議事廳，旁觀朱比特用眼神逼退巴茲·查爾頓，那個問題便在她的喉嚨深處灼燒，幾乎要像龍焰那般噴發——此刻卻在她想到該怎麼問之前，就燒成了一把灰燼。她將灰燼掃到內心某個安靜的角落，任它留在那裡，即使沒有答案也不予理會。

要是她忽略得夠久，也許這個問題就會變得無關緊要，也許從此都無關緊要了。也許，「防護契約是什麼？」這個疑問可以永遠躺在她內心那堆灰燼之下，永遠安全、沉寂、無關緊要。

第十五章　怪奇絕倫，眼界大開

「我們要去東門的入口。」

「卡瓊娜，親愛的，那是人最多的入口，我們去年就討論過了。」

「戴夫，相信我，東門最有看頭。」

「對，我知道東門最有看頭，所以早就有上百萬個永無境居民擠在那裡。如果妳想從東門開始走，我們應該提早一個小時出發，我跟妳說過了。」

「沒問題的，寶貝，我們硬擠就行。」

「硬擠？我們又不是要去搖滾音樂會的衝撞區，小卡。我們是文明人。」

「小心肝，不會有問題的。我可是硬擠高手，你以為大家為什麼叫我硬擠女王？」

「哪有人這樣叫妳，親愛的。」

在莫莉安眼中，霍桑的媽媽卡瓊娜簡直就是長大的女版霍桑。她的頭髮略長一

些，留到肩膀以下，跟霍桑一樣是濃密的巧克力色捲髮；除了頭髮長度以外，兩個人基本上長得一樣，相同的藍眼、相同的大片雀斑、相同的瘦長四肢，讓她聯想到長頸鹿媽媽跟長頸鹿寶寶。

在暑假的第一個週五，史威夫特一家人邀她一起去永無境奇市。本來朱比特答應要親自帶莫莉安去，卻在最後關頭冒出其他必須處理的事。他明白，自上星期學期結束後，莫莉安就心情低落，於是鼓勵她把握這次機會，跟朋友一同參加奇市。莫莉安為此十分慶幸，去年夏天，朱比特週說要帶她去，卻週週殺出臨時要務。她早已打定主意，今年絕對不能錯過。

「很多人這樣叫我啊，親親。你去問荷馬，他會跟你說的，快告訴他，荷馬。」霍桑的哥哥對父母露出厭煩的表情。荷馬長得比較像爸爸戴夫，同樣的金髮、同樣的厚眼鏡、同樣像維京戰士的壯碩魁梧身材，只少了戴夫的蓬亂大鬍子。

荷馬今年十五歲，在思潮人文學院就讀四年級。霍桑對莫莉安解釋，這所學院的學生必須立下沉默之誓，在修業期間，一年只有一天能夠說話，所以荷馬跟家人在一起時，會在脖子上掛一面黑板、隨身攜帶一枝粉筆，以便溝通。霍桑說，荷馬大多是在嘲弄別人。

「說話呀，乖兒子。你看他，這麼害羞。」

「親愛的，這樣有點壞。」戴夫忍著笑。

荷馬根本懶得用黑板，直接翻了個白眼。

他們還有個姊姊叫海倫娜，今天沒辦法來奇市。她在戈爾貢長嗥基本氣象學院讀五年級，那所學院位於離第六域海岸十分遙遠的一座小島，四周終年受到一個

氣旋包圍。由於要通過氣旋非常困難、所費不貲，海倫娜只有聖誕節跟暑假才會回家，不過今年的風雨太過猛烈，所有交通方式都無限期停擺。霍桑說這對海倫娜是天大的好事，她最喜歡風雨猛烈的時候，因為她想留在學校親眼見識災情。

史威夫特家最小的成員是年僅兩歲的戴維娜，長得跟她爸爸極其神似，全家喊她戴寶。她圓滾滾的，一頭金髮，個性活潑，史威夫特家一致同意她非常聰明，搞不好比所有人加起來還要聰明。莫莉安對此感到舉棋不定，到目前為止，她只見過戴寶吐奶、把食物丟到地上、對經過的狗狗尖叫。

莫莉安與史威夫特一家搭乘幻鐵，前往市中心的奇市，戴夫要求大家手牽手，以免在洶湧的人潮中走散。卡瓊娜火上加油，在幻鐵上全程扯開喉嚨大唱走音的歌，她說這樣一來，在公開場合牽手就比較不丟臉了。（荷馬的黑板上寫道：**我不認識這些人。**）

終於，他們抵達神殿車站，奮力擠過人群，來到東門，此時正日落西山。上萬人聚在東門前，等著進入舊城，周圍洋溢著熱烈的興奮之情。戴夫抱起戴寶，讓她坐在肩上，這樣看得更遠。霍桑抓住莫莉安的手臂輕捏，不住踮起腳尖，似乎興奮得快爆炸了；連荷馬也抬頭凝望東門，默默驚嘆。

「看吧？」卡瓊娜對丈夫微笑，「就跟你說，最有看頭。」

東門內部被某種閃爍的銀霧遮蔽，宛如一面巨大的花紋玻璃，差別在於銀霧會受微風吹動。在宏偉的石拱門頂端，以火焰形成的明亮大字寫著：

歡迎來到永無境奇市

這行字底下，從火焰延伸而出的煙也組成一句話，在空中反覆重寫著野心勃勃的承諾：

怪奇絕倫，眼界大開

「魔法！」卡瓊娜喊道，咧嘴笑著往荷馬胸口推了一把。

荷馬翻了個白眼，拿起粉筆寫道：**廉價小把戲**。

卡瓊娜笑出聲來。莫莉安挺贊同卡瓊娜的話：這真的是魔法。一定是，因為這實在太讚了。

戴夫傾身，招手要霍桑跟莫莉安靠過去。「這是幻術，」他說：「由法師操控的，你們看。」他往上一比，只見一小群身穿禮服的男女躲在拱門一角，聚精會神，揮動一連串行雲流水的手勢，輔以機器，一次又一次控制煙霧，看起來是複雜又容易疲乏的工作。「就算沒見到法師本人，還是能夠辨認幻術，只要找到斷裂就好。等著⋯⋯這裡！看見沒？」

「喔！」莫莉安確實看見了。有那麼一剎那，眼前的幻術就好像⋯⋯抖了一下。

如果看得夠仔細，會發現每當那句話寫到「開」的最後一畫，即將重寫一遍時，會有種稍嫌不自然的感覺，在連續不斷的循環中造成了斷裂感，顯得不夠順暢、完美，不過幾乎察覺不到。

「這可不是什麼廉價的小把戲，荷馬，」戴夫直起身，揉亂大兒子的頭髮⋯「這是高超的技藝。」

莫莉安一樣贊同這句話。不過，儘管這場幻術的確厲害，她仍不免覺得戴夫的用語過火了點，畢竟她也稱得上見識過不少異事——大部分都是在杜卡利翁看到的。

「好啦，你們三個，」戴夫對霍桑、莫莉安跟荷馬說：「錢帶著？很好，記得小心收好，奇市有很多扒手。十二點一到，你們就在這裡跟我、戴寶還有媽媽會合，一晚一秒都不准，聽到沒？要是在午夜十二點，你們沒到東門，我就要叫媽媽去抓你們，讓她在路邊唱獨角戲，演一個女人因為失去小孩而發瘋，以為自己變成松鼠。知不知道？」

莫莉安笑出來，然而荷馬與霍桑瞪圓了一雙眼睛。霍桑說：「媽，拜託不要唱那首歌。」

「這我不能保證，兒子。」卡瓊娜用一根手指指著他，「你最好在十二點前回來就對了，聽見沒有？」

兩個男孩點點頭。

「好，」她說：「祝你們玩得愉快——」

「但要注意安全。」戴夫補上一句。

「吃很多很多點心——」

「但拜託不要吃太多甜的——」

「我們來比賽今年誰可以找到最好笑的紀念品！」卡瓊娜豎起兩根拇指，露出瘋狂的笑容。

「但不准是尖銳的、活的、會爆炸的、比前門還要大的東西，而且不准是武器。」戴夫意有所指地看著霍桑。

這時，響起一陣有如上千鈴鐺敲擊的聲音，籠罩東門、閃爍而朦朧的帷幕漸漸淡去，在絲網中消失無蹤，顯露面目一新的舊城。

一時之間，人群陷入喜悅、驚嘆的靜默，欣賞奇市的景象與聲音，接著眾人紛紛擠向前，搶著率先踏進奇市。莫莉安和霍桑對彼此咧嘴一笑，高高興興地在群眾間挨來撞去，隨著人流穿越拱門。

等到看不見卡瓊娜跟戴夫的蹤影，荷馬立刻在黑板上寫字，舉起來給霍桑看。

十一點四十五分，神殿門口。

霍桑豎起一根拇指。荷馬把字擦掉，另寫了一句話。

我知道這對你來說很難，不過拜託盡量不要做蠢事。

霍桑做了個鬼臉，荷馬彈了一下他的耳朵，便與他分道揚鑣，消失在人潮中。

「我們不是應該一起走嗎？」莫莉安問：「你爸說──」

「喔，不用管我爸，他就是愛擔心。」霍桑滿不在乎地說。一名踩高蹺的女人走過，霍桑從她手中拿來兩份地圖，看也不看就把其中一張收進口袋，另一張交給莫莉安。地圖最上方寫著：永無境奇市各大主題區。「相信我，最好不要跟荷馬一起逛，他要去找他那些又老又無聊的朋友，做些又老又無聊的事。我們可以順時針逛，要不要？從南區開始，接著是西區、北區，然後回到這裡，在東門跟荷馬會合。」

他們經過崇高存在神殿，順著雄偉大道往下走，莫莉安邊走邊看地圖。奇市散布在舊城的四大區域，分為無數個小區，每區各有不同的主題，皮革工坊、古董市場、女巫市場、調香鋪……

「西區有整整一個街區都是乳酪市集！」莫莉安瞇眼細看地圖上的小字，「不對，等等——上面寫說是火棍表演。不對，抱歉，是小狗雜技秀。地圖上面寫的一直變！」

「三個都會有。」霍桑走得飛快，在莫莉安專心看地圖時，抓著她的衣袖，指引她靠左或靠右，避開路上的行人。

「噢。是不同天的攤位？」

「同一天。」

莫莉安收住腳步，重新審視地圖。

「快點啦，」霍桑懇求：「我們只有幾個小時，所以一定要快點去南區。走吧，我知道一條捷徑。」

他帶著莫莉安拐進雄偉大道旁的卡拉漢街。

「這樣實在亂得很恐怖，你不覺得嗎？」莫莉安依舊對著地圖皺眉。有的主題區標示了三、四種不同的主題或活動，甚至是五種，多數活動看起來根本難以共存。「你看，我們快走到仙饌廣場了，對吧？上面寫說仙饌廣場正在舉辦探戈教學跟茶會，」但這也太扯了，仙饌廣場這麼小，要怎樣才能……」

莫莉安抬起頭，他們正巧走到本該是小廣場入口之處，不過此時，她面前垂著一面由五彩繽紛的絲綢所組成的飄逸簾幕。

「就是這樣。」霍桑說，帶領莫莉安穿越絲綢簾幕，走進正上到一半的探戈課程。平時，仙饌廣場不過是由連棟房屋包圍住的幽靜庭院，現在卻充滿生氣，飄揚著激情的樂聲，裙襬翻飛，情緒昂揚的男男女女緊貼彼此，來回踏著舞步。一個

酒瓶被砸碎，紅酒灑上臨時搭成的舞蹈地板，嚇了莫莉安一跳，就在有人打起來之際，霍桑抓住莫莉安的手臂，把她拉往兩人走來的方向，回到簾幕另一頭。

他們再度穿越簾幕，這次仙饌廣場化為熱鬧但氣氛溫雅的茶會，角落有位鋼琴師平靜無波地彈著立式鋼琴，眾多服務員四處奔走，重新斟滿客人的茶，在三層點心架上擺滿小蛋糕。

「什——怎麼辦到的？」莫莉安問。

霍桑聳肩。「誰在乎？快點，我可不想停在這。」

他們越過仙饌廣場，穿越另一側的羽毛簾幕，走進飛鳥市集。裡頭掛著上百個鳥籠，什麼種類的鳥都有——有些來自異國，顏色鮮豔；有些身形嬌小，宛如珠玉；有些是巨大駭人的猛禽，令莫莉安想起了奶奶。有的鳥能說多種語言，有的鳥受過狩獵訓練，有的鳥能夠按照隊形飛翔。

莫莉安很想停下來看一看，可是霍桑催著她快走，穿過另一面由長藤織成的簾幕，走進鮮麗多彩的花市；然後是燈籠市集，上千盞五顏六色的燈籠在他們身周投出迷幻的圖樣；然後是正在進行拍賣的魚市，那裡喧譁吵嚷、飄著魚腥味；然後是關於幻獸族的激烈辯論會，然後是嘉年華會，現場裝設了旋轉木馬、靈異火車、跳床城堡，四周聚集各式攤販……

「霍桑，等一下——你不想去看靈異火車嗎？慢點，我側腹有點痛！」

只是，他並不打算放慢腳步。霍桑早就想好要去哪裡了，雖然他不肯告訴莫莉安（「是驚喜！」），她也猜到了七八分。她太了解這個朋友了。

莫莉安本來就做好心理準備，奇市鐵定會人山人海，她也知道會有許多攤位

販售千奇百怪的東西。去年一整個夏天，每到週六早晨，她總會在杜卡利翁旁觀賓客、員工進行奇市過後的必經儀式：在吃早餐時，互相交換說不完的精采故事，以及琳琅滿目的戰利品。

可是，親眼見識奇市完全是另一回事。他們彷彿穿梭在數百齣不同戲劇所呈現的風景之間，莫莉安眼花撩亂，幾乎消化不了更多奇象。

這一切令人無比混亂，每到一處新地方，卻又新鮮刺激，難以分辨有多少是真實、有多少是幻象。基於好玩，每到一處新地方，莫莉安就試著找出戴夫教他們辨認的「斷裂」。知道該尋找什麼蛛絲馬跡以後，她能夠輕易看穿那些躲在暗處、努力維持幻術的人，在那裡俯瞰全局，聚精會神施術。

他們通常待在比較高的地點，比如陽臺或屋頂上。

「那裡！」她大喊，抓住霍桑的手臂，指著庫柏庭院旁位於四樓的一扇窗戶（根據地圖，庫柏庭院現在既是戶外美甲沙龍，也是騎獨角獸競賽的賽場）。一男一女駐守在窗邊，喃喃自語，片刻不停，雙眼一秒也不曾挪開底下的庭院。

「妳一定要這樣嗎？」霍桑嘟噥：「不能單純享受魔法嗎？幹麼非要拆穿人家怎麼做的？」

「可是好有趣喔！」

他們穿越一面霧簾，走進一間喧囂的開放式餐廳，當中滿是小吃攤，此時莫莉安湧起肯定的預感：終於要停在這裡了，這絕對就是霍桑要找的地方。

一名女子同時炒著三個巨大的平底鍋，幾個鍋子呈銀色，狀似茶碟，女子身周不斷噴發火焰與蒸汽。她揮霍地大把使用香料，薰得莫莉安冒出淚水，鍋子中散發不知是什麼肉的香味。其他攤位分別正在販售燉牛肉、脆餅、炸薯條、煎餃、一桶

桶煮熟的螃蟹……莫莉安有些反胃地留意到，居然也有奶油炒蝸牛、油炸肥腸、酥炸蚱蜢，以及猶如詭異肉冰棒的串烤老鼠。

「串老鼠？」她苦著臉對霍桑說：「還是大腸？要吃哪個？」

沒想到，霍桑再度催著她走向這個主題區的另一端，那裡有道棉花糖之牆，是一片由粉紅糖絲做成的平順簾幕，如雲似霧。霍桑轉頭看她，露齒一笑，撕下一大條棉花糖，放進口中，這才領著她穿過薄如紙片、又甜又黏的簾幕，走進要給她驚喜的目的地。

「甜甜街！」霍桑宣告，雙臂大張，彷彿正邀請莫莉安進入他的精神殿堂。甜甜街足足占據三個街區，到處擠滿賣巧克力跟太妃糖的攤子、蛋糕鋪和可麗餅店，有人翻炒著裝滿焦糖爆米花的大型金屬桶，許多桌子堆滿冰晶棒棒糖與牛軋糖，還有一個冰淇淋店會做兩呎高的霜淇淋。

霍桑熟門熟路，莫莉安看得出他每年都會重返此地，因為對於哪些攤位最值得他們投資時間、金錢與胃容量，他可是一清二楚。

「糖梅甜甜圈是必吃！」他告訴莫莉安，指向一個攤位，那裡有熱騰騰的油炸甜甜圈，紫色糖梅醬順著邊緣滴落，再滾上肉桂糖粉。「還有雪酪玫瑰，不過可麗餅就不用了，沒大家講的那麼好吃。」他同樣徑直走過一個什麼口味都賣的松露巧克力攤（椰子松露、蜜桃松露、薄荷、香檳、堅果、蚱蜢……到底為什麼老是有蚱蜢？），走向一個賣耐嚼焦糖的攤位，由攤販手拉厚厚的一長條焦糖，以一公尺為單位販售。

在莫莉安再也吃不下時，她暫時從霍桑身邊走開，晃過一片灰霧，走進一條算命攤聚集的小巷。那裡有水晶球占卜、塔羅牌、看手相、看茶葉渣、看鳥內臟等

等，甚至有算命師要莫莉安吐口水在他掌心，說這樣就能預見她的未來。莫莉安有禮地拒絕，偏偏算命師依然堅持，她只好不停後退，無意間穿過另一面簾幕，來到⋯⋯

空無。莫莉安什麼也看不見。什麼也聽不到。

這不是單純的黑暗，她眼前並非一片漆黑，而是什麼也沒有。她瞎了。

她驚聲大喊——霍桑！——但是，連她的聲音也不見了。或者，其實是她聽不到了？說不定霍桑聽見了她的聲音。她用一手觸喉嚨，再度放開嗓子吶喊霍桑的名字，感受到喉嚨的震動，耳邊卻毫無聲響。她變得又瞎又聾。

冷靜，莫莉安告訴自己，保持冷靜。

她感覺到某個人擦過她身邊，聞到強烈的香水味。另一個人撞上她，寬大的手掌粗魯抓住她的雙肩，她聞到帶著煙味的口臭，那雙手往她的頭臉一陣亂拍，似乎想辨認她是誰，隨後便把她推到一旁。

冷靜冷靜冷靜，第二步是什麼？噢——**撤退**。莫莉安強迫自己小心翼翼往後踏一步，又一步，不料另一隻手抓住了她。那隻手比剛才那雙手來得小，跟她自己差不多，像是孩子的手。

是你嗎？霍桑？她大叫，不過在意料之中地，她耳中沒聽見任何聲音。她用手抓住一個人的肩膀，那個人跟她差不多高，好像稍微高一點——說不定就是霍桑。那隻手拉著她往前走，兩人一同擠過混亂、眼盲的人群，左碰右撞，緊緊抓住彼此，直到終於衝破黑暗。

莫莉安有如浮上水面呼吸的自由潛水人，世界再度充滿色彩、光亮與聲音，盡

管她方才並沒有屏住氣息，此刻卻像是喘不過氣般大口呼吸。她對著眼前恢復的明

亮景色眨了眨眼，讓眼睛適應，接著轉頭問霍桑：「剛剛那是什麼？」

可是，拉她出來的人不是霍桑。

站在她身邊的是詩律・布雷克本，正大口喘氣。

「詩律！」莫莉安難掩驚訝，「妳怎麼⋯⋯」

「是真的，」詩律的眼眸閃現恐懼與興奮：「惡鬼市集！莫莉安，市集是真的——

而且正在舉辦當中！」

第十六章　惡鬼市集

「我看到一個男的走進惡魔弄。」詩律以驚人的速度，引導莫莉安穿越奇市的人潮，經過吵雜的攤位，走過一個又一個簾幕。「我大聲叫他站住，可是他沒聽見，然後他就不見了。」

「妳──什麼？會痛，詩律，妳抓痛我的手了。」詩律稍稍鬆手，但是沒有放開，也沒有放慢速度。「妳是說，妳碰巧經過惡魔弄，剛好看見有人──」

「不對，呆子，我是站在對街監視。我想到那些失蹤案，想到妳告訴我們的那些事情，那些關於惡鬼市集的事，還有妳看見的東西。然後，今天下午我想通了：假如那是真的，假如妳是看見惡鬼市集正在搭建的狀況，假如他們就是失蹤案的背後主謀，那他們絕對會選在今天晚上舉辦，對不對？奇市的開幕夜！這個時機太完美了。」

「大概吧，」莫莉安說：「可是，詩律，等等──」

「所以我跑過去等，想看看誰會在惡魔弄出現。我跟妳說，那裡已經不是粉紅警示了，它變了，它升級成紅色警示了，但有個人連看都沒看就直接進去。五分鐘之後，我看到另一個男的走進去，他臉上戴著面具，她用圍巾遮住大半張臉，現在明明是夏天！於是我就跑來找妳，霍桑說過你們會一起來奇市，我到處找妳，總算在妳走進空無庭園之前看到妳。來吧，走這裡。」

「可是我至少要跟霍桑說——」

「他不會怎樣的啦，」詩律堅持：「來吧，我們要快點。」

幾分鐘後，她們抵達惡魔弄的熟悉巷口。這條路實在太窄，莫莉安覺得幾乎稱不上巷子。牆上的告示確實換了：

惡魔弄

警告！

根據特異地理隊與

永無境議會

之指示，

本巷道已列為

紅色警示詭騙巷

（高危險級機關，進入後可能造成損傷）

擅闖者後果自負

莫莉安把告示牌讀了兩遍。「**……進入後可能造成損傷**，意思是這條詭騙巷的機關變了嗎？」

「既然他們改了等級，那一定是。可是我在想，妳先前就突破了那個讓人想吐的機關，對不對？我今天看到的那些人，顯然也順利走到另一頭了。我覺得，不管惡魔弄的機關變成什麼，我們說不定都能突破。」

「但這是紅色警示……」

莫莉安的目光從告示牌移向詩律，又移回來。她下定了決心，脈搏不禁加速。她本來就想調查惡鬼市集，尋找卡西爾跟帕西默、杏韻，如今機會來了！這樣一來，既能幫朱比特尋找失蹤者，更能證明海洛絲錯了，這一切真的不是她做的。搞不好，只要她找到失蹤的人，長老就會讓她回到幻學？

她用力點頭，「妳說得對，我們走。」

詩律露出微笑，她們一同走進惡魔弄。剛開始，什麼也沒發生，莫莉安一時燃起希望，暗自期盼這條路已經沒有機關，告示牌寫錯了……沒過多久，突然間，她肺中的空氣有如正逐漸被抽走。

「繼續。」詩律的嗓音緊繃，顯得喘不過來，卻仍拉著她向前。

莫莉安越來越無法呼吸，生存本能啟動，在她的體內瘋狂掙扎。她試著往原來的方向拐，想回到明亮、氧氣充足、安全的地方。

「相信我，」詩律捏了捏她的手，「好不好？」

就在這一刻，莫莉安恍然明白……她確實相信詩律。（她不禁疑惑，這是什麼時候開始的？）

她奮力抗拒本能，固執地踏出一腳接一腳。她的肺已經全空了，頭痛得像要炸裂，極度需要空氣，卻得不到一絲一毫，只感覺得到胸口在灼燒——

她們衝破一道隱形的藩籬，大口喘息，終於吸入了空氣。莫莉安覺得自己快昏倒了，因為肺部實在太疼、頭太暈，不過至少她們辦到了。詩律一言不發地指向上方。

宛如在揶揄永無境奇市設在東門的壯麗歡迎標語，她們頭頂上也有一道白色木製拱門，上面有剛漆好的四個黑色大字：

惡鬼市集

「是真的。」莫莉安邊喘邊說。

「我就知道！」詩律激動地說。

她們望著廣場，目瞪口呆。這一刻，廣場一點也不空，反倒人頭攢動，擠滿了買家與賣家，每個人都看似難以親近。此處毫無永無境奇市的魅力，奇市明亮燦爛、充滿魔力、歡迎任何人；這個市集卻有如被人吐過口水、踩過去，還要往泥巴裡抹幾下。

「我等不及要告訴邁德梅，他根本大錯特錯。」詩律悄聲說，接著輕輕撞了莫莉安的腹側一下。「喂，不要這麼明目張膽盯著人看，妳會引起人家注意，保持冷靜就對了。」

不過，她們穿過市集時，莫莉安依然忍不住到處亂看，根本沒辦法「保持冷

靜」。這裡販售的商品跟她在奇市各大主題區見到的天差地遠：左手邊的桌上，擺放了各色新鮮、血淋淋的奇獸內臟；右手邊是眾多瓶瓶罐罐，裡頭裝著醃漬奇獸頭顱和四肢，她反胃地注意到甚至有——

「那是人頭嗎？」她尖叫，指著一顆萎縮的頭。瓶中，那顆頭帶著奇異的安詳神色，漂浮在顏色偏黃的保存溶液中。

她們經過一座黑色帆布帳篷，外頭的告示牌只寫著：**收購／販售祕密**。再往前走，有個女人宣稱假如「提供合理報酬」，就能偷渡任何人進冬海共和國。

詩律領著她走開，用嘴角喃喃說道：「冷。靜。」

「牙——齒！」一個男人在她們走過攤位時吆喝，把她們嚇了一跳。「一般牙齒、尖牙利齒，來這裡買牙齒喔！奇獸的、幻獸族的、人類的牙牙，先搶先贏，買到賺到喔。臼齒、犬齒、智齒、獠牙，可下咒，可裝飾，只要付我錢，絕對不管你要拿來幹什麼。牙——齒，來買牙齒喔！」

越是走向惡鬼市集的深處，四周就越黑、越醜惡，最終莫莉安只想閉上眼，拔腿往回跑。她好想念奇市的熠熠燈火、歡欣樂聲。惡鬼市集人潮洶湧，很容易被淹沒，這裡的客人看似也不想跟別人對上眼，可是莫莉安仍然覺得……別人在注意她們。兩個小孩自己跑來，頸間別著閃亮的Ｗ字金色別針，自然極度引人注目。

她匆匆解下她的幻奇學會身分證明，塞進口袋，低聲告訴詩律：「拿掉別針。」

就在市集中央，有座帳篷吸引的人群似乎比其他帳篷來得更多。多得不得了的客人排著隊，隊伍最前方是個臉色陰狠的彪形大漢，在帳篷門口站崗，手中牽著四條狗繩，一隻隻看起來頗為凶悍。大漢一面招呼客人兩兩一組進入帳篷，一面計算

人數，接著忽然舉手，阻止下一組客人進場。

「好啦，各位，人數已經到達上限，拍賣會滿了，下次請早。」

「小子，開什麼玩笑？」隊伍前方有個鬍子大叔抱怨：「拜託，做人要公平一點，我等這場等好幾個月了。」

「那你應該早點到。」看門的警衛說：「我們對人數有嚴格的限制，早到的鳥兒有蟲吃。你應該很清楚我們的規定，我在春季拍賣會見過你。」

那位客人神祕兮兮地湊上前耳語：「聽我說，我呢……我是為了那個大玩意來的，你知道我在說哪件。我已經決定要出高價，我的錢不比別人少。」

莫莉安跟詩律互望一眼。大玩意。會不會是其中一個失蹤者？

「我相信你，可惜你實在是很不準時，」警衛說：「你只能等秋季拍賣。祝你順心。」

大叔絕望地扯著鬍子，「拜託啦，老兄，等到秋季，那隻小崽子早就——」

「我說了祝你順心！」警衛厲聲說：「快滾，不然我要放我兄弟趕你出去了。」他把頭往那四隻被鍊起來的狗一瞪，狗立時發出低吼。鬍子大叔垂頭喪氣地走開，就在他走過詩律身邊時，詩律伸手擋住他。

「你不會這麼乖乖聽話吧？」她問。

大叔冷笑一聲，想要強行擠過去，但詩律只說了一句：「站住。」大叔便停下動作。

詩律抬頭凝視著他，以宛如蜂群嗡鳴的聲音說：「回去讓他見識一下，不尊重你的人會有什麼下場。」

莫莉安看見那男人的眼神一變，彷彿他的個人意志受到某種刺激。他怒氣沖沖

回到隊伍前方，開始咆哮，用肥短的手指猛戳警衛的胸口。四隻狗扯動狗鍊，又吼又吠，本來正在散去的排隊人潮再度聚集，彷彿受到磁鐵吸引，紛紛跑來看好戲。

「走吧。」詩律輕聲說。藉著這場混亂的掩護，她們偷偷鑽進小帆布帳篷的門⋯⋯從另一端出來後，竟置身於一個頂級宴會廳。室內光線昏暗，只以燭臺照明。

莫莉安任由帆布在身後落下，外頭的噪音立即像被撲滅的火焰一樣消失，取而代之的是柔和、斯文的聊天聲，以及酒杯相互碰撞的鏗鏘聲，突兀的轉變令莫莉安有些反應不過來。她注意到一張沒人坐的桌子，上面擺了各種款式的面具、頭罩、面紗，旁邊有張告示牌寫著**請自行斟酌取用**。莫莉安拿了兩副奇獸橡膠面具，將毛茸茸的大猩猩面具套上，狐狸面具則塞給詩律，詩律露出嫌棄的表情。

「又沒有人會注意到我。」她抗議。

「妳看旁邊的人，」莫莉安說，聲音被大猩猩橡膠面具給悶住。「妳看到有誰露臉了嗎？妳要當唯一跟別人不一樣的人嗎？**快戴上。**」

詩律描述過，走進惡魔弄的人個個打扮奇特，這時忽然顯得合情合理。在這裡，人人設法遮掩自己的相貌，因為沒人想在這種地方被認出來。

接著，莫莉安看見了——宴會廳另一頭有個籠子，像要炫耀戰利品似的，高高擺在一個設有紅色布幕的平臺上，籠子裡是⋯⋯

「刺藤博士的幼魁貓！」莫莉安倒抽一口氣。

幼魁貓的脖子四周有圈骯髒雜亂的厚厚白毛，藍色大眼宛若水晶珠。他又是哈氣、又是嚎叫，瘋狂抓撓金屬欄杆，宛若獅子般激烈抵抗，然而他明顯非常恐懼，拚命想要逃走。莫莉安忍不住瑟縮。她很想馬上衝過去放他出來，可是真的這樣做

的話就蠢到極點了。

那一區的氣氛就沒那麼斯文，群眾奚落著幼魁貓，朝他扔各種東西：食物、石頭、水瓶……企圖更加激怒他，不時爆出大笑。這些行為很有用，幼魁貓不是縮到籠子另一頭，而是變得更激動、吼得更大聲，明亮的藍眼閃爍著驚懼。莫莉安旁觀這一切，只覺得反胃而無助。在她身邊，詩律的呼吸又快又急。

「各位來賓，本日第一個領銜拍賣品！」在幼魁貓旁邊的一名男子喊道。他站在一座木製講桌後方，身穿褐色粗花呢西裝，上半張臉被面具遮住，拿著一根手杖，不時用手杖猛敲籠子的金屬欄杆，發出震耳欲聾的「匡噹」聲。「請看！這是身價非凡、極度稀有的幼魁貓。當然，這隻小畜生現在看來沒什麼了不起，可是大家都曉得，完全成年的魁貓體型多麼巨大，而且大為有用！就算魁貓是凶猛、獨立、擁有強大幻奇特質的種族，依然能夠馴化成性情溫順、能幹的馱獸，如果趁他還小割掉舌頭就更棒了！這種做法在共和國流行得很。魁貓最惡名昭彰的就是善於運用才智攻擊他人，不過，各位來賓，不必害怕──完全不必！跟普羅大眾以為的相反，只要割掉方法，照樣可以征服魁貓。」

莫莉安快吐了。她用力吞嚥，試著控制情緒。他們要割掉他的舌頭？割掉那隻可憐小貓的舌頭？陡然之間，莫莉安想通一件令她作嘔的事……冬海共和國總統該不會就是這樣對待那六隻拉車的魁貓？這就是他們從不開口說話的原因？

她想起幽默、個性差勁的芬涅絲特拉，這隻體型碩大的灰色魁貓總喜歡對朱比特發號施令、取笑莫莉安，愛做什麼就做什麼，愛說什麼就說什麼。她想像芬變得靜默、溫順，和其他魁貓鍊在一起，關在籠子裡，一輩子被迫拉車……她的反胃感

更加強烈。這樣做太過分了。

「在場的各位，誰有勇氣馴服這隻漂亮魁貓？誰能支配這頭猛獸？或者，要是你懶得管這麼多，也可以直接剝皮做成大衣穿。」

莫莉安無法自制地發出微弱的嗚咽，詩律猛地用手肘撞她的側腹，低喃：

「噓！」

拍賣官清了清喉嚨。「事不宜遲，各位來賓，我們即刻進入拍賣階段，起標價是再合理不過的五千克雷。有人願意出五千克雷嗎？那位刺青的先生出五千克雷。有人願意出五千五嗎？」

莫莉安的心一涼。他們要把這隻嚇壞的可憐幼魁貓賣給出價最高的人。

「穿綠袍子的小姐出五千五。有人願意出六千嗎？謝謝您，刺青的先生出六千。有人願意出六千五嗎？戴狗面具的先生出六千五。有人願意出七千嗎？」

拍賣官持續了一段時間，出價者眾，喊價十分熱烈，莫莉安再也聽不清拍賣官在說什麼，他的話語全混成一團。幼魁貓已經累了，開始搖晃，漸漸縮起身體，每當拍賣官用手杖敲擊籠子的金屬欄杆，都會發出響亮、不斷迴盪的「匡噹」聲，再加上猛烈的吡喝聲，這一切令幼魁貓疲憊不堪。

莫莉安的心臟狂跳，幾乎落下淚來。在一個令人心碎的瞬間，她和幼魁貓對上眼，或許是她的想像，可是她立刻感覺到幼魁貓正哀求她伸出援手。

莫莉安與詩律互望彼此，在這個剎那，她們有如被調到同一個電波頻道，不約而同地說：「我們要想想辦法。」

「有什麼點子嗎?」詩律聲音發顫地問。

莫莉安沒有回答,只是抬起一隻發抖的手。

「戴大猩猩面具的矮人出一萬二。」拍賣官直直指著莫莉安,「各位來賓,有人願意出一萬二千五嗎?謝謝您,刺青的先生出一萬二千五。有人願意出一萬三嗎?謝謝您,刺青的先生出一萬二千五。有人願意出一萬三嗎?戴紅圍巾的小姐出一萬三。有人願……是,刺青的先生出一萬三千五,太棒了,先生。有人願意出一萬四嗎,各位來賓,有人——」

「一萬五!」莫莉安叫道,奮力裝出最低沉、最凶狠、最成熟的嗓音。詩律發出像是嗆到的咳嗽,這次輪到莫莉安用手肘捅她的肋骨。

「大猩猩出一萬五!有人願意——」

「一萬八!」莫莉安追加。人群中傳出幾聲驚呼,詩律悄聲問莫莉安:「我們去哪找那麼多錢?」

「一萬六。」刺青男發出更低、更凶狠,遠比她粗啞、而且十分真實的聲音。

「兩萬。」刺青男聽起來很火大。

「兩萬五!」莫莉安大喊,人群陷入寂靜。

「兩萬五克雷,」拍賣官不敢置信地說:「兩萬五克雷兩次……」他暫停,朝刺青男的方向揚起一邊眉毛。「先生,放棄競價?好的,嬌小的大猩猩出價兩萬五克雷成交。」他用疑惑不解的語氣說,猛力落槌,宣告交易成立。「請去找我們的專員,一手交錢,一手交貨。接下來是最後一項拍賣品,各位來賓……」

「不用找,」莫莉安在面具後低語:「噓。」

莫莉安沒有再聽下去。她的耳際轟轟作響，那個再明顯不過的問題在她心中狂跳，猶如反覆敲響的鼓聲……怎麼辦？怎麼辦？**怎麼辦？**

詩律看見專員，那人站在幼魁貓旁邊，招手要莫莉安過去。「不用擔心，交給我。」

專員的臉色非常差。

「這是什麼意思？」

「這是要給你的錢。」詩律說。方才她摘下狐狸面具，交給這位年輕男子，他最初露出氣憤的神色，隨後轉為困惑。「兩萬五克雷，我算過了。算了兩次。」

「這哪是……這是什麼……」專員搖搖頭，就像洗完澡之後要把身體甩乾的狗。

「妳在玩什麼把戲？」

莫莉安回頭望著帳篷另一端，拍賣仍繼續進行。她迫切想要離開這裡，跑得遠遠的，再也不要回頭，但她不可能丟下幼魁貓不管。幼魁貓終於力竭，癱軟在籠子地板，顯得悲傷又無助。

拍賣官正在說話，她只能聽見零星片段，不過藏在紅色天鵝絨大簾幕後面的東西似乎讓群眾很是興奮。

「想想看這有多實用……」拍賣官的聲音飄了過來，時斷時續……「……從事跨海貿易的人、海盜……了不起的天賦。更不用說用來捕獵……或刺殺……」

「我沒在玩把戲，是你沒搞清楚。」詩律說，語氣猶如拉過大提琴的弓弦那般圓

滑。「我要付你兩萬五千克雷買這隻貓。錢就在你手上，我剛剛交給你的。」她的頭先是朝專員右手中的面具一點，接著朝專員左手緊抓的籠子鑰匙一點。「現在，你應該把幼魁貓給我。」

「我應該把……」

「就是這樣……」

「可是……」

「就是這樣。」詩律的嗓音讓人昏昏欲睡。年輕男子緩緩眨眼，隨後轉身打開籠子。「很好。」

幾分鐘後，神智不清的專員將詩律的狐狸面具鎖進一個沉重的金屬箱，堅信那就是兩萬五千克雷的現金。詩律與莫莉安走到帳篷門口，莫莉安奮力抓住驚嚇的幼貓，將他抱在懷中，另一手抓著鐵鍊以防萬一，感覺就像抱著一隻發育完全的聖伯納犬。她已經拿掉大猩猩面具，因為幼貓似乎很怕。

她們繞過喧譁的人群，來賓仍聚集在最後一個拍賣品四周，拍賣官連珠炮似地說話聲穿透雜音：「黑皮膚、裝假腿的先生出一萬八千五。一萬八千五，有人願意出一萬九嗎？各位，如此稀有的才華，這種價錢未免太划算了……」

莫莉安勉力抓著幼魁貓，在他耳邊不停低聲安撫：「噓，沒事的，你看你，真是可愛的小貓。芬一直在找你，乖，難道你不想跟我們回去，見見壞脾氣的芬涅絲特拉？怎麼可能嘛。她也是魁貓喔，就跟你一樣。」

詩律踮起腳尖，試著看清究竟是什麼拍賣品讓大家這麼激動。「裝在缸子裡，」

她悄悄對莫莉安說，莫莉安應了一聲。「那個魚缸真的很大。」

「趕快走再說，」莫莉安惱怒地用氣音說：「妳能不能幫我一下？」

可是詩律落後她好幾步，停在原地，目光越過人群，呆看著魚缸裡的東西，眼睛都瞪凸了。「莫莉安……妳看。」

「我們該走了，我沒辦法一直抓著……」

「莫莉安，」詩律的語氣變得更急迫，指著水缸：「**快看。**」

她不甘不願走回詩律所站的位置。這麼做有些困難，幼貓可能以為自己要被送回那些折磨他的人手上，發出嘶吼，爪子嵌進她的手臂，疼痛不已。然而，一看見水缸裡的拍賣品，莫莉安立刻震驚得忘了痛。

玻璃後方，在水中，用鐵鍊跟石頭連在一起的拍賣品……是個十幾歲的男孩。

他還活著。他看起來精神委靡，不抱希望，冷得嘴脣都凍藍了，但是他還活著。

「阿弗！」莫莉安喊道。她不由自主，來不及克制自己，那個名字便脫口而出。

她的聲音響徹宴會廳，蓋過人群及拍賣官的說話聲，室內頓時陷入沉重的靜謐，每一雙眼睛都轉過來看莫莉安、詩律和幼魁貓。幼魁貓尖聲嘶鳴，拚命掙扎著想要逃走。

「這些小孩是誰？」拍賣官喝道：「誰准小孩進來的？來人，抓住他們！」

幾個身材壯碩、臉色猙獰的警衛憑空冒了出來，詩律抓住莫莉安的手腕，想把她拉走，偏偏莫莉安在原地生了根。

又要來了。她感覺得到。

她的恐懼、反感、怒火在體內膨脹，有如一首越來越宏亮的交響曲，最終變得比她的身軀還要龐大。這次的感覺不太一樣，不是燒灼，而是積聚；她這份顯著的力量逐漸擴張，一面試著攀附在某個實體之上，一面吞噬所到之處的一切，增強她四周的一切，搜尋著……某個東西，某個工具，某個容器。

在一個燦爛、輝煌的剎那，莫莉安感到這股力量落上了離她最近的東西……絕望求生的幼魁貓。他拚死掙扎，想離開莫莉安的掌握……

……終於達成了心願。

怒號的幼貓跳脫她的懷抱，在他落地之際，他已然化身為魁梧、嚇人的猛獸，藉助莫莉安無從遏抑的幻奇之力，變得強壯無比。他大聲咆哮，聲音震撼，宛如整群雄獅同時怒吼，對拍賣官咧嘴露出牙齒，拍賣官當場昏了過去。

帳篷亂成一團，驚叫聲此起彼落，魁貓揮掌掃過人群，一下跳到這裡，一下撲到那裡，享受他好不容易得到的報復機會。莫莉安與詩律利用魁貓的大動作和眾人的驚慌，趁機跑向阿弗的水缸，卻被競價對手刺青男給擋住去路，他身上每一吋皮膚都覆蓋著精細的黑色刺青。

「這是妳做的，」他直視著莫莉安：「怎麼可能？妳怎麼辦到的？妳是什麼人？」

莫莉安試著擠過刺青男身邊，希望搶到水缸前幫助阿弗脫困，帶他一起走。刺青男撲向莫莉安，詩律用力踢他腳踝，他哀叫一聲，痛苦地抓著腿。

「快跑！」詩律喊道，抓住莫莉安的手腕。

「喂！」他大叫，他的三個朋友聞聲趕過來，三人都是壯漢。

她們奔向帳篷門口，在來賓之間穿梭。參與拍賣會的人群正湧出帳篷，回到外

頭繁忙熱鬧的惡鬼市集。

莫莉安看見凶悍的魁貓緩緩縮水成原本的大小，隨即消失在人潮之中，心中交雜著希望與遺憾。幼魁貓一路搞破壞，亂踩攤位、弄倒桌子、攤販一頭霧水地互罵，絲毫沒發現真正的罪魁禍首正用飛快的四條腿逃之夭夭。

快逃，小貓！她熱切地想，儘管深知自己和詩律已經無力幫助幼魁貓，仍期盼他突破重重危機，想辦法找到安全之處藏身。現在，她們必須先逃脫困境。

「她在那！」身後傳來刺耳的嗓音：「抓住她！」

她們躲開追兵，邊跑邊故意弄倒更多桌子擋在身後。詩律把一個木桶踹飛，才發現桶裡裝滿顏色鮮豔的蛇，後方傳來的驚喊不絕於耳，莫莉安跟詩律聽了跑得更快。

兩人一口氣衝回惡魔弄，突破窒息機關，穿過永無境奇市中看似無盡蔓延的主題區，終於抵達崇高存在神殿的大門外。她們汗流浹背，氣喘吁吁，時間剛好趕在午夜前。

在兩根燃燒著鮮亮粉紅火焰的燈柱之間，霍桑來回踱步，臉色慘白，一句話也不說，顯然無法將憂慮組織成適當的言詞。然而，荷馬一個人就填補了弟弟的沉默，在黑板上寫了一連串等於是在大吼大叫的話，當中夾雜許多驚嘆號和底線，隨即匆匆抹除，寫上新的文字；莫莉安跟詩律站在原地，默默承受他的憤怒，一邊緩緩過呼吸。

當然，他們會這麼焦慮，主要是因為霍桑在奇市中跟莫莉安走失，到處找不到她。說真的，她不介意荷馬這樣發飆，不過荷馬的黑板倒是讓她想起某個東西。

她探進外套的隱藏內袋，拿出一小張銀黑色的柔軟紙片。

她沒花時間停下來解釋，便一把搶走荷馬手中寫到一半的粉筆，將紙貼在牆壁上，寫道：

帶潛伏者一起去

告訴朱比特

在惡魔弄的惡鬼市集

找到阿弗‧史旺跟幼魁貓了

接著，她低聲複誦三次傑克的名字：「約翰‧阿朱納‧柯拉帕提，約翰‧阿朱納‧柯拉帕提，約翰‧阿朱納‧柯拉帕提。」再把紙張湊向燃燒中的粉紅火焰，凝視灰燼飄飛遠去。

第十七章　杜卡利翁飯店一人學院

「拜託，莫兒，絕對不准再走進詭騙巷了。」

朱比特的神情極為疲倦，寫滿擔憂。昨夜，一得到詩律與莫莉安的消息，他就突襲搜查了惡魔弄，不只帶上潛伏者、臭架子、特異地理隊，連芬涅絲特拉也跟去了（莫莉安認為，芬一個人就抵得上十個潛伏者、起碼五十個臭架子）。

可惜，他們依然沒能趕上。幼魁貓戲劇般的逃亡過程拉響太多警報，等他們抵達現場，市集早已解散，犯人四散逃逸，徒留一片殘局：不知名的髒亂攤位、手寫的「惡鬼市集」告示牌、空的玻璃水缸……以及一個可憐的十幾歲男孩，獨自坐在石子路上，身上的衣服全部溼透，凍得瑟瑟發抖。

至少他們找回了阿弗。

可是，隔天早晨，朱比特的臉上既沒有一絲喜悅，也沒有完成任務的滿足，只是嚴正而堅決地要莫莉安承諾，此後再也不踏進詭騙巷。

「我是認真的，」他的藍眼閃過強烈的情緒：「太危險了，不值得冒這種險。」

莫莉安撇撇嘴角。朱比特怎麼這樣說？要是她跟詩律沒有走進惡魔弄，就永遠不會發現惡鬼市集，永遠不可能放走幼魁貓，朱比特跟潛伏者更永遠不會知道要去哪裡找阿弗‧史旺。她張口，正想說出這些話，朱比特卻抬手阻止她。

「阿弗的本領沒了。」他壓低聲音，語氣幾乎可說是鄭重，像是通知莫莉安有人得了絕症。

「沒了？」莫莉安重複，朱比特點點頭。「沒了……怎麼會沒了？」

「我們不知道。」他長嘆一聲，一手揉揉疲累的眼睛。「現在還不清楚到底是被奪走，或是……有時候，嚴重的創傷可能會……」他沒說下去，莫莉安從他的聲音中聽出了茫然疑惑。他毫無頭緒。潛伏者也毫無頭緒。

「那卡西爾跟帕西默‧杏韻呢？」莫莉安小聲問：「還有幼魁貓……有人找到他嗎？」

「沒有卡西爾的線索。我們確定帕西默也在拍賣會現場，因為我們找到一份拍賣品清單，但他現在又不見了。我們覺得，也許……」他的話音漸弱，可能是說不下去，也可能是不願細想。「總之，我們不會放棄。芬的人也出動去搜尋幼魁貓了，現在他們知道幼魁貓在外頭，而不是被鎖在什麼地方的籠子裡，就比較有機會找到這隻可憐的貓。」

莫莉安皺眉。「芬的人是誰啊？」

「她的朋友。大部分是魁貓，雖然他們天生孤僻，不過有幾個就在附近，他們會互相照應。」

「可是……幻奇學會不是也在幫忙嗎？潛伏者呢？我們不是應該要調查——」

「沒有什麼『我們』，莫兒。」朱比特的音量有些提高：「調查不關妳的事，懂了嗎？」

「這不公平，」莫莉安聽得出自己正在用耍賴的語氣，可是她克制不住：「是我找到市集的——好啦，是詩律跟我一起找到的，是我們放走幼魁貓，是我們——」

「是妳們在眾目睽睽之下展現本領，別忘了，那裡到處是願意花大錢奪走本領的人。」朱比特厲聲說，莫莉安不禁微微一縮。

「我不是故意讓他們看的。」她嘟囔，回想起幼魁貓奇異的變身過程。「我說過了，我不曉得是怎麼回事，事情就是……」

「發生了。」朱比特接下她的話，嘆了口氣。「我知道。可惜我也說不出為什麼。」

他已經耗盡所剩不多的耐心，不過莫莉安感覺得出來，他會這麼氣惱，多少有些別的原因。朱比特定睛凝視莫莉安的雙眼，她從對方的眼神中看見了害怕。「莫莉安，相信我，大家正竭盡全力去找失蹤者。還有，**拜託妳**，不要再進詭騙巷了。」

◆

暑假逐漸過去，有如一場奇特、稍嫌窒悶的夢境。朱比特一樣經常外出，不過他在家的時候，他似乎打定主意要補償他們。莫莉安強烈懷疑，朱比特的另一個目的是讓她永遠有事可忙、有新東西可玩，這樣一來，就沒有任何理由、誘惑、機會能讓她去追查惡鬼市集的線索。

沒多久，莫莉安就發現朱比特串通了飯店員工，想辦法讓她的暑假越精采、越分心越好。屋頂上的搖滾演唱會、午夜野餐；；在朝南的草地上舉辦槌球大賽；；幾乎夜夜必定有煙火表演……莫莉安依舊一逮到機會便纏著朱比特，追問惡鬼市集的調查進展，儘管如此，要她不受這些毫不間斷的活動給吸引，稍微轉移注意力，實在很難。

幾乎每個週末，法蘭克都會舉辦泳池派對，還設計了超讚的霜淇淋自助吧、水球大戰。朱比特設了滑水道，並且加上寫實風格的充氣北極熊，能把人高高拋到空中，用柔軟的橡膠手臂接住，再推進水裡，逗得莫莉安、霍桑跟傑克不停發出開心的尖叫。

某個週末，莫莉安想到一個絕佳點子：邀請九一九梯的大家來玩。想到可以藉由這個機會來證明長老錯了，她一點也不危險，她就又興奮又緊張，甚至用高級羊皮紙，為每個人各寫一封不同的邀請函。

她謹慎思量自己想說什麼——她要說，她對於發生在車站的事很抱歉，那是個意外，她絕對不會故意傷害別人，他們星期天願不願意來游泳、吃剉冰？寫完之後，她用朱比特借她的封蠟工具，小心封好每一封信，並請霍桑代她親手交給大家。可是，週日當天，真正來的人只有霍桑跟詩律。

莫莉安努力不讓自己灰心喪志，善加利用那天的時光，帶詩律參觀飯店。由於兩人之間剛剛萌生脆弱的友誼，使這次導覽成了一場有趣的友情試煉。霍桑對杜卡利翁飯店的一切充滿無盡的熱情，不管是多詭異的東西都一樣，這讓莫莉安很是滿足；；然而，詩律跟霍桑不同，她的反應有好也有壞。

她很有禮貌地表示她搞不懂沐雨室的意義（「什麼，所以單純就是……下雨？在室內下雨？從來不停？**為什麼啊？**」），而且她討厭劇場，那裡的更衣室掛滿各式戲服，每一套都附加了不同的口音和動作姿態（可是，莫莉安確實警告過她不要嘗試「穿靴子的貓」的戲服，詩律脫下戲服之後，足足過了一個小時，還是會喵喵叫、搔抓耳後）。不過，她非常喜歡在潟湖泳池中央的沙島躺著晒太陽，伴著搖曳的棕櫚樹，溫暖的微風捎來柔和、清脆的烏克麗麗音樂聲。

霍桑假日還是要去少年龍騎士聯盟參加訓練，但在大部分時候，他下午會趕來杜卡利翁飯店，一副累癱了的樣子，全身髒兮兮的。莫莉安、詩律跟他通常會在吸煙室玩牌，享受從牆壁漫出的最新夏日氣息。吸煙室正在測試一系列全新的季節氣味，大家的反應好壞參半，椰子煙霧、海風煙霧、草莓鮮奶油煙霧廣受歡迎，至於防蟲液煙霧、幻鐵通勤旅客汗味煙霧、野餐馬鈴薯沙拉煙霧，賓客的接受度就遜色得多。

既然不能參與朱比特的調查，莫莉安於是花更多心思，打算抓出威脅九一九梯的人。只是，由於她無法離開杜卡利翁飯店，加上同梯的人多半不肯跟她講話，她不得不承認，實在沒什麼地方可以下手。

莫莉安想，唯一的好消息是，寫威脅信的人想必也放暑假去了，九一九梯至少可以稍微休息，在開學前不會收到更多指令。

想不到，他們沒那麼好運。

「妳看。」某天早上，詩律對她說，將一張紙交給她。她們各自坐進躺椅，詩律戴上太陽眼鏡躺好，莫莉安則讀起那張紙。

詩律‧麗諾爾（註4）‧布雷克本，

明天早上，妳的贊助人

要出席一場重要的公開場合。

妳必須想出一種很有創意的方式讓他出醜。

如果妳做不到，

我們會公開九一九梯的祕密。

記住：

不准告訴任何人。

否則我們就告訴所有人。

莫莉安的臉色瞬間慘白。她是不喜歡巴茲‧查爾頓，然而，要是有人叫她公開羞辱自己的贊助人，否則等於背叛同梯，她真的不知該怎麼辦才好。

起碼，這下可以刪除一個嫌犯了——巴茲總不可能要求別人羞辱自己吧！即使如此，莫莉安依然沒有任何關於幕後主使的進一步線索。

她偷瞄詩律，詩律兩手枕在後腦勺下，享受明亮溫暖的陽光。

「我本來不確定妳會不會收到信。」莫莉安老實說。

註4　詩律的中間名麗諾爾（Lenore）出自愛倫‧坡的名詩〈烏鴉〉，在詩中，敘事者所懷念的已逝戀人即名為麗諾爾。愛倫‧坡也曾以〈麗諾爾〉為題，寫過另一首詩。

「我也是，」詩律皺著眉頭，「我以為他們根本不會注意到我。」

「所以，呃，」莫莉安繼續說，努力裝出隨意的語氣：「明天早上的公開場合是什麼？」

「其實是今天早上，這封信是昨天收到的。他去國會提出請願，要求把邊境法改得更嚴格，是很重要的大演講。」

「噢。」莫莉安等了一下子，詩律卻沒有繼續說下去。「那……結果怎麼樣？」

「嗯，妳也知道，我必須很認真地想。」

「對。」

「我想了一整個晚上，考慮到底要怎麼做，根本睡不著。」

「我……我想也是。」莫莉安屏氣凝神。

「我一直沒辦法決定，到底要讓他整場流口水呢，或是用小嬰兒的聲音講話呢，還是要叫他在演講結束之後脫掉褲子，大喊『小巴巴要去便便』。」詩律咧嘴一笑……

「所以我三個都做了。」

莫莉安覺得，煙火秀、滑水道、搖滾音樂會都很不錯，可是在這個暑假中，截至目前為止，她最喜歡的就是這一刻。真的。

假期快結束時，朱比特從一場為時較長的任務中歸來，大清早就把心不甘情不願的莫莉安與傑克挖醒，帶他們到屋頂去。原來他在屋頂上拴著一個巨型熱氣球，他們高高飄在永無境的家家戶戶上方，凝望晨曦將整個城市包裹在粉色與金色的陽

光之中，感覺好魔幻，好像一場夢境，莫莉安再也不想回到地面，也不希望暑假結束。

但她不笨。她明白，大家費盡心思轉移她的注意力，好讓她快樂又平安地待在杜卡利翁，一方面不要插手管惡鬼市集的調查，另一方面是避免長老禁止她回到幻學的事，對她造成太大的打擊。

莫莉安很感激大家的付出，真的很感激。然而，這改變不了現實：等新學期開始，霍桑跟九一九梯的其他人就會扔下她，回到幻學上課。目前，長老還不確定讓莫莉安回到校園是否安全，因此決定維持禁令。朱比特又是求，又是哄，又是威脅，又是怒罵，然後繼續求，卻說破了嘴也沒用。

「格果利雅・坤寧是我見過最冥頑不靈的人！」某天，他再次從長老議事廳鎩羽而歸（後來莫莉安查了「冥頑不靈」的意思，覺得完全贊同）。「我是說，真是夠了，如果不是妳，潛伏者搞不好根本救不──搞不好根本……沒辦法送阿弗回家。」

說完這句話，氣氛一時有些不自在。畢竟，潛伏者也稱不上「救了」阿弗，對吧？至少，長老・巴茲・查爾頓……應該說，幻學大部分的人都不這麼想。聽朱比特說，大家一副當阿弗死了的樣子，可是阿弗只不過變得比較……普通點罷了。

「至少他活著啊。」每次有人提到阿弗失去本領，莫莉安總是這樣說。朱比特一向表示同意，不過莫莉安很清楚，在朱比特內心深處，他正想著如果自己不再是見證者，會是什麼感覺。

莫莉安忍不住思考，要是有人說她再也不是幻奇師了，那她會怎麼想。幻奇師的身分從來沒為她帶來什麼好處，只是徒增煩憂，所以她想，她大概會開派對慶祝

吧。即便如此，她倒是可以想像，萬一朱比特的本領遭人強行奪走，那他會有什麼感覺。這個本領讓他變得獨特、變得重要，假如失去，想必會像是某種形式的死亡。

「你覺得……他的本領有可能恢復嗎？」她問：「我是說，如果找到搶走本領的那個人。」

「我們沒辦法確定是被人搶走，」朱比特說：「我不太確定這種事情可不可能。阿弗沒辦法告訴我們多少事情，他還處於驚嚇中，幾乎什麼都不記得。或許——但願——這只是因為創傷，他之後就會慢慢恢復了。」

「要是沒有恢復，」莫莉安說：「那他能留在學會嗎？」

朱比特沉默半晌，莫莉安不禁猜想，他是不是打算說個會讓人比較好過的謊言。結果，他只是坦率而疑惑地聳聳肩。

「我真的說不準，莫兒。」他說：「這要交由長老決定。」

———

暑假無可避免地宣告終結，昂斯塔教授來到杜卡利翁，繼續無聊地宣講當個幻奇師是多麼邪惡。

飯店員工深知，昂斯塔教授的課讓莫莉安有什麼感受（這是當然的，她對這門課的抱怨可不少）。話雖如此，他們依舊盡力讓這位老師感到賓至如歸。

起碼，莫莉安是這麼以為的。

剛開始的時候。

「很遺憾，今天只能提供這個場地。」頭一天早晨，米范帶昂斯塔跟莫莉安來到

五樓，走進杜卡利翁飯店第二大的宴會廳。「其他場地都有人使用了，您也知道，現在是飯店業最忙的季節。」

由於昂斯塔徐緩的移動速度，他們光是從電梯出來，抵達走廊盡頭，就花了將近半個小時，不過米范似乎並不介意。一路上，米范都愉快地東拉西扯，彷彿對昂斯塔不耐煩的哼哼唧唧渾然不覺。此刻，昂斯塔注視眼前的宴會廳，像往常一樣發出濃重的喘息，露出極度驚駭的表情。

「你是說……我要教書的地方……非得是這個……這個……」

「非常優雅的空間，是的，我們正在籌備要在此舉辦的年度秋季舞會。」米范打了個岔，抱歉地聳聳肩。「不用擔心，法蘭克保證過，絕不打擾您上課。是不是呀，法蘭克？」他揚聲對那位吸血鬼矮人說。法蘭克正站在宴會廳另一頭，準備為他鍾愛的伊瓜拿拉瑪樂隊進行音響檢查。

「你根本不會感覺到我在這裡。」法蘭克用麥克風說，聲如洪鐘，引發一串尖銳的雜音，昂斯塔抖了一下。「哎呀，別理我，不好意思。」

對莫莉安來說，最大的挑戰，莫過於要一邊專心聽昂斯塔叨叨絮絮說著幻奇師做的壞事，一邊無視法蘭克做盡各種引人分心的招搖舉動，而且他做得越來越荒唐，嘴上不停重複：「別理我，別理我——當我不在！」就算伊瓜拿拉瑪樂隊正在彩排榮登暢銷榜冠軍的熱門舞曲《甩呀甩呀鱗尾巴》，還連續彩排了三次，莫莉安照樣全程面無表情；她甚至讀完了描述泰爾·馬格努森暴行的一整個章節，從頭到尾平靜無波，假裝沒看到巨大的香檳泡泡正緩緩緩飄進宴會廳。

可是，當法蘭克趕著一群呱呱大叫的鵝進來，還事先替牠們穿好黑外套和領

結，莫莉安終究維持不住撲克臉，這也成了壓垮昂斯塔耐心的最後一根稻草。

「這……是……什麼……意思？」幻龜教授質問，莫莉安在旁失聲爆笑。

法蘭克轉頭看他們，一臉無辜：「呃，真不好意思，教授，但總要有人來訓練這些額外的服務生啊！」

隔天，米范將上課地點挪去東廂房的繪畫室。房間裡有濃濃的油彩跟松節油味，不過米范把窗戶大大敞開，還特地說明，起碼這裡沒有任何穿西裝的水鳥。

然而，新地點離音樂沙龍很近，香妲女爵時不時就在走廊漫步，練習唱詠嘆調。每當她天使般的歌聲透過繪畫室傳出去，大批松鼠、青鳥、獾、狐狸、田鼠便受到歌聲吸引，自打開的窗戶湧入。昂斯塔叫莫莉安關上窗戶，偏偏油彩味重得令人受不了，而且動物照樣持續增加，抓撓著玻璃，哀求著想要進來。

瑪莎負責準備每天的午餐，莫莉安聽昂斯塔教授咕噥抱怨了幾次以後，恍然大悟是瑪莎故意在他的餐點裡動手腳，給他的湯總是涼了一點，麵包總是沒那麼新鮮，茶總是淡了一點；另一方面，瑪莎送午餐給莫莉安時，老是偷塞用鋁箔包裝的巧克力，或是一小塊糖霜蜂蜜蛋糕，卻連一份甜點也不給昂斯塔。這些行為都沒什麼大不了，甚至有些小家子氣，可是瑪莎個性溫柔、心腸又軟，以她的標準來說，這簡直是全面宣戰，莫莉安愛死她了。

那一整週，他們天天換地點上課，老是遭遇各式各樣、推陳出新的麻煩事，沒過多久，莫莉安就看穿飯店員工在搞什麼鬼。這讓她精神大振，就連泳池派對、熱氣球之旅也沒讓她這麼開心。每天一早，她總是迫不及待起床，等著看大家想出什麼新花招，鬧得昂斯塔頭痛不已。

毫不意外，杜卡利翁飯店反抗軍的壓箱寶是芬涅絲特拉。週五早晨，莫莉安跟昂斯塔來到最新的臨時教室（位在七樓，是一間已經不再使用的羽球場），正開始上課，此時芬緩步走進。她一個字也沒說，只是站在莫莉安身後，越過她的頭頂，猙獰地狠瞪著昂斯塔教授，發出激烈的呼嚕聲，連地板都隨之震動。

莫莉安很清楚，要是換作其他人打斷他們上課，昂斯塔絕對會叫他們立刻出去，可惜沒人膽敢命令芬涅絲特拉。

那天晚上，一名信差送來白色信封，指名要給莫莉安。

黑鴉小姐：

在此通知，針對禁止妳進入幻奇學會校園一事，另外兩位長老和我改變了決定。昂斯塔教授極力稱讚妳，再三保證這週以來，妳的行為舉止毫無危險之處，非常令人滿意；經過審慎評估，我們很高興邀請妳回到幻學，週一就能再次參與邁德梅老師的破解永無境課程。

毋須贅言，我們會持續密切關注妳的一舉一動。

請別讓我們失望。

祝好，

格果利雅・坤寧長老

第十八章　謎題與骸骨

次年之秋

莫莉安房間裡，那道通往車站的門上，圓圈中的小小「W」字再度發亮。她佇立於門前，隨著那光芒時隱時現的徐緩節奏呼吸，過了足足一分鐘，總算鼓起勇氣，將印記按在光芒上。

門迅速開啟，露出幾個聚在一起的人影，他們的臉色就跟莫莉安預期的差不多。起碼詩律跟霍桑看起來很高興見到她，其他人頂多顯得尷尬而戒備，甚至毫不掩飾敵意。

想到他們過去一週的日子，莫莉安也怪不了他們。

在週末，詩律和霍桑已經把發生的事全告訴了她。在她沒去學校的這五天，大家接到了四個新指令，毫不間斷。

首先，馬希爾必須用三十七種不同的語言，在眾語堂漆遍髒話。然後，霍桑要

在龍舍的其中一區放火──不過，從霍桑描述這件事的樣子看來，他做得還挺興高采烈的。

「沒人懷疑我！」他說，「因為**噴出的火焰有如上千座柴火爐**也睡在那一區，所以我全推到牠頭上。小火放屁是很恐怖的。」

埃娜對於自己竟敢冒險犯罪的事深受打擊，她的指令是要從教學醫院偷拿醫療用品（詩律說只不過是幾雙塑膠手套跟一個床上便盆罷了，可是埃娜接下來幾天都哀號個不停，說她對不起拉拔她長大的修女）。

最慘的是雅查，他必須從迪兒本女士身上偷來一絡頭髮，莫莉安覺得這簡直是要從龍身上偷一片鱗片。

「我以為他會活活嚇死，結果他成功了。」詩律正經地說：「沒想到他事後因為太良心不安，所以把頭髮留在傲步院的樓梯上，附上一封匿名道歉信，這個笨蛋。」

「迪兒本女士到現在還是處於暴走狀態。」霍桑嘀咕。

如今，莫莉安走向繃著臉的同梯同學。

「嗨，」她緊張地揮了揮手。「呃，大家過得好嗎？」

「閉嘴，薩迪亞。」霍桑說，但被家庭列車抵達的鏗鋃鏗鋃聲給蓋了過去。莫莉安看著薩迪亞等人走進車廂，再也不看她第二眼，不禁嘆了口氣。

「喔，超棒的，」薩迪亞怒目瞪她，「我們每個人都冒著大險幫妳守密。妳呢？這禮拜待在豪華飯店裡過得很爽吧？」

或許就是由於偷髮事件，迪兒本宣布要突襲考試，當天即刻開始。

相較於大家，莫莉安算是落得輕鬆，至少這是只有兩堂課的好處。昂斯塔的

考題好猜到乏味的地步，他出了厚厚一冊試題本，頁數多得可怕，而且題目又臭又長，比如說：「寫出史上最惡劣的三名幻奇師，從他們的惡行／愚行中，各列出最慘烈的五件，並按嚴重程度排名。」「下毒者世代發生的大戰為何是幻奇師一手造成的？試舉二十七個原因。」莫莉安花了三天才寫完。

稍後的「破解永無境」考試就難應付多了，不過也有趣得多。

「好，九一九梯，注意聽！」邁德梅的聲音壓過了在傲步院站迴盪的聊天聲，他在嘴骨前豎起一根手指，大家安靜下來。「我知道，現在早就過了星期四該有的上床時間，在凌晨的這個時候，大家八成都有點累、覺得有點蠢，但我們努力撐下去，好嗎？來複習規則最後一遍——」

詩律哀叫：「這早就講過了。」

「說給我聽嘛，各位。」邁德梅說：「一起說，規則一是……？」

他豎起兩根手指：「規則二？」

「不能問路，不能跟陌生人講話。」

「規則三？」

「不能搭傘鐵，不能搭馬車，不能搭公車。」

「規則四？」

「不能看地圖，不能看旅遊指南。」

他舉起手，五指散開：「最後一個，規則五？」

「天亮前，人要平平安安、完好無缺地回來。」九一九梯異口同聲。

「一人失敗，全體失敗。」

「沒錯。」他邊點頭邊說：「想要通過這場考試，你們就必須跟組員一起在日出前回來，也就是三小時之內。」他輪流看著每個人，「整個小組都要一起回來。如果你們想要通過考試，就必須通力合作。記住：三組之中，一旦有一組沒通過考試，就代表整梯都沒有通過，懂了嗎？」

他只得到含糊的咕噥聲做為回應。

邁德梅露齒一笑，顯然決定無視他們缺乏熱忱的反應。「太棒了！現在，每個小組各搭一個吊艙，吊艙會送你們去起點，也就是我們這座美妙又狂野的城市中的某個幻鐵車站。吊艙沒有窗戶，所以你們不會知道自己被送去哪裡。抵達之後，你們會找到第一個線索，引導你們去找第二個線索，再引導你們去找下一個線索……依此類推，每組各有三個線索，想通過考試的話，就要在時限之前把三個線索帶回來。記住，這是要測試你們在永無境找到方向的能力，以及相互合作的能力。不可以丟下任何一個學者，懂了嗎？好，上吊艙吧。」

詩律、雅查跟蘭貝斯坐進第一個球形黃銅吊艙；薩迪亞、埃娜和霍桑坐進第二個。艙門關上時，邁德梅朝他們揮手，喊道：「祝你們好運！」

莫莉安本來盼望邁德梅會把她跟同梯唯二喜歡她的人分在一組，可惜沒那麼好運。她跟法蘭西斯、馬希爾踏進第三個吊艙，在緊繃而尷尬的氣氛中，默默度過將近四十五分鐘。

過了一陣子，她驚惶地陡然明白，他們被送到了很遠的地方，說不定已經到了永無境的外圍。其他兩人一定也發現了，原本三個小時的時限逐漸減少，只剩將近兩個小時。

吊艙總算停在一個地面上的幻鐵車站，那是一座水泥月臺，旁邊鋪設一副鐵軌。三人走出吊艙，迎向涼冷的晚風。天色漆黑，車站目前關閉中，在這個時間，只有幻學的私人列車跟吊艙尚在運作（身為幻學成員的另一項特權）。頭頂上的夜空晴朗無雲，星辰閃耀，在永無境市中心很少看見這麼明亮的星空，因為光害太嚴重了。莫莉安深吸一口氣，這裡的空氣感覺比較清新，也比較甜美。車站的標誌寫著「北極星丘」，印證了她的猜測：他們大老遠跑來了參宿四，這個地區位於永無境外圍。她皺起眉頭，他們怎麼可能趕在天亮前，從參宿四回到舊城？

「第一個線索！」馬希爾指向車站牆上的時鐘，上面黏了一個寫著「九一九」的信封。法蘭西斯率先過去，撕開信封，念出內容。

「夜之庭園，」他讀道：「殺手之歡。懦夫行凶，花下亡魂。」

「什麼意思？」馬希爾問。

莫莉安腦中的齒輪慢慢轉動起來。**夜之庭園……花下亡魂。**「有什麼花可以殺人？」

「那種……有毒的花？」法蘭西斯猶疑地說。

「不對，」馬希爾睜大雙眼，流露興奮：「是那種有牙齒的巨大殺手捕蠅草！在南邊的雨林，有捕蠅草能把人整個吞下去。」

「可是哪裡……」莫莉安說，「噢！不對，法蘭西斯說得沒錯。**夜之庭園**……是哪個庭園？」

「**懦夫行凶**，這首詩指的是下毒！我們要去的地方種了有毒的花。」莫莉安一面回想永無境的綠地，一面掰著指頭數。「有舊城的花園帶，聖葛楚德園地……嗯……奧斯伯羅田園，不過那裡不太算是花園……」

「戰慄謀殺庭園！」法蘭西斯打了個響指。「裡面幾乎什麼有毒植物都有，我以前在那裡買過死亡傘，他們有開一間小店。」

莫莉安皺起鼻子。「什麼是『死亡傘』？」

「有毒的蘑菇，其實味道還不錯……如果劑量很少、很少的話。」

「你從一個叫戰慄謀殺庭園的地方，」馬希爾眨著眼睛，「買了毒蘑菇？」

法蘭西斯聳了聳肩，又說了一次：「他們有開一間小店。」

莫莉安暗自記住兩件事：第一，再也不要吃任何法蘭西斯給她的東西；第二，問問朱比特，他怎麼從沒提過永無境有個毒物花園？老天，他明知道這種東西是莫莉安的最愛。

「夜之庭園，殺手之歡——」指的一定就是那裡。我們在參宿四，這代表戰慄謀殺庭園在我們的東邊，所以……」莫莉安頓住，在腦中描繪活地圖的樣貌。「法蘭西斯，離謀殺庭園最近的幻鐵車站是哪裡？」

「馬洛老街站。」

「如果我找到去馬洛老街站的路，你有辦法帶我們去庭園嗎？」

他蹙眉想了一下，接著點頭：「嗯，應該可以。」

「馬希爾，離天亮還有多久？」

馬希爾看看手錶，「一個半小時。我們趕不上的。」

「不要這樣講，」法蘭西斯焦慮地絞著外套前襟，「要是我沒通過考試，海絲特姑姑會殺了我。」

莫莉安很不想承認，可是馬希爾說得對。他們不能使用公共運輸工具，還得從

兩個神祕地點找到兩個線索，她想不出要怎麼在天亮前趕回幻學。迪兒本一定會覺得這證明了她是對的：壞到骨子裡的莫莉安・黑鴉是場**失敗的實驗**，不值得接受妥當的教育。

話雖如此，莫莉安只有兩門課，她絕不想在其中一門的考試認輸。

「我們辦得到，」她捲起斗篷的袖子。「不過，希望你們穿的鞋子夠舒服。」

他們一路狂奔到戰慄謀殺庭園的大門，總共花了寶貴的二十分鐘，路上經過的生物只有一對吵鬧的都市狐狸、幾個窩在店鋪門口的街友，以及一個清潔工——他們啪噠啪噠飛奔而過時，差點把這個清潔工給活活嚇死。

這個時間，庭園的黑色大門深鎖，但門上有一對交叉的骨頭，上方是個銀色骷髏頭，齒間咬著另一個寫有「九一九」的小信封。馬希爾劈手抓下信封，大聲念出來。

「非銅非金，古老宅邸。財富如山，操守可疑。」

「又是謎語，」莫莉安說。「**非銅非金**，那一定就是銀了，對吧？」

「**古老宅邸**，這句不怎麼明確，」法蘭西斯說。「有很多古老的大宅子……」

「喔！」馬希爾大叫，「古老大宅！」

「古老大宅？」莫莉安問。

「銀區有歷史很悠久的家族，」馬希爾說：「大家都這樣叫他們住的地方，聖詹姆斯古老大宅、菲柴爾德古老大宅……他們都是有錢又差勁的貴族。**財富如山，操守可疑**，很合理，對吧？可是我根本想不到要怎麼去。」

「我也是，」法蘭西斯說：「除非搭幻鐵。」

莫莉安閉上眼，再次試著描繪活地圖。她在某個地方見過銀區，她心中浮現了水路……是運河，小船划過氫氤瀰漫的霧氣……

「銀區在朱若河上的歐登！」她勝利地說：「就是那個慢慢沉進朱若河的城鎮，我在活地圖上看過。」

「我們離那裡超遠的。」法蘭西斯垂頭喪氣地靠在庭園大門上，發出鏗鋃的聲響。「我們跑過去起碼要花一個小時，我沒辦法跑一個小時！」

「就說吧。」馬希爾也靠向大門，滑坐到地面，落地時發出輕微的「砰」。「我們根本不可能在天亮前回到幻學，乾脆現在放棄好了。」

「振作一點。」莫莉安對他們大聲說，她想起自己在活地圖上見過另一個東西。「你們這個樣子，怎麼會通過去年的入學考驗啊？起來跟我走，我想到一個很棒的點子！」

「子！」

「這點子爛透了！」法蘭西斯在風中狂叫。

「對啊。」莫莉安表示贊同。

「可是妳說——」

「我騙你的。」

馬希爾哀號。「我們已經等了十分鐘，它不會來的！我快凍死了，乾脆——」

「它會來，」莫莉安說：「它會出現。每個小時都有，再過一分鐘就好，相信我。」

她盡力效仿某個紅髮狂人不屈不撓的生命力，然而，從他們佇立之處低頭往下看，實在很難撫平內心浮現的暈眩感。法蘭西斯、馬希爾跟她站在百年大橋的欄杆上，保持著危險的平衡，底下是朱若河深不可測的幽暗河水。她絞盡腦汁，想找出備用方案，還好就在此時，垃圾駁船的船首經過橋下，映入眼簾，迅速滑過水面，以這個尺寸的船而言，速度算是很快。莫莉安大大鬆了口氣。

「數到三，」她大喊，蓋過洶湧河水的聲音：「準備好了沒？」

「沒有！」馬希爾嚷道。

「沒有！」法蘭西斯附和。

「就是這個精神。一──二──跳！」

法蘭西斯跟馬希爾縱身躍下，不過莫莉安敢說，這全是因為她死死抓住兩人的手臂，所以他們沒有別的選擇。

三人一路驚聲尖叫，落在飄散腐臭味的柔軟垃圾上。

「噁──莫莉安，我**絕對**──」法蘭西斯試著站起卻摔倒，一口氣滑到垃圾堆底端，引發小規模山崩，連帶使莫莉安和馬希爾跟著滑下去。「──**絕對不會原諒妳！**」法蘭西斯狠瞪著她。

「等你通過考試，你就會原諒我了。」莫莉安嘀咕，掙扎著站起。坦白說，她自己也覺得有點討厭。為什麼她的好點子永遠不是什麼輕鬆或愉快的事？

可是，駁船很快就送他們抵達朱若河上的歐登，甚至比搭乘幻鐵更快。儘管他們必須跳進朱若河游上岸，至少冰冷的河水大致沖掉了衣服上噁心的垃圾味……雖然這也代表他們現在又溼又凍。

「樹……樹蔭之路。」逐漸沉沒的銀區外，立著奢華的銀色大門，信箋就黏在門上，法蘭西斯雙唇發紫，渾身哆嗦，念出上面的字。「與……與王……相稱。孤……孤獨……」

「來，我、我來念，」莫莉安牙齒打顫地說，試著用凍得不靈活的手指搶過信紙。「樹蔭之路，與王相稱。孤獨君主，骸、骸骨之墓。」

「種……種了很多樹的路，」馬希爾立刻說：「女王荒野。有一條通過女王荒野的路，兩旁種了長得很高大的樹。」

「女王荒野，」莫莉安重複道，踩著雙腳，摩擦雙手，想找回一些溫暖。「那是賽特柏琳女王的獵場，對不對？大概六或七代以前的女王，我在《永無境殘虐百科》讀……讀過。」

「骸骨之墓！」馬希爾說：「妳說得對，而且據說賽特柏琳女王在世時，其他人都不准進入荒野──孤獨君主！很符合。」

「可是女王荒野的地點在高牆，」法蘭西斯的臉垮了下來。「往北過兩個城鎮才會到，要到那裡的話時間根本不夠。」

「我知道一條路，」莫莉安急忙說：「史皮諾果路，我們來的時候有經過，離這邊只有兩個街區。根據活地圖上的標示，那是一條劫財路，我很確定。」

馬希爾露出驚訝之色。「妳怎麼曉得？」

「我把特異地理都記下來了。」

馬希爾聽了睜大眼睛，莫莉安聳聳肩。「嗯，不算全部啦，還沒有全部背下來，不過我記住了大部分的詭騙巷，跟幾條劫財路……記得邁德梅說劫財路會做什麼

嗎？你走進去之後，它會讓你跑到另一個地方，有時候會移動好幾哩。離第三個線索不遠的地方就有劫財路，這不可能是巧合。我跟你們打賭，隨你們要賭什麼，我們一定是要走史皮諾果路，我敢說那條路會通往女王荒野……一起碼會到靠近女王荒野的地方。」

「可是邁德梅說不能走詭騙巷，」法蘭西斯反駁：「我們甚至還沒開始上劫財路，老師才不會在考試裡面安排危險的東西。」

莫莉安發出哀號。「喔拜託，法蘭西斯，你還搞不懂學會的作風嗎？他們才不在乎到底危不危險，他們不在乎我們有沒有做研究，他們不會按規則來，也不會管我們是不是按規則來。」

「按規則──妳在說什麼啊？」馬希爾問。

「有時候，你要自己想通哪些規定該遵守，哪些規定要打破，」莫莉安說，想起朱比特有一次告訴她的話。「什麼時候按照計畫來，什麼時候即興發揮。」

「但我們沒有計畫啊。」法蘭西斯弱弱地說。

「一點也沒錯，」莫莉安說：「所以該即興發揮了。」

「好，」她說：「那我們就……」

「妳先走。」法蘭西斯嚇得聲音都變尖了。

——

史皮諾果路又長、又窄、又暗，根本看不見盡頭。莫莉安站在入口，兩旁分別是法蘭西斯跟馬希爾，她的雙手發顫，開始微微後悔自己出的餿主意。

「好，」莫莉安重複了一遍。「當然好。」

她猶疑不決地踏進黑暗，再踏一步，接著她搖了搖頭，決定孤注一擲。她深吸一口長氣，邁步跑了起來，奔過黑暗的巷子，直到看見前方的光芒，原本很小，後來漸漸擴大。**沒錯！**她想，加快腳下的速度，總算來到……

不是銀區史皮諾果路。

不是高牆的女王荒野。

她哪裡也沒到。

她及時站住，才避免自己的鼻子撞上巷底的磚牆。那道牆在她前方升起，擋住去路，她眼睜睜看著牆壁越來越高，十二呎，十四呎，二十呎……

她嘆了一聲，極度不情願地轉過身，打算告訴馬希爾和法蘭西斯她搞錯了，這時身後傳來長而低沉的嘰嘰聲。她聽見熟悉的**喀哩、喀啦、喀哩、喀啦**聲，還有一陣令人寒毛直豎的刮擦聲，有如什麼物體在石子路上拖行。

莫莉安喉間湧起嘔吐感，鼻孔充滿骯髒河水及肉塊腐爛的惡臭，胸口有股強烈的寒意逐漸蔓延。她緩緩轉身，眼前是她曾希望再也不要見到的東西。

骸骨軍團。骷髏人。

這次比上次出現了更多副骷髏，聚起一群，數量起碼有兩打，說不定更多。它們湧進莫莉安背後的巷口，肩挨著肩，塞滿兩道牆壁中的空間，越逼越近。**喀哩、喀啦、喀哩、喀啦，刮擦——喀哩、喀啦、喀哩、喀啦，刮擦——**

如同她的記憶，也如同邁德梅的敘述，它們顯然是由朱若河河床數百年來殘留的骸骨倉促組成，有人類骨頭、奇獸骨頭，有時也會用上碰巧在河底附近的各種物

品。其中一個骷髏人的手臂是生鏽的老傘骨；另一個骷髏人則以一架長手推車代替雙腿，金屬已然腐朽，纏滿海草，就這麼向前滑行；還有個骷髏人的身軀是人類骸骨，細小的頭骨卻像是貓頭。它們的樣子稱得上滑稽可笑，但莫莉安壓根笑不出來。

飄著鹹味的冰冷空氣刺痛她的胸口，她急促地大口喘息，緊緊閉上雙眼，對於自己的弱小感到怒不可遏，卻又無能為力。她明明就是**幻奇師**，不是嗎？為什麼她做不到幻奇師能做的事？為什麼她做不到埃茲拉・史奎爾曾經做給她看的事？為什麼沒有人**教她怎麼做**？

這個念頭很危險，也是她永遠不可能說出口的念頭。然而，在這個剎那，莫莉安頭一次非常想當個真正的幻奇師。

彷彿受到這個念頭召喚，骷髏人後方傳來響亮的嘶鳴，如雷的馬蹄聲衝過巷子，直奔莫莉安，黑煙形成的騎手穿過團團圍聚的骷髏人，彷彿那些骨頭不過是空氣。

莫莉安的喉頭一哽，立時明白那是什麼——煙影獵手回來了。她發起抖來，想起埃茲拉・史奎爾上次說過的話：**只要妳要求，我們就立刻上第二堂課**。

獵手在莫莉安正前方停下，似乎變得更大了，鼓脹起來，有如要……要保護她，成為擋在她和可怖骸骨怪物之間的盾。

黑煙馬匹以後腿立起，鼻孔噴出熱氣，凶猛的紅眼發出明亮的光。馬蹄轟然落回石子路面，馬背上魁梧的黑煙獵手傾身向前，對莫莉安伸出一隻手。

莫莉安胸口刺痛，這才意識到自己屏住了呼吸。她大口吸進冰涼的空氣，頸部的脈搏用力跳動。

獵手依然伸著手臂，靜靜等候，紋絲不動。

這不是威脅，不是命令。

是個邀請。

莫莉安退後，撞上石牆，搖著頭：「我──我不要跟你走。」

獵手不發一言，他的眼眸如同坐騎的眼眸，裡頭的紅黑雙色不斷迴旋，宛如發光的液態火苗，或是岩漿。馬匹不耐煩地跺地。

「我不要跟你走！」莫莉安再度喊道。

獵手依然不吭聲（莫莉安不確定他究竟有沒有能夠說話的嘴），而是以非常微小的幅度，將頭轉向持續發出喀啦聲的骷髏人大軍，接著轉回莫莉安，黑霧形成的頭一歪，流露幾分嘲弄。

有道理，莫莉安悲慘地想。

她別無選擇。帶著劇烈的心跳，她抓住那隻煙霧手，碰觸到的瞬間有種極為詭異的感受，宛如摸到變成固體的空氣。獵手不費吹灰之力將她拉上馬鞍，馬匹即刻撒開長腿，衝過骷髏人，將一整團骷髏人全數拆散。

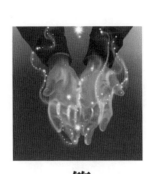

第十九章　保存時光

這次的感覺不一樣。過去，煙影獵手也曾帶走莫莉安，當時是去年冬天，幻奇學會最後一場考驗結束之後。那時，她像是被拋進黑霧之海的浪潮中，或是被影子龍捲風給捲走，也可以說是在沒有盡頭、令人暈眩的隧道中不斷翻滾，最終，煙影獵手才把她丟在絲網軌道的月臺，安放在幻奇師的腳邊，猶如忠犬叼來一隻死老鼠給主人。

現在，莫莉安坐在身形高大、目光如焰的獵手前面，覺得自己就像從弓飛射而出的箭矢。承載他們的影子馬匹速度奇快，簡直像是正在飛越絲網，城市中的燈光飛速流過身旁，風聲在莫莉安耳際呼嘯，震耳欲聾。

接著突然停了。

一片靜謐，唯有莫莉安自己急促的呼吸聲。她眨著眼睛，好讓視野變清晰。獵手已然消失，她孤身一人站在一個寬闊的大廳，大理石地板反射了點點光芒，隨著

牆上裝設的燈火一同搖曳。

莫莉安穿越大廳，心跳劇烈，每踩一步便引起回音。兩旁排列著一顆顆雪花球，不是能拿在手中搖晃的那種，而是等身尺寸的大型水晶球。每顆都裝著描繪生命風景的靜止畫，其中擺放了男男女女、孩子、幻獸族、奇獸的雕像，精巧無方，以不同的姿態，待在各自的迷人小場景中，封閉在玻璃之內，籠罩著永不減弱、永不停歇的漫天飛雪。

一名女子在海中游泳。

一隻狼犬在火爐邊蜷縮而眠。

兩名男子在煤氣燈下相擁。

莫莉安的鼻子湊近玻璃，凝視裡頭的女人與海洋。她很美麗，臉龐呈現完美的橢圓形，從深藍海浪中浮現，雙眸望著天空。這個場景如此逼真，莫莉安覺得自己幾乎要跟著跳入海中，和那女子一道游泳。她用雙手貼著玻璃，胸口湧現奇異的寂寞感。

「展覽品是禁止觸碰的。」身後傳來溫和的嗓音。

莫莉安倏地轉身，猛地抽了口氣。

那張熟悉的臉距她僅數吋之遙。這人皮膚蒼白，長相平凡，額上卻有一道小小的白色疤痕，將一邊眉毛從中劃分為二。

埃茲拉·史奎爾，世上唯一的幻奇師。

（除她以外，唯一的幻奇師──她默默在腦中修正。）

她踉蹌後退，撞上水晶球的玻璃，左右張望，尋找逃脫路線，身體每一吋極其

緊繃，隨時準備逃走，偏偏她的腦袋尚未跟上。她覺得自己的反應好慢、好笨，滿腦子都是眼前這張臉，史上最邪惡之人的臉。

但是……史奎爾真的人在這裡嗎？難道經過多年流亡，他終於找到了回來永無境的方法？還是說，他又用了去年那一招，只是仰賴絲網軌道的力量，將不具實體的形貌傳送回永無境，假扮為自己的助理，也就是親切有禮的瓊斯先生？

不幸的是，唯有一個方法能找出答案。

懷著極為不甘願的心情，有如要觸碰一隻身染狂犬病的狗，莫莉安遲疑不決地伸出一隻發顫的手。她鼓起勇氣，隱隱以為自己會碰到溫暖、真實的人體，做好一旦碰到就要拔腿逃跑的心理準備……不過，她的手穿透史奎爾的肩膀，彷彿他只是空氣。

是絲網軌道，她心想，鬆了一口氣，閉上眼。看來史奎爾的真身仍然無比遙遠，安全地待在冬海共和國，困在莫莉安的家鄉，無法傷害她，無法傷害永無境的任何人。她這才意識到自己憋住了呼吸，腦中響起邁德梅的聲音：**第一，保持冷靜，吸氣，吐氣。**

史奎爾露出遺憾的微笑。「又見面了，黑鴉小姐。」

「這是哪裡？」莫莉安質問。她詫異又慶幸地發現自己的聲音沒有發顫，儘管她的雙手在抖。

「希望獵手沒有失禮。」他用閒談似的親和語氣說，活像他們只是正在討論天氣的陌生人。

「這是哪裡？」莫莉安重複，這次聲音有**一點點**抖。她咬緊牙關。

史奎爾張開雙臂，往大廳四周比畫。「保存時光博物館。聽過嗎？」

「沒有。」

「沒有。妳當然沒有。這是一個『奇景』。」他打住，不甚在意地微微聳肩。「我聽說妳上的課不怎麼樣，想說不如幫妳一個忙，讓妳開開眼界。」

莫莉安沒吭聲，強迫自己保持面無表情。可是，史奎爾怎麼曉得她在幻學上了什麼課？難不成他經常利用絲網過來，偷偷監看？或者，是有間諜會幫他監控？

「我個人一向認為，」史奎爾繼續說，隨意伸出幽魂般的手，穿過水晶球裡的海洋。「幻奇事件評等委員會誤判了這個創作。奇景是指會使人讚嘆驚喜、令人看不出如何辦到的事物，然而，保存時光博物館遠遠不只如此。它值得被評為『異象』，甚至是『獨一』。」

奇景，異象，獨一……莫莉安完全不明白他在說什麼。她張口想要詢問，隨即

「喀。」地閉上。她拒絕被勾起好奇心，她拒絕受到這個惡人引誘，從而展開任何對話。她掃視大廳，尋找逃走的最佳方法。該跑嗎？但他會不會直接召喚煙影獵手？

史奎爾一時默然，陷入沉思。「她可真是天賦驚人。」他低喃，近乎自言自語。

聽見他那種奇妙的惆悵語氣，莫莉安棄械投降，暗自咒罵自己，開口詢問最顯而易見的問題：「誰？」

「瑪提德・拉虔斯，就是創造這一切的幻奇師。真是大師的傑作，妳不覺得嗎？這少說需要運用五種禍害技藝。夜曲，這是一定的，還有編織、節律，大概也有影幕，說不定甚至……」他注意到莫莉安的神情，猛地停住。莫莉安臉上想必流露了她聽見這些話時感到的飢渴，就在剛剛，她靈光乍現，想通了默嘉卓在長老議事廳

說的那句：**總要有人教這個小畜生如何運用禍害技藝**。她終於想起自己是從哪裡聽到這個詞，正是史奎爾本人親口說的。去年在黑鴉宅邸時，他稱之為「非凡幻奇師的禍害技藝」，正表示要教導莫莉安，莫莉安拒絕了。

史奎爾微笑。「啊，我可不能說太多，他們會不高興的，是不是？妳那個**幻奇學會**。」他以極其輕蔑的口吻說出最後四個字。莫莉安努力掩飾失望，一面在內心暗記他說溜嘴的四個詞：**夜曲、編織、節律、影幕。**這些到底是什麼意思？

「妳在幻學過得還開心吧？」他的語調十分輕鬆，開始來回踱步，雙手在背後交握。「是不是一如妳的夢想，甚至超越妳的想像？聽說，妳的同梯正在學習作夢也想不到的各種知識與技巧，再過不久，他們就會在各自的領域成為專家，名聞全界：世上最厲害的龍騎士，永無境語言學的第一把交椅，才華無人比肩的催眠師。」他轉頭看莫莉安，眼神憂傷，嘴巴誇張地嘟起，「至於妳，只是個遭人禁止發揮力量、發展天賦的孩子，被那些最懼怕妳的人給摧殘、掌控。」

莫莉安搖頭。「不是這樣──他們才不怕我，他們只是……這是為了我自己……」

莫莉安越說越小聲，只見幻奇師的炯炯雙眼中燃起嘲弄與怒火。「妳自己的什麼？為了妳自己的安全？為了妳自己好，為了保護妳自己？天哪，看來妳說謊的技巧有點進步，至少妳更擅長對自己說謊了。」

她沒應聲。史奎爾說得對，她沒辦法否認。長老確實怕她。

史奎爾密切觀察莫莉安，很清楚他踩到了痛處。「妳那個駝背教授又教了妳什

麼，嗯？告訴我，關於過去那些邪惡、奸詐的幻奇師，妳學到了多少？」

「我什麼也不會告訴你，而且他不是駝背，他是幻龜，怎麼又禁不起激回話了。她用力捏緊拳頭，**保持冷靜**。「你為什麼帶我來這裡？」

「為了履行幻奇師的職責。」史奎爾勾起一邊嘴角，露出微小的笑容。他停止踱步，站在一顆水晶球正前方，球中有輛傾斜的汽車，四名興高采烈的年輕男人把身體探出車外，頭髮被強風向後吹拂。「為了實現妳的願望，讓妳擁有妳想要得勝過一切的東西。」

「是什麼？」

「教育。」他再度開始踱步。「剛才，在那個死巷的黑暗盡頭，妳許了這個願望，不是嗎？所以囉。歡迎來上第二堂課。想不想學習召喚幻奇之力？」

莫莉安咬牙切齒地問。

莫莉安想說不，想朝他沒有實體的臉龐吐口水，然後逃出博物館，直奔幻學。在這個時間，同梯的其他人想必早已回到校園，可是假如不是全員到齊，整梯都會不及格，這樣他們又有新的理由生她的氣了。莫莉安暗忖，不知道法蘭西斯跟馬希爾怎麼了？他們在等她嗎？他們會不會走進巷子……不，她想，**八成不會**。

不過，至少霍桑會擔心她。說不定連詩律也會。她得設法回去，讓他們知道她平安無事。

然而，留下來的誘惑實在太過強烈。長老理事會一心只想管控、封鎖她的力量，昂斯塔連一丁點有用的資訊都不肯教她，就連朱比特也是，他發誓要證明幻奇師並非全是惡人，卻什麼也沒找到。

如今，永無境的頭號公敵埃茲拉‧史奎爾來到莫莉安面前，向她遞出關鍵之鑰。

她的內心深處一陣悸動。

想不想學習召喚幻奇之力？

「想，還是不想，黑鴉小姐？」史奎爾催促。看他自滿的神色，莫莉安明白，他早已猜到答案，只不過想聽她親口說出來。

她嘆了口氣，不情願地小聲說：「想。」

「那麼，就此開始禍害技藝的第一堂課，」或可說是最要緊的一堂。」他拍拍雙手，走向大廳正中央站著，彷彿那裡是座舞臺。他朗聲說道，話音響徹寬廣的博物館：「禍害技藝之夜曲…召喚幻奇之力。藉詠唱實現。」

唱？聽起來就像個笑話。像香妲女爵那樣的人才有辦法唱歌，再不然就是天使伊斯拉斐爾。非凡幻奇師的禍害技藝總不至於包括唱歌吧？

史奎爾抬起手，示意她保持安靜。**「小烏鴉，小烏鴉，一雙眼睛是鈕釦黑。」**莫奎安的頸背寒毛直豎。她聽史奎爾唱過這首歌，那是去年冬天，在絲網軌道的月臺上，唱完沒多久，史奎爾便強拉她坐上光芒刺眼的絲網列車，回到位於冬海共和國的黑鴉宅邸，威脅要對她的親人下手。莫莉安深吸一口氣，牢牢站在原地，努力按捺忽然想逃走的衝動。

「飛來草原，那裡藏著兔子，相互依偎。」史奎爾閉著雙眼，五指在半空中微微顫動。**「小兔子，小兔子……」**他的嗓音漸趨低微，睜開眼睛，饒有興致地凝視自己的手。「妳懂嗎？這就像訓練一條狗，但妳要訓練的不是狗，而是猛獸。一頭擁有自我意志的猛獸。妳看見了嗎？」

「幻奇之力是看不見的。」莫莉安防備地說。

「是，沉眠的時候看不見。」他承認。「不過，俗言道：**受召喚，形貌現，召者、匠師皆可見。** 意思是說，當幻奇之力回應幻奇師的呼喚，會⋯⋯跟召喚者締結某種形式的協定。」

「讓它們⋯⋯現形的協定？」

「正是。」他點點頭，密切觀察自己那隻手的動作。「此外，雖然幻奇之力擁有智慧，卻一視同仁，一受到召喚，每個幻奇師都看得見。**召者、匠師皆可見**，這樣妳明白了？但妳必須留心才行，妳必須知道該看什麼。」

莫莉安倒抽一口氣。她看見了——史奎爾的手中織起了一條細線，閃耀著白金色的光，鰻魚似的在他指間流竄。她著迷地注視著，看史奎爾舉起手，吹散那條細線，有如吹散一球蒲公英種子，那些光隨著氣流散開，隨即消逝。

當然，她本來就知道幻奇之力是什麼樣子。去年，她從黑鴉宅邸平安歸來之後，朱比特讓她見過。當時，朱比特和她額頭貼額頭，在那個光輝燦爛的剎那，她看見了贊助人眼中的世界以及她自己，聚集在她周遭的幻奇之力亮得讓人睜不開眼。那條細線跟她之前見到的並不相同，卻同樣令人驚嘆，同樣美麗。

「換妳了。」莫莉安驚恐地搖頭。

史奎爾朝大廳中央的位置一比，往後退開，讓出舞臺。「唱吧。」

「幻奇之力根本不在乎，它們不會嫌妳難聽。」他嗤了一聲。「再怎麼也不會像歐文·賓克斯那麼難聽，每次他要召喚幻奇之力，大家就會開始逃命，以為有人要死了。來吧，唱點什麼，快。」

「莫莉安驚恐地搖頭：「我不會唱歌。」

她遲疑了一下，顫抖地開口：「小烏鴉——」

「不對！」他衝上前來，伸出雙手阻止莫莉安，莫莉安往後一縮，他猛地煞住腳步。「不對，不能唱那首。每個幻奇師的召喚方式只屬於自己，是獨一無二的。妳要選別的歌。」

「我什麼歌也不會唱。」她抗議。

「胡說，」史奎爾不耐煩地回答，「誰都起碼記得一首歌。妳那些沒用的家人總對妳唱過搖籃曲吧？回想一下，在妳的嬰孩時代，妳哭得臉色發紅時，他們唱過什麼。」

莫莉安正想翻個白眼，她父親跟祖母哪可能做出為她唱搖籃曲這種傻事？這個當下，她腦中倏地浮現一段鮮明的回憶。

記憶中的她還很小，約莫六或七歲，那段時間，她的家庭教師是杜菲太太。以往，她父親不斷找來可憐的男男女女，到黑鴉宅邸教莫莉安讀書、寫字、算數……真正的目的是讓莫莉安不要去煩他，那他就能繼續假裝莫莉安不存在。這些家庭教師換了一個又一個，杜菲太太就是最新的一位。莫莉安的教師多半避免直接和莫莉安接觸，上課時總是迴避她的目光，有些人甚至採取更積極的方式保護自己，比如林福德小姐就堅持要跟莫莉安隔著一道門，以防萬一。

可是，杜菲太太不一樣，她沒有迴避莫莉安。杜菲太太似乎覺得，自己有責任時時教誨莫莉安，她是黑鴉家族和整個社會的負擔；她光是出生，就造成了如此沉重的壓力，危害到周遭所有人的安全，以及整個無名界的安全。

杜菲太太教了莫莉安一首歌，每當莫莉安考試沒考好、做錯事、說了不該說的

話，她就罰莫莉安唱這首歌，一遍遍地唱，直到她允許莫莉安停為止。

以前，莫莉安年紀太小，對她來說，這首歌既討厭又嚇人。但是，這也是她唯一背下了完整歌詞的曲子，句句烙印在腦海，無法抹滅。

她遲疑地小聲開始唱。

「**晨曦日的孩子活潑乖巧，**」她的嗓音有點啞，於是她清清喉嚨。「**夕暮日的孩子壞又胡鬧。**」

史奎爾偏過頭，額上擠出深深的皺紋。

「**晨曦日的孩子帶來光輝破曉，**」莫莉安繼續唱。她唱得不好，不過她的歌聲響徹寬廣的空間，每唱一個音，便越來越有力。「**夕暮日的孩子招來猛烈風暴。**」

史奎爾向她走近一步，彷彿想起了什麼。

「**晨曦之子啊，你去哪裡？**」他輕輕唱道。他的歌聲溫柔甜美得令人發毛，比莫莉安好聽多了。莫莉安心想，他唱歌不應該這麼美妙，應該要是很難聽粗啞才對，像他的心一樣糟糕。

她顫抖地吸了口氣。

「**高高的天上，那裡風和日麗。**」莫莉安頓住，不想再唱下去了，就在這一刻……她的指尖忽然冒出一種感覺，像是穩定的電流，也像是伸手試探強風時，感受到的些微阻力。她抬頭看向史奎爾。

史奎爾點頭以示鼓勵，雙眸閃著光芒，唱道：「**暗夜之女啊，妳去哪裡？**」莫莉安小幅前後揮動雙手，測試這個感覺。彷彿有一束束月光在她指間躍動。

「**深深的地底，那裡幽魂侵襲。**」

朱比特說過，幻奇之力一直在等她。

等我做什麼？

我想到時候才知道。

它們在等的就是這個。莫莉安原以為召喚幻奇之力很困難，可是，這簡直像是……它們想要受到召喚。幻奇之力急速聚攏，上百萬個細小光點形成上百條絲線，圍在她的頭旁、她的身邊，在她周遭遊走浮動。幻奇之力來得飛快，感覺奇妙極了，它們宛若擁有活生生的意志。

「注意力集中在手上。」史奎爾說。

幻奇之力急於討她歡心。史奎爾的話音剛落，這個念頭剛進入莫莉安的腦海，飄盪的金絲便湧向她伸長的手，流進她朝上攤開的手掌，有如流水狀的陽光。

幻奇之力就是這樣的感覺，就像是整個人被陽光曬暖，像是手中掌握著純粹的能量，像是她本身就是純粹的能量。莫莉安的雙手震動起來，她甚至看不見自己的手，只看見裹住雙手的幻奇之力，好似一雙形狀不固定的奇怪手套，或是兩朵光雲。這帶給她一種奇特的感受，既覺得自己很強大，又覺得自己彷彿遭到了挾持。

她成功召喚了幻奇之力，卻不曉得接下來該怎麼辦。

「要怎麼停下來？」

史奎爾的眼神混雜了詫異與憐憫，「妳怎麼會想停？」

莫莉安慢慢感到驚恐。就在上一秒，一切顯得如此自然，幻奇之力集中在她掌心，有如她天生就該這麼做。現在，她卻漸漸浮現另一種感覺，似乎她不再掌控著幻奇之力，其實是幻奇之力反過來掌控著她。

「把它弄走，」她音量漸大：「讓它停下來。」

可是，史奎爾袖手旁觀。他站在原地注視莫莉安，莫莉安則透過金霧回看著他，隨著幻奇之力持續積聚，她心中也越來越憂懼。史奎爾故意騙她，要置她於死地，要讓幻奇之力毀滅她。

「想想辦法啊！」她大聲說：「讓它停下來！」

史奎爾不為所動。

出於本能，莫莉安甩動雙手，宛如要甩掉手上的泥巴。「不要，」她大喊：「不要！」她也不知道是在對誰說，可能是她自己，可能是史奎爾，或是幻奇之力。

結果，幻奇之力聽從了。她感覺到幻奇之力開始逃竄——不對，是從她身上往外衝，彷彿接受了她的號令，出發去執行任務。災難陡然降臨，離莫莉安最近的水晶球應聲碎裂，綴滿雪花的海水翻起巨浪，奔騰而出，裡面的雕像也被扯了出來，飛出玻璃內部的寧靜空間，躺在大理石地面，全身溼透，頭髮散亂。

莫莉安呆看著眼前的景象，氣喘吁吁，腦子仍試著理解剛才發生的事。

全身溼透，頭髮散亂的雕像。是那名游泳的女子，差別在於她不再是浮在水面，雙眼眨也不眨地注視天空；現在，她蜷曲成一團，身上穿著溼漉漉的藍色泳裝，而且……而且正在呼吸。應該說，她試著呼吸，吐出了一口長而粗重、帶有水聲的喘息，像是肺中早已吸入半個海洋。接著，呼吸就停了。

她根本不是雕像。

莫莉安奔到女子身邊搖她，將她翻過身來，用力拍她的背。「快呼吸！」她叫道。她知道自己該做點什麼，要是朱比特在場，他一定曉得該怎麼做，可是她只能

驚慌失措，腦中的思緒似乎轉得飛快，卻又似乎慢得跟不上。「呼吸！」

「早就來不了了。」莫莉安劇烈的心跳聲幾乎蓋過了史奎爾的說話聲。她眼眶發熱，淚水模糊了視線。她不懂。女子癱軟在她懷中，身軀沉重，她⋯⋯她不懂。「已經來不及很多、很多、很多年了。」

「這是什麼地方？」莫莉安驚駭地看著排列在牆邊的水晶球。她終於了解，裡面存放的不是雕像，而是人，活生生的真人。

「保存時光博物館，」史奎爾朗聲說，像是正憑記憶背誦：「屬奇景等級，由幻奇師瑪提德・拉虔斯所創造，E・M・桑德斯紳士贊助。謹將這份禮物獻給永無境人民。盜賊世代，首年之冬。」

「謹將這份禮物獻給永無境人民？」莫莉安喃喃地說，低頭凝視溺水女子那空洞、了無生氣的眼眸。

「是的，他們認為是禮物。」史奎爾漠然說道。「我想，它只被歸類為奇景等級，而非異象等級，原因就在於此。永無境的善良人民以為，這份禮物不過是藝術展覽品，但瑪提德小姐的才華不在於創造假象⋯⋯而在於捕捉現實，將其保存。」他邁開謹慎、徐緩的步伐，站在莫莉安身邊，俯視那女子毫無表情的臉龐。他自己的臉猶如一面奇異的活鏡子，同樣不帶情緒，一片空白。「要說的話，也該說她慈悲，她捕捉的對象全是離鬼門關一步之遙的人。我不知道她究竟是著迷於死亡，還是著迷於永生，無論是哪一種，這些幸運的靈魂永遠不死。」他環顧四周，聳了聳肩：「也說不定，他們每天、每分、每秒都在死亡，永遠持續下去。端看妳用什麼觀點。」

莫莉安咬緊牙關，努力遏抑顫抖。他們都弄錯了，她暗想——史奎爾跟幻奇事件評等委員會都弄錯了。她不曉得奇景是什麼，可是這絕對不是奇景。這是暴行。

她輕柔地將女子放在地上，掙扎著用發抖的雙腳站起身。

「準備好再試一次了嗎？」史奎爾期望地看著她。

莫莉安逐一掃視每顆水晶球，總算看清她先前漏掉的細節。汽車中的年輕男人並不是主動探出車外，而是由於看不見的撞擊，被強烈的力道拋出車子；他們臉上凍結的神情並非興高采烈，而是瞪大眼睛的驚嚇。在燈下相擁的兩個男人之間閃現一道銀光，其中一人將刀捅進另一人的腹部；莫莉安此時才注意到，在第二個男人的外套下方，有道細細的血痕流下。

就連蜷縮在火爐邊的長毛狼犬也瀕臨死亡，仔細一瞧，牠雙目混濁，長毛稀疏蓬亂，表示牠已然年邁。莫莉安不禁想，這隻老狗被封印在這個玻璃監獄之前，牠還剩下幾口氣？

假象就此破碎，莫莉安陡然被她本該感覺到的恐慌與反感給淹沒。

她在這裡做什麼啊？她孤身與泯滅人性的惡人共處一室，這甚至不是第一次了。她身處的博物館如此可怕，擺滿了活體展覽品，那些真實存在的人永遠困在死亡的瞬間，宛如存放在罐中的醃菜。

這裡根本不是什麼博物館，是墳場。

莫莉安踉蹌地走過史奎爾身邊，越來越感到噁心，喉間湧起了反胃感。她想吐，她想出去，她想回幻學，回到安全、正常的生活。

「妳這是去哪裡？」他冷靜地揚聲詢問莫莉安。她不予理會，專注地踏出一步，

再踏出另一步。**出去，快點出去。**「所以，到此為止了？妳就這麼放棄了？」

出去出去出去不要聽不要回答出去就對了。

「妳在怕什麼？怕妳總有一天會印證他們的懷疑，變得這麼強大嗎？小烏鴉，妳害怕自己締造偉業的潛力嗎？妳當真這麼懦弱嗎？」

「我才不懦弱！」莫莉安咆哮，倏地旋過身面對他：「我也不是你，不是瑪提德・拉虔斯，我不是**禽獸。**」

「妳兩者皆是。」他的語氣一如往常，依然溫和、極為克制，卻潛藏著某種情緒。「妳是我所知最懦弱、卑鄙、無藥可救的小畜生，我真不知是幸運抑或不幸。我了解妳，黑鴉小姐，妳無須懷疑。」他走向莫莉安，深色眼眸在燈火之下反射光輝，「我知道，妳容易記恨、任性妄為，有那麼點鬼聰明；我知道，尋常孩子會遵守的規矩無法約束妳，因為妳並非尋常的孩子。黑鴉小姐，妳是幻奇師。我們跟別人不同，我們比其他所有人加起來更加強大，也比他們更加惡劣。我還搞不清楚妳在學會裡面的地位嗎？難道妳不明白，只要妳願意，就能令任何人俯首稱臣？」

莫莉安搖著頭。她不想聽這些，她不想聽別人說她**不同**，這些話她聽了一輩子，她很清楚那是什麼意思。不同代表危險，不同是一種包袱。「不要說了，你根本不了解我。」

「那我給妳一點動力，如何？」史奎爾喝道，他看上去很焦灼，甚至可說是震怒。「妳擁有天賜的資質，有人為了得到這份天賦願意去殺人，有人為此而死，妳卻這樣揮霍！」他的話從天花板反射回來，回音形成了無休無止的盛怒合唱。

莫莉安瑟縮了一下。她鼓起全部勇氣，厲聲反駁：「就算有人死，也是被你殺

「說不定我早該殺了妳，妳這令人失望的廢物！」他吼道。一瞬間，他的臉變成了一張醜陋的面具，那張表皮彷彿屬於另一個被附體的人，傳說中的幻奇師在失控的怒火中閃現了真面目，雙眼與嘴巴宛若黑洞。

然而，那副樣貌隨即消失，恢復成溫和有禮、鎮定自持的男人。

輕而易舉。

莫莉安渾身發冷，有如灌下一大桶冰水。

她瑟瑟發抖，魂飛魄散，頭也不回衝出保存時光博物館，奔出大門，跑下樓梯，返回這座善變、高深莫測的城市，投入永無境冷列的懷抱。

的！」

第二十章　夜曲

一週後，莫莉安・黑鴉不復存在。在法蘭西斯、馬希爾和九一九梯其他人眼中，她徹底成了透明人。他們不再跟她說話，不再正眼看她，不再當她是九一九梯的成員。

嗯……當然，並不是所有人都這樣子，霍桑仍舊是莫莉安最死忠的好朋友。還有詩律，說也奇怪，自從她害全梯不及格，詩律似乎更喜歡她了。

其實，莫莉安由於無法解釋的原因繞遠路，害得大家沒通過考試，對此，霍桑最初跟其他人一樣失望。幻學的考試不打分數，只分為通過或不及格，「通過」代表你達到了課程的標準；反之，「不及格」代表每位學者必須與贊助人、教師、引導員進行極為嚴肅的面談，所以莫莉安這場極為嚴肅的面談遭到了無限期延遲），也代表他們不及格的事在學會中眾人皆知，還會為此奚落他們。最糟的是，迪兒本女士又臭又長地數落了他們一頓，說九一九梯的學習態度散漫得令

人震驚，最好把皮繃緊，直到她決定不需要再盯著他們。

霍桑就跟九一九梯的所有人一樣，完全有理由生她的氣。但是，等莫莉安把史奎爾跟骷髏人的事告訴他，他的氣就消了，反倒嚇得臉色發白。

「所以……史奎爾從骷髏人手中救了妳？」

聽他這麼說，莫莉安皺起眉頭。「我想是吧，對。」

「妳差點被抓去惡鬼市集……結果幻奇師救了妳。」

「對啊。」

「這……好詭異。」

面對九一九梯的抗拒態度，霍桑積極捍衛朋友，比以前更加激烈。要是有人在傳北極熊餅乾罐時故意略過莫莉安，或是在莫莉安面前，用輕蔑、意有所指的口氣說**有的人根本沒資格進學會**，霍桑就會用小紙團彈他們的臉。

那天，當莫莉安離開保存時光博物館，還有一段時間才會破曉。可是，等她搞清楚自己身在永無境的哪個區域（原來她回到了戰慄謀殺庭園附近，在舊城南邊一個很遠很遠的地方），她恍然明白，自己絕不可能在太陽升起前趕回幻學。

儘管如此，她依然盡了全力。她沒有放棄，跑了又跑，直到肺部跟雙腿肌肉簡直快燒起來了，一路跑到燭芯地區，總算認清現實：再跑也沒有意義。太陽已經高掛天空，街道上滿是行人與賣報小販，莫莉安終於投降，跳上急速線的列車，因失敗而心情沉重，頹喪地回到校園。邁德梅和九一九梯正在等候，有的人面露失望，有的人怒不可遏，也有的人看起來正計畫要把她殺了。

九一九梯全體不及格，全是她害的。好吧，其實不是她害的，是骷髏人跟埃茲

拉‧史奎爾害的，但她總不能這樣說吧：「不好意思，我遲到了，我剛剛在跟埃茲

拉‧史奎爾聊天，你知道的，就是那個邪惡幻奇師嘛。」

莫莉安決定只說出一半的真相，也就是她被骷髏人給攔住了。偏偏她無法解

釋，明明阿弗‧史旺跟了不起的帕西默‧杏韻都被骸骨軍團人給抓走，她究竟是怎麼逃脫

的。於是，九一九梯做出共同的結論：莫莉安只是不想被罵，才信口開河什麼骷髏

人。

「一人失敗等於全體失敗」的規則並不公平，但說真的……在幻奇學會，沒有什

麼公平。

自然，事後她不停道歉，道歉了好幾天，可惜再多道歉也改變不了事實：大家

不得不面對八個大失所望的贊助人、一個焦慮的引導員，以及兩個暴跳如雷的學務

主任。難怪其他人對她深惡痛絕。

照理來說，莫莉安應該要在乎才對。她知道要在乎，然而，坦白講，她覺得有

點……無感。一直以來，她竭力從所謂的兄弟姊妹身上爭取友誼與認可，現在她已

經累了。（如今，想到兄弟姊妹這個詞，她就忍不住一抖。回想一年前的她，竟然全

心相信只要通過考驗，就會得到八個天造地設的兄弟姊妹……簡直像個笨蛋，哪有

這麼簡單的事。）

不。這些都已經無所謂了。

莫莉安有更重要緊的目標。

她能夠召喚幻奇之力了。

「**晨曦日的孩子活潑乖巧。**」某天早晨，她低聲唱著，順著一條崎嶇小徑穿過哭林。唯有在這個地方，她確定自己是單獨一人。（當然，除了她以外還有樹，不過多數時候她都能無視樹木惱人的碎念，那些樹看似也壓根懶得理她，淨是抱怨樹幹腐朽、松鼠太有自信讓它們看得很煩。）「**夕暮日的孩子壞又胡鬧。**」

莫莉安繼續哼了幾個音，手指在身側輕輕顫動。**快來呀**，她急切地想。與此同時，另一個聲音也隨之響起：**不要，不要召喚了。**

以前，在莫莉安腦中，第二個理性之聲要響亮得多，如今則是日漸微弱。

經過好幾天，莫莉安總算鼓起勇氣，再度嘗試召喚幻奇之力。剛開始，她終於放手嘗試時，幻奇之力並未立刻回應，不像在博物館那麼隨心所欲。

莫莉安猜想，會不會是因為她光是連要試試看也滿懷罪惡感？說不定是因為幻奇之力感受到她的想法，所以不肯過來。

但是，自從考試被史奎爾搞砸的那天，她初次唱起這首歌召喚幻奇之力，至今已過了一週。對於那天晚上學到的東西，莫莉安的感受……變了。

離開保存時光博物館的當下，她懼怒交加、心慌意亂，再次體認到她屬於自由邦最少數、最受痛恨的族群，她跟史奎爾組成了一個兩人小團體——邪惡幻奇師團體。

然而，某方面而言，九一九梯避莫莉安唯恐不及的那副光景，反倒幫了她一個忙。莫莉安發現自己天生有些反骨，既然其他人堅信她有錯，她反而一點也不內疚

了，起碼，她不會因為考試不及格而內疚。如果他們想要，就讓他們生她的氣吧，就讓他們躲她吧，莫莉安可以躲他們躲得更遠、更快。

如今，她有了寄託。她有了只屬於她的東西。她有了一個祕密。

「晨曦日的孩子帶來光輝破曉。」

出現了，指尖傳來早已熟悉的刺癢感，伴隨著一股躁動不安的觸感，像是用手指輕按一道淺淺的傷痕。強烈的滿足在她心中漫開。

莫莉安悄悄微笑。

哈囉，你來了。

現在，幻奇之力每次都會回應她的召喚，顯得如此輕易，如此迅速。她明白朱比特去年所說的話是什麼意思了，幻奇之力確實在等她，它們時時刻刻匯集在她身邊，耐心等她學會號令這股力量。或許史奎爾是很邪惡，或許史奎爾是她的敵人，即便如此……他依然傳授了無價的技藝給莫莉安，沒有他，莫莉安永遠學不了這些知識。在幻學，沒人想讓她學到這些東西，長老不想，學務主任不想，昂斯塔教授也不想；他們不但想控制莫莉安的力量，更想控制莫莉安本身。

當然，她行事很謹慎。她只會召喚些微幻奇之力，並且趁力量積聚起來以前便將之打散。打散才是困難之處，她上週總算抓到訣竅。只要她小心留意，就能掌控這份力量，不致失控。莫莉安已經學會如何在唱到一半時停住，任幻奇之力消散，絕不多唱第二段歌詞。

「夕暮日的孩子招來猛烈風暴。」

像這樣，偷偷進行這種小小的反抗行為……感覺美妙極了。好幾個月以來，她

處於不上不下的境地，明明進了學會，卻並非真正屬於學會——經過這麼久，她終於找到一件再適合她不過的事情。

莫莉安能夠體會霍桑的心情了，他乘坐在龍背上時，想必就是這種感覺，彷彿他生來就該當個龍騎士；還有詩律的心情，每當她毫無破綻地操縱別人，想必也感到自己充滿了力量。

然而……她腦海中始終有個聲音，即使微小，卻揮之不去。

每當她偷溜去練習這個新技巧，每當她張口唱出旋律，感受到幻奇之力回應召喚，那個聲音就會響起。

這很危險。你不該這麼做，這是錯的。

可是——這怎麼可能錯了？她天生就是幻奇師呀，這不是她能夠改變的。朱比特去年也說過，這是她的天賦，她的天命。

他說：你可以自己決定這個詞彙的意義，沒有人能代替妳。

「晨曦之子啊，你去哪裡？」

就算過去的幻奇師濫用天賦，做盡壞事，不代表莫莉安也要做壞事。妳不是埃茲拉．史奎爾。

「高高的天上，那裡風和日麗。」

莫莉安也是幻奇師，這個詞彙的意義由她決定，沒有人能代替她做決定。

「暗夜之女啊，妳去哪裡？」

一束光線在她指間躍動。她微笑。

「深深的地底，那裡幽魂侵襲。」

提德．拉虔斯，莫莉安再三告訴自己，妳不是瑪

莫莉安拖拖拉拉走出哭哭林，照她這種速度，昂斯塔教授簡直快得像幻獵豹。她非常不想中斷練習夜曲的獨處時光，更不想和一群討厭她的人共同度過「破解永無境」課。

她從沒故意蹺過課，但在這個瞬間，她站在傲步院的階梯上，滿心只想轉身跑掉，跑過枯萎火華樹排列的大道，奔出大門，一路衝回杜卡利翁飯店。

在她想像中的場景，沒人問她為什麼提早回家。瑪莎會早早準備好一盤莫莉安最愛的下午茶點心；吸煙室的牆壁會放送她這陣子偏愛的季節氣味（乾淨、舒適的毛衣味，讓人最能感受到秋天的撫慰，提升身心健康）；最重要的是，已經出遠門兩週的朱比特會從最近的探險任務歸來，耐心聽莫莉安告訴他史奎爾、博物館的事，聽她說自己把夜曲練得嫻熟、考試不及格⋯⋯而且朱比特不會生氣、不會擔心、不會失望，一切好得不得了。

可惜這些不過是幻想。

地圖室的課才是真的，她要遲到了。莫莉安長嘆一聲，挺起肩膀，最後一次回頭，滿懷渴望地注視綠蔭大道。那條路能帶她前往校園大門，帶她逃離現實⋯⋯

⋯⋯然後，莫莉安看見了他。

就好像莫莉安用魔法把他憑空變出來似的，朱比特‧諾斯沿著大道奔來，紅髮在身後飄揚，整張臉被笑意點亮。他停下腳步，彎腰大口喘氣，抓著雨傘對莫莉安揮了揮，她也笑著揮手。

「莫兒！」朱比特遠遠喊道：「我來帶妳逃課了！」

隨後，只見他燦爛的笑容漸褪，轉為困惑。他的目光落向莫莉安的另一隻手——她正用精湛的手法，心不在焉捲動幻奇之力形成的金線。

第二十一章　美妙的東西

朱比特一句也沒問。他用不著問。他一個字都還沒說，事情始末便從莫莉安口中飛快迸了出來，儘管她說得支離破碎。她說了骷髏人大軍、騎馬的獵手、保存時光博物館、史奎爾出人意料的現身；說了她偷偷學會的新技巧、溺斃的女子、那些盛裝死亡的水晶球。（她甚至提到，「破解永無境」的考試全梯不及格，雖然她說得很快。毫不意外的是，這並不是朱比特最在意的事情。）

「史奎爾？」朱比特發出有如喉嚨遭人扼住的聲音⋯「妳⋯⋯他⋯⋯他人在這裡？在永無境？**他又回來了？妳怎麼不告訴——**」

「你又不在！」莫莉安打斷他，難以隱藏語氣中的控訴意味。朱比特瑟縮一下。

「可是妳應該告訴別人啊。」他領著莫莉安走過兩旁有樹木排列的大道，前往大門。「一整個星期以來，妳持續召喚幻奇之力，而且這是埃茲拉．史奎爾教妳的？莫兒，妳不能瞞著這種事情，這樣太危險了。」

「噓！」莫莉安用氣音說，四處張望，確保沒人聽見。「我能跟誰說？我又不能告訴長老、雀喜小姐或是幻學的任何人，要是他們知道史奎爾來找我，還跟我講話……你可以想像——」

「芬涅絲特拉！」朱比特打岔：「妳可以跟芬說啊！或是跟傑克！」

莫莉安張嘴想反駁，隨即閉上。「我……呃，嗯。我沒想到嘛。」

「至於那個博物館——是在哪裡？那個什麼博物館——」

「保存時光博物館，」莫莉安說：「我想應該是在戰慄謀殺庭園附近，那時候我跑了好久才搞清楚我在哪裡。總之，你不覺得很高興嗎？我可以召喚幻奇之力了！而且我召喚得很拿手，朱比特。」

她笑起來，雙眼流露不可置信與喜悅，「我真的會召喚了！」

「我根本不懷疑妳會做不到。」朱比特微微彎起嘴角，像是明知不該笑卻忍不住。他用眼角餘光瞥向莫莉安，「我早說過了，不是嗎？幻奇師也可以做好事。我知道妳會成為很棒的幻奇師，昂斯塔徹底搞錯了。」

莫莉安的快樂之情略略消褪。「不對，昂斯塔說得沒錯。」他們穿越大門，走向傘鐵車站，朱比特充滿活力地向警衛揮手，警衛則怒瞪著莫莉安。初階學者照理不能在上課時間離開校園，不過有朱比特陪著莫莉安，沒人能說什麼。「我不是說了瑪提德・拉虔斯的事嗎？保存時光博物館——」

「只是幻奇事件的其中之一。」朱比特舉起傘，擺好姿勢，準備跳上呼嘯而過的傘鐵，示意莫莉安跟著照做。「瑪提德・拉虔斯也只是幻奇師的其中之一。」

「那史奎爾呢？」她一面問，一面拿出自己的黑色油布傘，匆匆用斗篷擦拭銀

色纍絲手把。「昂斯塔那本書上寫的其他幻奇師們呢？泰爾‧馬格努森、歐布瓦‧傑密提……」

「喔！」朱比特勝利地叫道，此時傘鐵駛近。「妳提到他正好，這就是我今天來的原因。好了，準備——跳！」

在空中高速飛行的狀態下，幾乎不可能繼續交談。莫莉安正打算在平時的車站拉下操縱桿，讓金屬環鬆開雨傘，不過還來不及拉，朱比特便叫她停手。

「等我的信號！」朱比特大喊，蓋過在莫莉安耳際呼呼作響的風聲。看來他們並不是要回家。

兩人繼續搭乘傘鐵，過了好一陣子，莫莉安的手開始因為緊抓雨傘而發疼。正當她覺得手臂肌肉快燒起來了，暗忖她說不定必須鬆開手，祈求老天保佑，就在這時，朱比特輕戳她一下，指著一座公園角落的柔軟地面。

「往那裡跳！」

趁傘鐵經過公園時，莫莉安往下跳，有些笨拙地落地，好在起碼還站著。朱比特跟蹌摔倒，在草地上用膝蓋滑了好一段路。

「降落姿勢不錯，」他們身後傳來一個聲音，那人彷彿覺得超好笑：「給你滿分十分。」

莫莉安吃了一驚，轉過身來。「你怎麼在這裡？」

「喔，嗨，傑克，」傑克走出樹下的陰影，「暑假之後就沒見到你了，你過得怎麼

樣呀？莫莉安，我過得很棒，謝謝妳的問候，妳人真好，希望妳也過得很好。」

「嗨，傑克。」她翻了個白眼：「你過得怎麼樣呀？」

「不要這麼興奮，我都要替妳丟臉了。」傑克嘴角一勾，雙腳站定，兩手插在口袋。莫莉安覺得這個姿態像極了朱比特。

「你到底為什麼在這裡？」她問。

「我叫他來這邊跟我們會合。」朱比特說：「他這段時間幫我不少忙，這個聰明的小子。我們有東西要給妳看。」他將雙膝拍乾淨，大步踏進公園，莫莉安和傑克尾隨在後。

「什麼樣的東西？」

「非常重要的東西。」朱比特揚聲說。一如往常，只要朱比特全心專注於某件事情上，莫莉安總要小跑步，才跟得上朱比特的長腿。「我好幾個月前就答應要讓妳看的東西，**美妙的東西。**」

莫莉安轉頭看傑克，傑克只是挑起眉毛，整個人顯得沾沾自喜。

這座公園……其實不太像是公園。這裡樹木蓊鬱，宛如叢林，地上的草至少一年沒修剪，但她看見矮樹叢中露出一張長椅的頂部。莫莉安想，這裡從前大概真的是座公園吧，可惜後來疏於照料，於是大自然決定將之取回，重歸大自然管理。

朱比特在茂密的樹木間推進，扯開糾結的藤蔓與枝枒，盡量替身後的莫莉安與傑克清出一條路。「莫兒，傑克跟我討論過妳說的事，就是昂斯塔那本書，跟他記載的幻奇師事蹟。我答應過要找證據給妳，對不對？所以呢，我花了好幾個月去找，結果真的被我們給找到了，就在這裡。」他回過身，對莫莉安微笑，「這是傑密

提遊樂園。」

前方樹木漸稀，他們來到一面高聳的石牆前，牆上爬滿粗韌的長春藤。朱比特朝上一指，只見高空中豎起海盜船的船桅、摩天輪的頂端，以及七彎八拐、巍然聳立的雲霄飛車軌道。

「哇！等一下，不對——這裡就是傑密提遊樂園？真的？」她對著看似無法跨越的石牆東瞧西瞧，大失所望。「所以這裡……真的封起來了？」

「對，」朱比特說：「很了不起，對吧？」

莫莉安愣愣看著他。「哪有。」

「不，真的很了不起，」傑克激動地說：「我們找出原因了。」他明明站在一個刺激好玩的祕密遊樂園外面，心知自己永遠進不去，卻一副天天都是聖誕節的樣子。

「妳再說一次，那本書上是怎麼寫這個遊樂園的，妳還記得嗎？」

莫莉安嘆了一聲。她當然記得，昂斯塔叫她寫了一份三千字報告，然後做一個遊樂園的立體模型，一定要加上一群孩子的迷你人偶，站在鎖住的大門外，露出絕望的表情。當初莫莉安花了三天才做完模型，如今換她自己站在傑密提遊樂園的封閉圍牆外，她深切感受到了那些孩子的沮喪。

「一位本地商人請歐布瓦‧傑密提建造一座魔法遊樂園，裡面要包含旋轉木馬、雲霄飛車、滑水道等各種設施。傑密提建造了遊樂園，在開幕當天，整個永無境的人都跑來參觀，可是請傑密提本人一直沒有出現。請傑密提建造遊樂園的人試著打開門，卻無論如何打不開，沒人進得了遊樂園，既沒辦法從大門上面爬過去，沒辦法從門底下鑽過去，也沒辦法直接走過去。於是，那些難過的小孩跟難過的爸媽只好

回家，到現在為止，傑密提遊樂園一直沒人進得去。後來，有人在遊樂園四周種了許多樹木跟樹籬，這樣一來，大家才不會一看到遊樂園就生氣——朱比特，你在幹麼？應該不能做這種事吧？」

朱比特正在和樹籬、藤蔓奮鬥，扯下大把大把樹葉，扔到背後，想要清除那些枝葉，好像是要讓她看什麼東西。這個任務並不容易，因為枝葉不斷長回來，幾乎能夠匹敵他拔的速度。

「妳大概說得沒錯。」他說。

「你還是在拔。」

「一樣說得沒錯！好，快點，」朱比特喘著氣，擋住一根特別努力的藤蔓，它不停企圖順著朱比特的手臂往上爬。「妳看。」

那裡有個小石座，上頭是一面菱形的紫色告示牌，寫道：

此遊樂園屬奇景等級，
由幻奇師歐布瓦・傑密提所創造，
肯特金融執行長哈德良・肯特贊助，
謹將這份禮物獻給葛善的孩子，
東風世代，七年之冬。

「謹將這份禮物獻給——」

「葛善的孩子，沒錯！」傑克興奮地說，拍掉一根搔他臉的藤蔓。「這個地區就叫葛善。在這裡建遊樂園，不是很奇怪嗎？」

「為什麼？」

「妳看旁邊！這裡是永無境最窮的區域，一直以來都是。我的意思是，這裡根本鳥不生蛋，連一個幻鐵車站也沒有，但是不知道為什麼，在這個地區唯一的綠地裡面，竟然藏了一座沒人能進去的超大祕密遊樂園？」

「是滿怪的。」莫莉安承認，「可是……」

「噓，你們聽。」朱比特在嘴脣前豎起一根手指，莫莉安跟傑克安靜下來。剛開始，莫莉安只聽見鳥鳴聲、風吹過樹林的輕柔窸窣聲，接著……

「裡面有人！」裡頭有聲音。是孩子的聲音，先是一聲尖叫，隨之響起一串清脆笑聲。還有……「那是音樂嗎？」

「我猜是旋轉木馬的音樂。」朱比特說。

「莫莉安一頭霧水。「所以……這座遊樂園其實沒有封起來？」

「不算是，」傑克說：「有些人進得去。」

「你怎麼會找到這裡？」

「我在格雷史馬克學校有個朋友叫山姆，是他告訴我的。他在葛善長大，他說這裡有個很棒的遊樂園，他小時候會進去玩，但他長大以後就進不去了，遊樂園怎麼樣也不讓他進去。同學都不相信他，可是，我想起朱比特說妳提到傑密提遊樂園，所以我叫山姆帶我來。他說的都是真的，遊樂園只讓十二歲以下的人進去——」

莫莉安倒抽一口氣，登時站得筆直：「那我可以——」

「——但只有葛善的小孩才行。」

「噢。」她垂頭喪氣。太讓人失望了。「那我們來這裡幹麼？」

「妳不懂嗎？」傑克一副受不了的樣子。「朱舅舅，你跟她解釋。」

朱比特堅決地用手一拍紫牌。

「莫莉安，昂斯塔說錯了，傑密提遊樂園的事情他通通說錯了。歐布瓦創造的並不是殘忍的惡作劇，他不是刻意打造一座禁止任何人進入的夢幻遊樂園，這不是『胡鬧』。他創造了很美妙的東西，專門獻給一小群他認為值得擁有它的人，也就是葛善的孩子。

「這些孩子從沒體驗過這樣的遊樂園，他把遊樂園建在永無境最窮的地區正中央，讓它只屬於葛善的孩子，不屬於其他任何人。

「我查了一下葛善區議會的紀錄，在我們腳下的這塊土地上，本來蓋了很多公寓。

「到了東風世代，哈德良・肯特這個超級有錢人買下這塊地，把上百個居民從他們的家中趕走，弭平整個地區，打算在這裡建造遊樂園，收取貴到翻天的門票，這代表住這附近的人根本花不起這個錢，就算想來玩也沒辦法。我猜，歐布瓦・傑密提覺得這樣並不公平，所以他答應肯特的要求，建造了遊樂園，然後……特別加了幾條規則。」朱比特大笑起來：「我敢說哈德良・肯特鐵定樂歪了。」

「一定是。」莫莉安著咧嘴而笑。

他們沉默下來，聆聽微弱的樂聲與笑聲。莫莉安頭一次覺得，被排擠是這麼讓

人高興的事。

天光轉灰，空氣漸涼，一陣冷風撲打莫莉安的臉龐，但她毫不在意。

她的黑髮飄揚，雙眸散發光采，心頭輕盈極了，打從入學儀式以來，她就沒有這麼輕鬆過。

她跟朱比特、傑克一同搭乘傘鐵，穿越永無境的「正事區」，等待跳下傘鐵的信號。

「昂斯塔錯了！」她在風中大叫，光是說出這幾個字，就讓她欣喜若狂。「既然他說錯了歐布瓦・傑密提的事，那也許⋯⋯」

她不太確定該怎麼接下去。既然他說錯了歐布瓦・傑密提的事，那也許⋯⋯什麼？也許他對幻奇師的看法也錯了？至少，是對其中一部分幻奇師的看法？

莫莉安抓雨傘抓得更用力。

或許，他對我的看法也錯了。

「還沒完呢，莫兒！」朱比特喊回來，指著一條空曠的人行道，「那裡！律師事務所旁邊。」

三人順利降落在標示「馬洪尼、摩頓、麥卡洛家族律師事務所」的辦公大樓前面，朱比特帶他們繼續走了一小段路，拐進一條無名小巷，盡頭有扇門，通往幽暗、窄小的地下道。從地下道出來，是個鋪了鵝卵石的小巧庭院，接著又是一條小地下道，再一道門，再兩個庭院，然後是條聞起來有落水狗味的髒亂巷弄，最後是

一條小得不得了的石子小徑，牆上的告示牌寫道：

> ## 擅闖者後果自負
>
> （高危險級機關，進入後可能造成損傷）
>
> 紅色警示詭騙巷
>
> 本巷道已列為
>
> 之指示，
>
> 永無境議會
>
> 根據特異地理隊與
>
> ## 警告！
>
> ## 威福來小徑

莫莉安很是詫異。「朱比特，你之前叫我不要再走詭騙巷了。」

「規定就是用來打破的，莫兒。」他挑起一邊眉毛，「僅此一次，懂了嗎？這次是因為我帶著妳，而且我知道這條詭騙巷裡面是什麼。」

「是美妙的東西嗎？」莫莉安笑著問。

「是不可思議的東西。」傑克說。

威福來小徑的機關令人很不好受，越往裡面走，寬度越窄，到後來莫莉安根本夾在兩道牆之間（「你們兩個，繼續走！」前方的朱比特尖著嗓門說，看起來極度不適，莫莉安覺得他的頭快要像水球一樣爆掉了），接著，驟然間——

「瀑布之塔！」朱比特喊道。他們從巷弄的牆壁間迸了出來，連連喘氣，四周是瀑布轟然奔流的水聲。

不過，這裡的瀑布不只一個——總共有十幾個，說不定其實更大，難以穿越，宛如白色水幕般奔騰而下；有的纖細透徹，發出的水聲猶如清脆的玻璃鈴聲。眾多瀑布交織成水之交響曲，憑空流瀉，憑空消失，組成了一座輝煌燦爛的立體大廈。

莫莉安雙肩一垮，整個人有些頭暈目眩。黛西瑪‧可可羅的作品徹底超乎她的想像，令她震撼至極。還在巷子外的時候，她根本想不到瀑布之塔存在於此，外頭聽不見水聲，空氣毫無變化，誰猜得到在那些陰鬱的房屋後面，竟然隱藏著這座水聲震耳、壯麗絕倫的建設。

瀑布之塔美得令人屏息。

她不敢相信地搖了搖頭。「他說這是『胡鬧』等級！」她在轟隆水聲中叫道。突然，驚異之情迅速化為怒火，「昂斯塔說這是『胡鬧』等級，接近『暴行』。可是這明明……這明明很……」

「是啊。」朱比特大聲說：「這很……是啊，沒錯。」他跟傑克一同抬頭仰望瀑布之塔，神色恍惚而驚嘆，顯得有點呆，不過莫莉安猜想，自己臉上的表情差不了多少。「要不要進去？」

他打開傘，莫莉安、傑克跟著照做，三人找到水流最小的瀑布，一同穿越。就這麼簡單。按照昂斯塔的著作所述，進入黛西瑪‧可可羅的建築是極其困難的事，要不是渾身溼透，就是被沖走，甚至溺斃；然而，他們輕鬆穿過瀑布，甩掉雨傘上

的水珠，全身上下依舊乾爽。轟然水聲就此消失。

莫莉安原以為瀑布之塔內部會又黑又溼，像山洞那樣，想不到裡頭的空間明亮宜人，淺綠色的光線透過水簾照進來，在地面投下漣漪似的波紋。塔內寬敞空曠，一片靜謐，有如海玻璃造就的大教堂。

「為什麼沒有人進來？沒人知道它在這裡嗎？」莫莉安悄聲問道。他們彷彿走進充滿魔力的神聖場域，她不願打破這道魔咒。

「不知道，我不確定這座塔歸誰所有，我還在查。」朱比特以指尖劃過平靜光滑的水牆。

「你怎麼找到這裡的？」

「嗯，花了點時間，」他說：「幸好我認識很多人，他們知道很多事情，我又天生喜歡問東問西，對吧？」

他們走過寬廣的地面，傑克站在另一塊石座前，上面同樣有塊菱形的紫色告示牌。

此塔屬獨一等級，
由幻奇師黛西瑪・可可羅所創造，
赫穆特・R・詹森議員贊助。
謹將這份禮物獻給永無境人民，
東風世代，七年之春。

「獨一等級。」莫莉安複述，猝然憶起她跟埃茲拉·史奎爾的對話。「史奎爾就是這麼形容保存時光博物館。他說，幻奇事件評等委員會把博物館列為奇景等級，可是他覺得委員會弄錯了，因為委員會不了解博物館的真正意義。」

傑克看著莫莉安，又看看朱比特，再看看莫莉安，瞇起那隻沒用眼罩遮住的單眼：「什麼博物館？妳什麼時候遇到史奎爾的？」

「但我不懂。」莫莉安不理他，繼續說：「昂斯塔的書上寫說，幻奇事件光譜只有五種等級：錯判、謬誤、胡鬧、暴行、毀滅，完全沒提到奇景或獨一。可是，這兩種等級顯然存在，因為我們就站在其中一座裡面！」她雙手往上一揮，「那為什麼昂斯塔不曉得呢？他寫了一整本關於幻奇事件的書耶，拜託！為什麼他以為這裡被列為胡鬧等級？」

「史奎爾是怎麼回事？」傑克重複，音調略略拔尖。他拉開眼罩，彷彿這麼做會比較容易看清局面。

「好問題，莫兒，恐怕我也不知道。」朱比特搔了搔鬍子，「但我建議妳直接問昂斯塔本人。」

「喔，我會問的。」莫莉安說，頓時充滿嶄新、熱切的決心。昂斯塔的資訊有這麼多錯誤，他怎麼可以寫一整本關於幻奇師和幻奇事件的書？他到底有沒有親自找過瀑布之塔、傑密提遊樂園，以及書中提到的其他幻奇事件跟建設？「明天第一件事，就是找他問個清楚。」

「不要對他太凶，好嗎？」朱比特說：「沒人喜歡被糾正，尤其是他們寫了一整本書的題目。」

「這我不敢保證。」莫莉安嚴正回答。

他們沉默半晌，莫莉安陷入思索，朱比特則抬頭靜靜欣賞瀑布之塔。最後，傑克終於爆發：

「沒人要解釋史奎爾是怎麼回事嗎？」

第二十二章　狡猾的時間支配者

「妳想好服裝了嗎？」

「服裝？」

「萬鬼節啊，」霍桑說：「就是明天了。」

「呃。」莫莉安眨了眨眼，努力將精神集中在當下的對話。他們走在哭哭林中的小徑，前往傲步院，前一晚她幾乎沒睡，而且方才正全神貫注想著另一件事。「沒有，我還沒認真想。」

「妳猜，我覺得妳應該扮誰？」霍桑小心地環顧周遭，接著悄聲說道：「**幻奇師！**」

莫莉安做了個鬼臉。「這是你提過最爛的點子。」

「不，聽我說──沒人知道妳真的是個幻奇師，除了──」

「除了，」莫莉安打岔，掰著指頭數道：「你、朱比特、傑克、芬涅絲特拉、雀喜

小姐、昂斯塔教授、長老、學務主任、我們同梯所有人、大家的贊助人。」

「是啦，但沒有別人了啊。」

「喔！別忘了寫威脅信的神祕人物，天知道他們是誰。還有埃茲拉‧史奎爾，跟——」

「總之，」他堅定地繼續說：「就是因為這樣，所以這是很棒的點子！這就叫，嗯……那個詞是什麼？荷馬前幾天說過。這就叫**反諷**。」

「那是什麼意思？」

「意思是……不知道，誰在乎。想像一下，妳穿著幻奇師的服裝去參加派對，到時大家會有什麼表情！黑色的嘴巴、爪子、長長的舊披風……鐵定是派對上最嚇人的裝扮！砰！砰！立刻爆紅。」

「砰！立刻被退學。」莫莉安翻了個白眼，史奎爾甚至不是長那副樣子。「再說，什麼派對啊？」

「看我們想去哪個啊！」霍桑興奮起來，一躍而起，碰觸垂下的樹梢。「九一八梯要在弗萊迪‧羅奇的家裡開派對，弗萊迪跟我一起上爬蟲類照護課，他人很好。不然，荷馬的朋友也要開派對，只要我們保證離他三公尺遠，戴上遮住整張臉的面具，我敢說他會答應帶我們去。」

「可是我們要走黑色遊行，你忘了？」莫莉安打了個哆嗦。「參加遊行不用扮裝，只要穿正式的黑色制服就好。」

她將身上的外套拉緊，一路扣到脖子。秋天真的來了。在幻學的圍牆之外，秋天代表清新涼爽的空氣，以及成堆的落葉，一腳踩下去會發出令人滿足的劈啪聲；

在幻學內部，則是冷風刺骨，隨處縈繞木材燒灼味、蘋果爛熟的甜膩氣息，哭哭林成了鮮麗的畫作，交織著紅、金、橘三色（愛碎碎念的樹木彷彿對此不太開心，不過反正它們從來沒開心過）。

「遊行要等到午夜啊！嘿，傑克一定有朋友要辦派對，說不定他可以——」

「傑克會來杜卡利翁。」莫莉安說：「坦白說，我好像也應該留在那裡，看看法蘭克又搞了什麼萬鬼節特別活動。」

「喔！我可以去嗎？」

「當然可以。」

「酷，我大概會扮成海盜。或是食屍鬼。或是恐龍。我還沒想好，搞不好會扮個吸血鬼……」

走到傲步院的途中，霍桑沒完沒了地拋出扮裝點子，看似並不需要莫莉安提供意見，恰好正中莫莉安的下懷，這麼一來她也不需要認真聽了。

前一晚，她幾乎睡不著，琢磨著該如何向昂斯塔問個清楚。當然了，朱比特說得沒錯，沒人喜歡被糾正；可是，犯錯的人難道不該受到糾正嗎？

畢竟，昂斯塔教莫莉安教了整整一年，教學內容卻錯得可惡。他明明對這個題目一無所知，竟然敢自稱專家，騙得莫莉安深信自己已註定重蹈前人的覆轍，變得像過去每個邪惡、愚蠢甚至毫無用處的幻奇師。

她越是仔細思考，就越是憤怒。她整個早晨持續積累怒氣，滿腦子想著瀑布之塔跟傑密提遊樂園，說不定就在永無止境的某些三角落，還藏著無數個幻奇師的作品，等待某個願意花力氣去尋找的人發掘。

就這樣，莫莉安抬頭挺胸，闖進昂斯塔教授的教室，準備好跟這位幻龜教師展開極為嚴肅的對話。

「這是……在……吵……什麼？」昂斯塔教授問，眼看莫莉安用力打開門，大步走進教室，將書包甩在桌上。

「你錯了。」莫莉安說，話一出口，連自己也嚇了一跳。儘管她滿腔怒火，但她本來其實不打算這麼直白。

「妳這是……什麼……」

「意思，嗯。」莫莉安直接打岔，沒耐性聽他說完。見她這麼無禮，昂斯塔的小眼睛略略撐大，嘴巴驚愕地微張。她不在乎，她不想等了。「你弄錯幻奇事件光譜了。你在書上寫說，世界上只有壞的幻奇事件，只有錯判、謬誤跟……跟暴行什麼的。」

「根本不是這樣，」莫莉安一股腦地繼續說：「獨一呢？奇景呢？」

她頓住，等昂斯塔回答，然而他那張皺巴巴的龜皮臉龐一片空白。

「瀑布之塔根本不是胡鬧等級，」莫莉安接著說：「我確定，因為我親眼見到了。」

昂斯塔教授呆瞪著她。「確實是只有……」

「對，而且它美極了！那裡有個牌子，紫色的菱形牌子，上面寫說：『此塔屬獨一等級』，不是胡鬧等級——是『獨一』等級，那是獻給永無境人民的禮物。還有，傑密提遊樂園並不是禁止所有人進去，窮人家的小孩就可以進去，他們值得擁有那

他的下巴掉了下來。「妳……見到……」

「妳……見到……」

座遊樂園，遊樂園只屬於他們。幻奇事件評等委員會將它列為『奇景』等級，它是獻給葛善小孩的禮物，有個紫色牌子這樣寫的。

莫莉安眼看昂斯塔教授越來越慌亂，可是她停不下來，險些沒辦法換氣，一心只想讓教授明白。「你看不出來這是什麼意思嗎？教授，你弄錯了，你在書上寫說，史上每一個幻奇師都很笨、很邪惡、很殘酷、很揮霍，可是黛西瑪・可可羅不是沒用的幻奇師——她是天才！歐布瓦・傑密提也不殘忍——他既慷慨又善良。」

「小……聲……一點。」昂斯塔教授緊張地瞥向沒關上的門，有幾個人從走廊經過，好奇地往裡面瞧，想知道是在吵什麼。「會有……人……」

「我才不管會不會被聽見！」莫莉安厲聲道，憤怒的淚水開始在眼眶積聚。她不禁暗自咒罵自己的眼珠，真是叛徒，為什麼生氣的時候她就會想哭？這根本不是她想傳達給教授的訊息。她緊緊握起拳頭。「除非你聽我說完，否則我不會閉嘴。你看不出來嗎？如果你弄錯可可羅跟傑密提的事，說不定其他幻奇師的事情你也弄錯了，這難道不值得你去找出真相嗎？假如有其他的幻奇事件，難道你不想……」

莫莉安話音漸弱，忽然意識到昂斯塔教授絲毫不顯驚訝。他沒有指控莫莉安騙人，沒有問莫莉安怎麼知道這些事，就連聽到「奇景」跟「獨一」這幾個詞的時候，也沒有流露疑惑。他唯一的擔憂是有沒有人聽見莫莉安的話，不斷偷覷門口。

兩人陷入漫長而凝重的靜默。

莫莉安低頭注視教授桌上那本巨書，伸手撫摸褪色的封面。**錯判、謬誤、胡鬧、暴行與毀滅：幻奇事件光譜簡史。**她再度開口，聲音細微，伴隨著牆上時鐘的滴答聲，幾乎聽不見。

「簡史。編輯過的。精簡的。比較短的。」她抬頭看著昂斯塔，回想起當初他在第一堂課所說的話。「這些你早就曉得了，對不對？你是故意略過的。你撒謊。」

昂斯塔呼哧呼哧吐出一口長氣，張開嘴，起皺的兩片脣瓣間牽起一絲唾液：

「我……是改寫。」

「你撒謊！」莫莉安咆哮。她按捺不住。「你從頭到尾都在撒謊，你故意讓我相信所有幻奇師都很邪惡，但你明明知道那不是事實，對不對？」

「所有的幻奇師……都……很邪——」

莫莉安再也聽不下去，再也無法忍受，她打開那本書，激動地翻頁，翻到歐布瓦・傑密提的章節。

然後，她將足足一整個章節用力扯下。她咬緊牙關，把那幾頁紙撕得粉碎，任其像慶典時的五彩紙屑那般飄落地面。

「不要再撒謊了！」

見到她做出破壞物品這種出人意料的行為，昂斯塔教授正要開口，此時亨利・邁德梅陡然衝進教室。他一臉擔心，顯得有些慌張，懷裡抱著一大疊書跟地圖，看起來很是勉強，垂落的髮絲遮住眼睛。

「噢！對不起，昂斯塔教授，我剛才經過外面，聽見有人在大叫。」他的視線落在莫莉安身上，再轉向年邁的幻龜，最終轉向地上那堆碎紙，眉頭深深皺起，神色不解。「一切還好嗎？」他問莫莉安，然而回答的卻是昂斯塔教授。

「一切……都很好……年輕人。」莫莉安察覺，他對邁德梅說話的態度比較像是師長對待學生，而非同仁對同仁。不知為何，這讓莫莉安更加氣惱。他怎麼可以對

邁德梅這麼沒禮貌？這位年輕的老師人又好、又親切，昂斯塔教授不過是個差勁的老騙子，這樣根本不對。「去忙……你的……吧。」

邁德梅依舊愣愣看著莫莉安，目光混雜著好奇與擔憂。「黑鴉小姐，妳……」

「她……很好。」昂斯塔教授堅決地說：「你繼續……待在這……只會……打擾我們，小子。」

邁德梅雙頰一紅。「好吧，昂斯塔教授。」他說：「很抱歉。」他探詢地望了莫莉安最後一眼，垂下頭，轉身離開，不料膝蓋撞上了昂斯塔教授那張桌子的邊緣。他痛得哀叫，雙手抱著的書跟地圖全散落在桌上，趕緊手忙腳亂地拾起，一張臉變得更紅，尷尬之下他再度絆了一跤，懷裡的東西第二次飛向空中。

一片混亂喧鬧中，奇異的事發生了。

驀然間，莫莉安覺得整個世界猛地暫停，萬事萬物隨之靜止，周遭空氣濃稠得宛如糖蜜，彷彿時間放慢到令人難以忍受的速度，也像是時間本身凝結成實體，將她固定在原地。她的心智依然以平時的速度飛快運轉，可是，就連她的眼珠都以蝸牛的慢速移動，不肯轉向她迫切想看的地方。透過眼角餘光，她瞥見教室另一頭的邁德梅同樣幾乎維持不動，物品在他身邊散開，飄浮於空中——飄浮於時間之中。

似乎過了一輩子那麼久，莫莉安心想，會不會是她無意間引發了這個狀況？會不會是她毫無章法的幻奇師能力再度闖禍？就在這一刻，她恍然想通誰是真正的元凶。

在她的視野中，昂斯塔教授用平常的龜速（當然，此時此刻，龜速比莫莉安幾近凝結的動作快了好幾倍），踩著拖沓的小步子，將《簡史》抱在懷中，穿越房間，

離開了教室。

是昂斯塔。這是他做的。**他讓時間變慢了。**

幾分鐘後，世界恢復原狀，邁德梅的書本和地圖砰咚落地，他的膝蓋二度撞上桌角，痛得他叫出聲來。

莫莉安大口呼吸，奔到門口，但是來不及了，教授已然遠去。「他怎麼做到的？」

邁德梅喘得像剛跑完馬拉松，一手按著胸口。「我的老天哪。我從來不曉得……我一直以為昂斯塔教授屬於世俗學院，我不知道他是**時間支配者**。我還以為時間支配者已經在整個無名界絕跡了。」

「時間支配者是什麼？」

「那是非常稀有的本領，」邁德梅說，仍凝視著昂斯塔教授走出的那道門，雙目圓睜，搖著頭。「支配時間的形式有好幾種，他們可以用不同的方式來運用、操縱時間，例如保存時間、壓縮時間、時間輪迴、延展時間。看來老昂斯塔的操縱能力屬於延展時間的類型，真是不敢相信。」

莫莉安嗤之以鼻，怒氣沖沖。「我想也是，他也很擅長操縱事實。他還把那本書給帶走了！」

她一拳砸在桌上。她原想拿走昂斯塔的書，一方面當作他惡意欺騙的證據，另一方面也想和朱比特一同細細研究，看看有哪些「謬誤」或「暴行」其實是**獻給永無境人民的禮物。**

「噢，真糟。是什麼書？」邁德梅心不在焉地說，撿起地板上的東西，莫莉安彎

腰幫忙。

「一本簡史，在講——」她及時煞住車，抵著嘴脣，遞給邁德梅一捲地圖。再說下去的話，邁德梅搞不好就會猜到她是幻奇師。「我忘記書名了。反正是一本歷史書。」

「喔，好吧……他一定會還妳的。」邁德梅走向門口，昂斯塔那份奇異本領對他造成的影響似乎尚未完全消褪，他依然一副手足無措、略顯吃驚的樣子。莫莉安懂他的感覺，她的腦袋也仍有點混亂。「我該走了，要去備課。再見，黑鴉小姐。」

「時間支配者？哇塞。妳確定？」

「嗯，邁德梅是這樣講的。而且他的確把時間拉長了……至少，感覺是這樣。」

莫莉安深吸一口氣，吸入從牆壁排出的滾滾洋甘菊煙霧。她到家時頗為激動，對於今天發生的糟糕事件不吐不快。她的贊助人十分明智，提議將地點改到無人的吸煙室，並請米范讓吸煙室排放能夠鎮定心神的煙霧。莫莉安怒氣衝天地描述事發過程，鉅細靡遺，當她說到她發現昂斯塔從頭到尾都知道真相，朱比特整個人跳了起來，這反應令莫莉安十分滿意。朱比特吸了不少洋甘菊煙，這才停止踱步，重新坐下。

「可是，他為什麼要騙人？」莫莉安說。當天下午，她反覆提出這個疑問，已經數不清第幾次了，然而朱比特也說不出答案。

「我得去找長老。」他終於說：「他們是最需要知道實情的人。」

「明天就去嗎？」莫莉安滿懷希望地問。

「明天就去。」他同意道：「等法蘭克的派對結束，黑色遊行開始前，我會見到他們，到時候就跟他們說。我保證。」

第二十三章　萬鬼節

萬鬼夜，杜卡利翁飯店閃耀著詭譎的橘金光芒。飯店中的燈火全數熄滅，整座建築漆黑得有如女巫大釜，唯有幾個精心挑選的房間點起了上百根蠟燭，熠熠生輝。站在街上看去，那些由蠟燭點亮的窗戶恰恰形成圖案：露出牙齒的大嘴，加上一雙充滿邪氣的眼睛，杜卡利翁飯店正門儼然是個巨大的傑克南瓜燈，令人寒毛直豎。

「我知道我每年都這樣說，」朱比特站在前院，抬頭望著飯店，毫不掩飾驕傲之色。「但你又超越了自己，法蘭克。」

「有夠嚇人。」莫莉安說，在她身旁的傑克喃喃表達同意。瑪莎尖叫一聲，熱情地鼓掌。

查理拍拍法蘭克的背，說：「法蘭克，今年萬鬼節我們贏定了，奧麗安娜飯店那些傢伙鐵定連怎麼輸的也不知道。」

傑克用眼角瞥了莫莉安一眼，兩人一同屏住呼吸。他們此時最不想要的，就是法蘭克再度發作，沒完沒了地抱怨他的大敵。

不過，法蘭克慘白的臉龐綻出極為自信的微笑，在杜卡利翁的火光映照下，雙眼與犬齒閃爍著光芒。「諸位，萬鬼節可是我的主場。沒有人比在下我更擅長拿捏怪誕又恐怖、陰森又歡樂的氛圍，沒有人！」

莫莉安有些好笑，看了其他人一眼，只見瑪莎露出微笑，咬住下脣，朱比特假裝一陣咳嗽，掩飾他發出的哼笑聲。

「法蘭克，今天晚上的活動是什麼？」傑克問。大家一同走回燭光搖曳的大廳，已經有扮裝完畢的賓客在此聚集，期待這個驚嚇之夜。服務生四處走動，端著一杯杯午夜黑的雜果飲料或一盤盤小點心，供人取用，那些小點心的造型神似人類手指跟毛茸茸的真蜘蛛。整整一週，莫莉安、朱比特跟全體員工被迫忍受法蘭克鑽牛角尖地微調萬鬼夜活動，唯獨傑克當天下午才回到飯店，因此倖免於難。

「問得好，小傑克，」法蘭克鄭重其事地清清喉嚨，「六點開始：杜卡利翁基層員工歡迎小屁孩們，陪他們玩不給糖就搗蛋。」

「糖果是什麼？」朱比特問。

「喔，跟以前一樣，」法蘭克說：「骷髏果凍啦，蛆蛆零嘴啦，巧克力眼珠啦。」

「搗蛋呢？」

「我是想把他們壓在地上，剃掉他們的眉毛？」

朱比特嘆氣。「不行，法蘭克。」

「給他們塗柏油、黏羽毛？」

「絕對不行。」

「在額頭刺青？」

朱比特鼓起雙頰，深深吐了口氣。「能不能想點不會害我們被客人集體控告的點子？」

法蘭克的臉微微一沉，不高興地聳聳肩。八點：『飢渴的狄斯比斯之徒』劇團演出血腥而美妙的《一咬喪命》，奏葬禮輓歌。八點：『飢渴的狄斯比斯之徒』劇團演出血腥而美妙的《一咬喪命》，他們是惡名昭彰的純吸血鬼劇團，我求了十幾個不同的人情，好不容易敲定這次演出。我告訴你，他們行事是很隱密的，幾乎從來不為普通人登臺演戲。」他顯得頗為自滿，也確實自滿得有理。「九點：二號舞廳舉辦陰森舞會跟扮裝大賽，我想迎合一下年輕人的口味也不錯。」

「霍桑一定很高興，他很愛跳舞。」莫莉安說，她自己雖然也算「年輕人」，卻對跳舞毫無興趣。她望了一眼禮賓櫃檯後方的時鐘，暗自疑惑霍桑不知跑去哪裡，他本來說要在日落以前過來，可是都已經天黑了。他們約好一起參加不給糖就搗蛋，朱比特剛開始不准，後來禁不住他們苦苦哀求，加上傑克不甘不願地保證會陪著他們，朱比特才答應。瑪莎臨時替莫莉安準備了一套怪物服裝，完全看不出來是在扮什麼，用了大量紫色毛根和綠色薄紗，現在莫莉安已經癢得快發瘋了。

「大約十一點的時候，」法蘭克繼續說：「多數客人會前往市中心，趁午夜前占個好位子看黑色遊行。與此同時，我會避開今年的遊行，在杜卡利翁這邊舉辦我自己的午夜活動，活動內容是最高機密，只限極少數人參加，必須持邀請卡才能進入。」

法蘭克戲劇性地暫停一下，莫莉安對傑克挑起一邊眉毛，傑克不禁竊笑。「我特別邀

請到了『非凡馬羅』。

「喔！」瑪莎雙眼一亮，「我在報紙上看過他！」

莫莉安從沒聽過什麼非凡馬羅。「他是誰？」

「自由邦現存最偉大的靈視者！」法蘭克宣告。

「那是他自己寫的廣告詞。」傑克嘀咕。

法蘭克不理他。「馬羅將在杜卡利翁的屋頂舉行一場降靈會，他說如果在室外受到滿月的照耀，能讓我們更接近靈體的頻率。」

「哇，一場讓人發毛的老派降靈會，」朱比特面露讚嘆。「法蘭克，你很跟得上流行嘛，和死者對話這種事現在挺熱門的。當然了，全是一派胡言，畢竟有哪個自重的鬼魂會特地現身，跟一個在《鏡中奇遇報》打廣告、說自己很『非凡』的靈視者對話呢？不過還是很跟得上潮流。」

「你等著看，小朱。」吸血鬼矮人一面走去迎接客人，一面高聲說：「馬羅是真材實料的！這件事夠讓各大報的社交版狂寫個好幾天。」

就在這一刻，外頭的前院驀地傳來尖銳的潛伏者的輪胎煞車聲，隨後是一串奔上前門樓梯的腳步聲。一隊身穿黑外套與厚重靴子的潛伏者匆匆走進杜卡利翁，帶隊的人是一名臉色嚴肅的女性，一頭毛躁的灰髮修得很短，肩上佩有金色肩章。

「里維斯探長，晚安。」朱比特說，神色友好，卻面露疲倦。莫莉安恍然醒悟，若是這名女子帶來的是壞消息，朱比特和傑克想必已經看穿了（潛伏者走進飯店時，傑克小心地拉掉了眼罩）。

「諾斯隊長。」探長揮手示意其他潛伏者在旁稍候。見到他們突如其來登門拜

訪，有些扮裝的客人看似不安，少數人卻一副喜孜孜的模樣，似乎確信這是萬鬼夜慶祝活動的一部分。探長將朱比特拉到旁邊，輕聲交談；想當然，總部原本想派信差通知，但我覺得我親自來找你會比較好。有個壞消息，又發生三起事件，都是今天被帶走的。」

查理和瑪莎依舊緩緩挪近，偷聽這場對話。「抱歉打擾你們，

莫莉安胸口一緊。**帶走**，是誰被帶走？

朱比特瞇起眼，一手撫過紅鬍子。「又發生三起失蹤案？」

里維斯探長點點頭，「我們接到匿名線報。」她壓低聲音，莫莉安、傑克、查理與瑪莎不約而同湊得更近。「隊長，那個又來了，就是今晚。」

莫莉安抬頭望向朱比特，只見他的臉孔失去血色。莫莉安敢說，他們指的正是惡鬼市集。

「我了解了。」他慢慢地說：「這個……匿名線報，有沒有提供舉辦的地點？還是我期望太多了？」

里維斯探長搖頭，神色嚴峻。「我們已經出動所有能夠支援的人力，搜索最可疑的地點。可惜，你也明白，我們人數不多。」

「況且，他們很可能會避開最可疑的地點。」朱比特說。

「正是。所以我們跟臭架子合作——」她意識到自己說溜嘴，輕咳一聲，「抱歉，我們跟永無境市警隊合作，並請來幾位幻奇學會教職員一同協助搜索。」

「教職員？」朱比特驚愕道：「這樣好嗎？」

「他們堅持要協助，隊長。」她說：「我也非常理解他們的想法。其中一位失蹤

者是教職員，他們竟然越過幻學的重重圍牆，直接到他的宿舍把他劫走，你能相信嗎？他房間裡有掙扎的痕跡，到處都是水⋯⋯現場還有骨頭。」

「骨頭。」朱比特重複道。

「一根大腿骨，」里維斯的眼神意味深長：「和幾根手指。」

朱比特下巴的肌肉一抽，莫莉安知道為什麼。那是骸骨軍團，也就是骷髏人。這點證實了她的猜測：骷髏人再度劫走三個人，送去惡鬼市集待價而沽。莫莉安在腦海中想像它們一路遺留下來的骨頭，不禁打了個寒顫。

不光是這樣，她心想。還有一件事不太對勁⋯⋯

「妳剛剛是不是說⋯⋯有水？」莫莉安忍不住開口詢問探長。

里維斯瞥了她一眼，再回頭看著朱比特，說：「因為他房間有池塘。我們判斷，對方一定是直接把他從池塘抓出來的。」

莫莉安皺起眉頭，拼湊線索。「你說的是昂斯塔教授，對不對？那個幻龜？」

里維斯探長緊抿嘴唇，不肯看莫莉安。莫莉安心想，那就是默認。

她不禁思忖，也許昂斯塔不是真的被綁架，也許他是怕莫莉安揭穿他的騙局，所以故意上演了這樁失蹤案。這念頭讓她既氣憤又滿意，然而這些感受很快轉為羞愧。

不光是這樣。

莫莉安腦中隱隱約約浮現別的恐懼，可是太過幽微，讓她說不上來是為了什麼。

「另外兩個人是誰？」她問里維斯。

那女子對朱比特露出無奈之色。

「好了，莫兒。」他說：「聽憑差遣，探長。我去拿件外套就來。」

「其實，」里維斯開口，舉起一手阻止他：「我希望你在這裡待命。目前我們根本是大海撈針，如果你留在這裡，隨時做好準備，等我們縮小範圍之後再出動，這樣會比較好。一找到可靠的線索，我馬上派人來找你。」朱比特點頭同意。

「同時，我們希望幻奇學會全體成員避免出門，」探長接著說下去：「從現在起嚴格實施宵禁。今天晚上，永無境每個幻學成員都面臨極大的危險。」

「那黑色遊行呢？」莫莉安深受打擊。今年是她跟霍桑第一次參加遊行！自從去年，他們觀看幻學歷屆成員身穿黑色斗篷，手持蠟燭，面容肅穆，靜靜走過永無境的街道，他們就期待著今天。（霍桑到底人在哪裡？她心中那股微小的恐懼越發強烈。）

「黑色遊行已經取消了。」里維斯探長說。

這個壞消息狠狠打中莫莉安，猶如胸口正中一拳。取消了。她人生第一場黑色遊行，**取消了**。無論是誰策劃了這些失蹤案，無論是誰把幻學成員當成目標，這個人已然掌控了整個幻奇學會，讓大家不敢踏出家門一步。一股怒火席捲莫莉安，喉嚨深處出現奇異卻又熟悉的灰燼味道。

「此外，諾斯隊長，」里維斯探長繼續說：「我們也要請所有幻奇學會成員取消安排好的聚會或慶祝活動，今天晚上，學會的人實在不適合在外逗留。大家都非常景仰你，所以我們希望你能以身作則。」

朱比特看似想要爭辯，最後還是忍了下去。「沒問題，」他說：「我立刻通知員

工，發出公告。我整個晚上都會待在這裡等妳消息，探長。」

里維斯探長匆匆點頭，轉身離開，一眾隊員順從地尾隨在後，踏出飯店。

朱比特環顧大廳，目光落在法蘭克身上，他正在娛樂一小群開心的賓客，配合指令控制他的獠牙，一下伸出、一下收回。

「我最好去通知他這個壞消息。」

莫莉安的心一沉。

沒有黑色遊行，沒有不給糖就搗蛋，更多失蹤案。

不僅如此，另一個擔憂越來越強烈，令她再也無法忽視。

霍桑在哪裡？

「對不起，我遲到了！」入口傳來洪亮的嗓音，莫莉安平生所見最古怪的生物走了進來。

那生物的皮膚是灰色，渾身朽爛，滿布血痕；一雙鮮綠色爪子覆蓋著鱗片，長出尖銳的綠色指甲；帶尖角的尾巴也是相同配色；兩腿是銀色的長方形，表面貼滿鈕釦、螺栓跟瓶蓋；頭戴海盜帽，身披錦緞製成的紅外套，頸間繫著荷葉領巾，臉上有個黑色眼罩，形成了風格詭譎的裝扮。

莫莉安呼出一口氣。她不斷眨眼，一方面因為她最要好的朋友終於現身，內心極度慶幸；另一方面，內心湧上一波震驚之情……**她眼前這是什麼鬼東西啊**。

「我沒辦法決定要扮成什麼，所以媽幫我做了一件海盜殭屍恐龍機器人裝，然後——」霍桑見到莫莉安的表情，猛地閉嘴，低頭看看自己全身上下。「怎麼，太過頭了嗎？」

莫莉安頭一次見到杜卡利翁飯店這麼死氣沉沉。潛伏者離開後，她將一切告訴霍桑，兩人做的第一件事，就是衝到她房間裡的車站門前，想確認九一九梯的大家是否安好，順帶通知他們今晚要留在家中。可是「W」字標誌黯淡無光，不管他們多使勁推，那扇門就是文風不動，只好垂頭喪氣回到大廳等待，滿懷擔憂。至少莫莉安可以換掉發癢的服裝，讓她鬆了口氣。（霍桑也脫下爪子、尾巴跟銀色機器腿，不過他比莫莉安不甘願得多。）

朱比特穿好大衣，綁好靴子鞋帶，手中緊握雨傘，在黑白棋盤地板來回踱步，準備等潛伏者一來就衝出門。莫莉安明白，朱比特跟她一樣，痛恨自己只能待在這裡等候消息，但他仍為了大家盡力保持冷靜，打起精神。

另一方面，法蘭克怒不可遏。大家花了足足一小時才說服他，這並不是奧麗安娜飯店為了搞垮他而設下的陰謀。等他終於相信這是幻奇學會的要求，他依然大發雷霆。

「又一個幻奇學會濫用特權的血淋淋例子！」他咆哮，隨後對朱比特與莫莉安補了一句：「罵的不是你們。」他在空曠的大廳中惱火地踱來踱去。那些扮裝的賓客都失望地回家了，在杜卡利翁下榻的客人則移往金燈籠調酒酒吧，享受持續一整夜的暢飲優惠，彌補臨時取消的慶祝活動。

「沒關係。」朱比特說：「我滿同意的，法蘭克。」

「『飢渴的狄斯比斯之徒』也走了，」法蘭克鬱鬱不樂地說：「八成正在笑我。昨他悄悄對莫莉安眨了個眼。

天他們還說，我可以在他們的冬季演出《暗夜生靈》軋一角，這樣估計是告吹了，對吧？非凡馬羅也很沮喪，簡直傷心欲絕！他說他從絲網感覺到那些鬼魂很失望，這下連死人都在生我的氣。現在他跑去金燈籠借酒澆愁了。」

吸血鬼矮人迸出哭號，哀聲啜泣，瑪莎將他帶到雙人沙發坐著，安慰地用一手環住他。他依偎著瑪莎，哭聲震天，肝腸寸斷，無休無止，最終逼得朱比特告訴他，他可以照常在屋頂舉辦午夜降靈會，邀請留在飯店的客人參加，拜託他鎮定一點不要再哭了。

「潛伏者正大舉出動，盡一切努力處理這件事，」朱比特說：「除了等候他們的消息，我們什麼也不能做。不如把握剩下的機會，好好享受萬鬼節，再好好睡一場覺，希望明天一早醒來，整件事已經圓滿落幕。」

法蘭克當即動身去找馬羅，瑪莎和查理則去頂樓，確保萬事齊備，可以舉行降靈會。

「先生，我留在櫃檯等。」米范說：「潛伏者一有回音，我就派人去找你。」

「太好了。」朱比特回答，轉頭對莫莉安、霍桑跟傑克說：「一起走吧，你們三個。今天可是萬鬼夜，我們去跟鬼魂聊聊天吧。」

非凡馬羅幾乎整晚流連於金燈籠酒吧，享受才華超群的調酒師熱情招待，因此在降靈會開始之際，他已經醺醺然了。

「諸位朋友，死者的靈魂——嗝——與我們同在。」這位靈視者說。眾人在屋頂

圍成一個大圈，他坐在圈子正中央的椅墊上。「靈魂就在我們四周，在這個萬鬼夜，阻隔生死兩界的牆最為……**當薄**。」他頓住，絞盡腦汁想另一個詞，「最……最瘦？」

法蘭克把降靈會的場地布置得十分令人驚豔。數百根細長的黑色錐形蠟燭點亮屋頂，隨著氣流搖曳，儘管涼風徐徐，蠟燭卻從未徹底熄滅。大家坐在優雅的黑色天鵝絨坐墊上，一場人工製造、美麗詭譎的白霧在圓圈周圍飄蕩。

可惜的是，這群客人大多只想趕快回到六樓，享受喝不完的免費調酒，浪費了這個絕佳氣氛。

「現在傳遞訊息給我的是一位年紀較大的紳士……要給……在那邊的某個人，那邊。」他含糊地朝圓圈圈中的半數客人揮了揮手，「那位紳士的名字是勹開頭。應該是某人的爸爸或叔叔？或是爺——嗝——說不定是爺爺？叫做達倫？大衛？多明尼克？杜……杜迪？卓葛利？呃——德瑞克？」馬羅說個不停，十分勇敢地堅持這套腳本。「迪格比？德韋恩？」

「哦！」一名女子尖叫，她頭戴塑膠后冠，身上斜披一條寫有「準新娘」字樣的鮮亮粉紅飾帶。她跟一群吵吵嚷嚷的年輕女子一同來到杜卡利翁，但她們毫無興致慶祝萬鬼節，法蘭克邀請她們參加降靈會不過是為了湊人數。她們在非凡馬羅跟死者溝通時數度大叫髒話，已經被制止兩次了。「會不會是韋恩？我公公就叫韋恩，是不是他？」

馬羅看似考慮了一陣子。「對，就是他，他有話要給妳。他說……請好好照顧他兒子，你們要相愛。」

那群女生異口同聲發出「噢——」的讚嘆，準新娘眼眶泛淚。「我以為他反對我

嫁給班吉！」

「喔，他不反對，」馬羅繼續說：「他說沒有什麼事比這更讓他高興，他會在『更美好的地方』守護你們兩個。」

這整個過程太爆笑了，先前，莫莉安跟霍桑便費盡力氣掩飾無聲的竊笑，沒想到霍桑這時大聲用鼻孔噴氣，正中莫莉安的臉，她臉上早已笑出兩道淚痕。莫莉安仍壓抑不住咯咯笑聲，抓住霍桑的手臂，兩人一同站起，正要從降靈會落荒而逃，不料非凡馬羅跟著起身，直直指著莫莉安，響亮地厲聲說——

「妳噴火。」

莫莉安的笑聲戛然而止。她停下動作，儘管一心想要離開，卻彷彿在原地生根，馬羅歪著頭，雙眉之間擠出好奇的小細紋。「妳噴火。」他的聲音驟然變得清晰有力，說話不再含混不清、結結巴巴。「像頭龍。妳享受嗎？」

莫莉安眨了眨眼，偷瞥霍桑與朱比特，他們看起來同樣震驚。降靈會圓圈中的人紛紛往這個方向轉頭，極有興趣地瞧著莫莉安。

莫莉安雙頰發燙。她當然不能承認這種事。「沒有啊。沒有，我沒做過這種事。」

「有。」馬羅冰冷地說：「妳有。」

「我不知道你在說什麼。」莫莉安不肯鬆口，口氣盡可能堅定。

「他怎麼曉得？或許這人不完全是個江湖術士。

朱比特驀地起身，動作優雅而精準，偏著頭，向她踏前一步，凝視她的臉，

說：「我認為，妳很清楚我在說什麼。」

莫莉安呆看著他。「朱比特，你在──」

「煉獄，」準新娘說，一樣起身走向莫莉安，姿態優雅如貓。「禍害技藝之煉獄。」

莫莉安嚥下口水，在腦中複誦：**禍害技藝之煉獄**。

「這……這是怎麼了？」她從新娘望向朱比特，望向馬羅，隨後又望回來。「朱比特，這是怎麼回事？」

其他人不約而同站起來，圍攏在她身周，就連霍桑也是。眾人聚集成緊密、毫無空隙的小圈，肩挨著肩，動作順暢精準得極不自然。

他們整齊劃一地開口。

「禍害技藝之煉獄。」他們說，音調起伏完全一致，十分詭異，說話快而清楚，字字分明。「以年輕的幻奇師來說，力量很少以煉獄的形式首度顯現，然而倒也並非聞所未聞。在經驗豐富的幻奇師手中，煉獄是威力強大的工具──」他們微微向後靠，以高高在上的態度淡漠地端詳她，「不過話說回來，妳遠遠稱不上經驗豐富。」

莫莉安忽然憶起，在去年萬鬼夜，十三號女巫團也玩過相同的手法，她們會異口同聲說話，同步得讓人發毛。當時是她和霍桑的幻奇學會入學考驗，那群女巫是在執行長老的命令。

這也是幻奇學會搞的嗎？是另一場考驗嗎？她心想，總不至於挑在今晚吧……今晚有一半學會成員出動搜索失蹤者，其餘的人遭到禁止出門，這個時機可不適合唬弄別人。

「你是誰?」她再次問道:「你要做什麼?」

他們微微歪頭,依然整齊劃一,所有人的嘴角同時勾起熟悉的笑意。這個情景令莫莉安一時忘了呼吸,內心浮起令人反胃的冰涼懼意。

「是你。」她悄聲說。

空氣凝滯,儘管毫無一絲微風,儘管無人動手,頂樓的蠟燭驟然全數熄滅,停止燃燒的燭芯升起裊裊輕煙。圍在莫莉安身邊的眾人雙目大睜,直視著她,眼中反射銀亮月光。

「我才不怕你。」她的嗓音發顫。

霍桑走出人群,踏向前,一手放在她肩上。

「我以前就告訴過妳,」他的語氣冷酷而堅定,絲毫不像原來的霍桑。「黑鴉小姐,妳必須學會更巧妙地欺瞞他人。」

第二十四章　禍害技藝之煉獄

聽見埃茲拉‧史奎爾的話從自己最要好的朋友口中吐出，莫莉安的五臟六腑糾結成一團。

「住手，」她低聲說：「放過他。」

霍桑的嘴咧開陰險的笑容，壓根不適合他的臉。「恕我拒絕。」

他抬起右手，狠狠甩了自己一巴掌。莫莉安尖叫一聲，霍桑抬起左手，打算重複相同的動作，她當即撲過去，抓住那隻手。

「住手！拜託你住手——你在**幹什麼？**」

霍桑放下手臂，全身停止動作，臉上失去表情，頭垂在胸前，冷靜地向後退開。

就好像有人按下開關，將他關掉。

降靈會其他賓客隨之照做，動作一致得毫無破綻。他們從中分開，讓莫莉安清楚看見頂樓遠處另一端的景象。

在那裡，埃茲拉‧史奎爾身穿量身訂製的灰西裝，輕鬆隨意地倚著欄杆。他露出微笑，凝視莫莉安好半晌。莫莉安動也不動站在原地，本能催著她快點逃走，可是她不能丟下霍桑、朱比特跟其他人。

「你對他們做了什麼？」她揚聲問道，努力不管自己的聲音微微發抖。

「只是個小把戲。」史奎爾伸出手，雙掌朝下，彎曲成爪狀，擺動手指，有如一個操偶師正在拉動絲線。「要不要我教妳？」

莫莉安不吭聲，心臟狂跳。她瞇起眼，看見史奎爾身周的絲網呈現微微發亮的輪廓，是一團幾乎看不清的黯淡金光。

這樣啊。他不在永無境，至少他的軀體不在。莫莉安稍稍放下心，但這樣根本說不通。她橫越屋頂，在史奎爾面前幾公尺處停下，謹慎地和他保持距離。

「你是怎麼做到的？」她質問：「如果你在絲網當中，你什麼也不能做，這是你自己告訴我的。」

史奎爾雙手合十，以宛若祈禱的姿勢，放在嘴脣前。「啊，妳瞧——這就是最最奧妙之處。做這些的不是我，**是妳**。」

莫莉安回頭望去，眾人默然呆立，猶如雕像。她搖搖頭，這哪可能是她做的，她要怎麼做？為什麼她要做？她根本不曉得從何開始做起。

史奎爾似乎明白她的猜疑。「當然了，不是由妳直接動手。不過，妳讓幻奇之力不斷向妳匯集，不加控制，這些能量無從發揮，總得有個去處。照理而言，幻奇師會規律地嫻熟使用禍害技藝，藉此積聚並消耗幻奇之力；然而，這麼多年來，幻奇之力持續流向妳，如今累積成了……嗯，現在這個樣子。」他朝莫莉安比畫了一下，

露出若有所思的微笑。「形成了這些翻飛、灼熱、無法承受的龐大能量。幻奇之力厭倦了等待。妳不敢使用幻奇之力，等於是變相容許幻奇之力掌控妳。」

他綻開笑容，頭向後仰，閉上雙眼，像是要品嚐接下來這句話帶來的喜悅。

「更棒的是……這也容許我**透過妳**使用幻奇之力。」

莫莉安口乾舌燥。「不！」他這番話有如指控，莫莉安登時只想將那些話扔得遠遠的，像扔泥巴一樣。「不、不，我沒有，這不可能。」

「是啊，我知道不可能。」史奎爾說，雙眼熠熠發光，發出輕柔、欣喜的笑聲，宛若烽火臺般發光發熱，如此耀眼、如此不受控制，只要稍稍施力，就能讓我突破號稱無法穿透的絲網。」他閉上眼，微微傾身向前，張開的雙臂像是擠壓著空氣，莫莉安看見閃爍的淺淡金光自他的指間流瀉──不光是看到，她也感覺得到。在史奎爾推擠絲網之際，一波純粹的能量隨之湧向她，那股能量像陽光一樣溫暖，發出輕柔的嗡鳴。

「是啊，我知道不可能。」史奎爾說，雙眼熠熠發光，發出輕柔、欣喜的笑聲，迴盪在幽靜的夜裡，莫莉安背脊竄過一陣寒意。「這豈不是很令人興奮嗎？此刻的妳

「不好意思，」他露出惡意的笑，向莫莉安伸出雙手。「妳該不會真的以為，妳擁有的技巧足以讓那個小飛鏢女一夥人拿武器對準自己？或是把弱小的幼魁貓變成狂怒巨獸？」他笑出聲。

「還有我，」莫莉安用力吞口水，想起煙與灰燼的味道。「那也是你？是你做的？」

「不是，」他說：「那股怒火完全屬於妳自己，但釋放怒火的是幻奇之力。」

史奎爾的臉龐閃過陰鬱、不確定的神色。「不是，」他說：「那股怒火完全屬於妳自己，但釋放怒火的是幻奇之力。」

他打住，思量了一陣子。「幻奇之力既聰慧，又衝動。幻奇之力渴望受到差遣與引導，而我們是少數天生能夠差遣、引導幻奇之力的人。然而，假如我們給予幻奇之力不夠謹慎，假如我們給予幻奇之力過多自我表現的空間，幻奇之力將會反過來差遣我們。」

莫莉安搖搖頭。「我不懂，你的意思是什麼？」

「我的意思是，妳噴火是因為幻奇之力**要妳**噴火。」史奎爾的眼神流露一絲令人忐忑的狂熱，莫莉安後頸爬上一陣奇異的涼意。她意識到，史奎爾對幻奇之力的熱情也感染了她，這個發現讓她有些反胃。

「我的意思是，在那個燦爛的勝利時刻，妳化身為龍，」史奎爾繼續說道：「是因為幻奇之力厭倦了看妳當隻小老鼠。」

莫莉安猛地倒吸一口氣。某種不可見、不可知的力量，某種她也許永遠無法徹底了解的力量，有可能奪走她的自由意志……她一點也不喜歡這樣子。

「黑鴉小姐，妳絕不能忘記，幻奇之力是妳的敵人。這個惡徒不眠不休，永不忘卻，以永遠警醒的狀態存在。幻奇之力時刻等著妳放下戒心，因為幻奇師是它通往真實世界的唯一命脈。我們不過是個媒介，而幻奇之力透過我們，體驗真實的生命。」

「幻奇之力是種寄生蟲，」史奎爾說，柔和的嗓音傳遍頂樓。「在妳曾經生活的世界中遊蕩，字字句句往周遭散開，猶如打水漂的石子彈過水面，無法跟任何人說話，無法碰觸任何事物，大家看不見妳，走路也直接穿過妳。這麼一來，妳會

他的情緒激昂起來，開始踱步——莫莉安覺得他半是興奮，半是憂慮，又帶點瘋狂。

「想像妳是鬼魂！」他喊道，宏亮的話音激起回聲，在黑暗中迴盪，字字句句往

「有什麼感覺？」

莫莉安內心一陣刺痛。她不必想像，她早有體驗。去年聖誕節，她藉助絲網軌道回到老家黑鴉宅邸，屋裡到處是人，但除了她奶奶之外，沒人看見她，沒人聽見她說話，她父親甚至看不到真的直接穿過她。

「很孤單。」她輕輕地說：「好像……好像自己什麼也不是。」

「完全沒錯。」她隔著一片玻璃，觀看著這個世界。然後有一天，忽然間，妳化為了**真實**！妳化為了真實，因為有人聽見妳的聲音，有人看見妳，妳終於有了個朋友！一個同類！一個能夠溝通的對象。**真愛**。這就是幻奇之力與幻奇師的故事。」

「你剛剛說幻奇之力是敵人。」莫莉安困惑地說。

「兩者是同一回事。」他說，平靜的外表隱隱流露冷酷的不耐。「幻奇之力……深愛著幻奇師，到了病態、危險的程度。那些能量總要有個去處。黑鴉小姐，妳曉不曉得，妳今年離自爆只有一步之遙？妳曉不曉得，我為了**救妳一命**付出多少努力？」

他笑起來：「更別說我暗地裡幫了妳多少忙。」

「**幫我？**」莫莉安簡直不敢相信自己的耳朵。

「對，**幫妳**。」他壓聲說：「是誰給那個飛鏢女跟她的惡霸男友一個教訓？是誰替妳解決那個滿口謊言的無用烏龜？順便說一聲，不客氣。」

莫莉安的胸口似乎被什麼沉重、可怕的東西壓住。「惡鬼市集。」她聲若蚊蚋，「是被你帶走的。你把他們像奇獸一樣賣掉。」

史奎爾領首，微微鞠躬：「正確答案。」

「阿弗，昂斯塔教授……是被你帶走的。你把他們像奇獸一樣賣掉。」

「就是你。」

他朝天翻了個白眼。「老天，才不，聽起來太麻煩了。我只不過居中牽了幾條線。」他再次擺動手指，「人是如此易於操縱，簡單得令妳吃驚。就算是妳那了不起的幻奇學會，我照樣能在固若金湯的圍牆內，找到願意替我動手的人。話說回來，我一向擅長找到最脆弱的那個環節。」

莫莉安蹙起眉頭。「學會裡有人替你做事？是誰？」她質問，可是史奎爾一言不發，做出替嘴巴拉好拉鍊的動作。

這想法讓人作嘔。就連巴茲・查爾頓，格調也不可能這麼低吧？

她搖頭，她絕對不信。

「哦，別這麼驚恐。」史奎爾說，往回靠著欄杆，擰起雙眉。「也別一副不開心的樣子，畢竟我做這些都是為了妳啊。坦白說，我以為妳多多少少會感激我呢。」

「感激什麼？」莫莉安怒道：「傷害別人又幫不了我。」

「哦，黑鴉小姐，承認吧，看他們**怕得發抖**，感覺不美妙嗎？」他傾身湊向前，放低聲音：「當妳噴出火球，難道在妳心中沒有某個黑暗的小角落，享受他們恐懼的眼神？」

莫莉安沉默不語。她想起在傲步院站的那天，想起當時她體內膨脹的猛獸，正義凜然的狂怒有如陣陣電流，在血管中流竄。在那個瞬間，她一躍成為全幻學最強大的人。

她依然記得月臺上那些充滿驚懼的面孔。莫莉安思忖，她真的享受那一刻嗎？

在她內心某個小小的角落，是否喜歡引發他人的懼意……不必總是扮演擔驚受怕的

那一方？

她挪開目光，不肯回答史奎爾的問題。

「是啊，我想也是。」他的笑容宛若豺狼，顯得飢渴而危險。「很高興讓妳看清真實的自我。不過，老實說，我很訝異妳留在這裡跟我講話，」他凝望月光映照的永無境天際線，「我還以為妳會跑去做些『英勇壯舉』，我以為妳自認是那種『絕不拋棄朋友』的類型。看來是我想錯了，我真是開心。」

莫莉安挑起一邊眉毛。「昂斯塔教授倒也稱不上『我朋友』，」她說：「何況，潛伏者已經出動去找他了，他們不需要我幫忙。」

「我不是指那個有殼的畜生，」他的語氣帶著一絲好笑，風聲將他輕柔的語音直吹到莫莉安耳際。「我是指另外兩個被綁架的對象。催眠師和預言師。」

「詩律跟蘭貝斯。」莫莉安低喃。

她的胃一揪。

「你帶走了詩律跟蘭貝斯，」她的音量稍稍提高：「她們是我朋友！這算什麼『幫我』？」

史奎爾發出毫不欣喜的笑聲。「這事跟我無關。我在學會的那個小傀儡，那個『肯替我動手』的人，恐怕是變得有些貪婪。有些本領若是留在學會中未免太過浪費，在自由邦內外，不少有權有勢之人願意不計任何代價，只求得到那些本領，催眠及預言可是極其實用的才能。況且，倘如傳聞不假，」他繼續說道，稍稍踮起腳，「今晚的拍賣會有第四個拍賣品，那東西真是令人神往。」他的口吻摻入笑意：「我也來競標好了，我一直想在聖誕樹頂端放個天使。」

「卡西爾。」莫莉安悄聲說，不過史奎爾似乎沒聽見。

儘管無用，莫莉安的雙手仍捏成拳頭。她深知自己無法對抗史奎爾，她什麼也做不了，史奎爾本人甚至不在永無境。

「你知道市集的地點。」她奮力保持聲音平穩，「你知道我朋友在哪裡。告訴我！」

史奎爾歪著頭。「噢，是啊，這正是我過來的原因。可惜世上沒有白吃的午餐，妳必須與我來場交易。」

「你想要什麼？」莫莉安咬著牙說。

他聳了聳肩。「我一直想做的同一件事：教育妳。」

「我說過了，我絕對不會加入你，你這個泯滅人性的殺人凶手。」

「世間存在著遠遠比我更加缺乏人性──」他的雙眸閃過怒色，「──遠遠比我更加危險的事物。黑鴉小姐，我們擁有共同的敵人，這個敵人超乎妳的想像。若是幻奇學會不肯放鬆對妳的束縛，若是妳缺乏成長的自由，無法成為**我需要的**那種幻奇師……最終，大難必將臨頭，我倆都會完蛋。」

莫莉安呆呆瞪著他，彷彿五雷轟頂。**共同的敵人？**他就是莫莉安唯一的敵人啊。

「因此，該為妳上第三堂課了。」他說道：「禍害技藝之煉獄。」

莫莉安不耐煩地搖頭，體內積聚起一陣熟悉、狂亂的怒火。「我的朋友現在就需要幫忙，我沒空學這些把戲！」

她得趕快從頂樓下去，她得趕在可怕的事情發生前，找到詩律和蘭貝斯。

「是。」史奎爾語氣凶狠地沉聲說，離開欄杆，緩緩向前踏出兩步。莫莉安聽見

降靈會的眾人發出動靜，可是她不敢轉身察看，她一刻也不想讓目光離開史奎爾。

「我十分贊同。妳沒有時間了，匯集在妳身上的幻奇之力愈發躁動不安，規模大到了危險的地步，除非妳能夠引導它們，給予它們目標，否則幻奇之力會**從妳體內將妳燒得一乾二淨。**」他用跟莫莉安相似的黑色眼瞳瞪著莫莉安，「不過，既然妳自身面臨性命之憂還不夠，我很樂意多給妳一點動力。」

他做了個細微的手勢。聚集在莫莉安身後的大家聽從號令，整齊劃一往前走，走過莫莉安，走過史奎爾，停在欄杆前，並肩窺視外頭的黑夜。

莫莉安想起她初來乍到杜卡利翁飯店的日子，那天是晨曦日，也就是新世代的第一天，大家聚在這裡慶祝。結束時，她驚異地觀看所有賓客爬上欄杆，高舉雨傘，無懼地自屋頂躍下。**大膽前行！**每個人一路向下飄，飄，飄，飄過十三層樓，安全落地，毫髮無傷。

史奎爾彷彿看見她腦海中浮現的場景，舉起雙手，迅速而流暢地做了個手勢，眾人以僵硬的動作用雙腳跳起，穩穩落在欄杆上。莫莉安倒抽一口涼氣。

史奎爾轉頭對她微笑，「妳猜他們有沒有帶傘？」

「住手──不要！霍桑，下來，**下來**，朱比特！」她奔過去，拉扯霍桑的手，然後是朱比特，想把他們拉回屋頂，可是他們動也不動。她猛然轉身面向史奎爾，又是氣餒，又是憤慨：「你為什麼要這樣做？」

「我告訴妳了，」他輕聲說。「這是妳自己做的。如果妳多懂一些控制幻奇之力的皮毛，我根本不可能像這樣借用妳的力量。妳要了解，妳今年無法掌控幻奇之力的狀況，等於替我大

他說的話。

開通往永無境的方便之門。對我而言，教會妳掌控的技巧，或是教會妳任何東西，很可能是親手永遠關上這扇門。但是，遊戲時間已經結束了，我的長程計畫重要得多，我的計畫需要妳**活下去**。」

「放他們走。」莫莉安重申，從牙關擠出這四個字，努力把驚恐偽裝成憤怒，雙手緊握成拳。

「樂意至極。」史奎爾冷靜地低聲說：「我也會按照約定，讓妳知道妳朋友在哪裡。在那之前，妳必須釋放一部分過多的幻奇之力，將其轉化為禍害技藝之煉獄，否則妳跟他們──」他指向那排站在欄杆上、毫無知覺的夢遊者，「──以及預言師、催眠師、天使、昂斯塔教授，今晚都會面臨悲慘的結局。黑鴉小姐，選擇在妳。」

莫莉安不說話。她說不出話。體內冒出了沉甸甸、熱騰騰的力量，她一手按住胸口，呼吸急促。

「**就是這個！**」史奎爾大喊，指著她，眼神陡然變得狂亂，「就是這個，就是這種感覺，就是妳內心的火花，那簇憤怒與恐懼之火。把注意力集中在上面，感受它，感受妳體內那股燃燒、搖曳的怒火，那就是煉獄。」

「閉上眼睛，想像妳把手伸進胸口，想像妳將那個火苗握在手中，把手指當成牢籠，關住火焰。閉上眼睛，**照著做。**」

莫莉安不情願地緊閉雙眼。她可以在心中看見那幅景象：那不僅僅是火花，而是猛烈的大火，從她體內燒灼著她，蔓延至肺部，爬上喉嚨深處，令她嘗到灰燼的味道。她搖起頭來，緊握雙拳。

「我做不到。」

「妳做得到，」史奎爾堅持道。「妳是幻奇師，是妳控制火焰，火勢會根據妳的意志減弱或擴大。妳必須決定這股火焰只需點燃蠟燭，抑或足以燒盡一座城市。」

莫奎爾在心中看見了。在她的胸腔內，一股眩目的金色火光熊熊燃燒，她按照史奎爾所說，想像自己伸手握住火焰，嘗試控制，輕柔地加以掩蓋。火焰滋滋作響，莫莉安想像燦亮的幻奇之力不住閃爍，從指縫間迸出，宛如小型煙火，她不禁瑟縮。

「如果害怕，妳就無法控制幻奇之力。」史奎爾喊道：「莫莉安‧黑鴉，妳不是小老鼠，妳是龍！張開眼睛，全神貫注，吐氣。」

莫莉安依言照做。一股灼熱的氣息自她肺中噴發，猶如沙漠中吹起的風。這次不像在幻學的那天，她噴出強大、無可控制的火球，差點吞噬海洛絲；這次，莫莉安總算處於掌控之中。

在那個瞬間，她知道該做什麼，也知道幻奇之力將聽命於她。

莫莉安的目光落在一根黑色錐形蠟燭上，口中吐出一道細細的火流，目標明確、動作精準。火流正中蠟燭，點亮燭芯——接著，彷彿其他蠟燭正在一起等待指令，等待莫莉安的准許，剎那間，在整個頂樓，上百根熄滅的蠟燭不約而同再次燃起，將頂樓籠罩在溫暖、搖曳的燭光中。

莫莉安迸出驚奇的笑聲。

她辦到了，這不是史奎爾做的。

莫莉安轉頭看史奎爾，只見他的深色眼眸反射著火光，儘管他沒有笑，眼神中

卻無庸置疑地流露出冷酷的滿意之色。

他開始哼唱，只唱了幾個美妙的音，不足以構成一首曲子，卻足以令莫莉安的後頸一涼。黑夜之中，某處傳來一陣悠長深沉的嘯叫，回應他的旋律。

「我照你說的做了，」莫莉安警戒地看著他。「我們說好的，你答應要說出我的朋友在哪裡。」

「不對，」史奎爾說：「我說的是，我會讓妳知道妳朋友在哪裡，我也會信守承諾。」史奎爾謹慎地做了個小手勢，欄杆上的眾人向後一跳，回到頂樓，轉身，面無表情地走回原處，按照降靈會本來的順序圍成一圈。另一陣嘯叫劃破空氣，聽在莫莉安耳中，似乎是從下方深處傳來的，就在底下的街道。「我們走吧。」他將頭往頂樓邊緣一歪，好像認為他們兩個應該跳下去，一路飛到惡鬼市集。

莫莉安不可置信地笑了一聲。「你瘋了嗎？我哪裡也不要跟你去，你直接告訴我詩律跟蘭貝斯在哪裡就好。」

他微微搖頭，「我不想。」

底下再次傳來嘯叫，距離比上次更近，聽起來像是從飯店前院傳來。除了嘯叫之外，還有其他聲音：馬的嘶鳴、馬蹄落在石子上的噠噠聲。

「我不要跟你去。」莫莉安重複一次，「你以為我是笨蛋嗎？」

「對，我認為妳恰恰就是那種會為了救朋友而做傻事的笨蛋。」史奎爾的笑容透露著憐憫，「我證明給妳看。」

他用左手看似隨意地做了個小手勢，接著……

一切發生得太快，莫莉安連思考都來不及。

在停滯不動的圓圈中，霍桑驟然站起，全力衝刺，直奔頂樓邊緣。

「霍桑，不要！」莫莉安慘叫，出於本能與驚駭，想也不想就追了上去。她伸手抓住霍桑的外套後背，就在此時，霍桑以不自然的動作躍過欄杆，莫莉安被他跳躍的力道往前拉，兩人一同摔出頂樓，直直向下墜落，冷冽的秋風悶住了莫莉安的尖叫。

第二十五章　叛徒

地面迅速上升，迎向兩人。

他們飛速下墜，莫莉安手裡仍緊抓霍桑的外套，彷彿這個動作能救他們一命。

她等待撞擊的剎那，等待自己的身體落在飯店前院，摔碎全身上下每根骨頭。

然而，那一刻並未到來。

下方的黑暗中，迸出此起彼落的噪叫、刺耳的嘶鳴聲、一陣馬蹄噠噠聲。莫莉安倏地睜開眼，恰好看見數百隻火紅眼睛仰望著她，馬匹、獵犬與獵手的黑影自滾滾煙塵中現身。

莫莉安與霍桑沒有遇上撞擊，沒有降落，速度甚至沒有減緩，就這麼掉進煙影獵手所組成、形體變幻莫測的黑雲，始終未曾落地。莫莉安再度坐上一匹影子馬，奔過永無境幾乎無人的街道，風馳電掣，快得難以分辨前進的方向。她轉頭張望，霍桑騎著她旁邊的一匹馬，不禁暗忖，霍桑處於受到操控的狀態，是否會感受到與

她相同的恐懼，是否知道現在發生了什麼？

煙影獵手終於停住，他們下馬，腳下總算踩到堅實的地面，心驚膽跳，不過至少安然無恙。本來包裹、圍繞著兩人的黑霧散去，眼前是一座壯觀的石造建築，宏偉的拱形入口上方刻有幾個字樣，令莫莉安的心一沉。

保存時光博物館

霍桑全身一軟，她彎身接住霍桑，試著將他扶起來。「你沒事吧？」

「我……大概吧，嗯。」他似乎有些暈眩，但已恢復神智。「怎──怎麼了？這是哪裡？」

煙影獵手向後退，不過沒有離開，只是藏匿一部分身影，在附近潛伏警戒，熠熠閃耀的紅眼在黑暗中窺伺。莫莉安環顧四周尋找史奎爾，可是這裡好像只有他們兩個。

她抬頭注視博物館。大門開啟，館內傳出聲響，笑聲、交談聲、酒杯碰撞聲。

「埃茲拉·史奎爾帶我來過一次，我想今晚的惡鬼市集就是辦在這裡。」

霍桑發出嗆到似的怪聲，「**妳怎麼知道？**」

「史奎爾。」莫莉安小聲說：「降靈會的時候，他出現在頂樓──你有印象嗎？」

他搖搖頭。「不曉得。我記得我們站起來正要走，我們在笑，然後……就好像我突然開始作夢。我腦袋裡有個東西，像是一個詭異的嗓音，可是我覺得很平靜，只想睡覺。」

「那就是他，你腦子裡的聲音就是史奎爾。」聽見這話，霍桑的臉色登時慘白，

莫莉安繼續說：「他讓你從屋頂往下跳，結果我們就兩個一起摔下來，

煙影獵手接住我們，把我們帶來這裡。霍桑，**這裡正在舉行惡鬼市集**，他們抓了詩

律、蘭貝斯跟昂斯塔教授……都是史奎爾做的——」

「快走！」某處傳來沙啞的低語，兩人驚得一跳。「噓！」

某人孤身踏出博物館，快步走下階梯，往他們的方向過來。莫莉安渾身緊繃，

抓住霍桑的手，正打算跑，霍桑卻阻止了她。

「那好像是邁德梅。」他輕聲說，接著提高音量：「邁德梅！潛伏者到了嗎？他們

有沒有找到——」

「你們快走。」邁德梅一面走近，一面壓低聲音說，抓住他們的手臂，開始推他

們離開，回頭偷瞄敞開的博物館大門。莫莉安一頭霧水，但仍鬆了一大口氣。他們

不用自己想辦法了，既然有學會的人在，那麼援軍想必正在趕來的路上。走到煙影

獵手附近時，邁德梅停下腳步，「快點離開這裡，馬上走。」

「潛伏者來了嗎？」莫莉安追問，試著越過他的肩膀看博物館。「他們要關閉博

物館嗎？他們說會立刻派人去找朱比特——」

「拜託妳，黑鴉小姐，妳一定要快點離開。妳根本不曉得妳的處境多危險，要是

任何人看見妳——要是他知道妳在這裡……」

「要是誰知道？」

「幻奇師，」邁德梅嘶聲說：「妳沒想通嗎？是他計畫把妳騙來這裡。他本來要我

親自把妳帶來，可是我……我做不到。我再也不想做了。」

莫莉安聽得頭暈目眩。「史奎爾叫你帶我來？他為什麼要──什麼意思，你再也不想──」

噢。

莫莉安張著嘴，一時合不攏。

我在學會的那個小傀儡，史奎爾是這麼說的。那個肯替我動手的人。

「是你！這段時間，都是你在幫史奎爾。」

霍桑發出微弱的抽氣聲。邁德梅一副快吐了的樣子，滿頭大汗，臉色微微發青，渾身顫抖。然而，他沒有否認。

「黑鴉小姐……拜託妳。」他吞下一聲嗚咽，「妳要相信我，我真的非常非常抱歉，竟然做了……竟然參與了……」他絞著雙手，像小狗那樣皺起額頭，莫莉安覺得他似乎是真心懊悔。但是，她心想，邁德梅是為了自己所做的事懊悔，還是單純為了自己不慎被發現而懊悔？「我從來沒……這些都不是我想出來的！是史奎爾，是他逼我的。」

他一手撥過頭髮，哆嗦著下巴，雙眼泛淚，莫莉安卻不覺得同情，只覺得反感。

「我太沒用了，」他繼續說：「這我承認。我的心充滿怨恨與嫉妒，大家都知道我是全梯最沒用的人，最無趣的人，他們老是叫我『地圖仔』。」他的表情變得猙獰，「我想要受人重視。所以，幻奇師來找我的時候，幻奇師要我幫他的時候──這麼多人，他找的竟然是我！我想，這是給他們一點顏色瞧瞧的好辦法。史奎爾可是冬海共和國最有權勢地位的人！他承諾要在他的帝國裡給我一個位子，讓我擔任他的左右手，這種條件我怎麼拒絕得了？」他頓住。「剛開始，我只需要幫忙傳遞一點消

息，我根本不知道會有人受到傷害。妳一定要相信我。」

「什麼消息？」

「有哪些稀有的本領、本領擁有者是誰、住在哪裡、他們的日常作息……諸如此類的事。還有，他們什麼時候……」他這句話低得幾乎聽不見，「什麼時候可能會落單。」

「換句話說，就是要綁架誰、要怎麼綁架他們。」莫莉安的嗓音氣得發顫。

邁德梅伸手摩娑著後頸，仍舊不敢看她。

霍桑擠出一個怪聲音，一下子咬緊牙關，一下子放鬆，反覆好幾回。莫莉安明白他也正強忍怒火，畢竟霍桑是她所認識最忠於朋友的人。

「你安排骷髏人抓走他們，賣給別人。」他怒聲對邁德梅說：「你真讓我噁心。」

邁德梅彷彿十分痛苦。「拜託，你們看不出來我是想幫你們嗎？莫莉安，幻奇師要我把妳也帶來，但我拒絕了，因為妳是我班上最優秀的學生啊。我拒絕繼續幫他做事，這就是我過來的原因！我知道他今晚會設法引妳來惡鬼市集，所以我守在外面，希望可以攔住妳。我不能讓他們也把妳賣掉，我——」

「但你卻讓他們賣詩律！還有蘭貝斯！」莫莉安大喊，隨即壓低音量，憤怒地低聲質問：「邁德梅，你怎麼下得了手？」

這名年輕的教師開始啜泣，雙眼流露懇求。「對不起，我沒辦法解釋，我只是……黑鴉小姐，我受夠被排擠了。妳能體會這種感覺，對吧？那種跟別人不同的感覺。妳跟我，我們是一樣的，我們——」

「莫莉安跟你一點也不像！」霍桑厲聲反駁邁德梅，邁德梅一個瑟縮。「她絕對

不會背叛朋友！」

邁德梅跪倒在地，渾身發抖，雙手掩面。三人靜默半晌，只聽得見邁德梅輕輕的抽泣聲，以及博物館內部遠遠傳來的溫文談天聲。

接著是⋯⋯鼓掌聲。

「真精采，亨利，」黑暗中傳來柔和的嗓音：「演得真好。」

邁德梅倉皇跳起，飛快轉身去瞧是誰在說話，瞪大雙眼，看見埃茲拉・史奎爾走進光線之下。史奎爾勾起一邊嘴角，露出陰狠的微笑，孤單的鼓掌聲響徹街道。

莫莉安感覺到霍桑挨近她，指甲掐住她的手臂，呼吸越來越急，她恍然明白，霍桑完全不記得頂樓發生的事，所以這是他初次親眼見到幻奇師。

「他是用絲網過來的。」莫莉安悄悄對霍桑說，努力裝出很勇敢的語氣，瞇眼尋找史奎爾周遭閃爍的光線，那是他使用絲網的跡象。「他動不了我們。」

「對啊，可是他的煙影獵手動得了。」霍桑說，幾乎沒動到嘴巴。彷彿收到指令似的，他們四周的影子發出低吼，莫莉安打了個哆嗦。

史奎爾輕柔地低低吹了聲口哨，狼群隨即現身。牠們的皮毛黑如瀝青，雙眼閃爍如火苗，在邁德梅身邊繞行，邁德梅連忙閃躲，嚇得縮成一團。

史奎爾鄙夷地看著他。「黑鴉小姐，亨利想哄妳相信他是來救妳的，但他很清楚，我之所以來，並不是要賣掉妳。他很清楚，我之所以一手促成惡鬼市集，是為了讓妳成為帶妳來的英雄，為了讓妳最終能夠實現眾人的恐懼——成為真正的幻奇師。他們必須容許妳運用妳與生俱來的天賦，」史奎爾越說越響：「免得妳匯集的幻奇之力像我一樣，愈發感到枯燥無聊，最終**活生生掐死妳這條小命！**」

他宏亮的聲音嚇得莫莉安打了個顫，提到喉嚨的心臟狂跳。

「拜託妳，莫莉安。」邁德梅哀求，雙眼紅腫，「不要聽他的，快逃，逃就對了。」

「喔，演得好，邁德梅先生，演得可真好。」史奎爾發出高亢的笑聲，宛如瘋狂。「黑鴉小姐，我們的亨利認為，讓妳毀掉惡鬼市集有違他的利益。這個市集可是你的金雞母，是不是啊，親愛的孩子？在永無境最富裕、最惡質的居民之間，你已經樹立名聲，你可不想讓他們失望，是不是啊。」史奎爾打住，轉過頭直視莫莉安，慢慢說道：「妳懂我的意思了嗎，黑鴉小姐？他、在、拖、時、間。他打算在這裡把妳拖住，直到拍賣會結束，順利交易掉妳的朋友，替他賺進一筆不錯的佣金。拍賣會上每成交一筆，他都能抽成。」

莫莉安細看邁德梅，史奎爾說話的同時，這位老師身上也發生了奇特的轉變。那張稚氣未脫、淚痕滿面的臉本來整張皺起，流露愧悔之色，哭得發紅，此時逐漸放鬆。他用袖口擦擦眼睛，誇張地用力一吸鼻子，隨後露出有些不好意思的熟悉笑容。

莫莉安的後頸寒毛直豎。她暗想，這兩看起來都是邁德梅會做的動作，卻又完全不像邁德梅。不知道為什麼，她好像看著一個根本不認識的人。

那個人輕笑幾聲，看看手錶，然後聳肩。

「哦，拖到現在應該就夠了。」他的口氣恢復成一如既往的爽朗，「我想，他們應該拍賣得差不多了吧。黑鴉小姐，感謝妳撥空聽我說，妳一向是最專心聽我講課的學生。」他深深一鞠躬，依然笑個不停。

莫莉安說不出話來，眼裡湧出熾熱、憤怒的淚水，腦袋近乎空白。她齜牙咧

嘴，有如發狂的動物般大吼一聲，撲向邁德梅，將他撞倒在地。

「叛徒！」她放聲尖叫，已經不在乎會被誰聽見，再次撲向邁德梅，幾乎感覺得

到震怒在血管中流竄。霍桑插進他們之間，試著把她拉開。

「黑鴉小姐，容我提醒，這可不是學會那種荒唐的小考驗。」史奎爾開口，他遠

遠佇立在黑影的邊緣。「這是真實人生。萬一妳失敗，就必須面對真正的苦果。時間

不等人。」

莫莉安大口喘氣，注視躺在地上的邁德梅，再看向雙眼圓睜的霍桑，最後將目

光挪向保存時光博物館。館內的低沉交談聲比先前安靜一些，他們會不會已經來不

及了？「霍桑，走吧。」

「邁德梅會逃掉的，」他說：「我們要通知潛伏者跟——」

「我們要去救詩律、蘭貝斯跟其他人。」莫莉安低頭看邁德梅，他似乎陡然感到

驚惶。一陣低沉的嘶吼響徹四周，反覆迴盪，煙影獵手隨之步出黑暗。

莫莉安與霍桑開始狂奔。抵達博物館階梯時，莫莉安聽見突如其來的恐怖怒

嗥，這才回過頭，瞥見黑夜中上百雙如火燃燒的紅眼。

「我會料理咱們親愛的亨利，」史奎爾冷酷的聲音穿透暗影，「毋須擔憂。」

第二十六章　拍賣會

他們奔上階梯，進入博物館的前廳。前廳空曠無物，唯有一張桌子，像上一場市集那樣提供面具。莫莉安抓起她看見的第一張面具（是個怒吼的食屍鬼），匆匆戴上。

「來，」她悄聲說，遞給霍桑一個閃亮亮的弄臣面具。「戴上，快點。」

「你覺得他會怎樣？」橡膠面具笑容燦爛，掩不住他嗓音中的緊繃。

「誰，邁德梅？」莫莉安說，盡力裝作不在乎自己曾經最喜歡的老師落得什麼下場，她的眼神飄回敞開的門口。「沒什麼好事。」

他們循著傳出聲音的方向走，經過一間接待室，再往前就是大廳。拍賣會鐵定就在那裡舉行，莫莉安很想索性拔腿跑過接待室，衝進大廳，但她明白最好不要引人注意。處處都有戴面具的客人流連，一面喝酒，一面談笑，偶爾駐足欣賞水晶球，彷彿那是什麼藝術傑作。

莫莉安起碼比所有人矮了一個頭，不過要混進人群簡單得出乎意料。好在霍桑去年夏天抽高不少，肩膀也變得比她印象中更寬，大概要歸功於他花了不少時間進行龍騎士訓練，所以他跟一些大人幾乎差不多高了，讓莫莉安鬆了一大口氣。

「這太扯了，」霍桑在面具底下小聲說。兩人以他們能夠接受的最慢速度，盡量保持冷靜，穿越房間。「我是說，這些水晶球──知道那裡面是什麼之後……這真的太……」

莫莉安實在太反胃，所以沒有回答。她暗忖，先前她怎麼沒有立刻看穿這個地方的真相？水晶球中，有些場景較平靜、幽微，確實很容易誤判；然而，也有些場景充斥著死亡與毀滅，根本無庸置疑。一群狂奔的大象衝向聚在水窪邊的野生動物，腳下踢起漫天煙塵；一陣大浪捲起，即將吞噬一整個村莊；一個血濺四處的泥濘戰場，砲彈飛射……莫莉安搖搖頭。

「真是壯麗。」一名身穿晚禮服的發福男子喃喃說道，端詳附近的一顆水晶球。「你知道嗎，這些都是真的。裡面都是真人哪。」

他輕敲玻璃，窺看內部，像是在看動物園的園區。「拍賣官說，這是在他們死前的瞬間捕捉起來的。真是了不起。」

「噢，有意思。」和他在一起的女子說，顯得不甚有興致，「你覺得他們能聽見我們說話嗎？」

「好問題。」他再次輕敲玻璃，身邊聚集了一群人旁觀。「喂，裡面的，那個死掉的小子，你聽得見嗎？聽得見就眨一下眼睛，聽不見就眨兩次。」那群人哄然大笑，

好像他說了什麼超級爆笑的話。

「你是說快死的小子吧，」女人發出惡意的咯咯笑聲：「他一定還沒死透，這才是重點啊！」

莫莉安想吐到了極點。霍桑拚命扯她的手肘，於是她繼續往前走，死死盯著前方，堅決不看那顆水晶球裡的情景。可是，來到通往大廳的門口時，她依然忍不住回頭一瞥。

那是個青少年，約莫十六、七歲，身穿花紋外套，腳踩黑色長靴，騎馬在石子路上奔馳。馬匹可能受了驚嚇，直立起來，兩眼瞪大，連眼白也看得見；那名青少年的臉色同樣驚駭，他被拋離馬鞍，即將撞上石子路。以那個角度，那個力道，任何人都足以看出……

莫莉安一嚥口水，忍住眼淚。

她受不了了——從保存時光博物館、邁德梅的背叛，到整個惡鬼市集，這一切太不公平、太令人噁心了。莫莉安體內彷彿住了一頭野獸，又扒又抓，想要逃竄而出。史奎爾的話語在她耳際迴盪：

莫莉安・黑鴉，妳不是小老鼠，妳是龍！

她想設法幫助那些永久困在死亡之中的人。她想要讓邁德梅受到制裁。她想要恣意釋放力量，想要把這個場所的恐怖氣氛洗刷殆盡，想要叫那些白痴**不要再笑**了——但她必須咬牙忍住，必須拚命壓抑她的沖天怒火。

「詩律跟蘭貝斯，」她喃喃自語：「妳是為了朋友來的，不要分心。」

莫莉安閉起眼，想像自己將手伸進胸口，握住胸腔內的火焰，輕柔地減弱火

勢，稍微減弱就好。

博物館中徬徨的靈魂只能晚點再想辦法。

　　他們走進大廳，這裡比前廳寬敞得多。霍桑大聲倒抽一口氣，接著一面假裝咳嗽來掩飾，一面不著痕跡地指著天花板，莫莉安滿懷恐懼地抬頭向上望。

　　整個大廳經過特別布置，刻意突顯今晚販售的拍賣品。拍賣品各自被困在高聳的平臺上，好讓所有客人看個清楚，也讓拍賣品無從逃脫；根據莫莉安的觀察，唯一降下平臺的方法，就是使用由沉重鐵鍊跟滑輪所組成的升降系統，可是每一組升降系統都有兩名警衛看守，他孔武有力，還戴著骷髏面具。

　　就像當初阿弗被安置在巨大水缸中那樣，他們為每個拍賣品分別設計了詭譎的布景，由拍賣品擔任主角。最遠處是昂斯塔教授，他被鐵鍊綁在一個巨大時鐘的分針上，指針目前指向五十五分，因此他勉強還算是直立。莫莉安心想，天曉得他被綁在那裡幾個小時了？他在時鐘表面轉了幾圈，忍受血液一下子不舒服地直衝腦門，一下子恢復正常？他還能承受多久？

　　詩律站在右邊一個靠牆的平臺上，身穿飄逸的豔紫色絲綢服裝，渾身掛滿沉重的金飾。她身旁有個巨型金色油燈，莫莉安盯著那東西，眨了幾下眼睛，想不通那是什麼意思。

　　「噁，他們竟然把她打扮成神燈精靈。」霍桑一臉反胃地說：「催眠師在他們眼中就是這樣嗎？一個到處幫人實現願望、服從命令的傢伙？他們根本不了解詩律嘛。」

莫莉安忽然醒悟，不知從何時起，霍桑也開始記住詩律。她不禁暗自疑惑為什麼，是因為「辨識催眠術」課程總算發揮了成效？還是因為他和詩律終於（算是）成為了朋友？

霍桑伸長脖子，環顧大廳。「喔！妳看上面，是他嗎？朱比特在找的那個人？」

他看著頭頂正上方。一名天使（應該說是**神仙**，莫莉安默默糾正自己）懸在空中，不過定睛一看就發現，他那雙翅膀交會之處被繩索綁給牢牢捆住。他整個人自天花板垂吊下來，雙翼遭到強行攤開，張到最大幅度，雙手縛在背後，四周有幾團以釣魚線掛著的假雲悠悠轉動，那些假雲是用木板削成適合的形狀，上面貼滿棉球，有如一齣爛戲的舞臺布景。

莫莉安眨了眨眼。那不是卡西爾。

因為那是伊斯拉斐爾。

她搖搖頭，沒時間細想了。

「他們把詩律的手綁住，」霍桑說，面露怒色：「還貼住嘴巴」，是不是怕被她催眠？」

莫莉安仔細看去，霍桑果然說得沒錯。伊斯拉斐爾的嘴巴同樣被貼住了，避免他利用歌聲逃脫。

在大廳另一端，人群正從昂斯塔的平臺下方移步走向蘭貝斯的平臺。蘭貝斯端坐於平臺正中央的王座，頭戴一頂對她而言尺寸過大的華麗金冠，俯視下方的競標者，雙眼大睜，死死抓住王座的扶手，彷彿她身處無數鯊魚窺伺的汪洋，而王座是

她唯一的救命浮木。她口中不斷喃喃低語，翻來覆去說著什麼。

莫莉安瞇起眼，試著分辨她所說的內容。她是在祈禱？抑或求救？莫莉安的心一揪。**她一定嚇壞了，可憐的小蘭貝斯。**

「各位先生女士，」圍過來，圍過來。」拍賣官吆喝，聲音傳遍大廳。他的嗓音親切歡快，有種爺爺的感覺，臉上卻戴著狼面具，顯得格外貼切。

蘭貝斯的聲音更響、更驚惶，不斷重複同一句不知所云的話，莫莉安勉強聽清那些字句。

「呼喚。死亡。凍結。火燒。飛翔。」她反覆說著，在王座上打顫。「呼喚。死亡。凍結。火燒。飛翔。」

霍桑皺起眉頭。「那是什麼意思？」

「開始拍賣最後一個拍賣品前，容我再次感謝各位大駕光臨敝拍賣會。各位是我們能想到最惡質、最富有的人物，正因如此，能邀請到各位前來，委實是畢生之幸。」人群發出一連串笑聲，為這個爛笑話鼓掌，許久方歇。莫莉安感覺到霍桑用力抓著她的手臂，有些疑惑他是要叫莫莉安冷靜，抑或是想逼他自己冷靜。

「最後一個拍賣品，」她悄聲對霍桑說，胸口一緊。「所以其他人都已經賣出了。」

果然，在詩律的平臺旁，警衛開始拉動巨大的金屬鍊條，降下平臺。

莫莉安陡然慌亂起來，就像被一隻冰寒刺骨的巨掌給抓住。該怎麼辦？**能怎麼辦？**假如他們衝過去救詩律，身分就會遭到識破，導致蘭貝斯孤立無援；假如他們去救蘭貝斯——就算他們有辦法爬上那麼高的平臺，事後也來不及救詩律，詩律在那之前就會被送走了。再說，昂斯塔又怎麼辦？伊斯拉斐爾又怎麼辦？

她從未感到如此無助。史奎爾設計了這一切，將她逼進這個惡劣處境，期望她善用自己學會的禍害技藝，化解難關。然而此時此刻，她這份上不了檯面的天賦有什麼用？她只會召喚幻奇之力，她頂多只會點幾根蠟燭，拜託！當初反擊查爾頓五人幫的是史奎爾，令幼魁貓變身的也是史奎爾，莫莉安辦得到什麼？

妳能召喚幻奇之力，她告訴自己。**妳辦得到這件事，那就從這開始。**

「晨曦日的孩子活潑乖巧，」她輕輕唱道，嗓音微微發抖。霍桑嚇了一跳，轉頭看她。「**夕暮日的孩子壞又胡鬧——**」

「莫莉安……？」

「噓。」莫莉安閉上眼。幻奇之力沒有回應她，她感覺不到。為什麼沒效？「**晨曦日的孩子帶來光輝破曉。**」

狼面具拍賣官正鼓動群眾。「我知道，大家一直耐著性子等這個拍賣品，口袋想必已經快被白花花、沉甸甸的銀子壓穿一個洞——」

「**夕暮日的孩子招來猛烈風暴……**」

「——所以，讓我們正式開始吧。容我介紹惡鬼市集有史以來最受矚目的拍賣品：蘭亞・貝沙立・阿瑪蒂・菈公主殿下。」

莫莉安停止唱歌。霍桑整個人僵住了。

什麼公主？

「蘭亞公主來自遠東歌邦的菈王朝，是現任女王的孫女，第四順位王位繼承人。當菈王室得知他們的女王候補是小範圍預言師，便將公主送來幻奇學會，接受他們那些菁英朋友的教導。」人群中傳出不屑的訕笑。「在冬海黨的統治之下，此舉可是

犯了大逆之罪。根據我在共和國的消息來源，冬海棠目前以為蘭亞公主身體羸弱，臥病在床；作風大膽的阿瑪女王甚至花錢請來不知哪個貧窮村落的小野種，偽裝成她的孫女，在宮殿中住上幾年吃喝玩樂！」

莫莉安簡直不敢相信她聽見的話。蘭貝斯其實不是自由邦人，反而像她一樣，是來自冬海共和國四大邦。照理來說，她不該出現在自由邦才對！況且，她還是個公主！

「我就覺得她有點像個大小姐。」霍桑小聲說。

「噓。」

莫莉安的父親隸屬冬海棠，所以她約略了解冬海棠的情況。假如王室確實違反冬海棠法律，將她偷渡出境──那她面臨的危機比他們原先以為的更嚴重。共和國人根本不被允許知道自由邦的存在。

「晨曦之子啊，你去哪裡？」莫莉安唱道。她抖得太厲害，幾乎唱不出聲。

拍賣官證實了她的懷疑。「一旦冬海棠發現此事，整個拉王室將大禍臨頭。」他做出被砍頭的動作，觀眾爆出樂不可支的笑聲。「在冬海共和國，大逆罪的下場自然是予以處決。這點也增加了我們這項拍賣品的價值──無限的可能性哪，諸位看官。」

「我們要想點辦法，」霍桑用氣音說：「我們得轉移他們的注意力，或是……或是想想辦法！莫莉安，怎麼辦？」

莫莉安沒在聽。「高高的天上，那裡風和日麗。」她閉緊雙眼，努力隔絕拍賣

官、霍桑、那些惹人厭群眾的聲音，全神貫注於身邊的空氣。「暗夜之女啊，妳去……」

她打住。起作用了。幻奇之力來了。

最初十分幽微，僅僅是空氣中的一道漣漪，讓她指尖微微發麻。

接著，她睜開雙眼，在這個剎那，世界化為燦爛金光，有如站在太陽之上。

「等您一取得蘭亞公主極為稀有又實用的本領，」拍賣官狠毒地咧嘴一笑：「您大可向王室要求贖金，或是留著她以便脅迫王室，也可以把她賣給冬海棠，旁觀菈王室步向毀滅！各位先生女士，您愛怎麼做都行，不過我們的脫手價可不便宜。起標價是一萬五克雷，有沒有人願意出一萬五？」

這次的感受有別以往。莫莉安初次在這個空間召喚幻奇之力時，掌握純粹力量的感覺只維持了一小段時間，旋即失去控制；她召喚了幻奇之力後，極為無所適從，幻奇之力也看穿了這點。不知怎麼，幻奇之力就是能夠察覺她的猶疑，也因此拒絕服從於她。

這次不同。這次，她與幻奇之力配合得天衣無縫。

如今，聚集過來的幻奇之力與她的意念合而為一。面對今晚發生的一切，甚至是今年發生的一切，她渾身湧出凜然的憤怒，這股怒氣終於賦予了幻奇之力一項使命，這正是幻奇之力所渴求的。莫莉安回想邁德梅的貪婪與背叛；回想瑪提德·拉虔斯將人困在死亡中的冷酷行徑；回想埃茲拉·史奎爾始終把她當成傀儡，任意操縱，甚至精心安排這場夢魘，只為了讓莫莉安一手將之了結；回想某些人以散漫態度展現的歹毒之心，居然認為他們有權買賣本領、買賣生命，簡直稱得上是邪惡。

距離最近的水晶球碎裂，內容物壯烈噴發。

那是搭乘汽車的四名年輕男人，車身失控打轉，他們驚懼地失聲慘叫，撞進另一顆水晶球。

拍賣官與競標群眾根本來不及反應，第二顆水晶球的內容物便流淌出來——球中，在雷電風雨交加的天氣之下，一艘船在浪尖顛簸，船員已被浪頭淹沒。那艘船砰然撞碎另一顆水晶球，球中是個被蜂群層層包裹的女人。緊接著，又一顆水晶球破碎，在那裡面，一座木屋的屋頂遭山崩摧毀。然後又一顆，再一顆。

莫莉安引發了骨牌效應。她旋即明白，這些死亡場景的實際規模比做為容器的水晶球要大得多，獲得釋放後，登時越演越烈，相互融合，混亂的局面迅速席捲整個大廳。狂奔的大象將人群一分為二，一隻大白鯊從碎裂的水晶球牢籠中迸出，衝進此起彼落的尖叫聲中。

拍賣會的賓客連滾帶爬找地方躲，然而紛亂未曾稍歇，水晶球一個個遭到砸碎，釋放內容物：失控的暴民、至死方休的決鬥、戰火正猛烈的戰場。

慘烈的景象在短短幾分鐘內擴散，莫莉安愣愣注視一切。

她做了什麼？

她原先不過是打算引起騷動，轉移大家的注意力，她以為這麼做既能拯救朋友，也能讓水晶球裡的人得到自由，讓他們總算得以安息。可是，這已經不只是騷動了，而是瀕臨瘋狂。她現在該怎麼幫助蘭貝斯跟詩律？她完全無法靠近她們兩個，連保護自己也辦不到。

「莫莉安！」

霍桑撲過來抓住她，附近有顆水晶球被打破，朝他們放出一道莫莉安見過最大、最恐怖的巨浪。兩人緊抓彼此，動彈不得，眼睜睜望著海浪之牆在面前升高，等著浪頭轟然落下。他們不可能逃出生天。

然後，一切突然……靜止了。

震耳欲聾的尖叫聲、奇獸的嘶吼聲、洶湧的水聲……全部驟然消失，陷入死寂。比他們頭頂還要高的海嘯減緩攀升速度，慢得察覺不到，幾乎因為過於緊繃而微微搖晃。莫莉安只聽得見自己的心跳聲，以及霍桑急促的呼吸聲。

大廳對面，一個虛弱、喘息不止的聲音劃破靜謐。

「快點！我沒……辦法……撐……太久。」

第二十七章　他的歌聲無人能出其右

綁在時鐘表面的昂斯塔教授直視莫莉安，閃亮的小眼睛緩慢而刻意地眨了一下。

他再次發動了本領。是他把周遭世界的速度給放慢，彷彿宇宙間有個巨人用手指按住這顆星球，令它無法以正常速度轉動。

兩天內，莫莉安二度見識昂斯塔教授使出這項非凡的本領，不過這次⋯⋯這次的感覺奇特多了。

上一次，書本、紙張、牆上滴答轉動的時鐘、邁德梅、莫莉安自己，全數幾近凍結。

這次，不知為何，莫莉安不受影響，仍然死抓著她的霍桑也是，身邊的混亂場面卻紋絲不動。大浪在他們頭頂上方捲起；一道刺目灼熱的閃電擊中一棵大杉樹，正將其從中劈為兩半；目光所及之處，無數身穿華服、戴面具的賓客，被困在無法逃脫的毀滅場景之中；一座幾乎與天花板同高的冰山搖搖欲墜，即將壓毀前方的任

何事物。所有受到保存的時光融合成一幅巨大的靜止畫，宛如被一顆巨型水晶球給封存起來。

「怎麼回事？」霍桑大喊，聲音在寬敞、寂靜的大廳中迴盪，呼吸猛烈急促，莫莉安覺得他好像快換氣過度了。「這是妳做的嗎？是妳讓他們停下來的嗎？」

「不是。」她這才想起，由於被萬鬼節弄得手忙腳亂，她竟然忘記告訴霍桑前一天她跟幻龜教授發生的事。「是昂斯塔教授，這是他的本領。」

霍桑看似鎮定地接受了這個消息。

「我們要怎麼救大家？」他問，當即展開行動，引領莫莉安離開巨浪，穿過那些正打算逃跑卻被凍結的面具賓客。「我可以沿著鍊子爬上去找蘭貝斯，妳去幫詩律，然後──」

「不對，」莫莉安停住腳步。「不對──等一下。」

蘭貝斯的話在她腦中響起。

呼喚。死亡。凍結。火燒。飛翔。

她說出這三不知所云的話，並不是因為她嚇得昏了頭。莫莉安早該想通的，一定是蘭貝斯腦中的雷達掃到了了什麼，而她按照自己的理解，描述她預見即將發生的奇異景象。

呼喚。莫莉安召喚了幻奇之力。

死亡。在這裡，人人面臨死亡⋯⋯上百個人，上百種不同的死亡方式。

凍結。昂斯塔凍結了時間。

那就剩下──

「火燒，」她低語：「飛翔。」

一說出這兩個詞，莫莉安頓時看清全局，透徹無比。她知道接下來該怎麼辦了，預言師蘭貝斯已經替她列出每個步驟。

「霍桑，」她說：「去幫詩律。她的平臺降得差不多了，你爬上去解開她的繩子，背著她逃出去，沿著我們進來的方向，直接跑出博物館，跑得越遠越好。」

霍桑搖搖頭，「可是——妳也要一起逃啊，不是嗎？」

「我要先去幫伊斯拉斐爾，沒時間解釋了。」眼見霍桑露出固執的表情，她語氣強硬地說：「霍桑，快去！去幫詩律，昂斯塔沒辦法永遠撐下去。」

「那蘭貝斯跟昂斯塔呢？」

「我會幫他們，你去就對了。」

霍桑顯然滿腹懷疑，儘管如此，他仍舊轉過身，以最快速度穿過各種混亂的災難，奔向詩律。

莫莉安抬頭，望著懸在高空中的伊斯拉斐爾。他那對翅膀被繩索綑住，固定的位置就在兩側肩胛骨的正中間。

第四步：火燒。

她辦得到。在史奎爾今晚出現於屋頂前，莫莉安壓根不相信她辦得到，但她現在明白，幻奇之力與她同在，幻奇之力渴望幫助她。

她閉起雙眼，想像體內的那股能量，那股鎖在她胸腔中的火。她沒時間想太多，沒時間擔心能不能成功，她沒有擔心的本錢了。伴隨著莫莉安的信心，火花越燒越亮，她睜開眼睛，吐出火焰。

火焰正中目標，她彷彿與自己的力量來源合為一體，感覺暢快至極。火苗燒光伊斯拉斐爾雙翼四周的繩索，恰恰燒在她所想的位置，多虧了昂斯塔教授的本領，伊斯拉斐爾並未當場墜落，仍凍結在空中。初戰告捷的喜悅流遍全身，她信心大增，歡欣鼓舞，再次嘗試燒掉伊斯拉斐爾手腕上的繩子。奇蹟似的，過程完全符合她的設想，她甚至沒燙著伊斯拉斐爾的皮膚。

時間所剩無幾，莫莉安感到空氣微微顫動，像是時間本身正在打顫。昂斯塔控制不了多久了。

「伊斯拉斐爾，」她用清晰、堅定的語氣朗聲說。她很清楚，此刻的伊斯拉斐爾能夠聽見、看見周遭的事情，她在昂斯塔的教室中經歷過時間凍結，當時，即使世界暫停，身體無法動彈，她的心智也未曾受到影響。「聽我說，你再過一下子就可以動了，請你飛去幫蘭貝斯——幫蘭亞公主，帶她離開這裡。」她指著蘭貝斯的平臺。

當然，伊斯拉斐爾什麼都不能說，不過莫莉安很確定他明白自己的意思。他的深褐色眼眸定定凝視莫莉安。

她聽見身後傳來氣喘吁吁的低哼，只見霍桑走了回來，半拖半背著宛如雕像的詩律。

「我不是叫你直接——」

然而，一陣巨響蓋過她的話。冰山微微移動，發出有如世界末日來臨的嘎吱聲。時間再度轉動起來，剛開始極為緩慢，接著逐漸加快。

「快點走！」莫莉安對霍桑大叫。

「不要！」他毫不讓步，「我們不會丟下妳一個人走，笨蛋！」

詩律漸漸恢復，原地搖晃了一下，差點撞倒霍桑，好在霍桑及時將她接住，扶著她。

上空傳來翅膀拍動的聲音，伊斯拉斐爾也動了起來，以眩目的姿態升空，按照莫莉安的指示飛向蘭貝斯的平臺。

「霍桑，快走，」莫莉安堅持：「詩律，快點叫他走。我知道我在做什麼，我等一下就會追上你們，我保證。」

他盯著莫莉安好半晌，臉色蒼白，雙唇緊抿，最終不甘心地點點頭，和詩律一同跑向接待室。

莫莉安自然是在撒謊。她根本不曉得自己在幹什麼。

可是，她總得一試。因為，老邁的昂斯塔教授儘管如此厭棄莫莉安，卻仍然為了救莫莉安跟她的朋友，耗盡殘存的體力，凍結了真正的時間。莫莉安怎麼能丟下他不管？

「我來幫你了。」她對昂斯塔喊道，試著從再度加劇的動亂中找出一條路。假如她抵達昂斯塔的平臺，靠近控制平臺的鍊子……接下來呢？她毫無頭緒。

閃電擊中的那棵樹正巧倒在莫莉安跟前，差點砸到她的頭，她尖叫一聲。這棵樹就這麼擋住了通往昂斯塔的路。

此時，昂斯塔幾乎連頭都抬不起來。他勉力抬眼望向莫莉安，皺紋滿布的粗糙嘴脣吐出兩個字。

「快跑。」

莫莉安搖著頭，思緒飛馳——絕對有辦法救他，絕對有！

昂斯塔虛弱地點頭，隨著時間流逝，氣力逐漸喪失。

「快跑！」他堅決地說：「跑！」

莫莉安的心一沉，眼眶發熱，湧出氣餒的淚水。救不了他。昂斯塔已經沒希望了，他深知這一點，而他決定不拖莫莉安下水。他想要救莫莉安。

他們交換了一個心照不宣的眼神，然後莫莉安轉身狂奔。她奔過驚濤駭浪的大廳，左閃右躲、抱頭逃竄，像隻誤入虎穴的小老鼠；奔過接待室，衝出前廳，跑進涼冷的黑夜，一直到她追上霍桑與詩律，才停下腳步。霍桑跟詩律停在一個街區之外，挨著彼此，氣喘吁吁；幾個拍賣會客人也成功逃脫，轉進附近的街道，溜進黑暗之中。

莫莉安回頭望向博物館。她很清楚，那棟建築中危機四伏、禍患重重，奇怪的是，所有災難都沒有自博物館向外擴散。她心想，不曉得內部那些動亂何時才會消耗殆盡，從水晶球獲得釋放的死者是否終將得到安寧？

一陣撲翅聲打破了他們震撼的沉默，伊斯拉斐爾從天而降，輕巧地落在莫莉安身邊，懷中抱著受到驚嚇但安然無恙的蘭貝斯。

「謝謝你。」莫莉安還有些喘不過氣，「我們必須……通知潛伏者，你可不可以幫忙？」

「你們必須走得越遠越好。」伊斯拉斐爾說，霍桑跟詩律微微嚇了一跳。他說話的嗓音一如莫莉安的印象，就像一段關於失落事物的回憶。那對黑色翅膀上的金線反射博物館的燈光，讓他整個人彷彿發著光芒。他似乎很疲憊，莫莉安想起在舊德爾斐音樂廳那夜，朱比特說過：**伊斯拉斐爾這樣的人，會吸收其他人的情緒。**「不要

走散，回杜卡利翁去。還有，你們記住，這很重要——你們跑回去的時候，一定要搗住耳朵，搗得越緊越好，等到距離這裡至少三個街區才可以放開，懂了嗎？」

其他人滿臉不解，不過仍點頭答應。

他們轉身，邁步開始跑，莫莉安自己卻出於莫名的原因停在原地，目送三人先行離開。

真的可以這樣走掉嗎？保存時光博物館正在內爆，幾百種迥異的死亡場景相互引發連鎖反應，多虧了魔法，將這一切困在博物館的四面牆之中。裡面那些參加拍賣會的賓客……她知道，那些人惡劣不堪，可是就算如此……這是他們應得的下場嗎？活生生被捲進其他人面臨的災禍之中？她是不是該做點什麼？

再說，昂斯塔教授呢？過去幾個月來，這名幻龜一再用言語打壓她，不斷告訴她幻奇師很邪惡……然而，他卻為了莫莉安與她的朋友而犧牲，選擇以自己的生命為代價，拯救一個幻奇師的性命。

「莫莉安・黑鴉。」她轉過頭，見到伊斯拉斐爾在她身後徘徊，雙翅緩慢、有節奏地撲打，懸在半空。他低頭注視莫莉安，目光強硬，眼眸卻流露一絲親切……以及別的情緒。那是濃濃的困惑之情，莫莉安深感理解，畢竟她自己天天都對這個世界充滿疑惑。「妳今晚救了我一命，我欠妳一個人情。」他凝視莫莉安半响，嘴脣抿成一條線，莫莉安看得出他想多說些什麼，但不確定是否能說……也或許是他找不到適合的說法。伊斯拉斐爾長嘆一聲，「妳最好不要向幻學的人提起這件事，我不該欠妳人情。」

莫莉安不知道該怎麼回答。

「這會讓事情變複雜，妳懂嗎？」他堅持，意味深長地盯著莫莉安。「對我們兩個來說都是。」

她不懂，可是伊斯拉斐爾已經再度升空，回頭飛向博物館，那裡的窗戶不時映照出陣陣光線。玻璃碎裂的聲響傳出，又一個水晶球破碎，滾出刺目的橘色火球，一道澎湃大浪隨即打來，將火球撲滅。滾滾煙霧自窗戶冒出，有如惡魔現身。遠處傳來隱約的尖叫，令莫莉安後頸寒毛直豎。

「你要做什麼？」莫莉安高聲問伊斯拉斐爾，淚水在眼眶打轉，有些哽咽。他打算回博物館裡面嗎？他會不會也被困在裡面的風暴中？「你要回去救他們嗎？」

「不，」他說：「他們已經沒救了。」他憂傷而低沉的嗓音隨風飄至莫莉安耳際，出乎意料地令她有些心碎。

「那你要做——」

「回家吧。」伊斯拉斐爾強硬地說。

莫莉安聽見霍桑、詩律與蘭貝斯站在街道盡頭喊她，她掩住雙耳，轉頭想跑，卻再次基於莫名的原因停下。

她回頭，只見天使伊斯拉斐爾登上博物館階梯，門口透出閃爍的電光，遠遠映出他幽暗的剪影。他在那裡佇立好一陣子，動也不動，莫莉安正疑惑他這是在做什麼，隨即想起。

他的歌聲無人能出其右。

她記得，在舊德爾斐音樂廳的那一夜，朱比特所說的話。

那個聲音帶給妳無可破壞的全然寧靜，他說：寂寞與悲傷都會變成遙遠的記

憶，妳的心會感到滿足，讓妳覺得這個世界絕不會再令妳失望。

伊斯拉斐爾救不了他們。

唯有對他們歌唱。

朱比特警告過她，不要聽伊斯拉斐爾的歌聲，她知道不能聽。

可是，她不可能再有這樣的機會。

莫莉安垂下搗在耳邊的手。在朋友的呼喚聲中，在浪濤咆哮聲與砲彈轟隆聲中，在新加入的、由遠而近的警笛聲中……她首度聽見伊斯拉斐爾宛如仙樂的美妙歌聲。

只有一秒。只有一個音。

好幾天、好幾週、好幾年以後，當莫莉安試著回想那一顆音的音調，以及帶給她的感受，她會想起自己彷彿被溫暖的冬陽照耀，被從未見面的母親擁抱。她會想起心中湧現一股喜悅，深深確信自己從未傷害任何生命，也沒有人曾經真正傷害到她，沒有人能夠傷害她。她會想起雨後的泥土味。

她也會想起，在那之後發生的事。石子路上傳來一連串腳步聲，強而有力的手緊緊遮住她的雙耳，隔絕所有的聲音。她抬起頭，看見一頭茂密的紅髮，還有一雙瞪得大大的驚惶藍眼。她有如從天空墜回地表，感覺半是苦澀，半是甜蜜，因為她明白自己會安全降落。

第二十八章　關上那扇門

「逮捕了五個人。幾個窮極無聊的有錢人，跟一個心術不正的政治人物。」朱比特嘆氣，「逃出來的人數更多，可惜都趁亂溜掉了，這些蟲子。想當然，我們抓回來訊問的傢伙全堅稱，他們只是覺得拍賣會很刺激，沒人承認自己出價競標任何東西。」

朱比特往吸煙室的沙發床一趴。牆壁放送柔和的檸檬煙霧，帶點奶油味（門口的時程表上寫道「令思緒更清晰、增加對生活的熱情」），協助莫莉安慢慢理清亂成一團的腦袋。經歷過昨夜無休無止的天災人禍，她確實需要稍稍提振對生活的熱情。目前，唯一讓她有熱情的就是盯著牆壁吃雞湯水餃。

朱比特深吸一口檸檬煙，疲累地揉揉眼。昨晚，他親自送蘭貝斯、詩律及霍桑回家，再帶莫莉安回到杜卡利翁，隨即趕去協助潛伏者調查。現在已經過了午餐時間，可是他徹夜未眠。

前一天，他在頂樓恢復神智，即使仍頭暈目眩、精神恍惚，不過他一發現莫莉安與霍桑失蹤，立刻斷定跟惡鬼市集有關。他召集所有他能想到的人，包括探險者聯盟的同事、他在幻奇學會的同梯，再加上芬涅絲特拉、法蘭克、米范、香姐女爵、瑪莎、查理、傑克，一同出動，協助臭架子和潛伏者，搜查他們想得到最黑暗、最隱密、最危險的角落，卻徒勞無功⋯⋯最終，潛伏者收到神祕的匿名線報，告知他們保存時光博物館的位置，他們才前往永無境一個早已荒廢、幾成廢墟的區域，在錯綜複雜的巷道中找到了拍賣會。

沒人曉得匿名情報是誰給的。莫莉安也不打算告訴他們，八成就是史奎爾。

她起身替朱比特倒茶，問道：「不過，被逮捕的人會坐牢，對不對？」

朱比特感激地接下莫莉安遞過來的茶。她坐進沙發床對面的扶手椅中，蜷縮起來，懷裡抱著一個靠墊。「莫兒，沒有罪名可以起訴他們。不存在任何犯罪的證據，不存在金錢轉手的紀錄。黑市交易的確是違法，但我們沒有交易發生過的證明，畢竟博物館已經毀了。每個人都宣稱，他們以為那只是個派對。」朱比特的喉間發出憤怒的低吼，「這些人渣。」

「那邁德梅呢？」

「喔，說到人渣。」他的臉色有些難看，「不見了。他憑空消失了，沒人找到他。」

「煙影獵手。」莫莉安簡潔地說。她已經描述過她在前一晚的經歷，只是她不曉得朱比特跟潛伏者說了多少。「你覺得它們是不是⋯⋯」她沒辦法說完那個句子，她甚至不確定該怎麼接下半句。把邁德梅幹掉了？把他趕出永無境？

「也許吧。」朱比特並不在意她的句子模稜兩可。「雖然說，我們沒有找到任何……」他也沒把句子說完，最後啜了口茶。「所以，誰知道。說不定他逃走了，要是他夠聰明——既然他嚇過這麼多人，我相信他確實是有幾分小聰明……那他鐵定早逃得遠遠的，也絕對不會停止逃亡。」但妳用不著擔心，莫兒，潛伏者沒有放棄，他們終究會抓到邁德梅，讓他受到制裁。」

莫莉安默然良久。「我挺喜歡他的。在……事情發生之前，你知道。」

「我知道。」

「他是我最喜歡的老師。」

「妳只有兩個老師，」朱比特指出。「不過，是啊，我知道。」

他繼續喝茶，幾乎把茶喝光，莫莉安則奮力把各種念頭整理出一個雛形。

「他對我很好。」她終於開口：「我說邁德梅。他講話很有趣，課也很好玩，讓我覺得我有一件擅長的事情。至於昂斯塔教授……他恨死我了，一整年都對我很壞，也讓我覺得我是個很壞的人。」她用力嚥下喉頭哽住的感覺。「可是邁德梅辦了惡鬼市集，背叛了所有人。昂斯塔卻救了我。」

朱比特沒吭聲。

「我覺得……我覺得這些事情根本對不起來。」莫莉安擰起眉頭，看著朱比特。她不曉得該怎麼精確表達她的意思，但朱比特點點頭，鼓勵她說下去。「後來的事不會改變之前的事，邁德梅的事情不會，昂斯塔的事情也不會。」

「莫兒，我不曉得該說什麼。」朱比特嘆了一聲。「有些人很勇敢，卻會霸凌別人。有些人很友善，卻是個懦夫。」

「到頭來也沒那麼友善了，對吧？」莫莉安說，想起邁德梅遭到揭穿時，不過聳了聳肩，有些三不好意思地咧嘴一笑。**妳一向是最專心聽我講課的學生。**「人渣。」

朱比特站起身，開始踱步，伸手捏了捏鼻梁。「我不懂的是，史奎爾根本進不了永無境，他是怎麼安排這一切的？妳確定他是用絲網過來？」

「確定。」莫莉安說：「我說過啦，有邁德梅在幫他。」

「是啊，邁德梅幫他辦惡鬼市集，但是……邁德梅做不到妳說的那些事，他沒辦法操控頂樓上的人。可是妳又說，史奎爾告訴她的話，心頭一揪，嚥了嚥口水。」朱比特，是我做的。」莫莉安回想史奎爾本人甚至不在永無境。」

「他是不在。」

特，是我做的。史奎爾說我……給他開了一扇門。」

朱比特停下腳步，「一扇門？」

「通往永無境的門，」她解釋。「他說，因為我不會用禍害技藝，匯集到我身上的幻奇之力沒地方可以去，最後幻奇之力變得太過強大，他只要稍微用點力，就能突破絲網，他就是這樣透過我使用幻奇之力。所以在第一場惡鬼市集，幼魁貓才會突然變大，那是我做的，應該說……是他透過我做的。在頂樓上操控大家的時候也是，還有……」莫莉安頓住，她一直沒將海洛絲扔飛鏢的事告訴朱比特。不過，她還沒把話說完，朱比特便發出哀叫。

「笨蛋。」朱比特倒回沙發床，雙手抹著臉，稍稍悶住說話聲。「笨蛋，大蠢蛋。」

「誰，史奎爾？」

「不是，是我！我看得見。」他的臉漲成深深的紫紅，胡亂朝莫莉安比劃，「妳，

幻奇之力，這個龐大的規模——我看著妳身邊的幻奇之力越來越多，有時候實在太亮，我只好將它過濾掉，否則我光是看著妳就瞎。」

莫莉安瞠目結舌。「你可以過濾掉？」朱比特身為見證者的這份本領究竟能做到多少事情，至今對莫莉安依舊是個謎。

「可以。我一直不管它，遲遲沒有採取行動。」他嘆氣，直視莫莉安，額頭擠出皺紋。「我以為對還在成長的幻奇師來說，那是正常現象！莫兒，拜託相信我——我根本不曉得會發生這種事，我不知道史奎爾能——」

「我知道！」莫莉安插嘴：「別傻了，這不是你的錯。」

「是我的錯——至少有一部分是。我早該察覺妳的處境多危險，我早該想到史奎爾一逮到空隙就會利用妳。我忙了好幾個月，整個心思都放在卡西爾、帕西默·杏韻、阿弗·史旺身上，但我應該多留意我眼前發生了什麼事。」

「卡西爾！」莫莉安坐直身體，「我徹底忘了他！他怎麼了？還有帕西默·杏韻呢？」

「潛伏者有個關於帕西默的線索，他們根據這個線索，越過邊界進入共和國去追查了——」這是最高機密。至於卡西爾，」朱比特聳肩，滿臉不解。「說真的，我一點頭緒也沒有。我用了一堆探險者聯盟的資源，跑去各界找他，用到我良心不安了。現在我們把這個案子轉交給神仙觀測團體，他們能觸及的範圍不如我們那麼廣，但他們會密切觀測天空，有任何消息就會讓我知道。」

「所以你覺得這跟史奎爾或惡鬼市集無關？」

他沒有立刻回答，而是垂眸盯著地板，呼吸檸檬煙霧。

「對，」他總算說：「對，我認為沒有關聯。」

「伊斯拉斐爾會難過嗎？」莫莉安問：「他們是好朋友嗎？」

「卡西爾稱不上誰的好朋友。」朱比特急吸了一口氣，似乎穩住情緒，坐起身，回頭去談上一個話題。「我不懂，為什麼史奎爾這麼自制？要是妳真的替他開了一扇通往永無境的門，他能透過妳運用力量，那他自然要妳做什麼都可以！叫妳犯下恐怖的罪行，或是──或是離開永無境！」一想到這點，他雙眼大睜。「他現在跑去哪裡了？為什麼他這麼乾脆放妳走？」

莫莉安整個早上都在思索這件事。「他說了一些很有意思的話。」

「妳是指很有趣的話，還是──」

「我是說，滿奇怪的話。他說他跟我有共同的敵人。」她皺眉，試著回想史奎爾的用字遣詞。「他說我必須得到自由，成長為他需要的幻奇師，因為……大災難要來了。雖然他教我用幻奇之力，等於是關上通往永無境的門，可是他的長程計畫更重要。他說他需要我活下去。」

「莫兒，」朱比特聲音緊繃，「他在誘導妳，想讓妳相信外界有個可怕的敵人，而他可以幫妳打敗這個敵人。他是故意嚇妳，這樣一來，他就能利用妳的恐懼來操控妳。」

「我知道。」莫莉安說，口吻堅定，雖然她其實沒那麼確信。她將雙腳擱在一邊扶手上，坐在扶手椅中轉圈，「不過，他說我是幫助他突破絲網的一扇門，這是真的嗎？或許我應該好好學習禍害技藝，這樣他就不能透過我使用力量了。」

朱比特沒回答，但莫莉安看得出他忽然精力充沛，雙眼燃起新的動力。

「朱比特？」莫莉安問。

他一躍而起，「去拿妳的傘。」

他們抵達傲步院時，朱比特已經向莫莉安說明了他的打算。莫莉安憂慮得近乎反胃，這種感受就像是去年參與展現考驗，以及在夕暮日等待迎接死亡，或是把手伸進裝滿毒蛇的水桶。

朱比特用力敲響學務主任的辦公室門，不等裡頭的人回應，便大步踏入，直直走向迪兒本女士，她正站在辦公室中唯一的桌子後方。莫莉安小心翼翼跟在後頭，相隔幾步之遙，拚命避免跟學務主任對上眼。

「我想找默嘉卓夫人，謝謝。」

迪兒本瞪著他，眨了眨眼。「什麼？」

「默嘉卓。我要找她談談，立刻就談。」莫莉安看見他下巴的肌肉抽動，雖然勉力維持有禮的態度，不過這張面具已出現裂痕。「是急事。」

「哦，你想必也看見了，」迪兒本冷冷地說：「她不在。」

「默嘉卓，」朱比特重複道，直視她的雙眼，拍了拍手。「喂！默嘉卓，我知道妳在裡面，出來，我有話跟妳說。」

莫莉安瑟縮一下。他做什麼啊？他想被殺嗎？

「諾斯隊長，這是什麼意思！」迪兒本厲聲說，後退一步，「要是你以為她或我會對這種做法——」

「我坦白告訴妳，」朱比特提高音量，幾名學會成員從門口經過，好奇地一瞥。

「一整年來，妳持續濫用權力，干涉我學者所接受的教育。妳毫無道理的恐懼對莫莉安造成了極大的傷害，置她、置整個學會於危險之中，程度遠遠超過妳的想像，此外，妳也毀了贊助人與學務主任之間該有的信任。從現在起，我會更密切監督莫莉安的學習情況。默嘉卓，給我出來。」

「停──梅麗絲，不要──」

迪兒本的臉扭曲成可怕的神色，脖子不自然地轉動，手指蜷曲，肌肉顫動。莫莉安聽見如今已然習慣的奇異聲響──骨頭移動的喀啦聲、嘎吱聲……隨後，嚇人的默嘉卓驟然現身。她彎起乾裂發紫的嘴唇，看起來既像微笑，又像威嚇，對朱比特瞇起凹陷的灰眼。

「真無禮。」玄奧之術學院的學務主任從喉嚨深處發出低吼。「你來幹什麼？」

朱比特毫不遲疑。「妳說過，莫莉安應該進入妳的學院。那天在長老議事廳，妳說是我們辜負了她。」

默嘉卓噘起下唇，看似猜疑。「有這回事？」

「有，」朱比特說：「妳說必須有人教她禍害技藝。妳說得沒錯，幻奇學會必須有人教莫莉安學會禍害技藝，免得其他危險人物跑來教她。」朱比特給她一個意味深長的眼神。「妳明白我的意──」

「這麼說，他回來了。」默嘉卓打岔，直接對莫莉安發問。「史奎爾。他這陣子常來，是不是？」

莫莉安眨了眨眼，本能地避開默嘉卓那雙混濁灰眸無情而強硬的目光，轉頭看

朱比特，他點點頭。

「呃……對。」

「教了妳幾招，是不是？」

「嗯——對。」

聽見這個消息，默嘉卓不顯驚訝，也不懂怕，只是從褐色牙齒的齒縫間吸進一口氣。「我想也是。聽說妳搞垮了惡鬼市集，我就想，妳八成從哪學來什麼難纏的招數。」這聽起來不像好話，莫莉安一時有些惱火，沒想到學務主任隨即對她微微點頭，流露欣賞。「幹得好。」

「噢。嗯……謝謝。」

默嘉卓嘆了一聲，望向通往傲步院的門口，露出輕蔑的神情。「我早警告過了，是不是？那三個老傻瓜。最開始我就說了，想要壓制這種能力，只會惹禍上身。這就像在一桶煙火上面蓋個蓋子，危險至極。」

「那妳會收她嗎？」朱比特追問：「妳很清楚，她不屬於迪兒本的學院，她跟我們是同一類的，她該來玄奧學院。」

莫莉安暗自發慌。她知道朱比特是為了她好，但他真的認為這是好事嗎？讓迪兒本當她的學務主任，默嘉卓可是公認更可怕的人物啊。

然而，除了慌亂之外，她心底也浮現更微妙的情緒，一股有如冤屈獲得洗刷的微小快感。畢竟，幻奇師到底哪裡世俗了？

「這個嘛……她算不上玄奧，是吧？」學務主任似乎陷入沉思。「這個嘛……她算不上玄奧，是吧？」

「她更不算世俗。」朱比特語氣平板地說。

「的確。」默嘉卓吸吸鼻子，以評估的眼神注視莫莉安。她傾身湊近，近得讓莫莉安不太自在，用令人不安的嘶啞嗓音低喃：「格果利雅·坤寧以為，只要把妳藏進這個神聖的殿堂，妳就不會給自由邦帶來危害，不會變成幻奇學會必須收拾的另一個亂源。我告訴她那個老傻子——要放鞭炮，最安全的地方就是在光天化日之下。」

幻奇學會必須收拾的另一個亂源。莫莉安痛恨這句話的言外之意。她不吭一聲，直視學務主任，眼睛眨也不眨。

「嗯。」默嘉卓打定主意，點了一下頭。「那好吧，我收這個小畜生。」

莫莉安不確定該有什麼感覺，不過朱比特整個人放鬆下來，慶幸地吐出一大口氣。

「謝謝妳，學務主任。」他說。

默嘉卓用乾枯發皺的手漫不經心地一揮，示意他們離開。他們沿著走廊回去時，莫莉安聽見默嘉卓發出女巫似的尖聲大笑。

「喔呵，達辛可要氣瘋囉。」

第二十九章　最終指令

隔天早晨，幻學全體成員集合於傲步院後方精心修整的花園，坤寧長老、翁長老、薩加長老站在陽臺，神色嚴峻。

「想必各位已經接獲消息，本會最年長的教師兼榮譽會員，海明威·Q·昂斯塔教授不幸罹難。」坤寧長老對麥克風說，聲音清晰地響徹花園。「昂斯塔教授壯烈犧牲，英勇義行值得我們感念。此時此刻，我想諸位都已經知道惡鬼市集的存在，以及這個市集受到摧毀的經過。想必大家也聽說了令人憤怒的事實：綁架學會成員，送往市集販售的主謀，正是我們的自己人。」

花園瀰漫著憤怒的竊竊私語。

顯而易見，學會中沒人會原諒邁德梅的所作所為，尤其是莫莉安與她的朋友。

他跟煙影獵手待在一起，說不定還比較安全。

九一九梯一下火車便直奔花園，大家緊緊圍在一起。其他人不斷要莫莉安跟霍

桑重述萬鬼夜的經歷，前前後後說了起碼十幾遍，到了現在，他們偶爾還是會要求再講其中一段。莫莉安當然省略了關於埃茲拉・史奎爾的事，任憑大家誤以為邁德梅一手策劃了整起事件。

雀喜小姐寸步不離。過去兩天，她始終極度關切詩律和蘭貝斯，對莫莉安跟霍桑的態度也差不多。詩律裝出一副煩躁的樣子，可是莫莉安看得出來，她其實暗自竊喜。此時，雀喜小姐也站在他們身後，雙手環胸，像隻母熊一樣守護她這一梯。

至於蘭貝斯，她一個字也沒對任何人說，似乎變得比以往更疏遠了。莫莉安暗忖，不曉得她在想些什麼。但願「蘭亞公主」明白，莫莉安、霍桑跟詩律都會替她保守祕密──她默默提醒自己，一有機會就要把這些話告訴蘭貝斯。

坤寧長老繼續說：「我只告訴各位，幻奇學會已有多年未曾出過此等敗類，致使幻奇學會蒙受奇恥大辱。我拒絕讓這個叛徒的名字髒了我的嘴，不過我在此承諾，我們會找到這名叛徒，令其接受制裁。我們將信守諾言。

「明天下午，長老議事廳將舉行追思會，向勇敢的朋友兼同事昂斯塔教授告別，歡迎想要向教授致意的人前來參加。另外，容我介紹兩位初階學者⋯⋯」

就在這一刻，莫莉安的注意力被陡然吸走。有人將一張紙塞進她手中，她轉頭想看對方是誰，可惜人太多、太密，她僅捕捉到某件袍子迅速在遠處一閃而逝。

那是一張摺起來的紙，其中一面寫著她的名字。

「⋯⋯表現了勇氣與出眾的能力，一如他們在入學考驗流露的特質⋯⋯」

「在說我們，」霍桑在她耳邊悄悄說：「她說我們勇敢又有能力。她忘了我們也很幽默，又長得很帥。」

莫莉安已經沒在聽坤寧長老說話了。她用發顫的手攤平那張紙，從頭到尾讀了兩遍。

莫莉安‧頌詩‧黑鴉，

我們為九一九梯保守了祕密。

然而，妳自己也有個危險的祕密。

在時鐘指向整點以前，

妳要公開向現場所有人承認妳是幻奇師。

否則，我們就揭穿從共和國叛逃的

蘭亞‧貝沙立‧阿瑪蒂‧菈公主。

我們會將她的身分昭告學會，

昭告天下。

她的心一顫，腦袋花了點時間才跟上。

這些威脅信指的根本不是她！他們威脅要公開的祕密不是她的祕密，而是蘭貝斯的祕密。

莫莉安內心湧現一股沉重、想吐的感覺。九一九梯守護了她，即使心不甘情不

願，依然忠誠執行了他們的指令。

如今，輪到她了。她閉上眼，吞下氣憤與擔憂，更加堅定要揪出勒索者的決心，她絕對不放過他們。

「快去，莫莉安。」雀喜小姐鼓勵地捏捏她的肩膀，輕輕將她往前推。

「什……什麼？」

「坤寧長老剛剛喊了你們的名字，妳跟霍桑。」莫莉安抬頭，看見她的引導員露出燦爛溫暖的笑容，自己卻笑不出來。「不要發呆了，快走，上去吧。」

她尾隨霍桑穿越人群，感覺內心的某處糾結成團，化為焦黑。他們登上白色大理石階，走向低頭對他們微笑的長老，整個過程猶如死亡行軍，她的臉漲得通紅，耳際傳來轟隆隆的血液奔流聲。

抵達長老所站的陽臺時，傲步院的鐘塔敲響，開始報時。現在是九點鐘，會敲九下，莫莉安的思緒風馳電掣。

一下。

身穿黑色斗篷的群眾高舉雙手，鼓起掌來，響亮的掌聲久久不歇。霍桑朝大家揮手，轉頭對莫莉安開懷一笑，雙頰染上緋紅。他誤以為莫莉安的不情願是在害羞，輕輕撞了她一下。

「來嘛，」他說：「這是妳應得的。」

兩下。

原先肅穆的氣氛竟然這麼快就轉為慶賀，而且，他們居然是在表揚她——表揚她跟霍桑。她在人群間找到朱比特的臉龐，他滿面驕傲，幾乎落淚，莫莉安不禁喉

囉發乾。她怎麼能毀了這一刻？

何況，這不光是會毀了氣氛，莫莉安心想。這會毀了一切，毀了她在幻學的美好生活。不光是她自己，還包括她的同梯。

三下。

坤寧長老年初所說的話，仍舊烙印在她腦海。

但凡有一個人辜負了我們的信賴……你們九個人都會被勒令退出學會，一生不得回歸。

她即將親手毀掉自己的人生，以及另外八個人的人生。

四下。

她的同梯永遠不會原諒她；當其他學會成員發現她的真實身分，想必也會討厭她，假如他們沒有拿著火把跟草叉把她趕出校園，就是萬幸了。

五下。

但是……蘭貝斯。莫莉安腦中浮現一個畫面：在拍賣會上，嬌小、害怕的蘭亞公主端坐在王位之上，當拍賣官提到她家族犯下的叛國罪，提到冬海黨一旦發現真相，可能對整個王室採取什麼報復，她的臉上露出了萬分憂懼的神情。

六下。

莫莉安的腦海閃過拍賣官戴著狼面具的面容，響起了他歡快、親切的嗓音……「在冬海共和國，大逆罪的下場自然是予以處決。」她的胃一陣翻攪。

七下。

這裡本該是個大家庭，幻奇學會的成員發誓將「一生忠誠」。然而，邁德梅打破

了這個誓言，在莫莉安眼中，幻學舒適自在的假象早已破滅，她不再相信這裡是個安全的避風港，每個人守護彼此，什麼壞事也不會發生。假使蘭貝斯的祕密走漏，那麼她留在這裡並不安全。莫莉安想起昂斯塔教授，他用僅存的最後一絲力量救了他們。

假如莫莉安選擇保護自己的祕密，而不是保護朋友，往後她該如何自處？

她別無選擇。

她用顫抖的手死死抓著紙條。

八下。

掌聲漸小，坤寧長老再度走上前，對著麥克風說話。「這兩個孩子，」她開口：

「做了非常了不起的事，徹底體現了我們抱持的信念——」

「我是幻奇師。」莫莉安壓過她的聲音。

九下。

時鐘指向整點。

她聽見霍桑吃驚地發出噎到般的微弱聲音。接著，為了讓在場每一個人聽見，讓寫威脅信的人打消任何疑慮，她放聲大喊：「我是幻奇師！」

整個早晨彷彿凍結。

突然，人群傳出一個猶疑的笑聲，接著又是一聲。然後，就好像大家雖然搞不懂她的宣言哪裡好笑，卻得到了將之當成玩笑話的許可，一陣柔和的輕笑傳遍花園，低語聲此起彼落，最終迅速消退。

寂靜再次降臨，眾人恍然了悟，她說的是真話。

莫莉安並沒有補一句：「開玩笑的！」三位長老同樣一語不發。

「不可能！」遠處傳來大吼。大家逐漸明白這不是鬧著玩的，長老確實讓這種危險人物進入了學會，於是越來越多人跟著開始咆哮。「她撒謊！」

莫莉安低頭注視她的同梯，有的人嚇得表情呆滯，有的人氣得滿面通紅。全場近乎凝結，她看見一個修長的身影推開面前的人群，擠向陽臺。朱比特看起來嚇壞了，但神色堅決，彷彿他已預料到結果，知道壞事即將發生，這讓莫莉安更加憂懼。

然而，坤寧長老舉起一隻手，阻止他繼續向前。朱比特在階梯底部停住，戒備地注視長老好半晌，然後似乎恍然明白了什麼，他眼中的驚恐消褪，轉化為莫莉安難以分辨的情緒。

「這個嘛。」坤寧長老的嗓音透過廣播系統發送，摻雜些許雜訊。「各位先生女士，看來我們今天早晨多了一件值得慶祝的事。」

聽見這話，莫莉安的腦袋一下子打結。她張開嘴，隨即閉上，對著這名瘦削屬弱的女子不斷眨眼。**多了一件值得慶祝的事？**坤寧長老有沒有聽見自己說了些什麼啊？

「就在此刻，九一九梯通過了第五項考驗，也是最終考驗。」她宣布，臉上泛起滿意的微笑。「諸位必定還清楚記得，自己一年級所接受的忠誠考驗。當然，每一屆面臨的考驗內容各自不同，然而卻有共同的目的：測試各位是否全心遵守誓言。」

底下，有些人露出一副恍然大悟的表情。莫莉安望著九一九梯的大家消化坤寧長老所說的話，接著轉頭看向身邊的霍桑，只見他嘴巴大張。

「就在此刻，九一九梯的最終考驗宣告結束。請懷抱更大的驕傲，再次熱烈歡迎

他們加入幻奇學會。九一九梯，面對今年的各種難關與艱險，你們所展現的忠誠將伴隨你們一生。你們是彼此的兄弟姊妹，不光是因為你們曾發下誓言，更是因為你們親身證明了這點。」

眾人看似一頭霧水，仍然分不清莫莉安的詭異宣言究竟是個笑話，還是考驗的一部分，抑或她的確是數百年來，繼埃茲拉・史奎爾之後，幻奇學會所收的第一位幻奇師。莫莉安眼睜睜看著他們的迷惑轉為各式各樣的神色，有警戒、有懷疑、有大笑、有震怒，顯然大家都不太確定該做何感想。

「薩加長老、翁長老和我想告訴各位，儘管幻奇學會歷屆以來培育了無數英才，其中有些人的天賦堪稱危險，但我們絕不會在知情的狀況下，招收心懷不軌之人。誠然，黑鴉小姐阻止惡鬼市集，拯救兩名學會成員，證明她天性良善，是個有用、有趣、能為我們帶來好處的人，我們非常樂意接納她成為學會一分子。她是幻奇師，不過從今以後，她是**屬於我們的**幻奇師。」

聽了坤寧長老的安撫之言，人群依舊一片死寂，毫無波瀾得令人心驚。

「容我提醒諸位，」她接著說道，語氣變得有些強硬。「你們的誓言不僅適用於同梯，也適用於學會中從老至幼的所有幻奇成員。莫莉安・黑鴉的真實身分只容幻奇學會內部知曉，我希望你們每一個人謹守誓言，絕不將這個祕密洩漏給外人。記住：**兄弟姊妹，一生忠誠。**」

眾人異口同聲答道：「**永世相繫，堅如刀刃。**」

坤寧長老點點頭，狀似滿意。

「既然如此，」她招手示意九一九梯過來陽臺，「請最年輕的這一屆學者上前——

過來吧，請快點——在此邀請諸位，跟我一起恭喜九一九梯達成這個重要的里程碑。」

「可惜，花園中沒什麼恭喜的氣氛。在長老的要求之下，加上她嚴厲的目光，大家缺乏誠意地勉強拍了幾下手，然後就散會了。

眾人往不同方向離開時，每隻眼睛都盯著莫莉安。

朱比特努力表現出為莫莉安高興的樣子，可是莫莉安留意到，他臨走前狠瞪了長老一眼。

這時，九一九梯的學者尷尬地聚在陽臺，還沒收拾好去上課的心情，卻也不太曉得該說什麼。

典禮結束後，雀喜小姐衝上階梯，輪流抱每個人，隨即趕回家庭列車；在場的贊助人紛紛和自己的學者熱情握手，衷心道賀。

剛才發生的一切讓莫莉安麻木無比，霍桑似乎也有些難以接受，時不時發出微弱的怪叫，聽起來半是火大，半是想笑。

人群散了，剩九一九梯留在原地。

「我不懂。」薩迪亞終於開口：「他們本來就打算叫莫莉安說出來，幹麼威脅要暴露她的祕密？有夠卑鄙。」

「那是**考驗**啊，薩迪亞。」馬希爾說。

「我知道那是**考驗**，馬希爾，」薩迪亞故意學他講話，「我是說……這樣好……」

「過分？」詩律說。

「對！」薩迪亞大聲說：「這樣好過分。對我們大家都是，尤其是對莫莉安。」霍桑真的嗆到了，他連忙假裝咳嗽掩飾過去。

大家都吃驚地看著她，莫莉安更是驚訝，差點嗆到口水。

「莫莉安，那上面寫了什麼？」雅查的下巴朝莫莉安手中的紙條一點，好奇地稍微稍蹙起眉頭。「竟然讓妳願意公開身分。」

莫莉安防備地捏緊那張紙，「我……我不能說。」

馬希爾笑起來。「什麼？什麼意思，妳不——」

「就是不行。」

「別開玩——」

「是關於我的事，對不對？」蘭貝斯細微的聲音從眾人背後傳來。她走向前，顯得極度沮喪，但似乎下定了決心。「坤寧長老說，我們全梯通過了忠誠考驗，可是……在我心底，我一直在想……說不定，其實是我的祕密。」

「你們都選擇把兄弟姊妹放在第一位，我卻選擇欺瞞。我讓大家相信，我們要保護的一定是莫莉安的祕密，我說服自己事情就是這樣，可是……說不定，其實是我的祕密。」

「什麼祕密，蘭貝斯？」雅查溫和地問。

她深吸了一口氣，鎮定心緒。「我不叫蘭貝斯·阿瑪菈，我真正的名字是……蘭亞·貝沙立·阿瑪蒂·菈公主。我來自遠東歌邦的絲域，是菈王室的成員。」她停頓一下，環視大家震驚的神情。「小蘭。叫我小蘭就好。」

莫莉安旁觀她沉著優雅地道出真相，覺得真是奇妙。小蘭是他們當中身材最嬌

小的，然而在這個瞬間，她彷彿足足有十呎高，神態極為高貴。

「遠東歌邦，」薩迪亞的臉激動得泛紅，「妳是**共和國人**？」

「對。」

「妳該不會是間諜吧？」法蘭西斯質問。

霍桑嗤之以鼻，翻了個白眼。「法蘭西斯，她哪是間諜，她是公主耶。」

「公主也可以是間諜啊！我姑姑說永無境有一堆冬海共和國的間諜，不然她為什麼要跑來？」

「拜託，有什麼好大驚小怪的！」

「我不是間諜。」小蘭說：「我家人送我來學習運用本領。以前，我的本領常常讓我頭很痛，渾身不舒服。來到幻學以後，我才比較能夠適應我預見的未來。」

「但是……我家人根本不該送我來的。」小蘭雙眼一紅，聲音微顫：「共和國人偷渡進自由邦是犯法的，我們連自由邦的存在都不應該知道。萬一冬海發現，我們全家會通通被丟進大牢，或是……更慘，非常慘。」她渾身哆嗦。「我奶奶說，我非保守好祕密不可，否則整個家族會有性命之憂。可是我太不會說謊了，所以我決定，乾脆盡量不要跟你們講話會比較好。對不起。」

「我們絕對不能說出去。」莫莉安環顧她的同梯，「這是只有我們知道的祕密，好嗎？我們是兄弟姊妹，對吧？」

「一生忠誠。」大家異口同聲，堅定地說。

「**不好意思**，」下方的花園傳來冰冷的嗓音，迪兒本抬頭瞪著他們，高聲說──「你

小蘭抽噎一下，顯得既慶幸又不知所措，張口還想說些什麼，就在這時──

們這幾個煩人的小懶鬼應該有課要上吧，不是嗎？」

九名學者快步溜進傲步院，穿過走廊，來到圓形黃銅吊艙停靠之處，準備搭乘吊艙飛速前往上課教室。

莫莉安磨蹭了一陣子，毫無必要地將制服撫平、拉直。

霍桑朝她揚起雙眉，「對喔。那就祝妳好運囉。」

「謝謝。」她理好全新白上衣的袖口，內心浮現一絲緊張，摻雜著興奮。「中午見？」

「當然。」霍桑說，登上一班前往極限學門的吊艙。「記得──要做一堆筆記喔，我想知道妳的課有多詭異。順便看看能不能讓默嘉卓再噴一次冰！那招看起來超冷酷的。」艙門即將關上，他露齒一笑，把臉湊近門縫間大叫：「有聽懂嗎？超**冷酷**！」

莫莉安用鼻孔一哼，轉過身，小蘭和詩律正扶著開啟的艙門等她。

「妳是來不來啊？」詩律問，莫莉安連忙躍上吊艙，詩律就在那一刻拉下操縱桿，桿上標著：**地下六樓，玄奧之術學院**。

致謝

謝謝，謝謝，謝謝出版界最優秀的出版社：阿歇特童書出版集團、阿歇特澳洲分公司和紐西蘭分公司、利特爾＆布朗童書線，感謝你們為這本書帶來的創意、努力、周詳思慮與快樂，我作夢也找不到更棒的出版社大家庭。

特別感謝我的編輯海倫・湯瑪斯、奧維娜・林、蘇珊・歐蘇利文、莎曼珊・史溫頓、謝林・卡倫德，謝謝你們的才華與指引。

感謝艾希莉・巴頓、多明尼克・金斯頓、塔妮雅・麥肯西─寇克、凱瑟琳・麥納尼、艾咪・達森，你們是一位作者夢想中的國際行銷黃金團隊，是你們把這些難以理解的行銷活動化為出乎意料的樂趣。

萬分感謝露易絲・薛文─史塔克、希拉蕊・穆瑞、希爾、梅根・廷利、梅爾・溫鐸、露絲・奧泰、費歐娜・哈札、凱蒂・克提爾、露西・阿普敦、尼可拉・古德、費歐娜・伊凡斯、愛麗森、帕德利、海倫・休斯、凱瑟琳・福克斯、瑞秋・葛雷斯、安德魯・辛克雷、安德魯・柯亨、凱特琳・墨菲・克里斯・席姆、丹尼爾・皮金頓、海莉・紐、伊莎貝・史塔斯、琴瑪莉・莫羅欣、賈斯汀・拉勒菲、凱特・弗洛德、綺拉・利可蘭佐、佩妮・艾維薛、莎拉・福爾摩斯、尚恩・寇徹、蘇菲・梅菲德、艾米利・波斯特、珍妮佛・麥克蘭─史密斯、薇樂麗・翁、維多利亞・史黛

波頓、蜜雪兒、坎貝爾、貞、葛拉罕、維吉尼亞、勞瑟、莎夏、依林沃斯、魯凱耶‧

達德、艾利森、修史密斯、艾西莉、理查茲、莎恰、貝葛利、蘇西、瑪多斯—凱恩。

謝謝碧雅翠‧卡斯卓和詹姆士‧麥德森畫了那麼棒的封面插畫。

大大感謝茉莉‧凱‧韓‧珍妮‧本特‧維多利亞‧卡佩羅‧艾蜜莉亞‧哈德森、

以及本特出版經紀的每一個人。也謝謝出類拔萃的庫柏小組，你們的相互支持、加

油打氣和欣賞讓我開心得難以言喻。

謹向喜愛並支持《永無境》系列的所有讀者、書商、圖書館員、老師、部落客

致上無盡的感謝。如果你喜歡莫莉安，還將她介紹給其他人，那真的非常謝謝你，

你的善意與熱情令我感動萬分。每一個推薦、每一則評論、每一封書信、網路上的

每個標籤、每個推特，我都由衷感激。

謝謝我的教女愛拉讓我借用帕西默‧杏韻這個名字，她創造這個名字的時候才

三歲，我們乾脆封筆好了。也謝謝我在內珀維爾認識的女孩奧麗安娜，她實在

太幽默，於是我偷用了她的名字——她逗我發笑，而我把她變成飯店。

各位有志於寫作之路的作家，務必找個像潔瑪‧庫柏這樣溫柔、幽默、活潑、

自信的經紀人！像這樣的人簡直是最頂級的波麗安娜，她會永遠支持你，無比可

靠，隨時準備在你想像自己快溺死的時候，把你從其實只有腳踝深的水中撈起來，

而且一滴汗也沒灑。要是你的經紀人會在凌晨兩點時，傳日本阿嬤啦啦隊照片給你

看，替你加油打氣，那就更加分了。謝啦，潔瑪。

最後，向我的家人與朋友獻上萬分謝意，尤其是丁恩與茉莉，你們是我身邊最

會炒熱氣氛的人。小莎，感謝妳永遠當我的頭號讀者和試水溫的對象，還有那些超

爆笑的正向名言錦句，跟用途明確得很詭異的精油。妳是最幻奇的老媽，如果滿分是十分，妳能拿十一分。

媽，其他的一切都要謝謝妳。妳是最幻奇的老媽，如果滿分是十分，妳能拿十一分。

國家圖書館出版品預行編目(CIP)資料

永無境. II, 莫莉安與幻奇師的天命 / 潔西卡·唐森(Jessica Townsend)著；陳思穎譯. -- 1版. -- 臺北市：城邦文化事業股份有限公司尖端出版：英屬蓋曼群島商家庭傳媒股份有限公司城邦分公司發行, 2021.10
　　面；　公分
　　譯自：Wundersmith: The Calling of Morrigan Crow
　　ISBN 978-626-316-120-7 (平裝)

874.57　　　　　　　　　　　　　110014329

奇炫館

永無境Ⅱ：莫莉安與幻奇師的天命
（原名：Wundersmith: The Calling of Morrigan Crow (Nevermoor, 2)）

著　　　者／潔西卡·唐森(Jessica Townsend)
譯　　　者／陳思穎
執行編輯／劉銘廷
企劃宣傳／楊玉如、洪國瑋
國際版權／黃令歡、梁名儀
文字校對／施亞蒨
內文排版／謝青秀

美術總監／沙雲佩
美術編輯／陳聖義
總　編　輯／呂尚燁
協　理／洪琇菁
總　經　理／陳君平
榮譽發行人／黃鎮隆

出　　　版／城邦文化事業股份有限公司 尖端出版
　　　　　　台北市中山區民生東路二段一四一號十樓
　　　　　　電話：(○二)二五○○-七六○○
　　　　　　傳真：(○二)二五○○-二六八三
　　　　　　E-mail：7novels@mail2.spp.com.tw

發　　　行／英屬蓋曼群島商家庭傳媒股份有限公司城邦分公司 尖端出版
　　　　　　台北市中山區民生東路二段四一號十樓
　　　　　　電話：(○二)二五○○-七六○○ (代表號)
　　　　　　傳真：(○二)二五○○-一九七九
　　　　　　劃撥專線：(○三)三一二-四二一二
　　　　　　劃撥帳號：五○○○三○二一 戶名：英屬蓋曼群島商家庭傳媒股份有限公司城邦分公司

中彰投以北經銷／楨彥有限公司
　　　　　　電話：(○二)八九一九-三三六九
　　　　　　傳真：(○二)八九一四-五五二四

雲嘉經銷／威信圖書有限公司
　　　　　　客服專線：(○八○○)○二八-○二八

南部經銷／威信圖書有限公司(高雄公司)
　　　　　　電話：(○七)三七三-○○七九
　　　　　　傳真：(○七)三七三-○○八七

香港經銷／城邦(香港)出版集團有限公司
　　　　　　香港灣仔駱克道一九三號東超商業中心1樓
　　　　　　電話：(八五二)二五○八-六二三一
　　　　　　傳真：(八五二)二五七八-九三三七
　　　　　　E-mail：hkcite@biznetvigator.com

新馬經銷／城邦(馬新)出版集團Cite(M) Sdn. Bhd.
　　　　　　E-mail：cite@cite.com.my

法律顧問／王子文律師 元禾法律事務所
　　　　　　台北市羅斯福路三段三十七號十五樓

二○二一年十月初版一刷

■中文版■

郵購注意事項：
1. 填妥劃撥單資料：帳號：50003021戶名：英屬蓋曼群島商家庭傳媒(股)公司城邦分公司。2. 通信欄內註明訂購書名與冊數。3. 劃撥金額低於500元，請加附掛號郵資50元。如劃撥日起 10～14日，仍未收到書時，請洽劃撥組。劃撥專線TEL：(03) 312-4212 ・ FAX：(03) 322-4621。E-mail：marketing@spp.com.tw